AF189743

Band 1
MarkTwain
Abenteuer und Fahrten des Huckleberry Finn

Mark Twain

Abenteuer und Fahrten des Huckleberry Finn

Band 1
1.Auflage
13*13 TLK Taschenbuch-Literatur-Klassiker
Herausgegeben von Frank Weber, Marburg
Bibliografische Information der Deutschen Nationalbibliothek:
Die Deutsche Nationalbibliothek verzeichnet diese Publikation in der Deutschen
Nationalbibliografie; detaillierte bibliografische Daten sind im Internet abrufbar über
http://dnb.dnb.de
© 2018 Mark Twain
ISBN: 9783746064260
Herstellung und Verlag: BoD – Books on Demand, Norderstedt

Huck soll sievilisiert werden – Moses in den Schilfern
Miss Watson – Tom Sawyer wartet

Da ihr gewiß schon die Abenteuer von Tom Sawyer gelesen habt, so brauche ich mich euch nicht vorzustellen. Jenes Buch hat ein gewisser Mark Twain geschrieben und was drinsteht ist wahr – wenigstens meistenteils. Hie und da hat er etwas dazugedichtet, aber das tut nichts. Ich kenne niemand, der nicht gelegentlich einmal ein bißchen lügen täte, ausgenommen etwa Tante Polly oder die Witwe Douglas oder Mary. Toms Tante Polly und seine Schwester Mary und die Witwe Douglas kommen alle in dem Buche vom Tom Sawyer vor, das wie gesagt, mit wenigen Ausnahmen eine wahre Geschichte ist. – Am Ende von dieser Geschichte wird erzählt, wie Tom und ich das Geld fanden, das die Räuber in der Höhle verborgen hatten, wodurch wir nachher sehr reich wurden. Jeder von uns bekam sechstausend Dollars, lauter Gold. Es war ein großartiger Anblick, als wir das Geld auf einem Haufen liegen sahen. Kreisrichter Thatcher bewahrte meinen Teil auf und legte ihn auf Zinsen an, die jeden Tag einen Dollar für mich ausmachen. Ich weiß wahrhaftig nicht, was ich mit dem vielen Geld anfangen soll. Die Witwe Douglas nahm mich als Sohn an und will versuchen, mich zu sievilisieren wie sie sagt. Das schmeckt mir aber schlecht, kann ich euch sagen, das Leben wird mir furchtbar sauer in dem Hause mit der abscheulichen Regelmäßigkeit, wo immer um dieselbe Zeit gegessen und geschlafen werden soll, einen Tag wie den andern. Einmal bin ich auch schon durchgebrannt, bin in meine alten Lumpen gekrochen, und – hast du nicht gesehen, war ich draußen im Wald und in der Freiheit. Tom Sawyer aber, mein alter Freund Tom, spürte mich wieder auf, versprach, er wolle eine Räuberbande gründen und ich solle Mitglied werden, wenn ich noch einmal zu der Witwe zurückkehre und mich weiter ›sievilisieren‹ lasse. Da tat ich's denn.
Die Witwe vergoß Tränen, als ich mich wieder einstellte, nannte mich ein armes, verirrtes Schaf und sonst noch allerlei, womit sie aber nichts Schlimmes meinte. Sie steckte mich wieder in die neuen Kleider, in denen es mir immer ganz eng und schwül wird.

Überhaupt ging's nun vorwärts im alten Trab. Wenn die Witwe die Glocke läutete, mußte man zum Essen kommen.

Saß man dann glücklich am Tisch, so konnte man nicht flott drauflos an die Arbeit gehen, Gott bewahre, da mußte man abwarten bis die Witwe den Kopf zwischen die Schultern gezogen und ein bißchen was vor sich hingemurmelt hatte. Damit wollte sie aber nichts über die Speisen sagen, o nein, die waren ganz gut soweit, nur mißfiel mir, daß alles besonders gekocht war und nicht Fleisch, Gemüse und Suppe alles durcheinander. Eigentlich mag ich das viel lieber, da kriegt man so einen tüchtigen Mund voll Brühe dabei und die hilft alles glatt hinunterspülen. Na, das ist Geschmacksache!

Nach dem Essen zog sie dann ein Buch heraus und las mir von Moses in den Schilfern vor und ich brannte drauf, alles von dem armen kleinen Kerl zu hören. Da, mit einemmal sagte sie, der sei schon eine ganze Weile tot. Na, da war ich aber böse und wollte nichts weiter wissen – was gehen mich tote und begrabene Leute an? Die interessieren mich nicht mehr! –

Dann hätt' ich gern einmal wieder geraucht und fragte die Witwe, ob ich's dürfe. Da kam ich aber gut an! Sie sagte, das gehöre sich nicht für mich und sei überhaupt »eine gemeine und unsaubere Gewohnheit«, an die ich nicht mehr denken dürfe. So sind nun die Menschen! Sprechen über etwas, das sie gar nicht verstehen! Quält mich die Frau mit dem Moses, der sie weiter gar nichts angeht, der nicht einmal verwandt mit ihr war und mit dem jetzt nichts mehr anzufangen ist, und verbietet mir das Rauchen, das doch gewiß gar nicht so übel ist. Na, und dabei schnupft sie, aber das ist natürlich ganz was andres und kein Fehler, weil sie's eben selbst tut.

Ihre Schwester, Miss Watson, eine ziemlich dürre, alte Jungfer, die gerade zu ihr gezogen war, machte nun einen Angriff auf mich, mit einem Lesebuch bewaffnet. Eine Stunde lang mußte ich ihr standhalten und dann löste sie die Witwe mit ihrem Moses wieder ab, und ich war nun sozusagen zwischen zwei Feuern. Lange konnte das nicht so weitergehen, und es trat denn auch glücklicherweise bald eine Stunde Pause ein. Nun langweilte ich mich aber schrecklich und wurde ganz unruhig.

Alsbald begann Miss Watson: »Halt doch die Füße ruhig, Huckleberry«, oder »willst du keinen solchen Buckel machen,

Huckleberry, sitz doch gerade!« und dann wieder »so recke dich doch nicht so, Huckleberry, und gähne nicht, als wolltest du die Welt verschlingen, wirst du denn nie Manieren lernen?«, und so schalt sie weiter bis ich ganz wild wurde. Dann fing sie an, mir von dem Ort zu erzählen, an den die bösen Menschen kommen, worauf ich sagte, ich wünschte mich auch dahin. Da wurde sie böse und zeterte gewaltig, so schlimm hatte ich's aber gar nicht gemeint, ich wäre nur gern fortgewesen von ihr, irgendwo, der Ort war mir ganz einerlei, ich bin überhaupt nie sehr wählerisch. Sie aber lärmte weiter und sagte, ich sei ein böser Junge, wenn ich so etwas sagen könne, sie würde das nicht um die Welt über die Lippen bringen, ihr Leben solle so sein, daß sie dermaleinst mit Freuden in den Himmel fahre. Der Ort, mit ihr zusammen, schien mir nun gar nicht verlockend, und ich beschloß bei mir, das meinige zu tun, um nicht mit ihr zusammenzutreffen. Sagen tat ich aber nichts, das hätte die Sache nur schlimmer gemacht und doch nichts geholfen.

Sie war aber nun einmal am Himmel, dem Ort der Glückseligen, wie sie's nannte, angelangt und teilte mir alles mit, was sie drüber wußte. Sie sagte, alles was man dort zu tun habe, sei, den ganzen Tag lang mit einer Harfe herumzumarschieren und dazu zu singen immer und ewig. Das leuchtete mir nun gar nicht ein, ich schwieg aber und fragte nur, ob sie meine, mein Freund Tom Sawyer werde auch dort hinkommen, was sie ziemlich bestimmt verneinte. Mich freute das nicht wenig, denn Tom und ich, wir beide müssen beisammen bleiben.

Miss Watson predigte immer weiter, und mir wurde dabei ganz elend zumute. Dann kamen die Nigger herein, es wurde gebetet, und jedermann ging zu Bett. Ich auch. Ich stieg mit meinem Stummel Kerze in mein Zimmer hinauf und stellte das Licht auf den Tisch. Dann setzte ich mich auf einen Stuhl vors Fenster und probierte, an etwas Lustiges zu denken. Das nützte aber wenig. Ich fühlte mich so allein, daß ich wünschte, ich wäre tot. Die Sterne glitzerten und blitzten, und die Blätter rauschten so schaurig auf den Bäumen.

Ich hörte aus der Ferne eine Eule, deren Schrei jemandes Tod bedeutete, und dann einen Hund, dessen klägliches Geheul verkündete, daß einer im Sterben liege, und der Wind schien mir etwas klagen zu wollen, was ich nicht verstand, so daß ich bald am ganzen Leibe zitterte und mir der kalte Schweiß auf die Stirne trat.

Die ganze Nacht schien von lauter armen, unglück-lichen Geistern belebt, die keine Ruhe in ihren Gräbern fanden und nun da draußen herumheulten, jammerten und zähneklapperten. Mir wurde heiß und kalt, und ich hätte alles drum gegeben, wenn jemand bei mir gewesen wäre. Da kroch mir auch noch eine Spinne über die linke Schulter, ich schnellte sie weg und gerade ins Licht, und ehe ich noch zuspringen konnte, war sie verbrannt. Daß das ein schlimmes Zeichen ist, weiß jedes Kind, und mir schlotterten die Knie, als ich nun begann meine Kleider abzuwerfen. Ich drehte mich dreimal um mich selbst und schlug mich dabei jedesmal an die Brust, nahm dann einen Faden und band mir ein Büschel Haare zusammen, um die bösen Geister fernzuhalten; doch hatte ich kein großes Vertrauen zu diesen Mitteln. Sie nützen wohl, wenn man ein gefundenes Hufeisen wieder verliert, anstatt es über der Türe anzunageln, oder bei dergleichen kleineren Fällen; wenn man aber eine Spinne getötet hat, da weiß ich nicht, was man tun kann, um das Unglück fernzuhalten. So setzte ich mich zitternd auf den Bettrand und zündete mir zur Beruhigung mein Pfeifchen an. Das Haus war so still und die Witwe nicht in meiner Nähe. So saß ich lange, lange. Da schlug die Uhr von der Ferne – bum – bum – bum – bum, zwölfmal, und wieder war alles still, stiller als vorher. Plötzlich höre ich etwas unten im Garten unter den Bäumen, ein Rascheln und Knacken, ich halte den Atem an und lausche. Wieder hör' ich's, und dabei, leise wie ein Hauch, das schwächste ›Miau‹ einer Katze. »Miau, miau« tönt's kläglich und langgezogen. Und »miau, miau« antworte ich ebenso kläglich, ebenso leise, schlüpfe rasch in meine Kleider, lösche das Licht aus und steige durch das Fenster auf das Schuppendach. Dann lasse ich mich zu Boden gleiten, krieche auf allen vieren nach den Schatten der Bäume, und da war richtig und leibhaftig Tom Sawyer, mein alter Tom, und wartete auf mich.

Die Jungen entwischen Jim! –Tom Sawyers Räuberbande – Finstre Pläne!

Wir schlichen auf den Fußspitzen den kleinen Pfad hinab, der unter den Bäumen hin zur Rückseite des Gartens führt, wobei wir den Kopf ständig bücken mußten, um nicht von den Zweigen getroffen zu werden. Gerade als wir an der Küchentür vorüber wollen, muß ich natürlich über eine Wurzel stolpern und hinfallen, wodurch ein kleines Geräusch entstand. Jetzt hieß es still liegen und den Atem anhalten! Miss Watsons Nigger Jim saß an der Tür; wir konnten ihn ganz gut sehen, weil das Licht gerade hinter ihm stand. Er steht auf, streckt den Kopf heraus, horcht eine Minute lang und sagt dann: »Wer's da?«
Dann horcht er wieder, und – jetzt schleicht er sich auf den Zehenspitzen heraus und steht gerade zwischen uns, ich hätte ihn zwicken können, wenn ich gewollt hätte. Er steht, und wir liegen still wie die Mäuse, und so vergehen Minuten auf Minuten. An meinem Fuß fängt's an mich zu jucken, und ich kann mich nicht kratzen. Jetzt juckt's am Ohr, dann am Rücken, gerade zwischen den Schultern, es ist zum Tollwerden! Warum's einen nur immer juckt, wenn man nicht kratzen kann oder darf! Darüber hab' ich oft nachgedacht seitdem. Entweder wenn man bei feinen Leuten ist, oder bei einem Begräbnis, oder wenn einen der Lehrer was fragt, oder in der Kirche, oder wenn man im Bett liegt und will schlafen und kann nicht, kurz, wenn man irgendwo ist, wo man nicht kratzen kann und darf, da juckt's einen gerade erst recht an hundert verschiedenen Stellen.
Endlich sagt Jim: »He da, wer 's da? Ich mich lassen tothauen, ich haben was gehört! Aber Jim sein nicht so dumm! Jim sitzen hier hin und warten!«
Und damit pflanzt er sich gerade zwischen mich und Tom auf den Boden, lehnt den Rücken an einen Baum und streckt die Beine aus, daß das eine mich beinahe berührt. Jetzt beginnt mein Juck-Elend von neuem. Erst die Nase, bis mir die Tränen in den Augen stehen, ich wage nicht zu kratzen, dann allmählich jeder Körperteil, bis ich nicht weiß, wie ich stillhalten soll. Fünf, sechs Minuten geht das Elend so weiter, mir scheinen's Stunden. Ich zähle schon elf verschiedene Orte, an denen 's mich juckt.

Gerade als ich denke, nun kannst du's aber nicht mehr aushalten, höre ich Jim tief aufatmen, dann schnarchen und – ich bin gerettet. Tom gab mir jetzt ein Zeichen, er schnalzte leise mit den Lippen, und wir krochen auf allen vieren davon. Vielleicht zehn Fuß weit entfernt hielt Tom an und flüsterte mir zu, er wolle Jim zum Spaß am Baum festbinden. Ich sagte nein, ich wolle nicht, daß er aufwache, Lärm schlüge und man dann entdecken würde, daß ich nicht im Bett sei. Dann sagte Tom, er habe nicht genug Lichter und wolle sich deshalb in der Küche ein paar mitnehmen. Das wollte ich aus Angst vor Jim auch nicht erlauben, aber Tom bestand darauf, und so schlichen wir uns in die Küche, fanden die Lichter, und Tom legte fünf Cents zur Bezahlung auf den Tisch. Ich schwitzte nun förmlich vor Angst, fortzukommen, Tom aber ließ sich nicht halten und kroch zu Jim zurück, um ihm einen Streich zu spielen. Ich wartete, und die Zeit wurde mir sehr lang; alles war so still und unheimlich um mich herum.

Endlich kam Tom, und nun rannten wir eilig den Pfad hinunter und kletterten den steilen Hügel hinter dem Haus hinauf. Tom erzählte, daß er Jim mit einem Strick an den Baum gebunden und seinen Hut oben an einen Ast gehängt habe, der Kerl habe aber immer weitergeschlafen und sich nicht gerührt. Später behauptete Jim, die Hexen hätten ihn verzaubert und seien auf ihm über den ganzen Staat geritten. Dann hätten sie ihn wieder unter dem Baum niedergelassen und zum Zeichen, wer es getan, seinen Hut auf den Ast gehängt. Als Jim seine Geschichte das nächste Mal erzählte, waren die Hexen bis New Orleans auf ihm geritten, und jedesmal, sooft er es wieder erzählte, war der Aus-flug weiter gewesen, bis er schließlich behauptete, daß der Ritt um die ganze Erde gegangen und sein Rücken ganz zerschunden worden sei. Jim war riesig stolz darauf und sah auf die anderen Nigger nur noch vornehm herab. Aus meilenweiter Ferne kamen Nigger herbei, um Jims Geschichte zu hören. Es gab keinen angeseheneren Neger in der Gegend, und die fremden Gäste glotzten ihn mit offenem Munde an wie ein Meerwunder. Die Nigger unterhalten sich gern im Dunkeln beim Herdfeuer über Hexen, sooft aber einer darüber seine Weisheit auskramte und Jim dazukam, dann rief er: »Ach, was wißt ihr von Hexen«, worauf jener Nigger beschämt in den Hintergrund schlich.

Jim trug jenes Fünf-Cent Stück stets an einer Schnur um den Hals und behauptete, es sei ein Zaubermittel, das ihm der Teufel eigenhändig gegeben habe mit der Bemerkung, er könne damit jedermann heilen und Hexen herbeizaubern, soviel er wolle, wenn er einen gewissen Spruch dabei hersage. Auch das trug nicht wenig zur Erhöhung der Berühmtheit Jims bei.

Als Tom und ich oben auf dem Hügel ankamen, konnten wir gerade ins Dorf hinuntersehen, und da blinkten noch drei oder vier Lichter, wahrscheinlich bei Kranken. Über uns blitzten die Sterne, und drunten zog der Mississippi dahin, so breit und ohne Laut, es war großartig. Wir rannten dann auf der andern Seite den Hügel hinunter und fanden Joe Harper und Ben Rogers und noch ein paar Jungens, die auf uns warteten. Ein Boot wurde losgemacht, und wir ruderten den Fluß hinunter, bis dahin, wo der große Einschnitt im Ufer ist. Dort legten wir an.

Wir kletterten auf ein dichtes Buschwerk zu, und nun ließ Tom uns alle schwören, das Geheimnis nicht zu verraten, und zeigte uns ein Loch im Hügel. Wir steckten die Lichter an und krochen auf Händen und Knien hinein. So ging es ungefähr zweihundert Meter in einem engen Gange fort, bis sich die Höhle auftat. Tom tastete an den Wänden der Höhle umher und verschwand auf einmal unter einem Felsen, wo niemand eine Öffnung vermutet hatte. Wir folgten ihm durch einen schmalen Gang, bis wir in einen Raum gelangten, ungefähr wie ein Zimmer, nur etwas kalt, feucht und dumpfig, und da blieben wir dann.

Tom hielt nun eine feierliche Ansprache und sagte: »Hier wollen wir also eine Räuberbande gründen und sie Tom Sawyers Bande nennen. Jedermann, der beitreten will, muß einen Eid schwören und seinen Namen mit Blut unterschreiben!«

Alle waren dazu bereit, und so zog Tom einen Bogen Papier aus der Tasche, auf den er einen furchtbaren Eid geschrieben hatte, den er uns jetzt vorlas. Darin stand, daß jeder Junge treu zur Bande halten müsse und niemals deren Geheimnisse verraten dürfe bei Todesstrafe. Wenn irgend jemand irgendeinem von uns irgend etwas zuleid täte, müsse einer das Racheamt übernehmen, den man dazu erwähle, und er dürfe nicht essen und nicht schlafen, ehe er den Beleidiger und seine ganze Familie getötet und allen ein blutiges Kreuz in die Brust geritzt habe, was das Zeichen der Bande sein solle.

Und niemand außer uns dürfe dies Zeichen benutzen, und wenn er es doch täte, solle er gerichtlich belangt, und wenn dies nichts helfe, einfach getötet werden.

Wenn aber einer aus der Bande die Geheimnisse verrate, werde ihm der Hals abgeschnitten, der Körper verbrannt und die Asche in alle vier Winde zerstreut, sein Name dann dick mit Blut von der Liste gestrichen, ihn auszusprechen bei Strafe verboten und er selbst solle vergessen sein für immer und ewig. Wir alle fanden den Eidschwur prächtig und fragten Tom, ob er ihn ganz allein aus seinem eignen Kopf gemacht habe. Er sagte ja, zum größten Teil, einiges habe er auch in alten Piraten- und Räuberbüchern gefunden; jede ordentliche Bande schwöre einen solchen Eid.

Jetzt meinte einer, man solle doch auch die Familie töten von den Jungens, die das Geheimnis verrieten. Tom sagte, das sei eine gute Idee, nahm einen Bleistift und korrigierte es noch hinein in den Eidschwurbogen.

Da meinte Ben Rogers: »Ja, aber, hört einmal, wie ist denn das? Der da« – dabei zeigte er auf mich – »hat doch gar keine Familie nicht, wen sollen wir denn da töten?«

»Er hat doch auch einen Vater«, sagte Tom Sawyer.

»Den hat er wohl, aber wo ihn finden? Früher lag er manchmal betrunken in der Straße, aber seit einem Jahr hat ihn niemand hier herum gesehen!«

Nun berieten sie hin und her und hätten mich beinahe ausgestoßen, denn jeder, so sagten sie, müsse jemanden zum Töten haben, was dem einen recht, sei dem andern billig, und so saßen sie und überlegten, und ich heulte beinahe, so schämte ich mich. Da fiel mir plötzlich Miss Watson ein, und ich bot ihnen die zum Töten an, das leuchtete ihnen ein und alle riefen: »Das geht, die ist recht dazu, Huck kann eintreten!«

Dann nahmen wir Stecknadeln, stachen uns in die Finger und unterzeichneten unsern Namen mit unsrem Herzblut, wie Tom sagte.

»Nun«, meinte jetzt Ben Rogers, »auf was soll unsere Bande sich hauptsächlich verlegen?«

»Auf weiter nichts«, versetzte Tom, »als Raub und Mord und Totschlag!«

»Wen sollen wir denn berauben? Häuser – oder Vieh – oder –«

»Unsinn!« schrie Tom, »das nennt man diebsen und stehlen, nicht rauben und plündern! Wir wollen keine Diebe sein, sondern Räuber! Das ist viel vornehmer! Räuber und Wegelagerer! Wir überfallen die Postkutschen und Wagen auf der Landstraße, mit Masken vor dem Gesicht, und schlagen die Leute tot und nehmen ihnen Uhren und Geld ab!«

»Müssen« wir immer alle tothauen?« »Gewiß, das ist am einfachsten. Ich hab's auch schon anders gelesen, aber gewöhnlich machen sie's so. Nur einige schleppt man hie und da in die Höhle und wartet, bis sie ranzioniert durch Lösegeld befreit, losgekauft. werden!«

»Ranzioniert? Was ist denn das?« - »Das weiß ich selber nicht, aber so hab' ich's gelesen, und so müssen wir's machen!«

»Ho, ho, das können wir ja nicht, wenn wir nicht wissen, was es ist!«

»Ei zum Henker, wir müssen's eben! Hab' ich dir nicht gesagt, daß ich's gelesen habe? Willst du's anders machen, als es in den Büchern steht, und alles untereinanderbringen?«

»Oh, du hast gut reden, Tom Sawyer, aber wie in der Welt sollten wir die Burschen ranzionieren, wenn wir nicht wissen, wie man's macht? Das möcht' ich wissen! Wie zum Beispiel, denkst du dir's eigentlich?«

»Ich – ich weiß nicht, aber ich denke, wenn wir sie behalten, bis sie ranzioniert sind, so wird das heißen, bis sie tot sind!«

»Das läßt sich hören, das begreife ich, aber warum hast du das nicht gleich gesagt? Natürlich behalten wir sie, bis sie zu Tode ranzioniert sind. Sie werden uns aber genug zu schaffen machen, uns alles wegfressen und dabei immer auskneifen wollen!«

»Wie du schwatzest, Ben! Wie können sie auskneifen, wenn einer immer Wache steht, der bereit ist, sie niederzuschießen, wenn einer nur den Finger krumm macht?«

»Einer, der Wache steht? Das ist gut! Das freut mich! Also soll einer die ganze Nacht dastehen, ohne zu schlafen, und sie bewachen! Das ist eine gräßliche Dummheit. Warum nimmt man da nicht sofort einen Knüttel und ranzioniert sie, sobald sie hierherkommen?«

»Weil's so nicht in den Büchern steht, darum! Ich frag' dich, Ben Rogers, willst du alles den Regeln nach tun oder nicht? Darauf kommt's an! Ich glaube, die Leute, die die Bücher schreiben, wissen besser, wie man's macht, als du!

Denkst du, sie könnten von dir etwas lernen? Noch lange nicht! Und drum wollen wir die Burschen genauso ranzionieren, wie's da angegeben ist, und nicht ein bißchen anders!«

»Schon recht, mir liegt nichts dran, ich sage aber, es ist gräßlich dumm so. Sollen wir die Weiber auch töten?«

»Ben Rogers, wenn ich so dumm wäre wie du, hielt ich lieber den Mund! Die Weiber töten! Wer hat je so etwas gehört oder gelesen! Nein, die werden in die Höhle geschleppt, und man ist so höflich und rücksichtsvoll zu ihnen wie man kann. Nach einer Weile verlieben sie sich dann in einen und wollen gar nicht wieder fort.«

»Gut, damit bin ich einverstanden! Ich für mein Teil aber danke. Bald werden wir die ganze Höhle voll Weiber haben und voll Kerle, die auf's Ranzionieren warten, so daß am Ende kein Platz mehr für die Räuber da sein wird. Ich seh's schon kommen! Aber mach nur weiter, Tom, ich bin schon still!«

Der kleine Tommy Barnes war inzwischen eingeschlafen, und als sie ihn weckten, fürchtete er sich und weinte und wollte zu seiner Mama und gar kein Räuber mehr sein.

Da neckten sie ihn alle und hießen ihn Mamakind; das machte ihn ganz wild, und er schrie, nun wolle er auch alles sagen und alle Geheimnisse verraten. Da gab ihm Tom fünf Cents, um ihn stille zu machen, und sagte, nun gingen wir alle nach Hause und kämen nächste Woche wieder zusammen und dann wollten wir ein paar Leute berauben und töten.

Ben Rogers sagte, er könne nicht viel loskommen, nur an Sonntagen, und wollte deshalb gleich nächsten Sonntag anfangen. Aber die anderen Jungens meinten, am Sonntag schicke sich so etwas gar nicht, und so ließen wir's sein. Sie machten aus, so bald wie möglich wieder zusammenzukommen und dann einen Tag zu bestimmen. Hierauf wählten wir noch Tom Sawyer zum Hauptmann und Joe Harper zum Unterhauptmann der Bande und brachen dann nach Hause auf.

Ich kletterte wieder auf's Schuppendach und von da in meine Kammer, gerade als es anfing Tag zu werden. Meine neuen Kleider waren furchtbar schmutzig und voller Lehm, und ich war hundemüde.

Eine ordentliche Strafpredigt – Die Gnade triumphiert – Die Räuber Die Geister – ›Eine von Toms Lügen!‹

Das setzte am andern Morgen eine ordentliche Strafpredigt für mich von Miss Watson über meine schmutzigen Kleider! Die Witwe aber, die zankte gar nicht, sondern putzte nur den Schmutz und Lehm weg und sah so traurig dabei aus, daß ich dachte, ich wolle eine Weile brav sein, wenn ich's fertigbrächte. Dann nahm mich Miss Watson mit in ihr Zimmer und betete für mich, aber ich spürte nichts davon. Sie sagte mir, ich solle jeden Tag ordentlich beten, und um was ich bete, das bekäme ich. Das glaub ein anderer! Ich nicht. Ich hab's probiert, aber was kam dabei heraus! Einmal kriegte ich wohl eine Angelrute, aber keine Haken dazu, und ich betete und betete drei- oder viermal, aber die Haken kamen nicht. Da bat ich Miss Watson, es für mich zu tun, die wurde aber böse und schimpfte mich einen Narren. Warum weiß ich nicht, sie sagte es mir nicht, und ich selbst konnt's nicht herausfinden.
Ich hab' dann lange im Wald gesessen und darüber nachgedacht. Sag' ich zu mir selber: Wenn einer alles bekommen kann, um was er betet, warum bekommt dann der Nachbar Winn sein Geld nicht zurück, das er an seinen Schweinen verloren hat? Und die Witwe ihre silberne Schnupftabaksdose, die ihr gestohlen wurde? Und warum wird die dürre Miss Watson nicht dick? Nein, sag' ich zu mir, da ist nichts dran, das ist Dunst. Und ich ging zur Witwe und sagte ihr's, und die belehrte mich, man könne nur um geistliche Gaben beten! Da das viel zu hoch für mich war, so suchte sie mir's deutlich zu machen: Ich müsse brav und gut sein und den andern helfen, wo ich könne, und nicht an mich, sondern immer nur an die andern denken. Damit war auch Miss Watson gemeint, wie mir's schien. Ich ging hinaus in den Wald und überlegte mir die Sache noch einmal. Aber, meiner Seel', dabei kommt nur was für die andern heraus und gar nichts für mich, und so ließ ich denn das Denken sein und quälte mich nicht länger damit.
Zuweilen nahm mich die Witwe vor und erzählte mir von der gütigen, milden Vorsehung, die's so gut mit dem Menschen meine und wie sie sich meiner in Gnaden erbarmen wolle, bis mir der Mund wässerte und die Augen naß wurden.

Nachher kam wieder Miss Watson und ließ ihre Vorsehung donnern und blitzen, daß ich mich ordentlich duckte und den Kopf einzog. Es muß zwei Vorsehungen geben, dachte ich mir, und ein armer Kerl wie ich hat's sicher bei der Witwe ihrer besser, denn bei Miss Watson's ihrer ist er verloren. So dachte und dachte ich und nahm mir vor, zu der Witwe ihrer Vorsehung zu beten, wenn die sich überhaupt aus so einem unwissenden, armen und elenden Kerl, wie ich einer bin, etwas macht und sich nicht viel wohler befindet ohne mich.

Mein Alter war nun schon seit einem Jahre nicht mehr gesehen worden, was für mich nur eine Wohltat war; ich hatte wahrhaftig kein Heimweh nach ihm. Gewöhnlich walkte er mich durch, wenn er nüchtern war und mich erwischen konnte; ich versteckte mich deshalb meistens im Wald, sobald er wieder auftauchte. Eines Tages sagten die Leute, man habe meinen Vater im Flusse, etwas oberhalb der Stadt, ertrunken gefunden. Sie meinten wenigstens, er müsse es sein. Sie sagten, der Ertrunkene sei gerade so groß, so zerlumpt gewesen und habe so ungewöhn-lich langes Haar gehabt, genau wie mein Alter, das Gesicht war nicht zu erkennen gewesen, es hatte zu lange im Wasser gelegen. Sie verscharrten ihn am Ufer, aber ich war nicht ruhig, glaubte nicht an den Tod des alten Mannes und dachte, der würde schon mal wieder irgendwo auftauchen, um mich zu quälen und zu hauen.

Wir spielten hie und da einmal Räuber, vielleicht einen Monat lang, und dann verzichtete ich auf das Vergnügen – die anderen auch. Wir hatten keinen einzigen Menschen beraubt, keinen getötet, sondern immer nur so getan. Wir sprangen aus dem Wald, und jagten Sautreibern nach oder hinter Frauen her, die Gemüse in Karren zum Markte führten, nahmen aber nie irgend etwas oder irgend jemand in unsre Höhle mit. Tom Sawyer nannte das Zeug, das auf den Karren lag, Goldbarren und Edel-steine und 's waren doch nur Rüben und Kartoffeln, und wir gingen dann zur Höhle zurück und nahmen den Mund voll und prahlten, was wir alles getan hätten, wieviel Kostbarkeiten geraubt und Leute getötet und Kreuze in die Brust geritzt. Aber allmählich fing die Sache an langweilig zu werden.

Eines Tages sandte Tom einen Jungen mit einem brennenden Kienspan, er nannte es Feuerbrand, durch die Straßen der Stadt, das war das Zeichen für die Bande, sich zu versammeln.

Als wir alle beieinander waren, teilte er uns mit, er habe gehört, daß anderntags ein ganzer Haufen spanischer Kaufleute und reicher Ah-raber, wie er sagte, samt zweihundert Elefanten und sechshundert Kamelen und über tausend Saumtieren – was das für Tiere waren, wußte er selber nicht –, alle schwer mit Diamanten beladen im Höhlen-Grunde lagern wollten. Da nur eine kleine Bewachung von vielleicht vierhundert Soldaten dabei sei, sollten wir uns in Hinterhalt legen, die Mannschaft töten und die Diamanten rauben. Er gebot uns unsere Schwerter zu wetzen, die Flinten zu laden und uns bereitzuhalten. Er konnte niemals auch nur hinter einem alten Rübenkarren hersetzen, ohne daß die Schwerter und Flinten, die doch nur Holzlatten und Besenstiele waren, mit dabei sein mußten. Ich für meinen Teil glaubte nun nicht, daß wir es mit einem solchen Haufen Spanier und Ah-raber aufnehmen könnten, hatte aber große Lust, die Kamele und Elefanten zu sehen. Ich stellte mich also am Sonnabend zur bestimmten Stunde ein und legte mich mit in Hinterhalt. Tom kommandierte und wir brachen los, stürmten aus dem Wald und rannten den Hügel hinunter. Mit den Spaniern, den Ah-rabern, Kamelen, Elefanten aber war's Essig. Nur eine Sonntags-Schulklasse hatte einen Ausflug gemacht und sich im Gras gelagert und noch dazu nichts als die allerkleinsten Mädchen. Wir jagten sie auf und rannten hinter den Kindern her, eroberten aber nur etwas Eingemachtes und ein paar Stückchen Kuchen, Ben griff nach einer Puppe und Joe nach einem Gesangbuch, aber als die Lehrerin kam, warfen wir die Sachen weg und rannten davon. Diamanten hatte ich ebensowenig gesehen und sagte das Tom auch. Es seien doch massenhaft dagewesen, erwiderte er, desgleichen Ah-raber und Kamele und alles. Warum haben wir's dann aber nicht gesehen? fragte ich. Er sagte, wenn ich kein solcher Dummkopf wäre und ein Buch gelesen hätte, das Domkuischote oder ähnlich hieß, so wüßte ich warum, ohne ihn zu fragen. Er sagte, es sei alles nur Zauberei gewesen. Es wären Hunderte von Soldaten und Elefanten und Schätze dort gewesen, aber wir hätten mächtige Feinde, Zauberer, die uns zum Trotz alles in eine Kleinkinder-Sonntagsschule verwandelt hätten.

Darauf meinte ich, das sei alles ganz schön, dann wollten wir einmal ordentlich gegen die Zauberer losgehen. Tom Sawyer sagte, ich sei ein Esel.

»So ein Zauberer«, sagte er, »würde ein ganzes Heer von Geistern zur Hilfe rufen, und die würden dich in Stücke hauen, ehe du Amen sagen könntest. Die sind so groß wie Bäume und so dick wie Kirchtürme.«

»Gut«, sagte ich, »laß uns doch ein paar Geister nehmen, die uns helfen, dann wollen wir die andern schon zwingen.«

»Wie willst du sie denn bekommen?«

»Das weiß ich nicht. Wie kriegen die sie denn?«

»Die? Oh, ganz einfach. Die reiben eine alte Blechlampe oder einen eisernen Ring, und dann kommen die Geister angesaust mit Donner und Blitz und Rauch, und was man ihnen befiehlt, das tun sie. Es ist ihnen eine Kleinigkeit, einen Kirchturm aus der Erde zu reißen und ihn dem nächsten besten um den Kopf zu hauen.«

»Wer befiehlt ihnen denn?«

»Nun, der Zauberer, der die Lampe oder den Ring reibt, und sie müssen tun, was er sagt. Wenn er ihnen sagt, sie sollen einen Palast bauen, vierzig Meilen lang und ganz aus Diamanten und ihn mit Brustzucker oder Hustenleder oder irgend etwas füllen und dann die Tochter vom Kaiser von China holen zum Heiraten und – Gott weiß was noch – sie müssen alles tun. Und wenn man den Palast woanders hingestellt haben will, müssen sie ihn rings im Lande herumschleppen, bis er an der rechten Stelle ist und ...«

»Aber«, sag' ich, »warum sind sie denn solche Esel und behalten den Palast nicht für sich selber, anstatt damit herum zukutschieren für andre. Wegen mir könnte, wer wollte, eine alte Blechlampe oder einen eisernen Ring reiben, bis er schwarz würde, mir fiel's gar nicht ein, deswegen zu ihm zu laufen und mir befehlen zu lassen.«

»Wie du jetzt wieder redest, Huck Finn, du müßtest eben kommen, wenn du ein Geist wärst und einer riebe den Ring, ob du wolltest oder nicht.«

»Was? Und dabei war' ich so groß wie ein Baum und so dick wie ein Turm? Gut, ich käme, aber der riefe mich nicht zum zweitenmal, das kannst du mir glauben.«

»Pah, mit dir ist nicht zu reden, Huck Finn, du weißt und verstehst nicht» – du bist der vollkommenste Hohlkopf!«

Zwei oder drei Tage lang überlegte ich mir nun die Sache, und dann beschloß ich zu probieren, ob wirklich etwas dran sei.

Ich verschaffte mir eine alte Blechlampe und einen eisernen Ring, ging hinaus in den Wald und rieb und rieb bis ich schwitzte wie ein Dampfkessel – ich hätte so gerne einen Palast zum Verkaufen gehabt. Aber es war alles umsonst, es kam kein Donner und kein Blitz und kein Dampf und kein Rauch und am allerwenigsten ein Geist. Da begriff ich denn, daß all' der Unsinn wieder einmal eine von Toms Lügen gewesen war. Er glaubt vielleicht an die Ahraber und die Elefanten, ich aber denke anders – es schmeckte alles zu sehr nach der Sonntagsschule.

»Langsam aber sicher« – Huck und der Kreisrichter Aberglaube

So vergingen drei oder vier Monate, und wir waren nun mitten im Winter drin. Ich ging fleißig zur Schule, konnte buchstabieren, lesen, schreiben, das Einmaleins hersagen bis zu sechs mal sieben ist fünfunddreißig, Ja, Huck Finn hat's nach diesem Exempel nicht sehr weit in der Rechenkunst gebracht! weiter kam ich nicht und wäre auch wohl nie weiter gekommen, und wenn ich hundert Jahre dran gelernt hätte – ich habe einmal kein Talent zur Mathemaatik.

Erst verabscheute ich die Schule, dann gewöhnte ich mich allmählich dran. Strengte sie mich einmal übermäßig an, so schwänzte ich einen Tag, und die Prügel, die ich dafür anderntags bekam, taten mir gut und frischten mich auf. Je länger ich hinging, desto leichter wurde mir's. Auch an der Witwe ihre Art gewöhnte ich mich nach und nach und ärgerte mich nicht mehr über alles. Nur das Wohnen in einem Hause und Schlafen im Bett wollte mir noch immer nicht hinunter, und eh' das kalte Wetter kam, rannte ich manchmal des Nachts in den Wald und ruhte dort einmal gründlich aus. Ich liebte mein altes, freies Leben viel – viel mehr als das neue, aber ich fing doch an, auch das ein klein wenig gern zu haben. Die Witwe und ich, wir kamen uns langsam aber sicher näher und waren ganz zufrieden miteinander. Sie sagte auch, sie schäme sich meiner gar nicht mehr.

Eines Morgens stieß ich beim Frühstück das Salzfaß um und wollte eben ein paar Körnchen von dem verschütteten Salz nehmen, um es über die linke Schulter zu werfen, damit es mir kein Unglück bringe, da kam mir Miss Watson zuvor:

»Die Hand weg, Huckleberry«, zeterte sie, »du mußt auch immer Dummheiten machen!«

Die Witwe wollte ein gutes Wort für mich einlegen, aber das konnte das Unglück nicht abhalten, das wußte ich nur zu gewiß. Als ich vom Tisch aufstand und mich drückte, war mir's ganz unbehaglich und beklommen zumute. Ich mußte immer daran denken, wo mir wohl etwas Schlimmes zustoßen und was es sein werde. Ich weiß noch andre Mittel, um Unglück fernzuhalten, aber die ließen sich hier nicht anwenden und so hielt ich still und tat gar nichts, schlängelte mich, nur niedergeschlagen meines Weges weiter, immer auf der Hut vor irgend etwas Unbekanntem. Ich ging den Garten hinunter und kletterte über den hohen Bretterzaun. Es war in der Nacht frischer Schnee gefallen, und ich sah Fußspuren darin. Sie führten direkt vom Steinbruch hierher und rings um den Gartenzaun. Im Garten selbst sah ich nichts, und das machte mich stutzig. Was hatte einer da draußen herumzulungern? Ich wollte den Spuren nachgehen, bückte mich aber erst noch einmal, um sie zu untersuchen. Zuerst fiel mir nichts dran auf, dann aber, Herr, du mein Gott, da sah ich etwas, das mir bekannt war, und ich wußte sofort, was die Uhr geschlagen hatte. Am linken Absatz der Fußspur befand sich ein mir nur allzu bekanntes Kreuz aus dicken Nägeln, um den Bösen fernzuhalten.

In einer Sekunde war ich auf und davon und den Hügel hinunter. Von Zeit zu Zeit sah ich ahnungsvoll über die Schulter zurück, konnte aber niemand entdecken. Wie der Blitz rannte ich zum Kreisrichter, der mich mit den Worten empfing: »Junge, du bist ja ganz außer Atem. Kommst du wegen deiner Zinsen?«

»Nein«, sag' ich, »hab' ich denn wieder was zu bekommen?«

»O ja, gestern abend sind die vom letzten halben Jahr eingelaufen. Über hundertundfünfzig Dollar; ein ganzes Vermögen für dich, mein Junge. Ich lege dir die Zinsen aber wohl besser mit dem Kapital an, denn wenn du sie hast, gibst du sie auch aus.«

»O nein«, sag' ich, »ich will sie gar nicht haben, die Zinsen nicht und auch die sechstausend nicht, Sie sollen's behalten, Herr, ich will's Ihnen geben, alles, alles!«

Er sah mich erstaunt an und schien mich nicht zu verstehen. Dann sagte er: »Wie – wie meinst du das, Junge?«

Sag' ich: »Fragen Sie mich, bitte, nichts weiter, Herr, aber nehmen Sie's, bitte, nehmen Sie's!«

Darauf er: »Junge, ich versteh' dich nicht, was ist denn mit dir?«

Darauf ich: »Bitte, bitte nehmen Sie's und fragen Sie mich nicht weiter – dann muß ich Ihnen auch nichts vorschwindeln!«

Er dachte eine Weile nach, dann sagte er: »Holla, ich glaub', ich hab's. Du willst mir deine Ansprüche abtreten, verkaufen, nicht schenken. Das liegt dir im Sinn, nicht wahr?«

Und ohne weiteres schreibt er ein paar Zeilen auf ein Stück Papier, liest's noch einmal durch und sagt dann: »Da – sieh' her. Es ist ein Vertrag, und es steht drin, daß ich dir deine Ansprüche abgekauft habe. Da hast du einen Dollar. Nun unterschreibe!«

Ich unterschrieb und trollte mich.

Miss Watsons Nigger Jim hatte eine haarige Kugel, so groß wie eine Faust, die einmal aus dem vierten Magen eines Ochsen herausgenommen worden war. Mit der konnte er wahrsagen, da sich ein Geist darin befand, der alles wußte. Ich ging also zu Jim am Abend und sagte ihm, mein Alter sei wieder im Land, ich habe seine Fußspuren im Schnee gefunden. Was ich wissen wollte, war, was der Alte im Schilde führte und wie lang er bleiben werde. Jim nahm seine haarige Kugel, brummte etwas drüber hin, hob sie in die Höhe und warf sie dann zu Boden. Sie fiel derb auf und rollte kaum einen Zoll weit von der Stelle. Noch einmal probierte es Jim und noch einmal und immer blieb es gleich. Jetzt kniete Jim nieder und legte sein Ohr an die Kugel und horchte, aber 's wollte nichts sagen. Er sagte, manchmal redet es nicht ohne Geld. Ich bot ihm nun eine alte, nachgemachte Münze an, bei der überall das Messing durchsah, und die sich so fett und schlüpfrig anfühlte, daß sie mir niemand für echt abgenommen hätte. Von meinem Dollar schwieg ich natürlich, denn für die alte Kugel war wahrhaftig die schlechte Münze gut genug. Jim nahm die Münze, roch daran, rieb sie, biß hinein und versprach es einzurichten, daß die Haarkugel die Unechtheit nicht merke. Er sagte, er wolle eine rohe Kartoffel nehmen und die Münze hineinstecken und die

Nacht über drin lassen, am andern Morgen sehe man dann kein Messing und fühle keine Fettigkeit und kein Mensch werde den Betrug merken, noch weniger eine Haarkugel. Das Ding mit der Kartoffel wußt' ich, hatt's nur vergessen im Moment.

Jim steckte also nun die Münze unter die Kugel und legte wieder das Ohr dran. Jetzt sei alles in Ordnung, sagte er, und die Kugel werde mir wahrsagen, soviel ich wolle. »Nur zu!« sag' ich.

Und die Kugel sprach nun zu Jim, und Jim sagt's mir wieder: »Deine alte Vater noch nix wissen, was wollen tun. Einmal wollen gehen, einmal wollen bleiben.

Du sein ganz ruhig, Huck, lassen tun die alte Mann, wie er wollen. Sein da zwei Engels, fliegen um ihn rum. Sein der eine weiß, der andere schwarz. Wollen der weiß ihn führen gute Weg, kommen der schwarz und reißen ihn fort. Arme Jim, ich nix können sagen von Ende, ob schwarz, ob weiß! Bei dir aber allens sein gut. Du haben noch viel Angst im Leben, aber auch viel Freud! Werden kommen Krankheit und Unglück un dann Gesundheit un Glück! Sein deine Engels zwei Mädels, eine blond und eine braun, eine reich un eine arm. Werden du heiraten erst die arm un dann die reich! Du nix gehen zu nah an Wasser, sonst du müssen fallen rein un ganz ersaufen! Du hören arme, alte Jim, Huck, du nix vergessen, was er sagen!«

Das versprach ich denn auch hoch und heilig. Als ich an diesem Abend mein Licht angezündet hatte und damit in mein Zimmer trat – saß da mein Alter in Lebensgröße!

Hucks Vater – Bekehrung – Zärtlichkeiten

Ich hab' mich stets vor ihm gefürchtet, er hat mich immer so tapfer gegerbt, aber diesmal merkt' ich gleich, daß es anders war. Das heißt, zuerst schnappte ich nach Luft – es nahm mir den Atem, ihn so plötzlich zu sehen; aber dann raffte ich mich schnell zusammen und trat näher.

Er war beinahe fünfzig und sah auch so aus. Sein Haar war lang und verwirrt und fettig und hing ihm übers Gesicht, daß seine Augen wie hinter Buschwerk hervorstachen. Es war noch ganz schwarz und kein bißchen grau, so war auch sein langer

Schnauzbart. In seinem Gesicht, soweit man's sehen konnte, war keine Farbe, es war ganz weiß, aber nicht von einem gewöhnlichen Weiß, sondern so, daß es einem übel machte, wenn man's sah, daß es einem eine Gänsehaut über den Rücken jagte, so totenähnlich, so fischbauchartig war es.

Seine Kleider – waren Lumpen, weiter nichts. Er hatte den rechten Fuß aufs linke Knie gelegt, und der Stiefel sperrte das Maul so weit auf, daß zwei oder drei Zehen heraussahen, an denen er herumfingerte. Sein Hut, ein alter zerrissener Filzdeckel, lag auf dem Boden.

Ich starrte ihn an. Er hatte den Stuhl etwas hinten übergekippt und starrte mich wieder an.

Endlich stellte ich das Licht hin und sah, daß das Fenster offen war; der Alte war also übers Schuppendach eingestiegen. Der verflixte Schuppen!

Der Alte folgte mir mit den Augen, ich spürte es, endlich sagte er: »Donnerwetter, feine Kleider – sehr fein! Du bild'st dir wohl was drauf ein, he? Denkst, du bist ein Herr geworden, he?«

»Vielleicht – vielleicht auch nicht«, sag' ich.

»Wirst du mir wohl ordentlich antworten, he?« brüllt er, »du scheinst dir tüchtige Mücken in den Kopf gesetzt zu haben, seit wir uns nicht gesehen. Die treib' ich dir aus, das laß dir gesagt sein! Du gehst auch in die Schule, hab' ich mir sagen lassen, und kannst lesen und schreiben. Glaubst jetzt wohl, daß du besser bist als dein Vater, he, du Racker? Wart' ich will dir kommen! Wer hat dir erlaubt dahinzugehen, wer, frag' ich, wer hat dir's erlaubt?«

»Die Witwe! Sie hat's erlaubt!«

»Die Witwe, he? Und wer hat's der Witwe erlaubt, daß sie ihre Nase in Dinge steckt, die sie absolut nichts angehen, wer, he?«

»Niemand!«

»Gut, der will ich's zeigen! Und du, Bengel, infamer, du läßt das Schulegehen bleiben, verstanden? Ich werd's den Leuten schon zeigen, was es heißt, einem solchen Flegel wie dir, in den Kopf zu setzen, er sei besser als sein Vater. Laß du dich wieder in der Schule erwischen! Deine Mutter hat nicht lesen und schreiben können, eh' sie starb und keiner von der Familie konnt's ich kann's auch nicht, und da kommt so ein Racker und will besser sein als wir alle und bildet sich was drauf ein und tut sich dick damit. Das laß ich mir aber nicht gefallen, verstanden? Da – zeig einmal, was du lesen kannst.«

Ich nahm ein Buch und stotterte etwas vom General Washington und dem Krieg. Eine Minute lang hörte er zu, dann versetzte er dem Buch einen Stoß, daß es in die andere Zimmerwand klatschte, und sagte: »Kann's der Bengel ja wahrhaftig! Ich hätt's nicht geglaubt, dacht' es sei Geflunker.

Aber du, wart, ich werd' dir die Mücken austreiben, ich leid's nicht, verstanden? Ich werde aufpassen, und erwisch' ich dich an der Schule, mein feiner Herr, so gerb ich dir das Leder durch, daß du die Engel im Himmel pfeifen hörst! Nächstens wirst du noch fromm werden! Donnerwetter, so ein Sohn!«

Er griff nach einem kleinen blau und gelben Bildchen, auf dem ein Junge und ein paar Kühe abgemalt waren, und fragt: »Was ist das?«

»Das hab' ich gekriegt, weil ich meine Aufgabe gut gelernt habe.«
Rasch war's zerrissen, und er brüllt:

»Ich will dir was Beßres geben, wart' ich werd' dir ein Bild auf den Buckel malen.«

Nun saß er still und murmelte und brummte vor sich hin. Dann fängt er wieder an: »Hat man je schon so etwas erlebt! Das nenn' ich einen feinen Herrn! Ein Bett, wahrhaftig, und Bettücher! Und ein Stückchen Teppich am Boden! Und der eigene Vater schläft bei den Schweinen oder wo er gerade hinkommt! Und das will ein Sohn sein! Wart, Kerl, die Mücken fliegen dir aus dem Kopf, eh' du Amen sagen kannst, da sag' ich dir. Mit dir werd' ich noch fertig werden, Racker! Die Leute sagen auch, du hättest Geld! Wie ist das?«

»Die Leute lügen – so ist das!«

»Ich sag' dir, Bursche denk dran, daß du mit deinem Vater sprichst, bald bin ich fertig mit meiner Geduld, also sieh dich vor! Jetzt bin ich zwei Tage in der Stadt, und überall hab' ich von deinem Geld gehört, schon weiter unten im Tal erzählten sie davon, und so muß doch was dran sein! Deshalb bin ich gekommen. Also morgen schaffst du mir das Geld, verstanden? – Ich brauch's!«

»Ich hab' kein Geld!«

»Du lügst! Der Kreisrichter hat's für dich, und du schaffst mir's her – ich brauch's, sag' ich dir!«

»Ich hab' kein Geld! Frag den Kreisrichter selbst, der wird dir's auch sagen!«

»Gut, ich werd' ihn fragen, und er muß blechen, oder ich will wissen, wie's damit steht. Was hast du in der Tasche, he? Ich will's haben!«

»Ich hab' nur einen einzigen Dollar, und den brauch' ich, um –«

»Das ist ganz wurst, wozu du ihn brauchst, her damit! Raus!«

Er nahm ihn und biß hinein, um zu sehen, ob er echt sei, und sagte dann, er gehe in die Stadt, um sich Whisky zu holen, er habe den ganzen Tag noch keinen Tropfen über die Lippen gebracht, dabei roch er wie ein Schnapsladen.

Dann kletterte er zum Fenster hinaus auf den Schuppen, steckte den Kopf wieder herein, fluchte noch einmal über meine Mücken und darüber, daß ich besser sein wolle als er, und als ich dachte, nun sei er sicher fort, erschien er noch einmal und erinnerte mich an die Schule und die versprochenen Prügel, wenn ich mich dort blicken lasse.

Am andern Tag war er betrunken, ging zum Kreisrichter und drohte ihm wegen des Geldes, das der nicht herausgeben wollte; er sagte, er wolle vor Gericht gehen und ihn dazu zwingen.

Der aber und die Witwe wollten, daß man mich meinem Alten wegnehme und eines von ihnen zu meinem Vormund mache. Und das wäre, meiner Seele, das beste gewesen. Aber da war ein neuer Ortsrichter gekommen, der kannte den alten Mann nicht und meinte, es sei unrecht, Familien zu trennen, er könne nichts tun, er wolle dem Vater das Kind nicht rauben. So mußten der Kreisrichter und die Witwe die Sache eben gehen lassen, wie's ging.

Das war Wasser auf die Mühle meines Alten und stieg ihm riesig zu Kopf. Er drohte, er wolle mich schwarz und blau dreschen, wenn ich ihm nicht sofort Geld verschaffe. Ich lief also zum Kreisrichter und lieh mir drei Dollar von meinem Geld. Der Alte nahm's betrank sich, lärmte, schimpfte, fluchte und spektakelte durch die Straßen der Stadt, bis sie ihn festnahmen und für eine Woche einsperrten. Das war ihm nun nichts Neues und genierte ihn weiter nicht. Wenn sie jetzt auch Meister über ihn seien, so bleibe er doch immerhin Herr und Meister seines Sohnes, meinte er, und werde das der ganzen Stadt und seinem Herrn Sohne selbst noch klar beweisen. Dem wolle er schon noch einheizen in seinem Leben!

Nach Verlauf der Strafzeit ließen sie ihn dann laufen. Der Ortsrichter aber sagte, er wolle einen neuen Menschen aus ihm machen, nahm ihn mit nach Hause, gab ihm saubere, ordentliche Kleider statt der Lumpen, behielt ihn zum Frühstück, Mittagessen und Abendbrot und schloß sozusagen dicke Freundschaft mit ihm.

Nach dem Abendessen redete er dann auf ihn ein von Gott und dem letzten Gericht, der Bibel und dem Temperamentsverein Huck meint den Temperenzverein = Mäßigkeitsverein. bis der alte Mann zu schluchzen und zu weinen begann und sagte, er sei ein Narr gewesen all sein Leben lang, ein elender, erbärmlicher, lumpiger Narr!

Jetzt aber gehe er in sich und wolle von neuem beginnen und ein Mann werden, dessen sich kein Mensch in der Welt zu schämen brauche, wenn ihm der Herr Richter nur helfen und ihn nicht verachten wolle. Der sagte, er möchte ihm um den Hals fallen für diese Worte und weinte vor Rührung, und seine Frau weinte mit. Mein Alter versicherte nun, er sei immer verkannt worden in seinem Leben; alles, was ein verlorener Mensch brauche, um gerettet zu werden, sei Sympathie; der Richter stimmte ihm zu, und dann weinten sie wieder.

Als es Zeit war zum Schlafengehen, erhob sich mein bekehrter Vater, hielt seine Hand hin und sagte: »Sehen Sie hier diese Hand, meine Herrn und Damen, nehmen Sie sie, schütteln Sie sie. Es war einstmals die Hand eines Schweines, aber sie ist's nicht mehr, sie ist die Hand eines Mannes, der ein neues Leben begonnen hat und der eher sterben wird, als daß er ins alte zurückkehrt. Denken Sie an diese Worte, gedenken Sie dessen, der sie sagte. Es ist eine reine Hand jetzt, nehmen Sie, fürchten Sie nichts, schütteln Sie diese Hand!«

Der Richter, seine Frau und seine Kinder schüttelten sie der Reihe nach, und die Frau Richter küßte sie sogar. Dann sollte er noch ein feierliches Gelöbnis unterschreiben – und er tat's, indem er drei Kreuze druntersetzte. Der Richter bemerkte noch, das sei der schönste Tag seines Lebens, und dann führten sie meinen Alten im Triumph in ihr allerbestes Gastzimmer. Der aber fühlte sich sehr durstig, und in der Nacht, als alles schlief, kletterte er aus dem Fenster aufs Vordach der Haustür, ließ sich am Gitter nieder, witschte in die Stadt, versetzte seinen neuen Rock für eine schwer geladene Schnapsflasche und stieg so bewaffnet wieder in sein warmes Nest und feierte die Bekehrung auf seine Weise. Gegen Morgen wollte er sich auf dem alten Weg aus dem Staub machen, war aber nicht fest auf den Beinen, fiel vom Dach und brach den Arm an zwei verschiedenen Stellen, konnte nicht weiter und wurde dann nach ein paar Stunden halb erfroren im Schnee aufgefunden.

Man schaffte ihn zur Pflege ins Krankenhaus, wo ich ihn nun für einige Wochen wenigstens gut aufgehoben wußte. Im Gastzimmer bei Richters aber mußten sie eine Art Überschwemmung anstellen, ehe es wieder zu gebrauchen war.

Beim Ortsrichter selbst blieb die Bekehrung meines Alten ein wunder Punkt.

Er meinte, die sei für die Dauer nur mit einem Flintenschuß ins Werk zu setzen, er wisse kein andres Mittel und, meiner Treu – ich glaub', er hat recht.

Der Alte geht zum Kreisrichter – Huck entschließt sich
Reißaus zu nehmen – Ernsthaftes Nachdenken! –
Politisches – Nächtliche Lustbarkeit

Soweit also war's gut! Bald aber war der alte Mann wieder zurechtgeflickt und machte die Gegend aufs neue unsicher. Er ging zum Kreisrichter und drohte ihn zu verklagen und tat's auch wirklich, als der sich weigerte das Geld herauszugeben. Dann wollte er mich verklagen, weil ich trotz seines Verbots in die Schule trabte. Er fing mich ein paarmal ab und walkte mich tüchtig durch, ich aber ging nach wie vor hin, und es gelang mir meistens, ihn zu überlisten oder aber davonzurennen. Vorher war mir die Schule gerade kein Vergnügen gewesen, nun aber fand ich Lust daran, weil es den Alten so ärgerte. Der Prozeß vor Gericht wegen des Geldes ging nur sehr langsam vonstatten, sie schienen darüber einschlafen zu wollen. So borgte ich denn ab und zu zwei oder drei Dollar vom Kreisrichter, mit denen ich mich dann beim Alten von einer versprochenen Tracht Prügel loskaufte. Sooft er Geld hatte, hatte er auch einen Rausch, und sooft er einen Rausch hatte, tobte er durch die Straßen, und sooft er das tat, wurde er eingesperrt. Solch ein Leben gefiel ihm, das war gerade, was er wollet

Allmählich aber machte er doch die Gegend um das Haus der Witwe allzu unsicher. Sie warnte ihn zwar ein paarmal und drohte, sie wolle die Nachbarn zu Hilfe rufen gegen ihn, aber das half nichts. Er wurde nur wütend und sagte, er wolle zeigen, wer Huck Finns Herr sei! So fing er mich an einem schönen Frühlingstage ab, als ich nichts Schlimmes ahnte, schleppte mich mit Gewalt zum Fluß in ein Boot, setzte nach dem Illinois-Ufer über, wo der Wald am dicksten stand, und brachte mich da in eine alte Blockhütte, die niemand hätte auffinden können, der nicht genau wußte, wo sie lag.

Ich mußte immer an seiner Seite bleiben, zum Durchbrennen gab's nicht die kleinste Gelegenheit.

So wohnten wir denn in der alten Hütte, und bei Nacht verschloß er die Tür und legte den Schlüssel unter seinen Kopf.

Er besaß eine alte Flinte, die er wahrscheinlich irgendwo gestohlen hatte. Wir jagten und fischten und lebten von der Beute. Von Zeit zu Zeit schloß er mich ganz ein, ging hinunter an die Fähre, tauschte dort Fische, und was er geschossen hatte, gegen Schnaps ein, kam heim, betrank sich, vergnügte sich auf seine Weise und prügelte mich durch. Die Witwe hatte mittlerweile herausgefunden, wo mich der Alte hingeschleppt, und sandte einen Mann, der mich befreien sollte. Den trieb aber mein Vater mit der Flinte in die Flucht. Bald hatte ich mich denn auch an das Leben gewöhnt, befand mich wohl dabei und liebte es; nur das Durchhauen war nicht ganz nach meinem Geschmack.

Es war so lustig und so faul und so behaglich, den ganzen Tag nach Herzenslust herumzuliegen, nur zu rauchen oder zu fischen und Bücher Bücher, und Lernen Lernen sein zu lassen. Zwei oder drei Monate verflossen so, meine Kleider waren nur noch schmutzige Lumpen, und ich konnte kaum mehr begreifen, wie ich es je bei der Witwe ausgehalten hatte, wo man sich waschen mußte, vom Teller essen, sich kämmen, zu Bett gehen und zur bestimmten Stunde aufstehen, ewig sich mit Büchern herumplagen und dazu das Keifen und Zetern der alten Miss Watson mit anhören. Ich wollte gar nicht wieder zurück ins Gefängnis! Das

Fluchen hatte ich mir abgewöhnt, weil es die Witwe nicht gern hörte, nun machte ich mich aber lustig wieder dran, mit meinem Alten um die Wette. Ich hatte es eigentlich ganz gut da draußen im Wald, wenn ich so alles in allem nehme.

Allmählich aber wurde der Alte zu beweglich mit seinem Stock, ich konnt' es kaum mehr aushalten, ich war voll Striemen und Beulen. Auch ging er immer öfter weg und schloß mich ein. Einmal blieb er beinahe drei Tage aus. Es war schrecklich einsam, und ich dachte schon, er sei ertrunken und ich müsse hier verhungern. Das war mir denn doch zu bunt! Wie oft hatte ich schon versucht durchzubrennen, aber es ging nicht. Die Fenster waren Löcher, durch die kein Hund durchgekonnt hätte, der Kamin war zu eng, und die Türen aus festen Eichenbohlen gezimmert. Ein Messer oder irgend etwas Derartiges hütete sich der Alte wohl zurückzulassen, wenn er ging.

Wie oft schon hatte ich die Hütte durchstöbert, von oben bis unten, ohne je etwas zu entdecken, diesmal aber fand ich unter einem Dachbalken, ganz in der Ecke, eine alte, rostige Holzsäge. Wer war froher als ich!

Rasch eingeschmiert und nun frisch drauf los! Ich hob ein Stück von einer alten Pferdedecke auf, die in eine Ecke beim Tisch genagelt war, damit der Wind das Licht nicht ausblase, und begann dahinter die Balken anzusägen, um ein Stück herauszunehmen, so groß, daß ich durchschlüpfen könnte. Es war eine tüchtige, saure Arbeit, und als ich beinahe damit zu Ende war, hörte ich Vaters Flinte im Wald. Ich nun schnell, schaff' die Sägspäne beiseite, leg' den Teppich vors Loch und verberg' die Säge. Kaum war ich fertig, stolperte richtig der Alte zur Türe herein.

Er war schlechter Laune – hatte also nicht getrunken, erzählte, er sei in der Stadt gewesen und daß alles verkehrt ginge. Der Advokat sage, er werde ohne Zweifel den Prozeß gewinnen, wenn er nur erst einmal zur Verhandlung käme. Es werde aber immer wieder hinausgeschoben und daran sei nur der Kreisrichter mit seinem Einfluß schuld. Dann sollten die Leute gesagt haben, es würde einen neuen Prozeß geben, um mich von ihm fortzunehmen und die Witwe zu meinem Vormund zu machen, und dann würde die Sache wahrscheinlich gegen ihn ausfallen. Diese Nachricht versetzte mir einen gewaltigen Stoß, denn zur

Witwe wollte ich keinesfalls zurück, wo sie mich in alles mögliche hineinzwängten, in Kleider und Manieren, um mich zu sievilisieren. Jetzt fing der alte Mann an zu fluchen und fluchte auf alles und jeden, den er kannte, dann fing er von vorn an, um sicher zu sein, daß er keinen vergessen hatte, und endlich rundete er das Ganze niedlich mit einem saftigen Fluch auf die Welt im allgemeinen ab.

Die Witwe solle nur einmal kommen und mich zu holen versuchen, er wisse einen Platz, sechs oder sieben Meilen weit im Walde drin, da wolle er mich hinstecken, da könnten sie nach mir suchen, bis sie schwarz würden, eh' sie mich fänden. Einen Augenblick lang stand mir der Atem still, dann aber fiel mir ein, daß ich bis dahin kaum mehr zur Hand sein dürfte, um ihm diese Freude zu machen.

Der Alte hieß mich nun zum Boot gehen und die Sachen holen, die er eingehandelt hatte.

Es war ein Sack mit ungefähr fünfzig Pfund Mehl, eine Speckseite, Munition und ein tüchtiger Krug Branntwein, ein altes Buch, zwei Zeitungen und sonst allerlei, dann noch ein Stück Seil.

Ich machte mir die Ladung zurecht, schaffte sie ans Land und setzte mich dann in das Boot, um einmal ernsthaft über meine Lage nachzudenken. Ich hielt es für das beste, mit der Flinte und ein paar Angelruten in die Wälder durchzubrennen, mich da zu verbergen, dann nach einiger Zeit während der Nacht weiterzuwandern, zu jagen und zu fischen, um etwas zu essen zu haben, und so immer weiter und weiter bis weder der Alte noch die Witwe mich je würden wiederfinden können. In dieser Nacht wollte ich meine Sägearbeit an der Hütte fertigmachen, sobald der alte Mann betrunken war, worauf ich sicher zählte, wenn ich den Vorrat von Branntwein betrachtete, mit dem er sich versehen hatte. Ich war so voll von meinen Plänen, daß ich alles um mich her vergaß, bis mich mein Alter von der Hütte her anrief und fragte, ob ich schlafe oder was sonst mit mir los sei.

Ich schaffte nun die Sachen zur Hütte, und darüber war's beinahe dunkel geworden. Während ich das Abendessen kochte, hatte sich der Alte an seinen Krug gemacht, einige herzhafte Züge getan und war dadurch warm geworden. Seinen letzten Rausch hatte er in der Stadt gehabt, wo er die ganze Nacht über in der Gosse gelegen hatte. Er sah aber auch danach aus! Man hätte ihn für Adam halten können, er schien ein wandelnder Erdenkloß, so überzogen mit Kot und Lehm war er. Wenn der Schnaps lebendig in ihm wurde, beschäftigte er sich beinahe immer mit Politik und der Regierung. Diesmal schimpfte er nicht schlecht: »Das will eine Regierung sein, Donnerwetter, und dabei ist sie, bei Licht gesehen, keinen Pfifferling wert! Kommen sie da mit dem Gesetz und wollen einem alten Mann den Sohn wegnehmen, den einzigen Sohn, den er mit Mühe, Angst und Not und schweren Kosten großgezogen hat. Ja und gerade dann, wenn der Sohn glücklich so weit ist, daß er verdienen könnte und etwas für seinen armen, alten Vater tun, dann kommen sie mit dem Gesetz und wollen ihn wegnehmen. Und das will eine Regierung sein, wahrhaftig, allen Respekt davor! Und das ist noch nicht alles! Noch lange nicht!

Da gibt's auch noch ein Gesetz, das dem Schurken von Kreisrichter hilft, mir mein Geld nicht herauszugeben – mein eignes Geld! Solch ein Gesetz gibt's! Ein Gesetz, das einen Mann, der seine sechstausend Dollar und mehr wert ist, nimmt und ihn in ein altes Loch stopft, wie das hier, ihn statt mit Kleidern mit Fetzen behängt, die für ein Schwein zu schlecht wären, ihn – wahrhaftig eine wundervoll weise Regierung, bei der man nicht zu seinem Recht kommen kann!

Ich hätte gute Lust, dem ganzen Bettel den Rücken zu kehren und das Land zu verlassen! Hab's aber dem Kreisrichter auch gesagt, tüchtig, und alle konnten's hören, war mir ganz egal, sie können's weitersagen, wenn sie wollen! Sag' ich, für zwei Cents wend' ich dem vermaledeiten Land den Rücken, und straf mich Gott, wenn ich ihm je wieder nahe komme. Das ist, weiß Gott, und wahrhaftig gerad', was ich gesagt hab'. Und, sag' ich, da seht meinen Hut an, wenn man das Ding überhaupt einen Hut nennen kann, an dem der Kopf fehlt und der Rand nur ein Fetzen ist, mit solchem Hut läßt die Regierung dieses gesegneten Landes einen Mann laufen, der einer der wohlhabendsten der Stadt wäre, wenn er zu seinem Recht kommen könnte – so eine Regierung, daß Gott erbarm!«

Und so gings weiter, immer in derselben Tonart. Dabei stolperte der Alte in der Hütte hin und her in heller Wut, und da er nicht aufpaßte, wo ihn seine wackeligen Spazierhölzer hintrugen, so fiel er schließlich über das kleine Fäßchen mit gesalzenem Schweinefleisch und stieß sich die beiden Schienbeine wund. Nun aber hätte man ihn hören müssen, wie er loszog! – Gott und die Welt im allgemeinen, die Regierung und das Fäßchen ganz im besonderen bekamen ihr redlich Teil ab. Weiß Gott, so hatte ich ihn selber noch nicht gehört! Er hüpfte erst auf einem Bein, dann auf dem andern und strich mit der Hand über den geschundenen Teil, plötzlich holte er kräftig aus und versetzte dem Missetäter von Faß einen schallenden Fußtritt. Da hatte er sich aber versehen und den Fuß genommen, an dem die Zehen aus dem Stiefel herausguckten. Das Gebrüll, das dem Tritt folgte, machte mir ordentlich die Haare zu Berge stehen – plumps lag er am Boden und wälzte sich, heulend vor Schmerz und die gräßlichsten Flüche herunterrasselnd, die ihm zu Gebote standen.

Nach dem Abendessen zog der Alte den Schnapskrug liebäugelnd heran und meinte, darin sei genug für zwei Räusche und ein Delerium tramens oder wie er's nannte. Das war immer seine Redensart, und es schien ein Witz zu sein, denn er grinste dabei, aber ich verstand ihn nicht.

In einer Stunde, so rechnete ich, würde er schwer geladen sein und dann konnte ich entweder den Schlüssel nehmen, oder die Wand vollends durchsägen, je nachdem.

Er trank und trank und fiel schließlich auf sein Lager, aber das Glück war mir doch nicht günstig. Er kam zu keinem tiefen Schlaf, sondern warf sich unruhig von einer Seite zur andern. Er ächzte und stöhnte und hieb um sich und konnte keine Ruhe finden. Schließlich wurde ich selbst so müde, daß ich meine Augen nicht mehr offenhalten konnte, und ehe ich wußte, was ich tat, war ich selig hinübergeschlummert, während das Licht immer weiterbrannte.

Wie lange ich schlief, weiß ich nicht, aber plötzlich wurde ich durch einen furchtbaren Schrei geweckt und fuhr in die Höhe. Der Alte stand mitten in der Hütte, hieb um sich wie ein Toller nach allen Seiten und brüllte etwas von Schlangen. Er jammerte, sie kröchen an seinen Beinen herauf, und sprang wie wahnsinnig laut schreiend hin und her, ächzte dann, nun habe ihn eine gebissen, ich aber schaute und schaute und konnte keine einzige Schlange entdecken. Jetzt lief er wie toll immer im Kreis herum und brüllte: »Nimm sie weg, tu sie fort, sie beißt mich ja in den Hals!« Ich habe noch an keinem Menschen so wilde Augen gesehen, wie er sie machte. Bald wurde er müde, fiel zu Boden und lag kurze Zeit still. Plötzlich fing er an, sich hin und her zu rollen, mit den Händen in der Luft zu fechten, immer schneller und schneller, nach allem zu stoßen und zu treten, was ihm in den Weg kam, wobei er immerzu kreischte, der Teufel wolle ihm den Hals umdrehen. Auch damit hatte er bald genug und lag ächzend eine Weile still. Allmählich wurde er ruhiger und gab keinen Ton mehr von sich. Ich konnte die Eulen und Wölfe draußen im Walde hören; die Stille war grausig. Der Alte lag drüben in der andern Ecke. Auf einmal richtet er sich halb auf, legt den Kopf auf eine Seite und lauscht.

Dann sagte er ganz leise: »Trab trab – trab, jetzt kommen die Toten! Trab – trab – trab, die wollen mich holen. Ich will aber nicht mit – nein – da sind sie – laßt mich in Ruh' rührt mich nicht an, oder – Hand weg, sag' ich – puh, wie kalt – weg oder – oh, laßt doch mich armen Teufel in Frieden!«

Jetzt kroch er auf allen vieren herum und bat und beschwor die Toten, ihn in Ruhe zu lassen, wickelte sich schließlich fest in seine alte Decke und kugelte sich unter den Tisch, immerfort um Loslassen flehend. Dann fing er an zu heulen; man hörte es unter der Decke hervor.

Nach einer Weile warf er die Decke von sich, sprang auf, blickte wild um sich, entdeckte mich und jagte mich durch die ganze Hütte. Er sagte, ich sei der Engel des Todes und er wolle mich einfangen und töten und dann könne ich ihm nichts mehr tun. Ich flehte ihn an, mich gehen zu lassen, ich sei ja nur der Huck, aber er lachte gellend auf und brüllte und fluchte und setzte immerzu hinter mir her. Einmal machte ich plötzlich kehrt, um ihn zu überraschen und an ihm vorbeizuschlüpfen, unter seinem Arm durch. Da erwischte er mich bei der Jacke, oben am Kragen, und ich dachte schon, ich sei geliefert, aber schnell wie der Blitz schlüpfte ich aus der Jacke und rettete mich so. Zum Glück war er bald zu müde, um die wilde Jagd weiter fortzusetzen, und setzte sich mit dem Rücken gegen die Tür, sagte, er wolle eine Minute ausruhen und mich dann töten. Das Messer legte er unter sich, brummte dabei etwas von »schlafen und neue Kraft sammeln und dann zeigen, wer der Stärkere sei«.

So schlummerte er denn auch bald ein. Nach einer Weile nahm ich den alten Stuhl, so leise ich konnte, stieg hinauf und nahm die Flinte von der Wand. Ich zog den Ladstock heraus, stieß ihn in den Lauf, um zu sehen, ob geladen sei, legte dann die Flinte über das Fleischfaß, mit der Mündung auf den Alten, verkroch mich selbst dahinter und wartete nun, bis er sich regen würde. – Und wie langsam und stille schleppte sich die Zeit dahin!

Auf dem Anstand – In die Hütte eingeschlossen – Vorbereitung zur Flucht – Versenken der Leiche – Ein neuer Plan – Ruhe

»Wirst du wohl aufstehen! Was ist denn hier los?«
Ich öffnete meine Augen und sah um mich, war noch ganz wirr und betäubt und suchte mich vergeblich an alles zu erinnern. Ich mußte fest geschlafen haben; es war schon ganz hell. Vater stand vor mir, sah brummig aus, als ob ihm nicht recht gut sei, und fragte: »Was hast du mit der Flinte vor?«
Ich sah gleich, daß er nichts von seinen nächtlichen Taten wisse. So sagt' ich: »Es wollte jemand zur Tür herein, da hab' ich mich auf den Anstand gestellt!« –
»Warum hast du mich nicht geweckt?«
»Ich hab's probiert, aber es ging nicht!«
»Schon gut! Heb dich weg und schwatz nicht soviel. Mach und sieh nach, ob ein Fisch an der Leine hängt, für unser Frühstück. Ich komm' gleich nach!«
Er schloß die Türe auf, und ich machte mich davon, hinunter ans Flußufer. Ich sah Baumäste und Holzstücke im Wasser treiben und wußte, daß es nun im Steigen begriffen war. Das waren schöne Zeiten in der Stadt, wenn der Fluß stieg. Da kamen oft große Stücke Holz, manchmal ganze Baumstämme dahergeschwommen, oft fünf, sechs auf einmal, oft noch mehr, und man brauchte sie mir herauszufischen und auf dem Holzplatz oder in der Sägmühle zu verkaufen. Das war ein einträgliches Geschäft.
So schlenderte ich am Ufer hin, mit einem Auge schielte ich nach dem Alten, mit dem andern lugte ich, ob das Wasser etwas herantreiben würde. Wahrhaftig, sehe ich da plötzlich ein kleines Boot heranschwimmen, ein prächtiges Ding, zwölf bis vierzehn Fuß lang und so stolz dahersegeln wie ein Schwan. Ich schieße

ins Wasser wie ein Frosch, ohne mich zu besinnen, geradeso, wie ich war, und steure auf das Boot los. Ich war darauf gefaßt, jemanden drin liegen zu sehen, der mich für meine vergebliche Mühe tüchtig auslachen würde; ich hatte schon gehört, daß sie die Leute manchmal auf solche Weise foppen.

Diesmal war's nicht so, es war wirklich ein leeres Boot, und ich kletterte hinein und lenkte es ans Ufer.

Denk ich, der alte Mann wird sich freuen, wenn er's sieht, es ist wenigstens zehn Dollar wert. Aber als ich ans Ufer kam, war der Alte noch nicht in Sicht. Plötzlich kam mir eine neue Idee, und ich legte das Boot in einer kleinen Bucht ganz unter Reben und Weiden versteckt an. Ich will es für mich behalten, dacht' ich, es gut verbergen und dann, statt in die Wälder durchzubrennen, in dem Boot davongehen, den Fluß hinunter rudern, mir einen versteckten Platz am Ufer aussuchen und dort mein Lager aufschlagen; dann brauche ich doch nicht zu Fuß Reißaus zu nehmen und mir die Beine abzulaufen.

Da ich mich ziemlich nahe bei der Hütte befand, konnte mich der Alte jeden Augenblick überraschen, aber es gelang mir doch, das Boot sicher zu verstecken. Wie ich fertig bin und hinter einer alten Weide vorschaue – richtig, da steht er, hat aber das Gewehr an der Backe und zielt gerade nach irgend etwas. Er hatte also nichts gemerkt.

Als er näher kam, war ich eifrig mit den Angelleinen beschäftigt. Er schimpfte und brummte, daß ich so langsam sei, und ich sagte, ich sei ins Wasser gefallen bei der Arbeit, drum daure es so lange, denn ich wußte, er würde meine nassen Kleider sehen und mich ausfragen. Wir zogen fünf Katzenfische mit der Leine ans Land und gingen sehr befriedigt heim.

Nach dem Frühstück legten wir uns wieder hin, um zu schlafen, denn wir waren beide etwas erschöpft von den nächtlichen Lustbarkeiten. Vor dem Einschlafen kam mir der Gedanke, daß es für mich viel sicherer wäre, wenn ich den Alten und die Witwe ganz davon abhalten könnte, mich zu verfolgen, als wenn ich mich darauf verließe, einen möglichst großen Vorsprung zu gewinnen, bevor sie mich vermißten. Gut ist gut und besser ist besser!

Zuerst wollte mir gar nichts Gescheites einfallen; mit einemmal hebt der Alte den Kopf, um ein neues Maß Wasser zu dem vorhergegangenen hinunterzugießen, und sagt: »Wenn wieder einer um die Hütte schnüffelt, Huck, rüttelst du mich wach, hörst du? Der hatte nichts Gutes im Sinn, dem brenn' ich eins auf den Pelz! Also, du weckst mich!«

Dann legte er sich hin und schlief weiter. Aber was er gesagt, hatte mich gerade auf das gebracht, was ich suchte, und nun wußte ich, wie ich's anzustellen hatte, daß niemand mir nachsetzen würde.

Gegen zwölf Uhr standen wir von unserm Lager auf und gingen den Fluß entlang. Das Wasser stieg ziemlich schnell und trieb eine Menge Holz mit sich. Auch ein Floß schwamm vorbei, oder ein Teil von einem, etwa neun zusammengebundene Baumstämme; wir stiegen in unser Boot und brachten sie ans Land. Dann kam das Mittagessen. Jeder andre hätte nun am Ufer gewartet und gesehen, was er noch weiter herausschlagen könnte, das war aber des Alten Art nicht. Neun Baumstämme waren genug für einen Rausch, so wollte er sie denn sofort zur Stadt bringen und versilbern. Er schloß mich also ein, nahm das Boot, befestigte das Stück Floß dran und ruderte fort – es war so gegen halb drei. Heute nacht würde er nicht wiederkommen, dessen war ich ziemlich sicher. Ich wartete nun, bis ich ihn gänzlich außer Hörweite glaubte, holte dann meine Säge vor und begann meine Arbeit von gestern fortzusetzen.

Ehe der Alte noch das andre Ufer erreicht haben konnte, war ich glücklich aus dem scheußlichen Loch heraus und konnte gerade noch sehen, wie er als Punkt mit seinem Schiff und Floß drüben verschwand.

Ich nahm den Sack Mehl und schleppte ihn ans Boot, bog die Reben und Zweige beiseite und zog ihn hinein, dann machte ich's geradeso mit der Speckseite und dem Branntweinkrug. Ich nahm allen Kaffee und Zucker, der da war, und alle Munition, ich nahm den Wassereimer und den Würfelbecher, den Feuerhaken und eine alte Zinntasse, meine rostige Säge, zwei Pferdedecken, den Kessel und den Kaffeetopf. Ich nahm die Angelleinen, die Schwefelhölzer, kurz alles, was sich nur wegtragen ließ, und einen Kupferdreier wert war. Ich räumte die Hütte rein aus. Eine Axt hätte ich noch gern gehabt, aber es war keine da, bis auf die eine draußen auf dem Holzhaufen, und ich wußte, warum ich die liegen ließ. Zuletzt nahm ich noch die Flinte, und dann war ich fertig.

Durch das Aus- und Einsteigen und Herausschleppen der Sachen war der Boden vor dem Loch ordentlich festgetreten worden. Daher gab ich ihm, so gut es ging, das vorige Aussehen wieder, indem ich Staub darauf streute, der auch das Sägmehl verdeckte. Das herausgenommene Stück Balken paßte ich wieder sorgfältig in die Öffnung, legte zwei Steine davor, um 's festzuhalten, und wenn man zwei oder drei Fuß entfernt stand und nicht wußte, daß es losgesägt war, konnte man's auch nicht bemerken. Außerdem war's auf der Rückseite der Hütte, wo selten jemand hinkam.

Bis zum Boot gab es nur Grasboden, da war meine Spur nirgends zu entdecken, wovon ich mich überzeugte. Ich stand am Ufer und spähte in den Fluß. – Alles sicher! So nahm ich die Flinte und ging ein Stück in den Wald hinein, um irgendeinen Vogel zu schießen. Da sehe ich ein wildes Schwein. Die werden dort immer gleich wild, wenn sie erst einmal von einer Farm ausgebrochen sind. Ich schoß den Kerl und schleppte ihn zur Hütte.

Jetzt nahm ich die Axt zur Hand, zerschmetterte die Tür und hieb um mich, daß die Fetzen nur so flogen.

Dann schleppte ich das Schwein bis zum Tisch, schlug ihm mit dem Beil ein Loch in den Hals und legte es auf den Boden zum Verbluten – die Hütte war nicht gedielt, sondern hatte gestampften Lehmboden.

Dann nahm ich einen alten Sack, füllte ihn mit schweren Steinen, wälzte ihn durch die Blutlache und zog ihn dann hinter mir her dem Flusse zu, wo ich ihn hineinwarf. Er hatte eine breite, blutige Spur hinterlassen, die ein Blinder finden konnte. Ich wollte, Tom Sawyer wäre dabeigewesen, der hätte noch allerlei dazu erfunden, um dem Ding einen romantischen Anstrich zu geben – in solchen Sachen war er groß.

Zuletzt riß ich mir dann noch ein paar Haare aus, tauchte die Axt ins Blut, klebte die Haare hinten dran und warf die Axt in einen Winkel. Dann nahm ich das Schwein, preßte die Wunde fest gegen mich, daß sie nicht mehr tröpfeln konnte, und schleppte das Tier eine gute Strecke weit unterhalb den Fluß entlang, wo ich's hineinwarf. Da fiel mir noch etwas anderes ein. Ich nahm den Sack Mehl und trug ihn zurück in die Hütte, dann holte ich die Säge, stellte den Sack an den Ort, an dem er gestanden, ritzte mit der Säge ein Loch hinein, denn es waren keine Messer oder Gabeln da; der Alte besorgte alles mit seinem Taschenmesser.

Dann schleppte ich den Sack ein paar hundert Meter durch das Gras und die Weiden zu einem östlich von der Hütte gelegenen Teich, der voll Binsen war und – voll Enten, wenn die rechte Zeit dazu war.

Am andern Ende des Sees führte ein Pfad in die Wildnis, das wußte ich, aber nicht wohin, jedenfalls aber entgegengesetzt vom Flusse.

Das Mehl kam ganz langsam aus dem Riß heraus und hinterließ eine kleine weiße Spur über den ganzen Weg bis zum See, dann ließ ich noch des Alten Wetzstein fallen, als ob es zufällig geschehen sei, band das Loch im Sack mit einer Schnur zu, damit das Mehl nicht mehr herausfallen konnte, nahm den Mehlsack, holte die Säge und ging zu meinem Boot zurück.

Jetzt war's beinahe dunkel geworden, und so ruderte ich denn das Boot eine Strecke weit den Fluß hinunter, befestigte es an einem Weidenstamm, aß 'nen Mund voll und wartete auf den Mond, der eben aufging. Ich zündete mir eine Pfeife an und begann ernstlich über meinen Plan nachzudenken. Sag' ich zu mir selbst: Natürlich werden sie der Spur folgen, auf der ich den alten Steinsack zum Fluß gezogen habe, und werden dann das ganze Wasser nach meiner Leiche absuchen.

Und dann rennen sie hinter der Mehlspur her bis zum See und weiter durch den Wald in die Schluchten jenseits, um die Räuber zu finden, die mich gemordet und alles gestohlen haben.

Außer im Fluß werden sie nirgends nach meiner Leiche suchen, des bin ich sicher, und sie werden es bald müde sein und sich nicht weiter um mich kümmern. Das ist mir gerade recht! Ich kann dann bleiben, wo ich will! Die Jackson-Insel da drüben ist gut genug für mich, dort bin ich von früher her mit jedem Schlupfwinkel bekannt, und niemand kommt je dahin. Nachts kann ich dann in die Stadt rudern und sehen, ob ich nicht hie und da etwas erwischen kann, was sich brauchen läßt. Hurra, die Jackson-Insel sei mein Reich!

Ich war ziemlich müde geworden, und das erste, was ich tat, war, daß ich einschlief. Als ich wieder aufwachte, wußte ich einen Augenblick lang gar nicht, wo ich war. Ich setzte mich auf und blickte nicht wenig verwundert nach allen Seiten. Jetzt kam mir wieder alles ins Gedächtnis zurück. Der Fluß sah aus, als sei er Meilen und Meilen breit. Der Mond schien so hell, daß ich die

Holzstücke zählen konnte, die hundert Meter weit entfernt still und schwarz dahinglitten. Alles war totenstill, und es sah aus, als sei's sehr spät, und es roch auch so, so frisch, so, so – ihr wißt, was ich sagen will, ich kann nur keine Worte dafür finden.

Ich gähnte und reckte und streckte mich und wollte gerade mein Boot losmachen und weiterrudern, als ich drüben über dem Wasser etwas hörte. Ich horchte. Bald hatt' ich's heraus, was es war.

Ein dumpfer regelmäßiger Laut, wie ihn Ruder von sich geben, wenn sie sieh in den eisernen Klammern bewegen, drang durch die stille Nacht. Ich spähte unter den Weidenzweigen hervor und richtig, da war's ein Boot, das übers Wasser herüberkam. Wie viele drin waren, konnte ich noch nicht sagen. Es kam näher und näher, und bald erkannte ich, daß nur ein einziger Mann drin saß. Denk' ich, holla, das ist doch am End' der Alte, obgleich ich ihn diese Nacht nicht erwartete. Der Kahn wurde mit der Strömung unterhalb von mir angetrieben und ruderte dann im seichten Wasser dicht am Ufer herauf, so dicht, daß ich ihn mit ausgestrecktem Gewehr hätte berühren können. Und richtig – da saß der Alte, und zwar nüchtern, was ich sofort an der Art, wie er die Ruder führte, erkannte.

Jetzt galt's, keine Zeit zu verlieren. Im nächsten Augenblick trieb ich leise aber schnell den Strom hinunter, immer im Schatten des Ufers hin.

So ruderte ich eine oder zwei Meilen weiter, dann ließ ich mein Boot mehr der Mitte des Flusses zutreiben, da ich wußte, daß das Fährhaus in der Nähe sein mußte, von dem mich die Leute bemerken und anrufen konnten. Ich war nun mitten im Treibholz drin, zündete mir eine Pfeife an, legte mich längelang in mein Boot und ließ mich von den Wellen treiben.

Da lag ich und rauchte, und starrte in den Himmel, an dem kein Wölkchen stand. Daß der so bodenlos tief aussehen kann, wenn man so im Mondschein auf dem Rücken liegt und immerzu hineinstarrt, hatte ich gar nicht gewußt. Aber so war's! Und wie weit man in solcher Nacht auf dem Wasser hören kann! Ich hörte die Leute an der Fähre sprechen und konnte jedes Wort verstehen, das sie sagten. Der eine meinte, die Tage würden nun immer länger und die Nächte kürzer. Drauf sagte ein andrer, die heutige sei aber keine von den kurzen, worauf alle lachten; er wiederholte den Ausspruch, den er wohl für einen guten Witz hielt, und die andern lachten wieder. Dann sagte einer, es sei schon drei Uhr, hoffentlich bliebe der Morgen nun keine Woche mehr aus, was wieder viel Spaß erregte,

und dann trieb mein Boot weiter und weiter, und die Stimmen wurden allmählich undeutlich, so daß ich nur noch den Ton hören, aber die Worte nicht mehr verstehen konnte; das Lachen hörte ich noch länger, aber dann verklang auch das.

Nun war ich ziemlich weit unterhalb der Fähre.

Ich erhob mich und erblickte vor mir die Jackson-Insel, die sich – mit dichtem Wald bestanden – von fern groß und dunkel und massig, wie ein Dampfschiff ohne Lichter, vom Wasser abhob. Die Sandbank vorn konnte man nicht sehen; das Wasser stand zu hoch im Augenblick.

Bald war ich dort. Erst trieb mich die starke Strömung an der Spitze vorbei, dann kam ich in stilles Wasser und landete am Ufer gegen Illinois zu. Ich versteckte mein Boot in einer kleinen Bucht, die ich kannte, in dichtem Weidengebüsch, so daß es kein Mensch von außen entdecken konnte. Hurra, nun war ich sicher!

Dann kroch ich am Ufer hinauf, setzte mich auf einen Baumstamm und sah auf den mächtigen Strom hinaus, auf dem das viele Treibholz so schwarz und so still dahinglitt.

Weit, weit da drüben lag die Stadt, drei oder vier Lichter glitzerten wie Sterne von dorther. Jetzt kam ein mächtiges Holzfloß mit einer Laterne daher.

Ich beobachtete es, wie es so langsam näher schwamm. Ein Mann stand drauf, und ich hörte ihn sagen: »Achtung, Jungens da vorn, he, Steuerbord!« Es war, als ob er neben mir stünde, und er war doch weit da draußen mitten auf dem Strom.

Am Himmel zeigte sich jetzt ein Streifchen Grau, und ich zog mich in den Wald zurück, um mich noch ein wenig aufs Ohr zu legen vorm Frühstück.

Schlafen im Walde – Auferweckung der Toten – Auf der Wacht! – Expedition ins Innere der Insel – Ruhelose Nacht – Jim erscheint – Jims Flucht – Schlimme Anzeichen – »Das einbeinerige Nigger« – »Balam«

Die Sonne stand hoch am Himmel, als ich erwachte, und es war sicher schon acht Uhr, wenn nicht mehr. Ich lag im Gras unter dem Schatten der Bäume und fühlte mich so behaglich und zufrieden, wie der Vogel im Nest. Die Sonne war nur durch einige Lücken zwischen ein paar Bäumen zu erblicken, sonst standen die Bäume jedoch so dicht, daß sie alles in dunklen Schatten hüllten. An der Stelle, wo sich das Licht durch die Blätter stahl, sah's am Boden wie gesprenkelt aus, und an dem Hin- und Hertanzen der glänzenden Flecke merkte man, daß oben ein leiser Wind wehte. Ein paar Eichhörnchen saßen auf einem Ast und blinzelten mir freundlich zu.

Ich war mächtig faul und bequem und dachte gar nicht daran, aufzustehen und das Frühstück zu bereiten. Gerade schloß ich die Augen wieder, um noch einmal einzuduseln, als ich, freilich noch unbestimmt, ein tiefes, fernes ›Bum – bum‹ auf dem Fluß zu hören meinte. Ich richtete mich halb auf, stützte den Kopf in die Hand und horchte. Da schallt's wieder! Nun aber auf und ans Ufer und durch's Gebüsch hinausgespäht! Und richtig, eine gute Strecke weiter oben, ungefähr der Fähre gegenüber, sehe ich eine Rauchwolke auf dem Wasser liegen. Da kommt auch die Fähre und ist voller Leute. Jetzt wußte ich, woran ich war! Bum! Ein kleines Rauchwölkchen kommt aus der Seite des Schiffes, ich kann's deutlich sehen.

Weiß Gott! Sie feuern die Kanone über dem Wasser ab, um meinen Leichnam an die Oberfläche zu treiben!

Ich war unterdessen tüchtig hungrig geworden, durfte aber nicht dran denken, Feuer anzuzünden; der Rauch hätte mich verraten können.

So setzte ich mich denn hin und hörte dem Bumbum der Kanone zu und sah dem Rauche nach. Der Fluß war hier eine halbe Stunde breit und sieht an einem Sommermorgen immer wundervoll aus – ich hatte also eine ganz vergnügliche Zeit, während sie dort nach meinen irdischen Resten suchten.

Nur hätte ich gern etwas zu essen gehabt! Da fiel mir auf einmal ein, daß die Leute Quecksilber in einen Brotlaib zu stecken pflegen und den ins Wasser werfen, weil sie sagen, der treibe direkt dem toten Körper zu. Holla, denk' ich, kannst vielleicht so ein Totenbrot erwischen, wird dir viel besser schmecken als deinem Leichnam. Und richtig, kaum seh' ich mich um, kommt auch schon was dahergeschwommen, was einem Brot verzweifelt ähnlich sieht. Mit einer Stange zieh' ich's 'ran, erwisch's auch glücklich, und wahrhaftig, es ist das schönste Bäckerbrot, wie's die feinen Leute essen, keins von dem harten, grauen, armseligen Zeug, an dem sich unsereiner sonst die Zähne ausbeißt. Man muß wahrlich erst sterben, um so eins zu bekommen!

Da saß ich denn auf meinem Baumstamm, ließ mir mein Brot schmecken und sah den Anstrengungen meiner Leichenjäger zu. Auf einmal kommt mir der Gedanke, der mir ordentlich heiß macht. Siehst du, denk' ich so bei mir, da hat gewiß die Witwe oder der Pfarrer gebetet, daß mich das Brot erreichen solle, und weiß Gott, da ist's zu mir hergeschwommen! Muß also doch etwas dran sein! Heißt das, nur wenn's die Witwe oder der Pfarrer oder sonst jemand tut, denn mir selbst wollt's nie gelingen, es mußte irgendwo einen Haken haben. Es wirkt eben nur bei der richtigen Sorte!

Nun zündete ich mir mein Pfeifchen an und schaute immerzu nach dem Fährboot aus. Es trieb mit der Strömung daher, und da die sich längs der Insel hinzog, kam es sicher dicht an mir vorüber, wie das Brot auch. Auf diese Weise konnte ich mir meine lachenden Erben genau betrachten. Wie's näher und näher kam, löschte ich meine Pfeife, stieg zum Ufer hinunter und legte mich dicht hinter einen Baumstamm, der zwei Äste hatte, wo ich bequem durchschielen konnte.

Jetzt kamen sie heran, und zwar so dicht, daß sie auf einer Planke bequem ans Ufer hätten kommen können.

Fast alle meine Bekannten waren im Boot. Der Alte, der doch ein wenig betreten aussah, und der Kreisrichter und seine Tochter, und Joe Harper und Tom Sawyer mit seinem Bruder, seiner Schwester und der alten Tante Polly und sonst noch andre. Die Witwe und Miss Watson vermißte ich, die waren wohl zu tief gebeugt vor Kummer.

Alle sprachen von dem Mord, bis sie der Kapitän unterbrach, indem er rief: »Sehen Sie sich jetzt hier gut um, meine Herrschaften, hier an der Insel ist der Strom am reißendsten. Da ist es leicht möglich, daß er ans Ufer gespült worden ist und hier im Gestrüppe hängt. Wenigstens hoffe ich, daß wir ihn hier finden!«

Das hoffte ich nun gar nicht! – Sie drückten sich jetzt alle ans Geländer, starrten ins Wasser und wagten kaum zu atmen, ich hätte ihnen ins Gesicht lachen mögen, so komisch kamen mir die ernsten Mienen vor, die sie schnitten.

»Bumm – mm – m – m!« Die Kanone knallte diesmal so dicht neben mir los, daß ich beinah taub von dem Schlag und blind von dem Rauch wurde und meinte, ich sei des Todes. Wären ein paar Kugeln drin gewesen, dann hätten sie den Leichnam, nach dem sie suchten, gewiß bekommen.

Ganz allmählich kam ich wieder zu mir und merkte, daß ich, Dank dem Himmel, wirklich noch heil und ganz sei. Inzwischen war das Boot schon weit an der Insel entlanggefahren und bald ganz außer Sicht. An der Spitze der Insel wendeten sie und fuhren an der andern Seite herauf, immer ab und zu ein Bum hören lassend. Ich rannte quer über die Insel und konnte sie nun noch einmal sehen, wie sie, der Totenjagd müde, der Stadt zusteuerten. Nun hoffte ich, wieder meine ungestörte Ruhe zu haben!

Ich schaffte meine Siebensachen aus dem Boot herauf und richtete mich mitten im dichtesten Walde häuslich ein. Mit meinen Decken machte ich mir eine Art Zelt und stellte meine Habseligkeiten darunter, um sie vor etwaigem Regen zu schützen. Hernach fing ich mir einen Fisch, zündete ein Feuer an und kochte mein Abendessen. Dann warf ich noch eine Leine aus, um auch für das Frühstück am andern Morgen gesorgt zu haben.

Als es dunkel wurde, setzte ich mich rauchend an mein Feuer und war sehr wohl zufrieden mit mir selbst.

Allmählich aber fühlte ich mich ein bißchen einsam, ging ans Ufer und sah den Wellen zu, wie sie vorbeizogen, sah die Sterne am Himmel blitzen, zählte sie und dann die Stücke Holz, die vorbeitrieben, und darauf ging ich zurück und legte mich schlafen.

Ein beßres Mittel, sich das Gefühl der Einsamkeit zu vertreiben, gibt es gar nicht.

So ging's nun drei Tage und Nächte weiter, immer dasselbe ohne jede Abwechslung. Dann aber fiel mir ein, eine Expedition ins Innere zu unternehmen. Die Insel war mein Reich, ich war hier sozusagen Alleinherrscher und wollte jeden Winkel kennenlernen; vor allem aber galt's, die Zeit totzuschlagen. Ich fand eine Masse schöner, reifer Erdbeeren und dabei eine Menge andrer noch unreifer Beeren, die aber alle mit der Zeit eßbar werden würden, wie ich hoffte.

Ich schlug mich also durch den dichten Wald, bis ich dachte, nun müsse das Ende der Insel ungefähr erreicht sein.

Meine Flinte hatt' ich auch mitgenommen, aber noch gar nichts geschossen, ich fürchtete, der Knall könne mich verraten.

Fast wäre ich über eine ganz ansehnliche Schlange gestolpert; sie ringelte sich durch das Gras und die Blumen weiter, ich immer dahinter her, seh' weder rechts noch links und stehe plötzlich vor der Asche eines Lagerfeuers, die noch warm war und rauchte.

Mein Herz fiel mir fast in die Stiefel. Ohne mich viel umzusehen, schlich ich mich, so leise ich konnte, auf den Fußspitzen davon. Von Zeit zu Zeit stand ich ein wenig still und spitzte die Ohren, mein Herz schlug aber so laut, daß ich gar nichts hören konnte. Noch ein Stück weiter schleichend lauschte ich dann wieder, und so machte ich's abwechselnd eine ganze Zeitlang. Sah ich einen Baumstamm, so hielt ich ihn für einen Menschen, trat ich auf einen Ast und der knackte, so war mir's, als schnitte mir jemand den Atem entzwei und ließe mir nur die eine Hälfte davon, und zwar die kleinere.

In meinem Lager angelangt, war mir nicht mehr sonderlich unternehmungslustig zumute, mein Barometer war beträchtlich gesunken, und ich dachte bei mir: Sei kein solcher Narr und schnüffle da noch lange im Wald herum! Pack deine Siebensachen ins Boot, dann bist du zur Flucht bereit, wenn's gilt! Schlepp' ich also meinen ganzen Kram wieder ans Wasser und ins Boot hinein, lösch' mein Feuer und reiß' die Asche auseinander, so daß man denken konnte, es habe vor einem Jahr zum letztenmal gebrannt,

und setze mich dann oben auf einen Baum, um Ausschau zu halten. So saß ich also da oben eine oder zwei Stunden und hörte nichts und sah auch nichts, meinte aber immer tausenderlei zu sehen und zu hören.

Ewig konnte ich dort nicht kleben bleiben, und so kroch ich denn wieder herunter, hielt mich aber doch immer im dichten Wald und gab gut acht auf alles um mich her. Zum Essen hatte ich nur Beeren und was mir vom Frühstück übriggeblieben war.

Als es dunkel wurde, war ich denn auch ziemlich hungrig geworden. Bevor der Mond aufging, nahm ich mein Boot, ruderte hinüber ans Illinoisufer, landete dort und kochte mir im Wald mein Essen. Eben wollte ich mir mein Nachtlager zurechtmachen, da – trab, trab, trab – höre ich Pferdehufe und kann auch Stimmen unterscheiden. Ich, nicht faul, auf, und alles ins Boot zurückgeschleppt, dann aber kroch ich wieder herbei, um zu sehen, was los sei.

Weit kam ich nicht, als ich plötzlich einen Mann sagen hörte: »Wenn wir einen geeigneten Platz finden, lagern wir am besten hier, die Pferde sind todmüde.«

Ich zögerte nicht lange, sondern kroch schleunigst zu meinem Boot zurück und ruderte davon. An der alten Stelle legte ich wieder an und entschloß mich, für heute im Boot zu übernachten. Schlafen konnte ich aber nicht viel, die Gedanken hielten mich wach, und wenn ich dann einmal einnickte und wieder erwachte, meinte ich jedesmal, es habe mich schon einer am Kragen. Das war mir nun sehr ungemütlich. So konnte ich nicht weiterleben, und da denk' ich: Du gehst und siehst, wer mit dir auf der Insel wohnt, um jeden Preis, und wenn du darüber zugrunde gehst! Danach war mir besser zumute.

Gedacht, getan! Ich nehm' mein Ruder, geb' dem Boot einen leichten Stoß und laß es sachte im Schatten des Ufers an der Insel entlanggleiten. Der Mond schien so klar, und draußen auf dem Fluß war's hell wie am Tage. Eine Stunde wohl trieb ich so dahin, alles um mich her war lautlos, wie im tiefsten Schlaf. Das Ende der Insel hatte ich nun beinahe erreicht. Ein kühles Lüftchen erhob sich und begann lustig zu wehen, und das war so gut, wie wenn mir einer gesagt hätte, nun sei's vorbei mit der Nacht.

Ich wendete also mein Boot und ließ den Schnabel ans Land stoßen, nahm meine Flinte und schlüpfte lautlos in den Wald.

Dann setzte ich mich auf einen Baumstamm und sah zu, wie der Mond allmählich verschwand, Dunkelheit das Wasser deckte und dann im Osten ein schmaler, grauer Streifen den Tag ankündigte.

Nun hing ich mein Gewehr über und stahl mich leise zu dem Ort, an dem ich das Lagerfeuer gesehen.

Ich hatte aber kein Glück und konnte die Stelle lange nicht wiederfinden. Endlich erblickte ich einen Feuerschein durch die Bäume. Ich schlich sachte heran, und als ich ganz nahe war, fiel mein Blick auf einen Mann, der am Boden lag. Ich meinte, ich müsse vergehen. Der Mann hatte ein Tuch um seinen Kopf geschlungen und lag mit dem Kopf beinahe im Feuer. Ungefähr sechs Fuß entfernt kauerte ich im Gebüsch und wandte keinen Blick von ihm. Es war inzwischen dämmerig geworden und wurde heller und heller. – Mit einem Male reckt er sich, gähnt, streckt sich, fängt an, sich aus der Decke zu wickeln.

Mir bleibt das Herz eine Sekunde still stehen, als ich dann aber genauer hinsehe, wen entdecke ich da? – Jim, Miss Watsons Jim, den alten, treuen Nigger! Wie froh war ich, ihn zu sehen!

»Jim, holla Jim!« schrei ich und jage hinterm Buschwerk vor.

Er starrt mich an mit rollenden Augen, faltet die Hände und sinkt in die Knie: »Nix tun, alte Jim nix tun! Sein nur arme alte Nigger, sein nix bös mit arme Geist! Alte Jim haben immer lieb gehabt arme Geist von tote Mensch. Du gehen wieder in die Wasser, wo du kommen her. Nix tun gute alte Jim, nix tun Geist von arme Huck, sein immer gewesen deine gute Freund!«

Bald hatte ich ihm begreiflich gemacht, daß ich nicht tot und auch nicht mein Geist sei. Ich war so froh, Jim gefunden zu haben; so war ich jetzt doch nicht mehr allein. Ich sagte ihm, mir sei nicht bange, daß er mich verraten würde. Ich schwatzte und schwatzte, und er saß da und starrte mich noch immer ungewiß an, tat aber den Mund nicht auf.

Endlich sag' ich: »Geh, 's ist beinah hell, laß uns das Frühstück kochen. Schürs Feuer tüchtig, alter Kerl!«

»Warum sollen Jim schüren Feuer? Sollen kochen Erdbeeren un solcher Zeug? Du haben Flinte warraftig, du schießen anner Sach wie Erdbeeren!«

»Erdbeeren und solcher Zeug?« wiederhol' ich, »hast du davon gelebt bis jetzt, armer Teufel?«

»Haben nix können anners finden!« antwortete er.

»Wie lang bist du denn schon hier, Jim?«

»Sein Jim kommen in die Nacht, wenn du sein gestorben!«

»Was? Schon so lange?« – »Ja, warraftig!«

»Und die ganze Zeit hast du nur von Beeren und solcher Zeug gelebt?«

»Nur solcher schlechte Zeug, arme Jim!«

»Ei, du mußt ja halb verhungert sein, armer Kerl!«

»Jim könnten essen ganze Pferd, könnten Jim, warraftig! Wie lang du sein auf Insel?«

»Seit der Nacht, in der ich getötet wurde!«

»Warraftig! Was du haben gessen? Ach, du haben Flint! Das 's gut! Jetzt du schießen gute Braten, Jim dann machen Feuer an!«

Nun gingen wir zuerst zum Boot, und während er einen guten Platz aussuchte zum Feueranmachen, holte ich Mehl, Speck, Kaffeetopf, Bratpfanne, Zucker und Blechtassen.

Jim starrte nur so mit offenem Munde, als er die vielen Sachen sah, und dachte, es sei eine Hexerei im Spiel. Dann fing ich einen tüchtigen Fisch, Jim machte ihn zurecht und briet ihn.

Als das Frühstück fertig war, verschlangen wir's kochend heiß, namentlich Jim ging mit Dampfkraft ans Werk; er war wirklich ganz ausgehungert, der arme Bursche. Als wir uns gehörig gestopft hatten, legten wir uns bequem in das Gras hin, und Jim sagte: » Aber, Huck, gute liebe Huck, hör mal alte Jim. Wer denn sein worden tot gestochen in alte Hütte drüben?«

Ich erzählte ihm alles, und er fand's furchtbar klug und pfiffig. Er sagte, selbst Tom Sawyer hätte es nicht feiner fertigbringen können. Ich fühlte mich sehr stolz auf sein Lob hin und fragte dann: »Aber wie in der Welt kommst du hierher, Jim? Wie und warum?«

Er sah mich unruhig an, schwieg aber und sagte kein Wort. Dann meinte er: »Jim lieber nix sagen!«

»Warum, Jim?«

»Jim wissen warum! Du werden doch alte Jim nix verraten, Huck, werden doch nix?«

»Hol mich der und jener, wenn ich's tu', Jim!«

»Jim dir glauben, alte Jim dir glauben, Huck! Jim, – arme alte Jim sein davongelaufen!«

»Jim!!!«

»Huck, du Jim nix verraten, du versprechen, Huck – du nix sagen von arme Jim!«

»Gut, ich hab's versprochen, Jim, und ich halt' mein Wort, straf mich Gott, ich halt's!

Und wenn sie mich drum verachten und tothauen und einen Ablitionisten Abolitionisten hießen die Gegner der Sklaverei vor dem Bürgerkrieg. schimpfen, das ist mir alles eins.

Ich sag' nichts und ich geh' auch nicht wieder zurück, Jim, also heraus mit der Sprache!«

»Ja, Huck, sein da gewesen so! Alte Missus – was sein Miss Watson – hat arme Jim so viel geplagt, sein gewesen so viel bös mit arme, alte Jim, hat aber immer versprochen, will arme Jim nix verkaufen nach New Orleans. Aber da sein gekommen Nigger-Händler, haben viel gehandelt mit alte Missus, sein Jim geworden so arg unruhig. Eine Abend spät arme, alte Jim sein gelegen vor die Türe, haben hören alte Missus sagen zu die Witwe: ›Missus Douglas‹, sie sagen, ›ich nix wollen verkaufen meine Nigger, aber achthundert Dollar sein schöne Stück Geld, sein viele, viele Geld, ich nix wissen was tun!‹ Sagen die Witwe: ›Oh, nix verkaufen arme, alte Jim, sein gute Kerl, sein brave Nigger!‹ Jim das hören un warten da nix länger, rennen nur fort, fort, schnell, schnell!

Rennen weiter, immer weiter an die Fluß, wollen stehlen Boot an die Wasser, sehen Jim aber Leute, Leute und immer Leute, warraftig die ganze Nacht, immer müssen jemand da sein. Legen sich Jim in die Schilf zum Warten. Kommen schon um sechs Uhr in die Morgen viele Menge Herren und Damens, steigen in die Boot, sagen, Huck sein tot gemacht drüben in die Wald, wollen gehen und sehen die Mordplatz. Waren arme Jim so traurig, wenn er das hören, denken er: Arme Huck, waren so brave Bursch, so junge Bursch, so lustige Bursch! Arme Huck!

Arme, alte Jim müssen liegen also in die Schilf ganze Tag lang. Sein er furchtbar hungrig, aber gar nix ängstlich. Er wissen, alte Missus und die Witwe wollen gehen früh in die Morgen über Land in große Gebetsversammlerung. Jim müssen treiben die Vieh in die Feld, werden sie 'n also nix suchen jetzt.

In die Abend kriechen Jim also raus un gehen weiter, Fluß nunter. Denken er, was tun? Denken er, wenn Jim gehen zu Fuß, kriegen 'n die Hunde, wenn er stehlen Schiff, kriegen 'n die Menschen, er müssen haben Floß, Floß sein gut, lassen keine Spur hinter sich.

Er also sehen um sich – un sehen bald Licht schwimmen in die Wasser. Er denken, das sein Floß, springen in die Wasser un schwimmen bis weit, weit in die Mitt!

Kommen auch warraftig Floß daher, und Jim, alte, arme, nasse Jim halten sich fest un setzen sich drauf ganz hinten.

Er denken, Nacht sein schwarz, Jim sein auch schwarz, werden also nix gesehen, und legen er sich so auf die Rücken.

Sein viele Männer vorn bei die Licht, spielen un lachen un trinken, un arme Jim denken, er können fahren so die ganze Nacht.

Haben aber kein Glück nix, arme Jim! Kaum sein die Floß hier an 'r Insel, kommen einer mit Latern auf Jim los. Arme Jim müssen wieder in kalte Wasser! Schwimmen so nach 'r Insel, müssen lang suchen, bis er können landen, sein Ufer so viel steil. Er gehen in die Wald, wollen nix mehr wissen von Floß, wo Mann mit Latern kommen. Haben aber doch noch sein' Pfeif und trockene Schwefelhölzer in sein Kapp, so er sein ganz zufrieden, alte Jim!«

»Und so hast du die ganze Zeit gar kein Fleisch und gar kein Brot zu essen gehabt, armer Jim? Hast dich natürlich immer nur im dicksten Wald versteckt halten müssen! Hast du gehört, wie sie die Kanone losfeuerten?«

»Warraftig ja, Jim denken: Arme, kleine Huck, jetzt sie suchen nach seine Knochen! Jim haben auch Boot gesehen durch die Busch!«

Jetzt kamen ein paar junge Vögel daher, sie flogen immer einige Meter weit und ließen sich dann nieder. Sagt Jim, das sei ein Zeichen von Regen, wenigstens bei jungen Hühnern sei es eines, dann werd's wohl auch so bei andern jungen Vögeln sein. Ich wollte mir ein paar fangen, Jim aber hielt mich zurück, das bedeute Tod, sagt er. Sein Vater sei einmal sehr krank gewesen, sagt er, und einer von ihnen habe einen Vogel gefangen, worauf die alte Großmutter gleich gesagt habe, nun werd' der Vater sterben, und richtig, so sei's gewesen, er sei gestorben, aber freilich erst etwas später.

Jim sagt auch, man dürfe die Sachen nie aufzählen, die man zum Mittagessen kocht, das bringe Unglück, ebenso wenn man das Tischtuch nach Sonnenuntergang ausschüttle. Und er sagt, wenn ein Mann stirbt, der einen Bienenstock hat, so muß man's den Bienen sagen, eh' die Sonne am nächsten Morgen aufgeht, oder sie hören alle auf zu arbeiten und sterben auch. Die Bienen stechen nie Dummköpfe, sagt Jim, das aber glaub' ich ihm nicht, denn oft und oft war ich hinter ihnen her, und sie haben mich noch nie gestochen, und ich halt' mich nicht gerade für einen Dummkopf.

Vieles hatte ich schon vorher gehört, aber doch nicht alles. Jim wußte alle Arten von Vorzeichen, sagte, er kenne beinahe alle.

Mir schien's, als ob alle Vorzeichen immer nur Schlechtes bedeuten, und so fragte ich ihn, ob's nicht auch einige gäbe, die Glück brächten. Darauf meint' er: »Furchtbar wenig! – und die sein nix viel wert. Warum du denn wollen wissen, wenn Glück kommen? Du dich wollen schützen vor ihr? Glück sein mächtig stark, Glück kommen ganz von selbst ohne Zeichen. Wenn du haben Haar an die Brust un Haar auf die Arm, du werden noch reich einmal. Sein gutes Zeichen das! Wenn du sein arm und elend und wollen lieber gar nix mehr leben, du sehen auf die Haar und denken, warten mal noch bißchen, wird kommen besser – bald, bald!«

»Hast du haarige Brust und Arme, Jim?«

»Warum du fragen das? Du das nix selbst sehen? Jim haben Haare!«

»Drum eben! Bist du reich?«

»Nein, aber Jim sein gewesen so reich un Jim werden wieder reich einmal, bald! Einmal er haben vierzehn Dollars gehabt – vierzehn Dollars – aber Jim haben spekliert un alles – verloren!«

»In was hast du denn spekliert, Jim?«

»In 'r Kuh, Huck, in 'r lebendigen Kuh! Dumme, alte Jim, gehen hin und stecken zehn Dollars in alte, kranke Kuh, elend Vieh, was krepiert nach drei Tag!«

»Und die zehn Dollars, Jim, waren futsch?«

»Nein, nix ganz futsch! Nur neun! Jim gehen hin und verkaufen die Haut un den Talg für ein Dollar zehn Cents!«

»Sind dir also noch fünf Dollars und zehn Cents geblieben, Jim. Weiter! Hast du noch mehr spekliert?«

»Ja! Huck, du kennen das einbeinerige Nigger, das dem alten Mista Bradish sein? Altes Nigger da gründen eine Bank un sagen, jeder Nigger, was einen Dollar bringt, kriegen vier am End von die Jahr. Alle Niggers laufen un bringen sein Geld, haben aber nur nix viel. Sein Jim der einzige, wo hat viel, so er wollen haben auch mehr als wie annre Niggers. Er sagen, wenn Jim kriegen nix mehr, er selber wollen halten Bank. Das einbeinerige Nigger wollen das nicht haben, sagen, es sein zu wenig Geld für zwei Banken, er wollen Jim geben fünfunddreißig Dollars for fünf am End' von die Jahr.

Dumme Jim also geben fünf Dollars in die Bank. Denken dann, er gleich wollen anlegen die fünfunddreißig Dollars un nix warten auf die End von die Jahr.

Eine annre Nigger, Bob, haben gefischt viele Holzstämme aus die Wasser, ganze Floß, ohne daß's seine Herr wissen. Jim kaufen also die Holz un sagen, Bob sollen sich lassen geben die fünfunddreißig Dollars, wo sein in Bank am End von die Jahr. In die Nacht aber werden die Holz gestohlen, und die annre Morgen sagen das einbeinerige Nigger, Bank sei falliert un so keiner nix kriegen Geld, Jim sein fünf Dollars sein weg!«

»Und die zehn Cents, Jim, wo hast du sie hingebracht?«

»Erst Jim wollen sich was kaufen mit.

Da er träumen in die Nacht, er sollen geben die zehn Cents alte Nigger Balam – Balams Esel er heißen, weil er sein so viel dumm –, haben aber immer Glück, alte Balam, un arme Jim haben gar nix Glück! Sagen also Traum: Jim sollen geben Balam Geld un lassen Balam ihr anlegen, dann Jim werden haben auch Glück! Balam also nehmen zehn Cents, gehen in die Kirche un hören Pfarrer sagen: ›Wenn du geben die Armen, du leihen die Herrn un du werden kriegen hundertfach alles zurück!‹ Alte Balam also, er geben die zehn Cents annre arme, alte Nigger un sitzen un warten, was jetzt kommen!«

»Nun, und was kam dann, Jim?«

»Nie nix, Huck! Arme Jim sein Cents war auch noch weg. Du werden kriegen hundertfach, sagt'r Pfarrer. Hundertfach! Jim wollten sein so froh mit sein arme, kleine zehn Cents, wenn er's wieder hätten!«

»Na, Jim, laß gut sein! So lang du noch die Haare auf deiner Brust und deinen Armen hast, wirst du ja noch reich werden!«

»Warraftig! Un Jim sein schon reich jetzt! Jim sein doch sein eigen Herr! Hätten er nur die Geld, arme Jim, mehr er gar nix wollen!«

Die Höhle – Das schwimmende Haus – Reiche Beute

Ich wollte nun noch einmal einen Ort aufsuchen, den ich bei meiner Expedition neulich entdeckt hatte, ungefähr in der Mitte der Insel. So machten wir uns auf die Beine und waren auch bald dort, denn die ganze Insel war nur ungefähr eine Stunde lang und eine halbe breit.

Der Ort, an den ich hin wollte, war ein ziemlich steiles Felsenriff oder eine Art Hügel, gegen 40 Fuß hoch.

Das Hinaufklettern ward uns schön sauer, denn der steile Abhang war voll dichten Buschwerks. Oben krabbelten wir ringsherum und entdeckten auf der Seite nach Illinois, ziemlich an der Spitze, eine schöne, große Höhle. Sie war so groß wie zwei oder drei Zimmer zusammen, und Jim konnte aufrecht drin stehen. Und so schön kühl war's da drinnen! Jim sagte, wir sollten gleich hier Quartiere aufschlagen, mir aber wollte das ewige Klettern nicht ganz passen.

Jim aber meinte, wenn wir unser Boot versteckten und alle unsere Sachen hierher brächten, so könnten wir uns so schön verbergen, wenn einmal irgend jemand käme; ohne Hunde könnte uns dann kein Kuckuck finden.

Und, sagt er nochmals eindringlich, die jungen Vögel von vorhin hätten doch Regen angezeigt, ob ich durchaus alles eingeweicht haben wollte!

Das leuchtete mir ein! Wir trotteten also zurück und ruderten das Boot bis zu einem Platz am Ufer, der unserm Felsen möglichst nahe war, schifften unsere Habseligkeiten aus und verbargen sie in der Höhle. Dann fanden wir unter dichtem Weidengestrüpp ein Versteck für unser Boot, sahen nach der Fischleine, nahmen einige Fische weg, warfen die Leine wieder aus und dachten nun an unser Mittagbrot.

Die Öffnung der Höhle war ziemlich groß, und an einer Seite war der Boden etwas erhöht, wo man bequem ein Feuer anzünden konnte, was wir denn auch gleich taten und unser Essen kochten. Unsere Decken legten wir als Teppiche auf den Boden, lagerten uns darauf und verzehrten unser Mahl. Alle andern Dinge ordneten wir im Hintergrund der Höhle. Bald danach sah man draußen wirklich graue, dicke Wolken, und es fing an zu blitzen und zu donnern; die jungen Vögel hatten diesmal also wahrhaftig recht gehabt! Ein solches Unwetter hatte ich noch nie erlebt. Das goß und goß; wahre Fluten sausten durch die Luft, daß alles draußen grauschwarz aussah und die nächsten Bäume nur noch wie Spinngewebe aussahen. Bei jedem Windstoß fuhren die Bäume mit den Kronen nach unten, als wollten sie Purzelbäume machen und zur Abwechslung einmal die Wurzeln in die Luft strecken; alles schien wie toll und losgelassen.

Da – als es gerade noch am schwärzesten ist und am tollsten rast – wird auf einmal alles hell und klar, wie blankes Gold, daß man weit, weithin die Bäume herüber und hinüber schwanken sieht; im nächsten Moment ist wieder alles stockfinster, der Donner bricht mit einem furchtbaren Krach los und geht dann über in ein Gerumpel, als ob leere Fässer steile Treppen hinabgerollt würden, wo sie so recht stoßen und poltern und krachen können.

»Das ist nett, Jim«, sag' ich, »Gott sei Dank, daß wir im Trocknen sind. Reich mir doch den Fisch noch mal her und ein ordentliches Stück Brot.«

»Alte Jim aber sein schuld, daß du sein hier, Huck. Ohne alte Jim du wären naß un kalt un halber ertrinkt da drunten im Wald. Ja, ja, Kind, junge Hühner wissen, wann Regen kommt, un junge Vogel auch!«

Der Strom stieg und stieg, zehn oder zwölf Tage lang, bis er zuletzt aus dem Ufer trat. Die Insel war an den niedrigen Stellen drei bis vier Fuß unter Wasser. Am Tag ruderten wir überall drauf umher. Es war herrlich kühl inmitten des Waldes, während die Sonne draußen stach und brannte.

Der ganze Strom war wieder voll von Treibholz. Einmal fischten wir ein tüchtiges Stück von einem Holzfloß heraus, das aus neun dicken tannenen, fest zusammengezimmerten Bohlen bestand. Es war vielleicht zwölf Fuß breit und ungefähr fünfzehn bis sechzehn lang, ein starkes, solides Ding, das wir sogleich unter den Weiden versteckten, im Gedanken, daß es uns vielleicht noch einmal gute Dienste leisten könnte, was denn auch wirklich später der Fall war. In einer Nacht – tags wagten wir uns nicht heraus –, gerade ehe es zu dämmern anfing, sahen wir ein Haus, ein wirkliches Haus, aus Holz gezimmert, auf einem kurzen Floß dahertreiben. Wir natürlich drauflos, angelegt und zum untern Fenster hineingeguckt. Sehen konnten wir noch nichts, und so machten wir unser Boot fest und warteten geduldig, bis es tagen würde.

Wir waren noch nicht an der Insel vorbei, als es hell genug wurde, um alles unterscheiden zu können. Wir guckten also ins Zimmer hinein, sahen ein Bett, einen Tisch, zwei alte Stühle und eine Menge Dinge überall umhergestreut. In der Ecke lag etwas, das wie ein Mensch aussah, sich aber nicht rührte.

»Holla, ihr da!« ruft Jim. Es regt sich nichts. Nun schrei' ich – keine Antwort.

Dann sagt Jim: »Der nix schlafen, der sein tot. Du bleiben hier, Huck, Jim sehen nach.«

Er lief drauf zu, beugt sich über ihn, betrachtet ihn und sagt dann: »Der sein tote Mann! Ja, warraftig, un Kleider sein auch fort.

Sein geschossen in den Rücken. Sein schon lange tot, vier Tag, fünf Tag. Komm rein. Huck, aber nix hinsehen, sein schauderhaft – puh!«

Ich sah mich also nicht um. Jim warf dann ein paar alte Lumpen über die Leiche, hätte es aber nicht zu tun brauchen, mich zog's wahrlich nicht dahin. Alte schmutzige Karten lagen auf dem Boden herum, Schnapsflaschen dazwischen, auch zwei schwarze Tuchmasken, und die Wände waren mit dummen Sprüchlein und Bildern bemalt, die einer mit Kohle draufgeschmiert hatte.

Ein paar schmutzige Kattun-Kleider, ein Frauenstrohhut und einige Unterröcke hingen an der Wand, auch Mannszeug war dabei. Auf dem Boden lag ein gestreifter Kinderstrohhut, unweit von einer zerbrochenen Milchflasche für einen Säugling. Ein alter Koffer, von dem die Scharniere losgerissen waren, lag offen da; es war nichts von Wert darin. Man sah, die Bewohner hatten keine Zeit zu einem feierlichen Abschied von ihrem Heim gehabt, als sie es verließen.

Wir schleppten eine Menge Sachen in unser Boot, weil wir dachten, mit der Zeit ließe sich alles verwenden. Eine alte Blechlaterne, ein Metzgermesser ohne Griff, ein nagelneues Taschenmesser, das in jedem Laden etwas wert gewesen wäre, eine Masse Talglichter, einen Blechleuchter, eine Feldflasche und eine Blechtasse, eine alte, zerfressene Bettdecke, dito Pferdeteppich, einen Arbeitsbeutel mit Näh- und Stecknadeln, Garn, Fingerhut, Wachs und Schere, Hammer und Nägel, eine dicke Fischleine mit festem Haken, eine alte Kuhhaut und ein Hundehalsband, ein Hufeisen und ein paar Medizinflaschen ohne Aufschrift, kurz, alles schleppten wir mit, und zu guter Letzt fand ich noch einen Kamm mit drei Zinken und Jim einen alten Fiedelbogen ohne Saiten, die mußten auch noch mit. Reich beladen stießen wir ab.

Alles in allem genommen hatten wir wahrhaftig eine reiche Beute gemacht und konnten recht zufrieden sein. Inzwischen war's aber heller Tag geworden, und wir waren ziemlich weit von der Insel weg.

So hieß ich Jim denn im Boot niederliegen und deckte ihn mit der alten Bettdecke zu, denn wenn er aufrecht dagesessen hätte, hätte jedes Kind sehen können, daß er ein Nigger war, und wenn's eine Meile weit weg gewesen wäre.

So ruderte ich denn eifrig unserer Insel zu, und ohne daß wir etwas oder irgend jemanden sahen oder selbst gesehen worden wären, kamen wir von unserem nächtlichen Abenteuer glücklich und ohne Unfall wieder nach Hause.

Der Fund – Vater Bunker – Verkleidet

Nach dem Frühstück hätte ich gern unsere Erlebnisse besprochen und begann von dem Toten, den wir in der schwimmenden Hütte gefunden; Jim aber wollte nicht drauf eingehen, weil das Unglück bringe. Auch meinte er, der Geist des Toten könne uns erscheinen, denn einer, der nicht begraben sei, treibe sich noch viel leichter um als einer, der zufrieden und behaglich in der Erde liege. Das schien mir soweit vernünftig, und so bestand ich nicht weiter drauf, die Sache zu besprechen, zerbrach mir aber im stillen den Kopf, wer wohl den Mann erschossen habe und warum sie es getan.

Dann untersuchten wir die alten Lumpen von Kleidern, die wir uns mitgenommen hatten, und fanden in dem zerrissenen Futter eines alten Überziehers acht Dollar in Silber eingenäht. Jim meinte, die Leute in jenem Hause hätten gewiß den Rock gestohlen, denn wenn sie etwas vom Geld gewußt, hätten sie es wohl nicht so freundlich hinterlassen. Ich dachte mir, der Rock habe gewiß dem Toten gehört, aber da mich Jim gewarnt hatte, wollte ich nicht länger mehr darüber sprechen.

Etwas aber mußte ich ihn doch fragen: „Jim, du sagst, es bringt Unglück, wenn man von den Toten spricht, aber das nämliche hast du auch behauptet, als ich neulich die Schlangenhaut fand und anrührte. Da hast du gemeint, das sei das Schlimmste, was man tun könne. Siehst du nun das furchtbare Unglück, das es uns gebracht hat? Wir haben acht Dollar und dazu diesen ganzen Kram erobert. Hätten wir doch jeden Tag so ein Unglück, Jim!"
»Du nix sein so sicher, Huck, nix sein so sicher. Dich nix machen mausig. Es schon kommen! Jim dir sagen: Es schon kommen!«
Und es kam wirklich. Am Dienstag war's, daß wir uns so drüber unterhielten.

Am Freitag darauf, nach dem Mittagessen, lagen wir oben auf dem Hügel im Gras und schmauchten unser Pfeifchen. Der Tabak war uns ausgegangen, und ich lief zur Höhle, um welchen zu holen, und entdeckte dort plötzlich eine Klapperschlange.

Ich nicht faul, hau' ihr eins über den Kopf, daß sie das Aufstehen vergißt, nehm' sie dann und lege sie so natürlich wie möglich zusammengerollt unten auf Jims Lager; ich wollt' ihn einmal tüchtig erschrecken und ordentlich auslachen hinterher.

Am Abend hatte ich jedoch alles wieder vergessen, und als wir zur Höhle kamen und Jim sich auf seine Decke ausstreckte, während ich Licht machte, wurde er von dem Weibchen der toten Schlange, das am Nachmittag herzuge-krochen war, gebissen.

Brüllend sprang er auf, und das erste, was wir beim Lichte sahen, war das Schlangenvieh, wie's den Kopf bedrohlich erhob und sich eben zu einem zweiten Biß anschicken wollte. Im nächsten Moment hatte ich mit einem Knüppel das Biest seinem Kameraden nachgesandt, während Jim meines Alten Branntweinkrug zu fassen kriegte und den Inhalt hastig hinunterzustürzen begann.

Er war barfuß, und die Schlange hatte ihn gerade in die Ferse gebissen. Das war nun ganz allein meine Schuld. Jedes Kind weiß, daß, wo man eine, tote Schlange liegen läßt, sich deren Gefährte unfehlbar nach kurzer Zeit einstellt, um sich um den toten Kameraden zu ringeln, und ich Dummkopf mußte das vergessen. Jim hieß mich der Schlange den Kopf abhacken, denselben wegwerfen, dann die Haut abziehen und ein Stück vom Fleische rösten. Ich tat's, und er aß es und sagte es werde ihm helfen. Auch die Klappern mußte ich loslösen und sie ihm ums

Handgelenk binden, das sei auch ein gutes Mittel, sagte er. Dann schlich ich mich leise hinaus und warf die Schlangen in die Büsche; Jim durfte nicht dahinterkommen, daß ich der Anstifter von all dem Unheil war, wenn ich's irgendwie verhindern konnte.

Jim saugte und saugte an dem Branntweinkrug wie ein Kind an seiner Milchflasche, hie und da kam's über ihn, und er tanzte wie besessen auf einem Bein herum und brüllte fürchterlich dazu, jedesmal aber, wenn er wieder zu sich kam, machte er sich aufs neue an den Schnaps.

Sein Fuß schwoll dick an, ebenso das Bein, aber allmählich stellte sich ein ordentlicher, regelrechter Rausch ein, und ich dachte, nun sei er gerettet.

Ich hätte lieber selbst für den Biß gebüßt, als des Alten Branntwein so herhalten sehen zu müssen.

Vier Tage und vier Nächte mußte Jim auf seinem Lager aushalten, dann war die Geschwulst wieder vergangen, und er war wieder heil und gesund.

Ich schwor mir, nie wieder eine Schlangenhaut anzurühren, ich hatte genug an den Folgen vom letztenmal.

Jim meinte, ein andermal würde ich wohl gleich auf ihn hören und ihn nicht wieder auslachen. Und das will ich auch, weiß Gott! Dann sagte er, er sei immer noch nicht überzeugt, daß wir ganz über die schlimmen Folgen hinaus seien.

Er wolle lieber tausendmal über seine linke Schulter in den Neumond sehen, denn das sei nicht halb so gefährlich, wie die Berührung einer Schlangenhaut. Davon war ich jetzt beinahe selbst überzeugt, obgleich ich bis dahin das erstere für das Schlimmste und das Dümmste gehalten hatte, was der Mensch tun könne. Der alte Vater Bunker, wie er in der Stadt hieß, hatte es einmal getan, und es war ihm schrecklich übel bekommen, denn beinahe zwei Jahre danach war er im Rausch vom Kirchturm gestürzt und war unten beim Auffallen flach wie ein Pfannkuchen geworden, so daß sie ihn, statt im Sarge, zwischen zwei alten Stalltüren begraben mußten – so wurde wenigstens erzählt, ich bin nicht dabeigewesen. Mein Alter hat noch oft davon gesprochen und daß alles nur daher gekommen sei, weil Vater Bunker einmal unvorsichtigerweise über die linke Schulter in den Neumond gesehen. Der alte Narr, der er war!

Die Tage verstrichen, und der Strom trat wieder in seine Ufer zurück. Wir wußten nichts Eiligeres zu tun, als einem Kaninchen die Haut abzuziehen, es als Köder auf einem der großen Fischhaken zu befestigen, die wir mit den andern Sachen im schwimmenden Haus gefunden hatten, und die Leine auszuwerfen. Wir fingen damit auch wirklich einen Katzenfisch, der seinesgleichen suchte. Er war groß und schwer wie ein Mensch, sechs Fuß lang und wog zweihundert Pfund. Wir konnten ihn natürlich nicht ans Ufer ziehen, der hätte uns quer übers Wasser nach Illinois hinübergerissen, und so saßen wir und warteten geduldig, bis er sich zu Tode gezappelt hatte.

Es war wohl der größte Fisch, der je im Mississippi gefunden wurde; Jim wenigstens sagte, er habe nie einen größeren gesehen. Was der drüben in der Stadt wert gewesen wäre!

Da hätte man das Fleisch pfundweise verkaufen können; es ist so schneeweiß und schmeckt so gut, besonders gebacken.

Am andern Morgen war es mir gar so traurig und langweilig zumute, und ich überlegte mir, was ich anstellen könnte, um mich wieder ein bißchen aufzurappeln.

Da fiel mir ein, daß ich ja einmal ein wenig ans Land übersetzen und sehen könnte, was dort los sei. Jim gefiel der Plan, nur riet er, ruhig zu warten, bis es dunkel zu werden beginne, und empfahl mir, überhaupt sehr vorsichtig zu sein. Nach einigem Besinnen meinte er, ob ich mich nicht mit den Frauenkleidern und Hüten, die wir erbeutet, vielleicht als Mädchen, verkleiden könnte.

Das war mal wieder eine gute Idee! Wir machten also einen der Röcke kürzer, dann schlug ich meine Hosen übers Knie hinauf und schlüpfte in den Rock hinein. Jim hakte ihn hinten ein, und er paßte wundervoll. Dann nahm ich einen der Hüte, einen alten Kapotthut mit riesigen Scheuledern nach vorn, und band ihn unterm Kinn zusammen. Wer nun mein Gesicht sehen wollte, mußte sich große Mühe geben, um es im Hintergrund der Ofenröhre erblicken zu können. Jim meinte, kein Sterbensmensch könne mich so erkennen, selbst bei Tageslicht nicht. Den ganzen Tag lang übte ich mich in dem ungewohnten Anzug und war am Abend so ziemlich damit vertraut, nur tadelte Jim, daß ich gar nicht zierlich wie ein Mädchen gehe und auch immer den Rock aufhebe, um an meine Hosentaschen zu gelangen. Das ließ ich mir gesagt sein und suchte es besser zu machen.

So nahm ich denn mein Boot und begab mich gegen Abend auf den Weg zur Stadt, kreuzte die Fähre und trieb am Ufer entlang bis zu den ersten Häusern. In einer kleinen Hütte, die ich kannte und die, wie ich wußte, lange leer gestanden hatte, brannte ein Licht. Ich war neugierig, wer sich wohl da einquartiert haben könnte. So schlich ich zum Fenster und spähte hinein. Eine Frau von vielleicht vierzig Jahren saß vor einem Talglicht und strickte. Ihr Gesicht war mir unbekannt, sie mußte fremd sein in der Gegend, denn auf Meilen in die Runde gab's niemand, den ich nicht gekannt hätte.

Das fremde Gesicht war nun ein Glückszufall, denn mir war mittlerweile das Herz in die Stiefel gefallen; ich hatte schon befürchtet, ich könne erkannt werden, und bereute das ganze Abenteuer. Selbst meine Stimme konnte mich verraten und zur Entdeckung führen.

Der Fremden gegenüber brauchte ich nun aber gar keine Angst zu haben, und hielt sich die Frau auch nur seit zwei Tagen in dem kleinen Städtchen auf, so konnte sie mir so gut Auskunft geben über alles, was ich zu wissen wünschte, wie sonst jemand.

So klopfte ich denn an die Tür und nahm mir fest vor, ja nicht zu vergessen, daß ich ein Mädchen sei.

Huck und die Frau – Nachforschungen – Ausflüchte
»Ich will nach Goshen!« – »Jim, sie sind hinter uns her!«

»Herein!« rief die Frau, und ich trat hinein. Sie beginnt: »Nimm 'nen Stuhl!« Ich tat's. Sie betrachtet mich aufmerksam von oben bis unten mit ihren kleinen, glänzenden Äuglein und fragt dann: »Wie heißt du denn?« - »Sarah Williams!«

»Wo wohnst du? Hier in der Gegend?«

»O nein, in Hookerville, sieben Meilen von hier. Ich bin den ganzen Weg zu Fuß gegangen und halb tot vor Müdigkeit!«

»Gewiß auch hungrig! Wart, ich hol' dir was!«

»Nein, hungrig bin ich nicht, ich war's aber so schrecklich, daß ich zwei Stunden von hier auf einer Farm die Leute um Essen bat, und deshalb bin ich auch so spät dran. Meine Mutter ist krank und hat kein Geld und nichts, und ich soll zu meinem Onkel Abner

Moore und es ihm sagen. Er wohnt am andern Ende der Stadt, sagt Mutter. Ich bin noch nie hier gewesen. Kennen Sie ihn?«

»Nein! Aber ich bin auch erst vierzehn Tage hier und kann noch nicht jedermann kennen. Es ist aber ein weiter Weg bis ans andere Ende der Stadt. Du bleibst am besten die Nacht über bei uns. Nimm doch deinen Hut ab!«

»Nein, danke«, sag' ich, »ich will nur ein Weilchen ausruhen und dann weitergehen. Ich fürchte mich nicht im Dunkeln!«

Sie sagte, allein ließe sie mich auf keinen Fall gehen, ihr Mann käme bald nach Hause und der solle mich begleiten. Dann erzählte sie von ihrem Mann und von ihren Verwandten stromauf- und stromabwärts,

und wie es ihnen früher so viel besser er-gangen und ob es nicht vielleicht eine Torheit gewesen, hierher zu kommen, anstatt zu bleiben wo sie waren, und so weiter und so weiter, bis ich dachte, ich hätte eine Dummheit gemacht, zu ihr zu kommen, um Neues aus der Stadt zu erfahren.

Allmählich aber kam sie ins richtige Fahrwasser und fing von meinem Alten und dem Morde an; ich ließ sie weiterschwatzen, solange es ihr behagte.

Sie erzählte von mir und von Tom Sawyer, wie wir die sechstausend Dollars gefunden – nur waren's bei ihr zehntausend geworden –, von meinem Alten, was er für ein Lump sei, und was für ein Lump ich gewesen, und nach und nach war sie bis zu meinem Mord vorgerückt.

Da frag' ich: »Wer hat's denn eigentlich getan? Von dem Mord haben wir auch in Hookerville gehört, aber nicht, wer's getan hat!«

»Na, da geht's euch gerade wie allen hier! Wie viele würden was drum geben, wenn sie wüßten, wer's getan hat. Manche glauben, der alte Finn sei's selbst gewesen!«

»Nein! Wahrhaftig?«

»Fast alle glaubten's zuerst. Der wird wohl nie erfahren, wie dicht am Galgen er vorbeigestreift ist, der Lump! Noch vor Nacht aber änderte sich die Meinung der Leute, und man hatte nun einen durchgebrannten Nigger namens Jim im Verdacht!«

»Was, der war ja ...«

Ich schnappte nach Luft und dachte, ich will lieber still sein. Sie hatte gar nichts gemerkt und fuhr ruhig fort: »Ja, der Nigger war in derselben Nacht durchgebrannt, in der Huck Finn ermordet wurde. Man hat eine Belohnung auf seinen Kopf gesetzt – dreihundert Dollar. Auch für die Auffindung des alten Finn ist eine Belohnung von zweihundert Dollar ausgesetzt worden. Der war am Morgen nach dem Mord in die Stadt gekommen, um Anzeige zu machen, war auch mit den Leuten auf dem Boot, um den Leichnam zu suchen, gleich danach aber war er verschwunden, und als am Abend die Leute sich soweit klar waren, daß sie ihn hängen wollten, war er nirgends mehr zu finden. Am andern Tag kam dann heraus, daß auch der Nigger fehle und daß der gerade in der Mordnacht um zehn Uhr zum letztenmal gesehen worden sei.

Jetzt fiel der Verdacht auf den, und am selben Tag kam auch der alte Finn zurück und plagte Kreisrichter Thatcher, ihm Geld zu geben, daß er den Nigger, dem elenden Mörder, nachsetzen könne.

Der gab ihm ein paar Dollars, und am Abend hatte er einen tüchtigen Rausch und randalierte in den Straßen herum mit noch zwei anderen trolchen, die recht gerieben aussahen. Mit denen ging er auch schließlich davon.

Seitdem ist er nicht wieder gesehen worden, und niemand sehnt sich nach ihm, denn nun ist wieder alles fest davon überzeugt, daß er seinen Jungen selbst getötet und dann alles so zurechtgemacht hat, als seien es fremde Mörder gewesen, nur um den Leuten Sand in die Augen zu streuen. Er dachte dadurch viel schneller das Geld seines Sohnes ausgeliefert zu bekommen, als wenn er den langweiligen Prozeß abwarten müßte.

Man traut ihm alles zu, dem schlechten Kerl! Oh, der ist schlau! Wenn er sich jetzt ein Jahr lang fern hält, wird alles verblasen sein. Beweisen kann man ihm ja nichts, und er kann dann mit der größten Leichtigkeit Hucks Erbschaft antreten.«

»Natürlich, dann hindert ihn nichts mehr dran, das sag' ich auch. Der Schuft! Auf den Nigger hat man also gar keinen Verdacht mehr?«

»Ei freilich, aber so ganz sicher ist man doch nicht. Na, den werden sie bald wieder haben und es dann schon aus ihm herauspressen!«

»Was, sind sie denn hinter ihm her?«

»Na, du bist aber gut! Dreihundert Dollars läßt man doch nicht so mir nichts dir nichts auf der Straße liegen. Weit kann er ja auch noch gar nicht sein. Das sagen viele, und ich gehöre zu denen. Sprech' ich da vor ein paar Tagen mit einem alten Pärchen, das gleich da vorn in der kleinen Blockhütte wohnt. Die erzählten mir, die Insel da draußen im Strom sei ganz unbewohnt, da komme nie jemand hin. Denk' ich, du willst doch blind werden, wenn du nicht vor ein paar Tagen dort Rauch gesehen hast; wer weiß, ob da nicht der Nigger steckt? Seitdem hatt' ich nichts wieder gesehen, vielleicht war er also schon weiter. Sagen tat ich aber nichts, sondern denk': Wart'st bis dein Alter kommt. Der war nämlich vor ein paar Tagen mit einem Freunde stromaufwärts gegangen und ist erst vorhin, vor zwei Stunden, wiedergekommen.

Da hab' ich ihm gesagt, was ich weiß und was ich denke, und nun will er mit noch einem hinüber und nachsehen!«

Mir war's, als säß' ich auf heißen Kohlen. Ich rutschte hin und her und mußte mir was zu schaffen machen.

Ich nehm' also eine Nadel vom Tisch und probier', sie einzufädeln. Aber meine Hände zitterten in einem fort, und ich konnte nicht damit fertig werden.

Plötzlich hört die Frau zu reden auf, und als ich aufblicke, bemerke ich, wie sie mir immerfort zusieht und dabei so sonderbar vor sich hingrinst. Ich leg' Nadel und Faden weg und tu', als hätt' ich nur noch Sinn für die Geschichte, die mich auch wirklich interessierte, und frage: »Weiß Gott, dreihundert Dollar ist ein ordentlicher Klumpen Geld. Wollt', meine Mutter hätt's. Geht Euer Mann noch heute nacht hinaus?«

»Versteht sich, so was muß schnell getan werden oder gar nicht. Er ist nur noch in die Stadt, um sich ein Boot und eine Flinte zu leihen! Ich glaub', nach Mitternacht wollen sie ausziehen!«

»Könnten sie denn am Tag nicht besser sehen?«

»O du liebe Unschuld, du! Denkst du, der Nigger sei am Tage blind? Nein, nein! Jetzt in der Nacht schläft er sicher, und die Männer können sich um so besser durch den Wald schleichen und ihn bei seinem Lagerfeuer überraschen – wenn er eins hat, heißt das!«

»Ach natürlich! Daran hab' ich gar nicht gedacht!«

Ich fühlte, daß die Frau mich immerzu ganz merkwürdig anstarrte, und mir war gar nicht wohl in meiner Haut. Auf einmal fragte sie: »Wie hast du doch gesagt, daß du heißt?«

»M – Mary Williams!«

Mir war's, als hätt' ich vorhin nicht Mary gesagt, ob's aber Sarah oder sonst ein Name gewesen, das wußte ich nicht mehr genau, und so wagte ich in meiner Verlegenheit kaum aufzublicken. Ich fühlte mich barbarisch in die Enge getrieben und sah sicherlich auch so aus. Hätte doch die Frau in Kuckucks Namen wenigstens etwas gesagt, aber sie saß da und starrte mich an und brachte mich beinahe zur Verzweiflung.

Spricht sie endlich ganz honigsüß: »Ei, ei, Liebchen, ich dachte, du hättest Sarah gesagt, als du vorhin kamst. Wie ist denn das?«

»Ganz recht, natürlich, Sarah Mary Williams. Sarah heiße ich ebenfalls. Man ruft mich einmal Sarah und einmal Mary, mir ist's ganz einerlei!«

»Ach, so ist's? Na natürlich!« Sie lachte vor sich hin.

Ich fühlte mich etwas weniger unbehaglich, wünschte aber doch zu Gott, glücklich mit heiler Haut aus der Klemme zu sein. Aufstehen mochte ich noch immer nicht.

Dann fing die Frau an zu klagen, wie schlecht die Zeiten seien und wieviel besser sie's früher gehabt.

Wie sie jetzt so kümmerlich leben müßten und wie die Ratten sie hier plagten, als seien sie Herren im Hause, und so ging's fort, bis ich wieder ganz beruhigt war. Sie war immer noch an den Ratten. Hie und da konnte man sehen, wie eine ihre Nase aus einem Loch in der Ecke des Zimmers streckte. Die Frau erzählte, wie sie immer etwas zur Hand habe, um's nach den frechen Geschöpfen zu werfen, wenn sie allein sei, sonst hätte sie keine leibliche Ruhe mehr.

Sie zeigte mir einen Klumpen Blei, der in einer Schlinge befestigt war, und damit warf sie nach den Ratten und sagte, sie sei für gewöhnlich ein guter Schütze, habe aber eben ihren Arm verstaucht und wisse nicht, ob sie richtig zielen könne. Sie probierte es zwar, verfehlte aber das Ziel um einen Meter, schrie »autsch«, rieb sich den Arm und bat mich, es das nächstemal zu tun. Ich wäre nun für mein Leben gern weg gewesen, ehe ihr Mann einrückte, wollte mir's aber nicht merken lassen. So nahm ich denn das Ding und zielte nach der ersten Ratte, die die

Schnauze vorstreckte, und wenn sie dort geblieben wäre, wo sie war, hätte man sie keine gesunde Ratte mehr heißen können. Die Frau meinte, für's erstemal sei's ein Meisterschuß und die nächste Ratte sei ihres Lebens nicht sicher. Sie ging den Klumpen Blei aufzuheben und brachte einen Strang Garn zum Winden mit, wobei ich ihr helfen sollte. Ich streckte die beiden Arme aus, sie legte das Garn darüber und erzählte immer weiter von sich und ihrem Mann. Auf einmal sagte sie: »Gib nur auf die Ratten acht; da, nimm den Bleiklumpen in deinen Schoß, dann hast du ihn zur Hand!«

Sie ließ den Klumpen richtig in meinen Schoß fallen, und ich preßte die Beine fest zusammen, um ihn zu halten. Sie sprach noch eine Minute weiter, dann hört sie plötzlich auf, sieht mir fest ins Gesicht und sagt, aber gar nicht unfreundlich: »Jetzt komm, gesteh einmal wie du wirklich heißt!« – »W-wieso?«

»Also wie du in Wahrheit heißt«, fährt sie fort und tippt mir mit dem Finger auf den Arm, »heißt du Bill oder Tom oder Jack? He, heraus mit der Sprache!«

Ich zitterte und bebte am ganzen Leib und wußte kaum, was ich tun sollte.

Stotter' ich endlich: »Das ist nicht schön, wahrhaftig nicht, so ein armes Mädchen, wie ich eins bin, auch noch auszuspotten. Wenn ich Ihnen zur Last falle, will ich –«

»Nichts willst du, still gesessen, ich tu' dir nichts und ich verrat dich auch nicht. Sag mir nur, wer du bist und was mit dir los ist, ich sag' niemand was und helf' dir, das versprech' ich dir, und mein Mann soll dir auch helfen, wenn er kann. Du bist ganz gewiß ein Lehrling, der irgendwo durchgebrannt ist; gelt, ich hab's getroffen? Das ist aber gar kein Unglück, Kind. Man hat dich gewiß schlecht behandelt, und da hast du dich davongemacht. Nicht so? Komm, komm, ich sag' nichts, erzähl du mir nur alles, komm, sei ein guter Junge!«

So sagt' ich denn, ich sähe schon, es nütze nichts, noch weiter Komödie zu spielen, und ich wolle alles gestehen, wenn sie ihr Versprechen halte und mich nicht angebe. Dann erzählte ich ihr, daß Vater und Mutter tot seien und das Gesetz mich einem Vormund, einem alten Farmer, dreißig Meilen landeinwärts, zugesprochen habe, und wie er mich mißhandle und hungern lasse, so daß ich beschlossen habe, durchzubrennen. Er habe für ein paar Tage verreisen müssen; diese Gelegenheit habe ich benutzt, mir einige nette Kleider seiner Tochter anzueignen und in denselben das Weite zu suchen. Ich sei nun schon drei Nächte unterwegs. Bei Tag habe ich mich versteckt, und nur des Nachts sei ich gewandert. Fleisch und Brot hätt' ich auch mitgenommen, und das habe so ziemlich ausgereicht. Aber Moore, mein Onkel, würde sich gewiß meiner annehmen und mich vor dem alten Farmer schützen; deshalb sei ich auch hierher nach Goshen gekommen.

»Goshen, Kind? Aber du bist ja gar nicht in Goshen! Das hier ist ja Petersburg. Goshen liegt ja noch zweieinhalb Stunden flußaufwärts. Wer hat dir denn gesagt, dies sei Goshen?«

»Ei, ein Mann, den ich ganz in der Frühe traf, gerade ehe ich mich im Wald verkriechen wollte, um dort auszuschlafen. Der sagte, wenn ich an einen Kreuzweg komme, solle ich mich rechts wenden, und dann sei ich in einer Stunde in Goshen.«

»Der war sicherlich betrunken, denn er hat dich ganz falsch gewiesen, armes Kind!«

»Ja, er sah beinahe so aus, aber es liegt ja gar nichts dran. Ich mach' mich wieder auf die Beine und will schon vor Tag in Goshen sein, da ist mir nicht bange.«

»Wart noch einen Moment, ich hol dir noch etwas zu essen, wer weiß, wie du's brauchen kannst!«

Und sie stopfte mir schnell allerlei zu. Dann fragte sie: »Sag einmal, mit welchem Ende eine liegende Kuh zuerst aufsteht. Und nun antwort schnell ohne dich lange zu besinnen!«

»Mit dem hinteren! – »Und ein Pferd?«

»Mit dem vorderen!«

»Auf welcher Seite eines Baumes wächst am meisten Moos?«

»Auf der Nordseite!«

»Und wenn fünfzehn Kühe zusammen weiden, wie viele davon kauen dann wohl ihr Futter und sehen nach derselben Richtung?«

»Alle fünfzehn!«

»Gut! Ich glaub's dir jetzt, du hast auf dem Land gelebt, ich dachte, du wolltest mich am Ende noch einmal anführen. Und wie heißt du nun wirklich?« – »George Peters!«

»Na, vergiß das nur nicht und sag du heißt Alexander, eh du weggehst, und lüg dich dann mit einem George-Alexander heraus, wenn ich dich fange. Und zeig dich keiner Frau mehr in dem alten Kattunrock, du kannst dich da drin für kein Mädchen ausgeben. Männern könntest du's vielleicht weismachen, aber einer Frau nie. Und Kind, wenn du wieder eine Nadel einfädeln willst, so halt die Nadel fest und steck den Faden durch, und nicht umgekehrt; so machen's die Männer und ein ganz kleines Mädchen würde dich daran erkennen, wenn du mit der Nadel so in der Luft herumfuchtelst. Und wenn du nach einer Ratte oder irgend etwas werfen willst, so stell dich auf die Fußspitzen und heb den Arm über die Schulter, so ungeschickt du nur kannst, und wirf sechs bis sieben Fuß daneben – wie ein Mädchen, nicht wie ein Junge aus dem Handgelenk und Ellbogen. Und, denk dran, wenn ein Mädchen etwas fangen will, das man ihr in den Schoß wirft, so spreizt sie die Knie auseinander und preßt sie nicht zusammen, wie du's bei dem Bleiklumpen tatst. Sieh, ich wußte gleich, daß du ein Junge bist, als du die Nadel einfädeln wolltest, und hab' dich absichtlich all das andre tun lassen, um meiner Sache sicher zu sein. –

Jetzt troll dich zu deinem Onkel, Sarah Mary Williams George Alexander Peters, und wenn du jemand brauchst, der dir in irgend etwas helfen soll, so schick zu Frau Judith Loftus – so heiß' ich –, und ich will für dich tun, was ich kann.

Halt dich immer am Strom hin, und wenn du wieder durchbrennen willst, nimm Schuh und Strümpfe mit, der Weg ist ordentlich steinig und deine Füße werden gut aussehen, bis du nach Goshen kommst!«

Etwa fünfzig Meter weit ging ich den Strom entlang, dann stahl ich mich wieder zurück, am Hause vorbei bis dahin, wo ich mein Boot gelassen hatte, stieg hinein, und hast du nicht gesehen, ging es fort.

Ich ließ mich am Ufer hin treiben, bis ich meiner Berechnung nach etwa der Insel gegenüber war, und legte mich dann ordentlich ins Zeug in der Richtung quer übers Wasser. Den Hut hatte ich abgenommen; Scheuleder brauchte ich keine mehr. Da hör' ich die Uhr schlagen, zähle und merke, daß es schon elf ist – elf Uhr!

Als ich zur Insel kam, nahm ich mir nicht einmal Zeit, die Nase zu putzen, obgleich ich's sehr nötig hatte, sondern landete gerade an meinem alten Lagerplatz und zündete ein tüchtiges Feuer dort an.

Dann wieder ins Boot und weiter unserem Höhlenfelsen zu, so schnell sich's nur irgend tun ließ. Ich legte an, kroch den Felsen hinauf und in die Höhle.

Da lag Jim in süßem Schlaf. Ich schrei' ihm in die Ohren: »Auf, Jim, Jim, sie sind hinter uns her!«

Der sagt kein Wort und fragt auch nichts weiter, schnellt nur auf, aber die Art, wie er in der nächsten halben Stunde schuftete, zeigte, wie ihm der Schreck in die Glieder gefahren war. In kürzester Zeit hatten wir unser ganzes Hab und Gut aufs Floß gebracht, das im Weidengebüsch versteckt lag, und alles zur Abfahrt bereit gemacht. Das Feuer in der Höhle hatten wir gleich anfangs ausgelöscht und uns wohl gehütet, Licht sehen zu lassen. Ich fuhr im Boot zuvor noch eine kleine Strecke ins Wasser hinaus, um Ausschau zu halten; aber wenn sich auch ein Fahrzeug in der Nähe befand, so war es bei der ungünstigen Beleuchtung doch nicht zu erkennen.

So zogen wir denn das Floß hinaus, glitten leise im Schatten des Ufers dahin, dann weg von der Insel ins offene Wasser, und keiner redete nur ein Sterbenswörtchen dabei.

Langsame Fahrt – Geliehene Dinge – Besteigung des Wracks – Die Verschwörer – »Das ist unmoralisch!« – Jagd nach dem Boot

Es mußte beinahe ein Uhr sein, als wir endlich aus dem Bereich der Insel kamen; es war eine verflixt langsame Fahrt auf dem Floß. Sollte uns irgendwas Verdächtiges begegnen, so hatten wir verabredet, das Floß zu verlassen, unser Boot, das wir angehängt hatten, zu besteigen und uns so schnell wie möglich nach dem Illinois-Ufer zu aus dem Staub zu machen.

Glücklicherweise hatten wir das aber nicht nötig, sonst wäre es uns übel ergangen, denn wir hatten mit keinem Gedanken daran gedacht, Flinte oder Angelleine oder irgendwelche Lebensmittel in unser Boot zu tun.

Der Mensch kann nicht an alles denken, aber es war wahrhaftig sehr dumm gewesen, unsre ganze Habe aufs Floß zu schaffen.

Wenn die Männer wirklich nach der Insel gekommen sind, werden sie wohl mein Lagerfeuer gefunden und die ganze Nacht dabei auf Jim gewartet haben. Auf jeden Fall kamen sie uns nicht nach, und wenn das Feuer sie nicht an der Nase herumgeführt hat, so ist das nicht meine Schuld, ich zündete es in der besten Absicht an. Als sich der erste Streifen im Osten zeigte, landeten wir in einer Bucht am Illinois-Ufer und verbargen unsere Flotte im dichten Weiden- und Binsengestrüpp.

Drüben an der Missouri-Seite gab's Berge, hier bei uns nur dichte Waldungen, auch war drüben die fahrbarere Strecke des Stroms, so daß es für uns keine Gefahr gab, entdeckt zu werden. So lagen wir denn den Tag über still und sahen den Fahrzeugen drüben zu, wie sie auf- und abwärts glitten, den Booten, den Flößen und den Dampfern, die in der Mitte des Stroms daherkeuchten und schnaubten.

Ich erzählte Jim mein Abenteuer von gestern mit der Frau in der Hütte, die sich durch meinen Rock und Hut nicht hatte täuschen lassen, und er meinte, die sei schlau gewesen, die hätte uns wohl schwerlich so leicht entwischen lassen, wie's die Männer getan; die hätte sich nicht schläfrig hingelegt und ein einsames Lagerfeuer bewacht, statt drauflos zu suchen, die wäre gar nicht ohne Hund ausgerückt und hätte überhaupt die Sache viel schlauer angefaßt.

Warum sie dann wohl den Männern nicht geraten habe, einen Hund mitzunehmen, warf ich ein.

Das habe sie wahrscheinlich zuletzt noch getan, meinte Jim, deshalb hätten sich auch gewiß die alten Schlafhauben von Männern verspätet und all die kostbare Zeit verloren und wir säßen hier auf dem Floß im Weidengestrüpp, statt da drüben hinter Schloß und Riegel im Städtchen, »ja warraftig!« Mir war's nun ganz und gar einerlei, was die Ursache sei, daß wir hier waren statt dort, solange wir nur wirklich frei blieben und sie uns nicht wegfingen.

Als es anfing, dunkel zu werden, streckten wir unsre Köpfe vorsichtig aus dem Weidengestrüpp und sahen uns um.

Vorn, hinten, hüben, drüben – alles sauber, nichts zu sehen! Jim nahm nun ein paar von den obersten Planken des Floßes und stellte eine Art Hütte her, um uns und unsre Habseligkeiten gegen das Wetter zu schützen; die Hütte erhielt einen Bretterboden, ungefähr einen Fuß höher als die Oberfläche des Floßes, so daß unsere Decken und andere Sachen aus dem Bereich der Wellen der Dampfboote waren. Gerade in der Mitte der Hütte machten wir dann von Lehm eine Art Herd, worauf wir unser Feuer anzünden konnten, ohne daß es von außen viel gesehen werden würde. Dann verfertigten wir noch ein zweites Steuerruder, um nicht in Not zu geraten, im Fall das eine zerbrochen würde. Ein gabeliger Baumast diente uns als Laternenpfosten, denn es war nötig, Licht zu haben, um nicht von irgendeinem Dampfboot in den Grund gebohrt zu werden.

In der zweiten Nacht ließen wir uns ungefähr sieben bis acht Stunden von einer ziemlich reißenden Strömung dahintragen. Wir fingen Fische und plauderten, schwammen auch mal neben her, um den Schlaf fernzuhalten. Es war uns ordentlich feierlich zumute, so auf dem großen, stillen Strom hinzugleiten in der lautlosen Nacht.

Wir legten uns dann auf den Rücken und schauten nach den Sternen, und es kam uns gar nicht in den Sinn, laut zu sprechen, oder gar zu lachen, höchstens hie und da mal ganz leise. Wir hatten fabelhaft gutes Wetter, und nichts passierte uns, weder in dieser Nacht noch in der nächsten und übernächsten.

Jede Nacht kamen wir an Städtchen vorüber, die oft weit drüben an den schwarzen Abhängen gelegen waren; kein Haus war zu erkennen, nichts als Nester voll schimmernder Lichter.

In der fünften Nacht kamen wir an St. Louis vorüber, und das leuchtete und funkelte, als habe man die ganze Welt in Brand gesteckt.

Bei uns zu Haus in Petersburg hatten sie immer gesagt, wie furchtbar groß St. Louis sei und wie da zwanzig- oder dreißigtausend Menschen alle auf einem Fleck zusammen lebten. Ich hatt's nie geglaubt. Als ich aber den Bündel Lichter dort sah, in der Nacht um zwei Uhr, wo sonst alles gesund und fest schläft, da wurde mir begreiflich, daß es wahr sein müsse und daß die Leute nicht geflunkert hatten.

Jeden Abend begab ich mich nun ans Ufer in irgendein kleines Dorf, meist so gegen zehn Uhr, und kaufte ein, was wir gerade brauchten, Speck oder Mehl oder Tabak, wie's kam.

Manchmal verhalf ich auch einem Huhn, das nicht recht ruhen wollte, zu einer bequemeren Lage in meinen Armen.

Mein Alter sagte immer: Wenn du irgendwo ein Huhn kriegen kannst, nimm's mit, unter allen Umständen. Brauchst du's nicht, braucht's ein anderer, und eine gute Tat lohnt sich jedesmal. Der Alte zwar brauchte das Huhn immer selbst, allein das änderte nichts an seinem Wahlspruch.

Morgens, eh' der Tag kam, schlüpfte ich dann in die Felder und pumpte mir irgendeine Melone oder einen Kürbis oder andere Früchte, die mir gerade in den Weg kamen. Pumpen sei nichts Schlimmes, hatte mein Alter immer gesagt, wenn man nur die Absicht habe, es einmal heimzugeben, die Witwe aber meinte, das sei nur ein schönerer Ausdruck für Stehlen, und kein ordentlicher Mensch täte dergleichen. Jim, den ich fragte, sagte, die Witwe habe recht, der Alte aber auch, und wenn wir zwei oder drei Sachen von unserer Pumpliste strichen, zum Beispiel schlechte Wassermelonen oder saure Äpfel, und uns fest vornehmen würden, diese künftig liegen zu lassen,

dann sei's wohl jedem recht gemacht, und wir könnten das übrige leichten Herzens lustig weiter nehmen.

Vorher war's uns nicht ganz wohl bei der Sache gewesen, aber seit wir diesen Ausweg gefunden hatten, wurde es uns wieder ganz behaglich – Wassermelonen und saure Äpfel ließen sich ja leicht entbehren.

Ab und zu schossen wir ein vorwitziges Wasserhuhn, das sich des Morgens zu früh oder des Abends zu spät legte, kurz, wir lebten ganz behaglich, glücklich und zufrieden und freuten uns unseres Daseins.

In der fünften Nacht, als wir an St. Louis vorbei waren, kam ein furchtbares Gewitter mit Donner und Blitz, und der Regen goß wie Bindfaden herunter.

Wir verkrochen uns in unsre Hütte und ließen Floß Floß sein, das schwamm von selbst weiter. Beim Schein der Blitze konnten wir sehen, daß die Ufer felsig und steil waren, und auch im Wasser zeigten sich Felsen. Auf einmal ruf ich: »Hallo, Jim, sieh mal dort hin!« Und was war's? Ein Dampfboot, das an einem der Felsen gestrandet war. Wir hielten gerade darauf los und konnten es ganz deutlich sehen beim Schein der Blitze.

Ein Teil des Oberdecks ragte noch aus dem Wasser hervor, und wenn gerade ein heller Blitz kam, konnte man alles, was darauf war, deutlich erkennen, sogar einen Stuhl, der nahe bei der großen Schiffsglocke stand, samt einem Hut, der an der Lehne hing.

Puh, mich überlief's! Es war so schauerlich da draußen in der Nacht bei dem Sturm, und mir ging's, wie es jedem Jungen in meinem Alter beim Anblick des einsamen, traurigen Wracks da mitten im Strom gegangen wäre, mir gruselte, und doch wollt' ich für mein Leben gern an Bord und ein wenig dort herumschnüffeln.

»Laß uns anlegen, Jim«, bat ich.

Jim aber war zuerst taub für die Bitte und meinte: »Jim nix brauchen zu sehen auf Wrack, Jim sein gar nix neugierig. Du viel besser bleiben davon, oder du dir verbrennen die Finger. Jim nix wollen haben zu tun mit Polizei!«

»Polizei? Selbst Polizei! Was hätte denn die da zu tun? Das Deck und das Lotsenhaus zu bewachen, he? Glaubst du, irgendeiner riskiere sein Leben in einer solchen Nacht wegen ein paar alter Planken, die jeden Augenblick auseinandergerissen und weggespült werden können?«

Jim glaubte das nun keineswegs und so blieb er still. »Und außerdem«, fuhr ich fort, könnten wir uns gewiß etwas aus des Kapitäns Kajüte pumpen, Jim – Zegarren, wett' ich, fünf Cents das Stück, feine Ware, Jim! Dampfboot-Kapitäne sind immer reich, Jim! Haben sechzig Dollars im Monat und fragen nicht lang, was etwas kostet, wenn sie's brauchen. Komm, steck eine Kerze ein, Jim, ich hab' keine Ruh' mehr, bis wir dort sind. Meinst du, Tom Sawyer hätte zu so was nein gesagt? Niemals! Der nicht! Der hätt's ein Abenteuer genannt, ein heldenhaftes Abenteuer, so hätt' er's genannt und wäre an Bord gegangen, wenn's auch sein Leben gekostet hätte. Und wie hätt' er sich dabei benommen! Mit Anstand, sag' ich dir! Der hätt' sich hingestellt wie Christian Klumbus, als er das tausendjährige Reich entdeckte! Ach, ich wollte, Tom wär' hier!«

Jim brummte noch etwas in seinen Bart, den er nicht hatte, und gab dann nach. Er sagte aber, wir dürften nur so wenig wie möglich reden, nur das Allernotwendigste und ganz, ganz leise. Der Blitz zeigte uns das Wrack wieder, gerade rechtzeitig, um anlegen zu können.

Das Deck ragte hier hoch empor.

Wir schlichen im Dunkeln auf der schrägen Fläche nach Backbord auf die Kajüte zu, indem wir uns Schritt für Schritt behutsam vorwärtsbewegten und die Hände ausstreckten, um nirgends anzustoßen.

Wir erreichten auch bald das vordere Ende des Oberlichts und kletterten in die Öffnung; noch ein paar Schritte, und wir standen vor der Tür des Kapitäns. Die stand offen, und – Herr des Himmels – ganz im Hintergrund des Ganges, der zum Salon führt, erblicken wir ein Licht und vernehmen Stimmengemurmel.

Jim flüsterte mir zu, ihm sei sterbensübel, und beschwor mich, mit ihm wegzugehen. Ich sagte: »Gut, komm fort.«

Da hörte ich gerade eine Stimme stöhnen und flehen: »Ach, laßt mich doch, Jungens, ich schwör's, ich verrat' euch nicht!«

Drauf antwortete eine andre Stimme ziemlich laut: »Da lügst du, Jim Turner, wir sind dir hinter die Schliche gekommen! Immer hast du den größten Teil gewollt, wenn's etwas zu teilen gab, und auch gekriegt, was noch wichtiger ist, weil du uns immer verraten wolltest, wenn wir's nicht täten. Diesmal aber haben wir dich gefangen, Kerl! Gemeiner, verlogener Hund du!«

Jim hatte sich schon lange davongemacht und mußte bereits beim Floß angelangt sein, in mir aber regte sich die Neugier immer mehr. Tom Sawyer hätte nun erst recht nicht locker gelassen, sagte ich mir, und ich tu's auch nicht, ich muß sehen, was da vorgeht. Ich ließ mich also auf Hände und Knie nieder und kroch in dem kleinen Durchgang in der Dunkelheit nach hinten, bis mich nur noch die Breite einer Kabine von dem Salon trennte. Da drinnen lag ein Mann an Händen und Füßen geknebelt auf dem Boden, zwei andre standen vor ihm, der eine mit einer kleinen Laterne, der andre mit einer Pistole in der Hand.

Der mit der Pistole zielte auf den Kopf des Geknebelten und wiederholte immer wieder: »Ich möcht' ihn niederschießen, den Hund, und ich sollt's eigentlich auch tun – dieser Verräter!«

Der am Boden krümmte sich dann jedesmal und ächzte: »Tu's nicht, Bill, tu's, bitte, nicht – ich sag' gewiß und wahrhaftig kein Sterbenswörtchen mehr!«

Und als er so wimmerte, höhnte der mit der Laterne: »Was Gescheiteres und was Wahreres hast du noch nie gesagt, das schwör' ich dir!« Und einmal sagte er: »Hör nur, wie der Kerl bettelt, und doch, wenn wir nicht stärker gewesen wären als er, hätt' er uns beide getötet, so gewiß ich hier stehe.

Und warum – weshalb? Für nichts, rein für nichts? Nur weil wir haben wollten, was uns gehörte. Nur darum! Ich wett' aber, du drohst keinem mehr, Jim Turner! – Tu die Pistole weg, Bill!«

Drauf Bill: »Ich will aber nicht, Jack, ich will den Hund zum Schweigen bringen. Verdient er's nicht, der schlechte Kerl? Hat er nicht von selbst dem alten Hatfield den Garaus gemacht?«

»Ich aber will nicht, daß du ihn tötest, und ich habe meine Gründe dafür!«

»Gott segne dich für diese Worte, Jack, ich werde sie dir nie vergessen, so lang ich lebe«, schluchzte der am Boden.

Jack hörte nicht auf ihn, hing seine Laterne an einen Nagel und ging im Dunkeln gerade auf die Stelle zu, wo ich war, während er Bill veranlaßte, ihm zu folgen. Ich retirierte wie ein Krebs, so schnell ich konnte. Um nicht entdeckt zu werden, blieb mir nur übrig, mich in eine der nächsten Kabinen zu flüchten.

Vor dem Eingang der Kabine, in die ich geflüchtet war, blieb Jack stehen und rief: »Komm hier herein.«

Und Jack, gefolgt von Bill, trat ein. Ich aber hatte mich zuvor geschwind in eine der oberen Kojen verkrochen.

Sehen konnte ich sie nicht, wohl aber riechen, so viel Branntwein hatten sie geladen. Gott sei Dank, daß ich keinen trinke, aber ich glaube, sie hätten's doch nicht gerochen. Mir war fast der Atem vergangen, so beklommen fühlte ich mich. Da lieg' aber auch mal einer und atme, wenn zwei dicht unter seiner Nase solches Zeug verhandeln! Sie sprachen leise und eifrig. Bill wollte Turner durchaus töten. Spricht Bill: »Er hat gedroht, uns zu verraten, und er wird's tun, wenn wir ihn jetzt laufen lassen und wenn wir ihm selbst unser Teil noch dazugeben.

Das weißt du so gut wie ich, Jack, warum also zögern? Ich bin dafür, daß wir ihn von dieser Welt erlösen!«

»Ich auch!« bestätigt Jack sehr ruhig. – »Hol's der Teufel, das hab' ich dir bis jetzt nicht angemerkt! Gut also, voran denn!«

»Wart noch eine Minute, Bill, und hör mich erst zu Ende, ich bin noch nicht fertig. Eine Kugel ist ganz gut, aber es gibt auch noch eine geräuschlosere Art, so was zu tun, wenn's getan sein muß! Warum sich in Gefahr begeben, wenn du ganz dasselbe ohne jede Gefahr haben kannst? Hab' ich nicht recht?«

»Natürlich! Aber was willst du eigentlich tun?«

»Hör mich an! Ich denke, wir sehen noch einmal alle Räume nach, damit wir nichts vergessen mitzunehmen, drauf stoßen wir ab ans Ufer und verbergen die Beute. Dann warten wir's ruhig ab. In weniger als zwei Stunden geht diese alte Rattenfalle doch auseinander, und wenn der Kerl dann mit ersäuft, wer ist schuld daran? Warum kommt er her? Merkst du's nun? Ich bin immer dagegen gewesen, einen Menschen zu töten, wenn man's vermeiden kann – 's ist dumm und 's ist unmoralisch!«

»Da hast du recht! Aber wenn nun die Geschichte nicht so schnell auseinandergeht?«

»Na, die zwei Stunden wollen wir auf jeden Fall einmal warten. Komm, vorwärts!«

Sie verdufteten und ich auch, und zwar ziemlich rasch, von kaltem Schweiß bedeckt. Ich kroch eiligst dahin zurück, wo wir angelegt hatten. Es war dort so dunkel wie in einer Kuh, und ich konnte die Hand nicht vor den Augen sehen, flüsterte nur ganz leise: »Jim!« Dicht neben mir stöhnt etwas Antwort.

»Schnell, Jim, wir haben mit Stöhnen gar keine Zeit zu verlieren. Das ist eine Räuber- und Mörderbande dadrinnen, und wenn wir ihr Boot nicht erwischen und es forttreiben lassen, so ist einer von den Kerlen arg in der Klemme. Ich möcht' sie aber alle drei zappeln lassen und dem Sheriff ausliefern. Schnell, eil dich! Ich will diese Seite absuchen nach dem Boot, du die andre. Dann setzt du dich ins Floß und –«

»Floß? O Herr, herrjemine, Floß? Da sein kein Floß nix mehr! Floß sein losgerissen, sein fort, und arme alte Jim und Huck sein verloren! Sein keine Floß nix da!«

Flucht aus dem Wrack – Der Wächter an der Fähre –
Untergang – Gesunder Schlaf

Mir ging der Atem aus, und ich fiel beinahe um vor Entsetzen. Hier auf dem Wrack allein mit einer solchen Bande wie die da drunten, das war kein Spaß! Jetzt mußten wir ihr Boot finden – mußten's für uns selbst haben!

So krochen wir zitternd und bebend nach Steuerbord zurück, und es schien uns eine Ewigkeit, bis wir zum Hinterteil des Schiffes gelangten. Ein Boot aber war nirgends, nirgends zu sehen.

Jim sagte, er könne sich kaum noch aufrechthalten, so schlottern ihm die Knie, solche Angst habe er in seinem Leben noch nicht ausgestanden. Ach, du mein Himmel, mir ging's nicht viel besser, aber gesagt hätte ich nichts um alles in der Welt. Ich trieb ihn nur vorwärts und versicherte ihm, daß wir, wenn wir hier bleiben, zwischen den Wellen und den Kerlen da drinnen garstig in der Klemme säßen. Wir also wieder drauflos und weitergesucht!

Immer vorwärts tastend, hatten wir schon beinahe den Teil erreicht, wo das Deck sich gegen die Wasserfläche gesenkt hatte, da – seh' ich einen dunklen Klumpen im schwarzen Schatten da drunten, und weiß Gott und wahrhaftig, es war ein Boot! Wie froh und dankbar atmeten wir auf! Eben wollten wir uns hinunterlassen, da öffnet sich dicht neben mir eine Luke, und ein Kopf erscheint. Es ist einer von den Kerlen! Daß er mich nicht gesehen, war das reine Wunder!

Er aber dreht den Kopf nach rückwärts und flüstert: »Tu doch die Laterne weg, die kann uns ja verraten!«

Er warf einen gefüllten Sack ins Boot, schwang sich selbst nach und setzte sich. Es war Jack. Dann kam Bill nachgekrochen und war auch schnell unten.

Wispert Jack: »Fertig – stoß ab!«

Ich konnte mich kaum mehr festhalten, so schwach wurde mir. Da flüsterte Bill: »Wart ein wenig. Hast du ihn auch noch einmal genau durchsucht, den Hund?«

»Nein – hast du's denn nicht getan?«

»Nein, Gott straf mich! Da hat der Kerl also noch seinen Teil an Barem in der Tasche!«

»Nun, dann aber geschwind zurück! – Es hat freilich keinen Wert, all den Kram fortzuschleppen und das Geld ihm zu lassen. Komm schnell!«

»Wird er denn aber nicht merken, was wir im Schilde führen?«

»Vielleicht – vielleicht auch nicht! Einerlei – haben müssen wir's, also vorwärts!«

So kletterten die Kerle wieder zurück und verschwanden.

Ob wir flink unten und im Boot drin waren! Mir schien's, als packe uns ein Wirbelwind! Messer raus, Leine durch – auf und los und davon, eh' einer Amen sagen konnte!

Wir rührten keine Ruder, verloren kein Wort, atmeten kaum. Lautlos glitten wir davon, totenstill, am Schiff entlang und waren in ein paar Minuten außer Hör-, Seh- und Schußweite, sahen das Wrack in der Dunkelheit verschwinden, waren gerettet – und dankten unserm Schöpfer.

Als wir ungefähr zwei- oder dreihundert Meter entfernt waren, sahen wir eine Laterne wie ein kleines Sternchen für einen Augenblick über dem Wasser aufblitzen; jetzt hatten die Kerle gewiß entdeckt, daß das Boot weg war und daß sie ungefähr so schlimm dran waren wie Jim Turner.

Wir aber legten uns tüchtig in die Ruder und spähten nach unserm Floß aus. Da kam es mir plötzlich in den Sinn, mir wegen des Schicksals der Männer Gedanken zu machen; vermutlich hatte ich bisher keine Zeit dazu gehabt. Mir schien die Klemme, in die ich sie gebracht hatte, selbst für Mörder etwas allzu grausam. Sag' ich zu mir selbst: Wer weiß, Huck, was aus dir noch einmal wird, vielleicht nichts viel Besseres, und da war' dir so was auch recht unangenehm.

Ruf ich deshalb Jim zu: »Jim, beim ersten Licht, das wir sehen, machen wir halt, legen an, verstecken dich und das Boot, und ich geh' dann hin und fable den Leuten was vor, daß sie nach den Kerlen dort im Wrack sehen, damit die nicht wie Ratten ersaufen, sondern schön gehenkt werden können, wenn sie einmal reif dafür sind!«

Die Idee aber war Essig, denn auf einmal begann der Sturm wieder wie toll drauflos zu rasen, schlimmer als je. Es goß nur so in Strömen, und nirgends war ein Licht zu entdecken, bei dem Hundewetter war wohl alles im Bett. Wir arbeiteten uns vorwärts, durch alles hindurch, und schauten scharf nach einem Licht und nach unserm verlorenen Floß aus. Nach einiger Zeit ließ der Regen etwas nach, aber die Wolken blieben, und der Blitz flammte hie und da noch auf. Auf einmal zeigte uns ein Strahl etwas Schwarzes, das vor uns dahinglitt. Wir natürlich flink drauflos.

Und wahrhaftig, es war unser Floß. Wir waren froh wie die Maikäfer, uns drauf verkriechen zu können, auf unserm alten, lieben, verlorenen und wiedergeschenkten Floße. Wie doch der Mensch an dem Seinen hängt! Jetzt entdeckten wir auch ein Licht drüben am Ufer, nach dem wollte ich mich denn auch hinmachen – die drei Kerle lagen mir zu schwer im Magen.

Unser Boot war halb voll geladen mit Kram, den die Schurken gestohlen hatten. Den luden wir nun in einem Haufen auf unser Floß, und ich hieß Jim langsam weitertreiben und nach einiger Zeit, so etwa nach einer Stunde, ein Feuer zu machen und es brennen lassen, bis ich zurück sei, damit ich ein Zeichen habe. Dann zog ich los und auf das Licht zu. Als ich näher kam, entdeckte ich noch andere an einem Hügel aufwärts es mußte ein Dorf sein. Ich hielt auf das Uferlicht zu, zog die Ruder ein und ließ mich treiben, um erst ein wenig auszukundschaften.

Im Vorbeigleiten sah ich, daß das Licht eine Laterne war, die an einem Fährboot befestigt hing. Ich schaute nun nach dem Wächter aus, wo er schliefe, und fand ihn richtig vorn bei den Tauwinden selig eingeschlummert, mit dem Kopf zwischen den Knien. Ich stieß ihn dann leicht an und begann zu schluchzen und heulen.

Er fuhr auf und sah sich dann verstört um. Als er aber entdeckte, daß nur ich es sei, reckte und streckte und dehnte er sich erst behaglich und brummte dann: »Hallo, was ist denn wieder los? Heul nicht, Bub! Was gibt's denn?«

Schluchz' ich: »Vater und Mutter und Schwester und –«

Ich konnte nicht weiter vor Jammer. Dann sagt' er: »Oh, verdammt, heul nicht so, Junge, jeder hat seinen Packen zu tragen, und deiner wird nicht gar zu schwer sein! Was ist denn los mit Vater und Mutter und Schwester?«

»Sie sind – sie sind –. Sind Sie der Wächter von dem Fährboot?«

»Ja«, bestätigt er selbstgefällig, »der bin ich! Ich bin Kapitän, Eigentümer, Matrose und Lotse, Steuermann, Wächter – alles in einer Person. Oftmals auch alleinige Fracht und Passagier zugleich. So reich wie der alte Jim Hornback bin ich nicht, kann nicht so mit dem Gelde um mich werfen, wie er's tut, der's den Schlingeln dem Tom und dem Dick und dem Harry – nur so in die Taschen stopft, aber ich möcht' doch nicht mit ihm tauschen, nicht um viel. Denn, sag' ich zu ihm:

Ein Leben auf dem Wasser, das ist doch ein Leben; lieber ließ ich mich hängen, als dahinten an den Bergen zu kleben, wo man nicht weiß, ob die Welt geht oder still steht, nicht um alles möcht' ich das, und wenn du mich in Gold fassen ließest, und, sag' ich ...«

Nun fiel ich ein: »Ach, ach, meine Leute werden gar nicht wissen, was sie tun sollen und –«

»Wer wird's nicht wissen?«

»Ei, der Vater und die Mutter und die Schwester und Miss Hooker. Ach, guter Herr, wenn Sie doch Ihr Boot nehmen wollten und hingehen und –«

»Wohin? Wo sind die denn?«

»Auf dem Wrack!«

»Auf welchem Wrack?«

»Ach, es ist ja nur eins da!«

»Was, du willst doch nicht sagen auf dem Walter Scott?«

»Ja! Dort!«

»Großer Gott! Was, um Himmels willen, tun sie denn da?«

»Nun, freiwillig sind sie nicht hingegangen!«

»Das glaub' ich wohl! Herr des Himmels, da sind sie ja einfach verloren, wenn sie nicht machen, daß sie schleunigst wegkommen. Wie, in Gottes Namen, sind sie denn eigentlich da hingeraten?«

»Sehr einfach! Miss Hooker war zu Besuch oben in der Stadt «

»Booths Landing meinst du – weiter!«

»Also sie war zu Besuch in Booths Landing, und gegen Abend wollte sie dann fort und noch eine Freundin besuchen, um da zu übernachten, ein Fräulein – ach ich hab' den Namen vergessen. Mitsamt ihrer alten Niggerfrau ließ sie sich in der Fähre übersetzen, und da verloren sie das Steuerruder mitten auf dem Wasser und wurden nun fortgerissen von den Wellen und gegen das Wrack geschleudert, und Fähre und Fährmann und die Niggerfrau, alles war verloren. Nur Miss Hooker erwischte etwas vom Schiff, woran sie sich halten konnte, und rettete sich so auf Deck. – Vielleicht eine Viertelstunde später kamen wir in unserem Boot flußabwärts vom Markt heim; es war so stichdunkel, daß wir das Wrack nicht eher sahen, als bis wir mit der Nase draufstießen und es zu spät war.

Das Boot war natürlich zum Kuckuck, aber retten konnten wir uns alle, nur Bill Whipple – der ertrank – ach, und der war der beste Kerl von der Welt, wahrhaftig, ich hätt' beinahe lieber all das Wasser selbst geschluckt – das hätt' ich, meiner Seel' –«

»Herr, du mein Gott, das ist gewiß und wahrhaftig die merkwürdigste Geschichte, die ich je gehört habe! Na und dann? Was habt ihr dann getan?«

»Nun, wir riefen und schrien natürlich und waren wie toll; aber es ist so weit da draußen, da konnte uns niemand hören.

Sagt' mein Alter: Das nutzt alles nichts, einer von uns muß sehen, wie er ans Land kommt und Hilfe schafft. Gut also! Ich war der einzige, der schwimmen konnte, so mußte ich denn ran und mein Heil probieren. Da gab's kein langes Zaudern! Ich denn rein und los. Miss Hooker rief mir nach, wenn ich nicht früher Hilfe fände, so solle ich nur machen, daß ich zu ihrem Onkel käme, der werde schon Rat wissen.

So schwimm' ich denn drauflos und komme auch richtig ans Land, vielleicht eine Stunde weiter da unten, aber wo ich auch anklopfe und meine Geschichte erzähle, alle weisen mich ab. ›Was‹, sagen sie, ›in der schrecklichen Nacht? Nein, mein Junge, das wäre Unsinn, da such du sonst jemand – mach, daß du zur Dampf-Fähre kommst; wenn dir einer hilft, so wird dir der dort helfen!‹ Und da bin ich, und – ach, wenn Sie doch wirklich gehen wollten und sehen und –«

»Meiner Seel', das will ich, will's gern tun, aber – sag mal, weißt du, ganz umsonst kann ich's nicht, wie steht's denn mit – na, du weißt, was ich sagen will, wer wird mir's denn vergüten? Glaubst du, dein Vater kann –«

»Ach, darüber machen Sie sich keine Sorgen, daran soll's nicht fehlen. Miss Hooker sagte noch, ihr Onkel Hornback ...«

»Was – der ist ihr Onkel? Paß mal auf, was ich dir sage – siehst du dort das Licht? – Gut – also, darauf gehst du los, und wenn du hinkommst, fragst du in der Wirtschaft nach Jim Hornback. Die werden dich dann zurechtweisen; aber eil dich und halt dich unterwegs nicht auf, denn der wird's schnell wissen wollen. Und sag ihm, ich wolle ihm seine Nichte bringen, heil und ganz, eh' er noch selbst zur Stadt kommen könne, er soll sich ja nicht ängstigen und – aber mach doch, daß du fortkommst, Schlingel – steht da und sperrt das Maul auf, statt den Weg unter die Füße zu nehmen! Vorwärts, ich werd' gleich abstoßen!«

Ich tu' also, als ob ich dem gewiesenen Licht zurenne. Kaum bin ich aber außer Hör- und Sehweite, schleich' ich in großem Bogen zurück, bis dahin, wo ich mein Boot versteckt hatte, mach' es flott und laß mich nun leise am Ufer hin treiben und verberg mich dann zwischen ein paar Holzschiffen, denn ich mußte sehen, ob der Mann wirklich Ernst mache. Im ganzen war ich sehr mit mir zufrieden, denn, denk' ich, viele hätten sich nicht soviel Mühe gemacht wegen der alten Diebsbande, sondern sie ruhig Wasser schlucken lassen, bis sie genug gehabt

– und verdient hätten sie's auch, die Kerle!

Ich wollte, die Witwe hätte die Geschichte gehört, die härte gewiß geweint vor Rührung über meine Großmut gegen die Schurken, denn, merkwürdig, für Mörder und dergleichen Lumpengesindel hatte sie wie andere gute Seelen immer die größte Teilnahme.

Jetzt seh' ich, wie sich die Fähre in Bewegung setzt.

Ich also raus aus meinem Versteck und flink drauflos gerudert, um zuerst an Ort und Stelle zu sein. Da erhebt sich auch schon das Wrack aus den Wellen, ganz geisterhaft dunkel und schwarz. Aber es sinkt rasch und zusehends, ist schon beinahe ganz mit Wasser gefüllt. Viel Spielraum, um frische Luft zu schöpfen, hatten die Kerle drin nicht mehr – soviel war klar. Ich rudre denn noch ein bißchen näher, versuch' auch, die Burschen, falls sie überhaupt noch existierten, schwach anzurufen, krieg' aber keine Antwort und denk':

Wollt ihr nicht, so will ich erst recht nicht!

Jetzt kommt auch schon die Fähre mit voller Kraft angedampft. Ich halt' nun schleunigst nach der Mitte des Stroms zu, und wie ich glaube außer Hörweite zu sein, zieh' ich die Ruder ein, um alles sehen und beobachten zu können. Ich sah, wie die Fähre um das Wrack herumdampfte und schnupperte, um nach Fräulein Hookers irdischen Resten zu suchen, zum Trost des armen, seiner geliebten Nichte beraubten Onkels Hornback. Der Fährmann konnte aber offenbar nichts entdecken, und da das Wrack von Minute zu Minute erschreckend rasch tiefer und immer tiefer sank, gab er schließlich den Versuch nach kurzem ganz auf und dampfte dem Ufer zu. Ich aber zog nun gewaltig aus, den Fluß hinunter.

Schrecklich lang kam es mir vor, ehe ich Jims Licht entdeckte, und als es endlich, endlich in Sicht kam, schien mir's noch wenigstens tausend Meilen entfernt. Als ich schließlich glücklich anlangte, dämmerte im Osten schon der Tag herauf. Wir hielten also auf eine kleine Insel zu, verbargen unser Floß, bohrten das

vom Wrack mitgenommene Boot an, daß es sank, krochen in
unsere Hütte und schliefen wie die Toten den Schlaf der
Gerechten.

Gelehrte Unterhaltungen – Der Harem – Französisch

Nachdem wir uns allmählich aus unserem Schlaf herausge-rappelt
hatten, untersuchten wir die Beute, die wir den Kerlen vom Schiff
abgejagt, und fanden herrliche Dinge darunter. Stiefel, wollene
Decken, Kleider, viele Bücher, ein Fernglas, zwei Kistchen
Ziehgarren und sonst noch eine ganze Menge Brauchbares. So
reich an derartigen schönen Sachen waren wir noch nie zuvor
gewesen, keiner in seinem Leben!
Die Ziehgarren besonders waren wundervoll, echte Harrwanna
oder wie sie die Dinger heißen. Wir lagen den ganzen Nachmittag
unter den Bäumen und dampften, und ich las dazu in den Büchern,
es war ganz herrlich! Ich erzählte nun Jim alles, was ich in dem
Wrack und an der Fähre erlebt hatte und wie das nun doch einmal
ein ordentliches Abenteuer gewesen sei.
Er aber wollte nichts von Abenteuern wissen, dankte dafür und
sagte, er sei schon halb tot gewesen, als er das Floß nicht mehr
habe finden können, und habe geglaubt, nun sei alles aus, so oder
so. Entweder müsse er ertrinken und sei verloren oder er werde
gerettet und würde ausgeliefert und verkauft, und das sei auch
nicht viel besser für ihn. Darin hatte er nun recht, er hatte
überhaupt beinahe immer recht; er war ein merkwürdiger alter
Schlaukopf für einen Nigger.
Ich las Jim dann aus einem Buche vor. Da stand viel von Königen,
Herzögen und Grafen und dergleichen drin, wie vornehm die sich
anziehen und wie kostbar, und wie sie sich gegenseitig Majestät
und Hoheit und Durchlaucht anreden, nicht bloß mit Herr. Jims
Augen quollen förmlich aus dem Kopf heraus, so interessierte es
ihn.
Sagt' er: »Jim gar nix wissen, daß 's sein so viele. Jim nie nix
davon hören! Jim nur wissen vom alten König Sallermon un – ja
von die Kartenkönige! Wieviel so ein König denn kriegen?«

»Kriegen?« sag' ich, »was die kriegen? Tausend Dollars im Monat oder mehr, so viel sie wollen, kriegen sie, alles gehört ihnen ja!«

»Hui, das sein schön! Was sie haben zu tun, Huck?«

»Tun? Nichts! Könige tun gar nichts, Jim, die sitzen nur so herum!«

»Nein, warraftig?«

»Natürlich, Jim, ganz gewiß, die sitzen nur so herum. Vielleicht wenn's Krieg gibt, müssen sie einmal aufstehen und mitgehen, aber sonst faulenzen sie nur so in allen Ecken herum oder jagen oder fi – scht, hast du nicht was gehört?«

Wir krochen vor und lauschten, es war aber nur das Geräusch einer Dampferschaufel. Ein Dampfer verschwand eben an einer Biegung des Stroms, und so zogen wir uns denn wieder zurück.

»Ja«, fuhr ich fort, »und manchmal, wenn's ihnen gar zu langweilig wird, ärgern sie das Parlerment ein bißchen oder lassen ein paar Köpfe abhauen. Gewöhnlich aber halten sie sich im Harem auf!«

»Im – wo?«

»Im Harem!«

»Was das sein?«

»Der Ort, wo sie die Weiber halten. Was, du weißt nichts vom Harem, Jim? Sallermon hat ja auch einen gehabt, mit einer Million Frauen drin!«

»Ach – warraftig, alte Jim haben ganz vergessen, warraftig das sein so! Jim denken, Harem sein so groß wie große Wirtshaus! He, Huck? Müssen haben ganze Haus voll Kinnerstuben, nix als wie schreien, nix als wie zanken! Schreien die Kinner, zanken die Weiber! Alte Sallermon sein nix gewesen weiser Mann, wie Leute sagen. Sein gar nix gewesen weise, alter Jim sagen. Weiser Mann nix gehen un bauen ein Haus un stopfen ihr voll Weiber un Kinner, un sitzen in die Mitt von all die Lärm und Geschrei. Weiser Mann nix tun so dumme Sach, er bleiben schön allein oder bauen ganz kleine Laden un verkaufen Ziehgarren un Whiskey, un schließen den Laden, wann er wollen Ruhe haben.

Un eine Weib sein ganz genug für weise Mann un keine so vielen Kinner – nein, Jim sagen, Sallermon sein gar nix weise!«

»Er war aber doch der weiseste König, der Sallermon, das hat mir schon die Witwe gesagt, und die Witwe weiß es!«

»Jim nix wollen wissen, was der Witwe sagen – Sallermon sein nix weise! Er sein halber verrückt, Jim sagen. Du hören von die Kind, die er wollen hauen entzwei?«

»Ja, das hat mir die Witwe gerade erzählt und ...«

»Drum eben! Waren das nix verrückt? Du hören eine Augenblick! Dort die Baumstumpf sein eine Frau, du dort sein die anner, Jim sein Sallermon un hier Dollarschein sein Kind! Baumstumpf und du wollen haben der Schein.

Jim nix gehen un fragen der Nachbarn, wem sein der Schein, dir oder anner Frau, Jim nix als nehmen Schein, reißen ihn in zwei Stücken un sagen: Hier du haben, un hier du! Sein das weise? Du nix haben, anner Frau nix haben! So Sallermon wollen tun mit der Kind! Jim dir nun fragen, was sein halbe Schein wert? Nix! Was sein halbe Kind wert? Wieder nix! Sein eine Million halber Kinner nix, gar nix wert. Nein, Sallermon nix sein weise!«

»Aber, Jim, laß dich begraben, du hast ja gerad' am Kernpunkt vorbeigeschossen, Gott straf mich, tausend Meter weit vorbeigeschossen, sag' ich dir!«

»Wer haben geschossen? Jim? Du dir lassen begraben! Du nix Jim kommen mit deine Kernpunkt. Jim wissen, was sein dumm, wann er sehen was Dummes, un alter Sallermon waren dumm mit die Kind!

Über was sein der Streit angefangen, he? Über halbe Kind oder ganze Kind? Jim sagen über ganze Kind, un du da nix können machen gut mit halbe Kind, und wann Sallermon denkt das, er sein dumm Jim sagen, sein nix wert, daß Sonn ihn warm machen. Du mir nix kommen mit Sallermon, sein nix Jim seine Freund!«

»Aber, Jim, wahrhaftig, hör doch, darum handelt sich's ja gar nicht, der Kernpunkt ...«

»Kernpunkt sein verd ...! Jim wissen, was er wissen. Un du, Huck, Jim dir was sagen! Deine Kernpunkt sein viel wo anders, sein ganz, ganz tief da drunten, liegen in Sallermon seine Eltern, die 'n haben falsch erzogen! Du nehmen einmal eine Mann, der nur haben zwei oder drei Kinner! Der nix sein verschwenderisch mit! Der wissen gut, was Kinner sein wert!

Aber dann du nehmen eine Mann, der haben fünf Millionen Kinner in seine Haus rumstolpern, der sein ganz anners! Er nix fragen, ob sein Kind oder Katz, was er entzweihacken, sein so viele da, er können entbehren eins oder zwei! Un alter Sallermon

– er nix fragen nach Dutzend mehr oder weniger, er haben Vorrat – das sein Kernpunkt, Huck, du alte Jim können glauben!«

So ein Nigger ist noch gar nicht dagewesen! Wenn der sich etwas in den Kopf setzt, so treibt's ihm kein Kuckuck heraus! Hat 'nen harten Schädel, der alte Jim, und der Sallermon, der hat's bei ihm verschüttet, ein für allemal.

So ließ ich den Sallermon denn fallen und erzählte Jim von einem anderen König, über den ich eben las, von Ludwig dem Sechzehnten von Frankreich, dem sie dort einmal den Kopf abgeschlagen haben, und von seinem kleinen Sohn, dem Delphin, der König hätte werden sollen, als sein Vater keinen Kopf mehr hatte, um die Krone drauf zu setzen, den sie aber in den Kerker warfen, wo er dann auch gestorben sein soll – so sagen die Leute, wenigstens die meisten.

»Arme kleine Kerl!«

»Aber, denk einmal, Jim, viele sagen auch, er sei nicht gestorben, sondern durchgebrannt und hierher zu uns nach Amerika gekommen!«

»Das sein gescheit! Aber, Huck, kleine Kerl werden sein ganz allein, werden haben Heimweh, sein hier nix von Könige bei uns er sein ganz allein!«

»Ja, Könige findet er hier nicht, das ist wahr!«

»Wird nix haben zu tun, arme Kerl! Wovon er leben?«

»Ja, das weiß ich auch nicht. Er kann vielleicht bei der Polizei angestellt werden oder französische Stunden geben!«

»Was, Huck, sprechen die französische Leut nix wie wir?«

»Nein, Jim, bewahre! Man kann kein Wort verstehen, wenn sie was sagen.«

»Ei du mein Himmel! Jetzt aber Jim wissen gar nix, was er sollen denken! Woher das kommen, Huck?«

»Ja, ich weiß das nicht, aber so ist's! Ganz gewiß! Wart einmal, ich hab' da etwas in meinem Buch gefunden. Jim, wenn mal einer zu dir käme und sagte: ›Pallewuhfranzä‹? was würdest du da denken?«

»Denken? Jim gar nix denken. Jim ihm hauen die Kopf voll, aber nur, wenn er nix sein Weißer; Jim sich nix lassen so schimpfen von Nigger!«

»Dummheit! Das ist doch nicht geschimpft! Der will dich nur fragen, ob du Französisch sprichst.«

»Warum er's denn nix sagen?«

»Aber, er sagt's ja, nur auf Französisch!«

»Das sein dumm, Jim nix wollen hören davon, sein ganz zum Lachen dumm!«

»Jim, gib mal acht: Spricht denn eine Katze wie wir?«

»Nein, warraftig, aber –«

»Tut's 'ne Kuh?«

»Nein, auch nix, aber –«

»Spricht die Katze wie die Kuh, oder die Kuh wie die Katze?«

»Nein, gar nix, aber –«

»Und das ist ganz natürlich, daß jedes Tier anders spricht, nicht?«

»Jim sollen denken ja – aber –«

»Wart, wart, nur einen Augenblick! Ist es nicht auch ganz natürlich, daß ein Tier anders spricht wie wir, he?«

»Warum du fragen so dumm, Huck?«

»Also warum soll ein Franzose denn nicht anders reden wie wir?«

»Sein Katze ein Mensch, Huck?«

»Nein!«

»Gut, warum sollen Katze reden wie Mensch? Sein Kuh Mensch? Oder sein Kuh Katz?« »Nein, eine Kuh ist 'ne Kuh!«

»Gut, so sie brauchen nix zu reden wie Katz un Mensch! Sein Franzose Mensch?«

»Na, ob!«

»Also! Warum er denn nix reden wie Mensch? Das möcht ich wissen, Huck!«

Das war mir zuviel! Streit einer mit einem Nigger! Die Schädel sind zu hart. Ich gab's auf.

Huck verliert das Floß aus Sicht – Im Nebel
Wiederfinden - Träume – Unrat!

In weiteren drei Nächten dachten wir mit Leichtigkeit bis nach Kairo zu kommen, ganz unten in Illinois; wo der Ohio in den Mississippi fließt, das war das eigentliche Ziel unserer Fahrt.

Dort wollten wir dann das Floß verkaufen, auf ein Dampfboot gehen, den Ohio hinauffahren, bis zu den Staaten, wo die Nigger frei waren, und dann außer aller Gefahr zu sein.

In der zweiten Nacht kam ein dicker Nebel herunter; wir suchten daher nach einem Ort, um bequem anlegen zu können, denn eine Fahrt im Nebel lockte uns nicht. Ich ruderte im Boot voraus, fand aber zum Anbinden nichts als junge Bäumchen. Ich schlang die Leine um eines derselben; unglücklicherweise gerade an einer Stelle, wo das Ufer einen Vorsprung bildete und eine scharfe Strömung entstand. Von ihr erfaßt, schoß das Floß nur so dahin, und eh' ich mich's versah, hatte es sich vom Boot losgerissen und war auch schon im Nebel verschwunden.

Ich seh' noch, wie er sich hinter ihm schließt; mir wurde ganz schwarz vor den Augen, und ich konnte mich kaum rühren, viel weniger einen Laut von mir geben.

Denk' ich, nun bist du verloren, verlassen gewiß, denn Jim ist weg auf Nimmerwiedersehen! Ich stürze ins Boot und falle über die Ruder her, aber es weicht nicht von der Stelle; ich hatte vergessen, es loszubinden. Ich probier jetzt den Knoten zu lösen, aber ich war so aufgeregt, und meine Hände zitterten so, daß ich nichts anfangen konnte.

Als ich dann endlich flott war, setzte ich hinter dem Floß her, hielt mich, solang ich konnte, in der Nähe des Ufers, um die Richtung nicht zu verlieren, kam aber doch schließlich ab und mitten in den dicken Nebel hinein und wußte nun geradeso wenig wie ein Toter, wohin ich getrieben wurde.

Denk' ich, rudern lohnt sich hier nicht, sitzt am Ende doch nur auf einer Sandbank fest, läßt dich lieber vom Wasser treiben, das ist jedenfalls sicherer. Aber still sitzen und die Hände in den Schoß legen, wenn man innerlich wie mit Dampf geladen ist, um vorwärtszukommen, ist eine mißliche Sache. Ich konnt's kaum fertigbringen und rutschte auf meiner Bank herum, rief dann einmal und lauschte auf Antwort. Plötzlich hör' ich den Strom herauf einen schwachen Ruf, und da kommen mir auch die Lebensgeister und der Mut wieder. Ich drauflos, hör's noch einmal, merk' aber auch, daß ich in ganz andrer Richtung bin, viel zuviel nach rechts. Dann hör' ich's wieder und diesmal zu weit links, komm' auch nicht näher, denn mit dem Hin und Her verlier ich Zeit und das Floß treibt offenbar immer gerade fort!

Ich hoffte nun, der Narr von Jim würde einen alten Blechdeckel nehmen und ordentlich Lärm schlagen, wer's aber nicht tat, war er, und gerade die Pausen zwischen den verschiedenen Rufen machten mich so irre. Na, ich immer voran, aber man denke sich mein Erstaunen, als ich plötzlich den Ruf hinter mir höre. Da war guter Rat teuer. Entweder kam der Ruf von jemand anderem her, oder das Boot hatte sich gedreht. Nun wußte ich nicht ein noch aus! Ich ließ die Ruder sinken. Wieder kam der Ruf, immer noch hinter mir, aber von ganz woanders her; er kam immer näher, aber es wechselte beständig, und ich antwortete stets, bis der Ruf nach und nach wieder von vorne kam und ich merkte, daß die Strömung mein Boot wieder in das richtige Geleise stromab gebracht haben müsse.

Jetzt war alles wieder gut, wenn's nur Jim war, der da rief, und nicht sonst jemand; denn bei Nebel erkenn' der Kuckuck die Stimmen, im Nebel sieht alles geisterhaft aus und lautet auch so.

Das Rufen dauerte an, und nach einer Minute etwa stieß ich hart an einer Sandbank auf, von der alte Baumstümpfe wie Geister aus dem Nebel aufragten. Die Strömung packte mich und warf mich zur Linken, hart an vorstehenden Baumzweigen vorbei, die ordentlich pfiffen, so sauste das Wasser an ihnen dahin.

Im nächsten Moment war alles wieder Nebel und still. Ich hielt mich ganz ruhig und hörte nur, wie mein Herz hämmerte und klopfte, während ich kaum zu atmen wagte.

Nichts war mehr zu hören, und nun wußte ich auch genau, woran ich war.

Die Sandbank, auf die ich, wie ich glaubte, aufgerannt, war eine Insel, und die Strömung hatte mich zur Linken gerissen, während Jim drüben auf der Rechten dahintrieb. Und die Insel schien nicht klein. Ab und zu konnte ich durch den Nebel hohe Bäume sehen, und das konnte stundenlang so weitergehen; wer will's sagen, ob ich Jim und das Floß je wieder erreichen würde?

Ich hielt mich ganz still und spitzte die Ohren, soviel ich konnte. Alles umsonst. Ich wurde schnell immer weiter und weiter gerissen, denn die Strömung war stark; aber das wird einem nicht klar, man fühlt es kaum. Im Gegenteil!

Man meint ganz, ganz still zu liegen auf dem Wasser, und wenn man einen Baum oder sonst was vorbeihuschen sieht, kommt es einem gar nicht in den Sinn, daß man selber so schnell fährt, sondern man hält den Atem an und denkt, ei, hat's der Baum aber einmal eilig! Wer's nicht glaubt, wie unheimlich und einsam es einem zumut ist, so allein im Nebel auf dem Wasser, mitten in der stillen, dunklen Nacht, der soll nur einmal hingehen und es probieren, dann wird er schon sehen.

Nach vielleicht einer halben Stunde fing ich wieder an zu rufen, denn ich dachte, nun könnte die Insel endlich ein Ende haben, und wahrhaftig, ich hörte auch einen Antwortruf, aber weit, weit weg. Ich versuchte ihm zu folgen, bracht's aber nicht fertig. Gleich drauf kam es mir vor, als sei ich in ein ganzes Nest von Inselchen geraten, denn ein schwacher Schein davon war alle Augenblicke zu beiden Seiten sichtbar, und zuweilen war es mir, als führe ich durch einen schmalen Kanal.

Manche von den Eilanden konnte ich gar nicht unterscheiden, aber daß sie vorhanden waren, merkte ich an dem Rauschen der Strömung, die sich an dem herüberhängenden Gesträuch und Laubwerk brach.

Die Rufe konnte ich immer von Zeit zu Zeit wieder hören, aber der Richtung folgen zu wollen, wäre schlimmer gewesen als die Jagd auf ein Irrlicht, so sprang der Ton hin und her, von einer Richtung zur andern.

Dann mußte ich auch mit dem Ruder nachhelfen, daß ich nicht einmal irgendwo aufsaß und irgendeinen von den kleinen Landbrocken unversehens vom Platz rückte.

Ich vermutete, daß auch das Floß aus demselben Grund so langsam vorwärts kam, denn nach dem Rufen zu urteilen – immer vorausgesetzt, daß es Jim war, der da rief –, trieb es jetzt kaum schneller als ich selbst dahin.

Nun schien ich wieder im freien Fahrwasser angelangt zu sein, konnte aber mit einem Male gar nichts mehr hören. Denk ich, Jim ist ganz sicher irgendwo angeprallt, und Floß und Jim sind weg und verloren! Ich war so müde und erschöpft, so traurig und mutlos, daß ich mich ruhig in mein Boot legte und mir sagte: Nun läßt du alles gehen, wie's kommt! Schlafen wollte ich eigentlich nicht; aber allmählich fielen mir doch die Augen zu, ohne daß ich's merkte, und ich nickte ein.

Aber es muß wohl mehr als ein bloßes Einnicken gewesen sein, denn wie ich wieder zu mir kam, war der Nebel weg, die Sterne standen klar am Himmel, und ich trieb auf einer ruhigen breiten Wasserfläche still dahin. Erst dachte ich, es sei ein Traum, wußte nicht, wo ich war, und als mir allmählich die Erinnerung an alles aufdämmerte, schien es mir, als sei's in voriger Woche gewesen.

Der Strom war hier furchtbar breit, mit großen, alten, hohen Bäumen zu beiden Seiten, die wie dicke Mauern dastanden, soviel ich im Sternenlicht sehen konnte. Nun späh' ich nach vorn und entdecke einen schwarzen Punkt mitten im Wasser. – Ich drauflos; wie ich aber hinkomme, ist's nichts als ein paar zusammengebundene Baumstämme. Wieder seh' ich was Schwarzes, jag' dem Ding nach und wieder ist's nichts, dann aber noch ein dunkler Punkt, ich hinterdrein, und wahrhaftig, das ist's – ist das Floß mit Jim und allem.

Wie ich hinkomme, sitzt Jim da mit dem Kopf zwischen den Knien, fest eingeschlafen, den Arm noch über das Steuerruder geworfen.

Das andere Ruder war mitten durchgebrochen und das Floß selbst ganz bedeckt mit Laub, abgerissenen Baumzweigen und Schlamm. Da ist's auch nicht sanft hergegangen, denk' ich.

Ich leg' mein Boot fest, streck mich lang und breit vor Jims Nase auf den Boden, fang an zu gähnen, mich zu recken und zu strecken und Jim anzustoßen.

Sag ich: »Herrje, Jim, ich hab' wohl gar geschlafen, warum hast du mich denn nicht wachgerüttelt?«

»Großer, allbarmherziger Himmel! Sein das du, Huck? Sein du nix tot? Nix vertrinkt? Sein du wieder da? Sein zu schön, zu gut für wahr zu sein. Jim gar nix können glauben, arme alte Jim denken, er träumen! Du Jim lassen sehen, lassen fühlen, ob du sein Huck! Nein, du nix sein tot, du sein wieder da, gute, alte, treue Huck – ganz die alte, treue Huck, Gott sei Lob und Dank und Preis und Ruhm!«

»Hallo – drei Schritte vom Leib, Jim! Was ist denn los, alter Kerl? Hast wohl ein Gläschen zuviel gehabt?«

»Wer – alte Jim? Gläschen zuviel? Alte Jim nix haben gehabt Zeit zu denken an Trinken!«

»Weshalb läßt du denn solchen Unsinn los?«

»Was – Unsinn?«

»Wie? Und du fragst noch, Jim? Hast du nicht von Weggehn, Ertrinken und Wiederkommen geschwatzt? – Und ich lieg' hier und schlaf wie 'ne Ratte!«

»Huck – Huck Finn, du sehen Jim in die Augen, sehen alte Jim in die Augen! Sein du denn nix weg gewesen?«

»Weg gewesen? – Aber Jim, was, zum Henker, willst du denn eigentlich? Weg gewesen? Wo in der Welt soll ich denn gewesen sein?«

»Alte Jim sein ganz dumm von alles! Hier etwas nix sein richtig! Sein Jim ich, oder was sein Jim? Sein Jim in die Floß oder wo? Jim wollen das wissen – alte Jim sein ganz toll!«

»Na, ich denk', daß du im Floß bist, Jim. Das ist ebenso klar, wie daß du ein ganz verrückter, alter Kerl bist.«

»Also Jim sein Jim? Dann du mir sagen, Huck, du mir sagen, Huck, sein du nix gegangen in Boot zu machen fest der Floß?«

»Wo denn? – Wann denn?«

»Du nix machen fest Floß und dann kommen Wasser – brr – un reißen Floß los un Floß schießen immer fort, immer fort und lassen Huck un Boot hinten in Nebel?«

»In welchem Nebel?«

»Ei – in die Nebel, dicke, weiße, große Nebel, was sein gewesen in die Nacht. Un hat nix Jim gerufen un geschreit, un Huck wieder gerufen und geschreit, bis sein gekommen die viele Insel un Huck ging verloren, und Jim beinahe verloren! Arme Jim gar nix wissen, wo sein!

Un sein nix Floß gerannt, un gerannt an alle der Insel, und Jim sein fast ertrinkt un sein gewest so traurig? Sein das so, Huck, oder sein das nix so? Du Jim sagen!«

»Na, das ist mir zu hoch, Jim! Ich hab' keinen Nebel, keine Inseln, kein Aufrennen, gar nichts gesehen! Ich hab' die ganze Nacht hier gesessen und mit dir geschwatzt bis vielleicht vor zehn Minuten, und dann bist du eingenickt, und ich werd's wohl auch so gemacht haben. Getrunken kannst du da wohl nichts haben, es muß also ein Traum gewesen sein!«

»Hol's der un jener, Huck – das nix können sein wahr! Jim nix können träumen alle das in zehn Minuten – nix können sein wahr.«

»Na, dann glaub's nicht, Dickkopf, aber geträumt muß es doch gewesen sein, denn passiert ist's nicht!«

»Aber, Huck, Jim wissen alles, alles – sein so klar wie ...«

»Darauf kommt's nicht an, wie klar dir's ist, alter Faselhans, es ist doch nichts dran! Ich werd's doch wissen, war ja die ganze Zeit hier!« - Fünf Minuten lang sagte nun Jim nichts weiter, sondern brütete nur so vor sich hin, dann fing er an: »Also Jim haben geträumt, Huck? Du das sagen, dann müssen sein wahr! Aber Huck – sein gewesen so ganz schrecklich natürliche Traum, wie Jim nie nix haben gehört. Jim nie nix haben je geträumt, was machen so müd!«

»Ach, das ist gar kein Wunder, so geht's oft, wenn man recht lebhaft träumt, da kann man nachher kein Glied regen. Deiner scheint aber wahrhaftig der reine Durchhautraum gewesen zu sein, so verhagelt siehst du aus – leg mal los, Jim, und erzähl!«

Nun fing Jim an und erzählte die ganze Geschichte von vorn bis hinten, nur schmückte er alles gewaltig aus. Dann meinte er, nun müsse er versuchen, den Traum auszulegen, denn er sei uns sicherlich zur Warnung gesandt von oben.

Er sagte, unser erster mißglückter Versuch zum Anlegen bedeute, daß uns irgendeiner Gutes tun wolle, nun aber komme der Feind, die Strömung, und risse uns weg.

Das Rufen, das er dann gehört und selbst ausgestoßen, seien Mahnungen des Schicksals, die wir versuchen müßten, recht zu verstehen, sonst brächten sie uns Unglück, statt uns davor zu behüten.

Die Inseln schließlich und unsere Arbeit und Gefahr, dran vorüberzukommen, seien Streitigkeiten mit bösen Menschen, in die wir verwickelt werden würden; wir aber müßten, ohne uns viel drum zu kümmern, sehen, wie wir an den Inseln ungefährdet vorüberkämen und durch den dicken Nebel ins glatte Fahrwasser, das heißt in die freien Staaten, wo dann all unsre Not ein Ende habe. Der Himmel hat sich wieder tüchtig umwölkt gehabt, allmählich aber blitzten doch einige Sternchen hindurch.

»Das ist alles recht schön und gut, Jim, du hast deine Sache brav gemacht, aber – was bedeutet denn das da?«

Dabei deutete ich auf die Blätter, die abgerissenen Baumzweige und den Schlamm, womit das Floß ganz übersät war. Man sah es deutlich beim Licht der Sterne.

Jim starrte drauf hin, dann mir ins Gesicht, dann wieder auf all das Zeug, ohne eine Silbe zu erwidern.

Der Traum schien sich in seinem Hirn so eingenistet zu haben, daß es ihm schwer wurde, die Idee davon fahren zu lassen und sich mit der Wirklichkeit vertraut zu machen. Dann, als ihm das Ding doch wirklich endlich klar wurde, sah er mich an, lange, starr, ohne eine Spur von Lächeln, beinah traurig und sagte zuletzt: »Was das bedeuten, Jim dir sagen. Wenn alte Jim ganz müde waren von Rufen un Rudern un Kummer, dann er denken, Huck sein ganz fort, Huck sein verloren, alte Jim seine Herz sein beinah gebrochen, un er wollen schlafen un nix mehr hören, nix mehr sehen von der Welt un Elend. Wenn er dann wach werden, er sehen Huck gesund un heil un ganz vor sich, er müssen weinen heiße Tränen un wollen küssen deine Fuß, so Jim sein froh un dankbar. Du aber, Huck, nur denken, wie können machen Narr aus arme alte Jim un schwindeln un lügen. Das Zeug da sein Unrat – un Unrat es sein, was Leute setzen arme alte Freund in Kopf, zu haben seinen Spaß daran, wenn arme alte Freund sein betrogen un angeführt!«

Langsam erhob er sich und ging zur Hütte. Ich fühlte mich ganz furchtbar beschämt und hätte nun selbst am liebsten seine alten, schwarzen Hufe geküßt, um ihm meine Reue zu zeigen und die Sache wieder gutzumachen.

Fünfzehn Minuten brauchte ich aber doch, ehe ich mich selbst soweit gebracht hatte, daß ich einen Nigger um Verzeihung bitten konnte.

Getan hab' ich's dann und hab's auch nie bereut nachher. Streiche spielte ich ihm keine mehr und hätte auch den nicht losgelassen, wenn ich vorher gewußt hätte, daß es dem armen, alten Kerl so leid tun würde.

Erwartung – »Gute, alte Kairo!« – Eine Notlüge
Kairo verfehlt! – Wir schwimmen ans Ufer!

Den ganzen nächsten Tag über schliefen wir bombenfest, die nächtlichen Abenteuer lagen uns wie Blei in den Gliedern. Am Abend machten wir uns dann wieder auf, immer hinter einem kolossal langen Floß her, das feierlich wie eine Prozession vor uns dahinzog. An Bord waren vier große Hütten, hohe Flaggenmasten an beiden Enden und in der Mitte ein freies lustig flackerndes Feuer, um das viele Männer rauchend, trinkend und Karten spielend lagerten. Es mochten wohl etwa dreißig Leute Bemannung darauf sein.

Ja, das lohnte der Mühe, Steuermann an Bord eines solchen Ungeheuers zu werden, das war doch etwas! Unser kleines Ding kam mir dagegen vor wie eine Wasserfliege, die sich an den Schwanz einer Seeschlange klammert.

Wir kamen an eine starke Krümmung des Flusses, und allmählich bewölkte sich der Himmel, und es wurde sehr heiß. Der Strom war hier sehr breit, und dichte, hohe Wälder zogen sich an beiden Ufern hin, wie dicke schwarze Linien ohne jede Unterbrechung, ohne jeden Lichtstrahl. Wir sprachen über Kairo, unser nächstes Ziel, und meinten, ob wir es wohl erkennen würden, wenn wir dran kämen. Ich sagte nein, vielleicht nicht, denn ich hatte gehört, es seien überhaupt nur ein Dutzend Häuser da, und wenn sie die nicht ganz extra hell erleuchteten, wie sollten wir wissen, daß es eine Stadt war. Jim meinte, wo die beiden Ströme (der Mississippi und der Ohio), zusammenkämen, das müsse man doch gewiß sehen.

Das schien mir gar nicht so sicher, denn wir konnten uns leicht einbilden, die Spitze einer Insel zu passieren und im Fahrwasser des alten Stromes zu sein. Dieser Gedanke beunruhigte Jim – und mich nicht minder. Was also tun?

Ich schlug vor, daß ich ans Ufer fahre, sobald sich ein Licht zeigt, und sage, mein Alter käme nach mit seinem Warenschiff, wisse aber nicht recht Bescheid hier in der Gegend und wie weit's wohl noch nach Kairo sein könne. Jim hielt die Idee für ausgezeichnet; wir rauchten drauf noch eine Pfeife und hielten dabei Ausschau.

Etwas anderes, als ordentlich die Augen offen zu halten, konnten wir im Moment nicht tun. Es galt, die Stadt zu sehen und nicht blind an ihr vorüberzufahren. Jim meinte, er sehe sie ganz sicher, denn im Augenblick, wo er sie sehe, sei er ein freier Mann, ein freier Nigger! Vorbeifahren hieße wieder in die Sklaverei gehen, nur über den Ohio könne er zur Freiheit gelangen, sonst sei's aus und vorbei. Alle paar Augenblicke schnellte er auf: »Da sie sein!« Aber niemals war's wirklich so. Einmal war's ein Irrlicht, dann ein paar Leuchtkäfer, die er für Lichter der Stadt hielt. Seufzend setzte ersieh wieder hin, um geduldig weiter auszuschauen. Es mache ihn ganz zitterig und fieberig, sagte der arme Kerl, der Freiheit nun so nahe zu sein. Mich machte es auch zitterig und fieberig, aber ganz was andres.

Mir kam's plötzlich durch den Kopf, daß Jim jetzt ja schon so gut wie frei sei – und wer war daran schuld? – Ich! Ich, ich – Huck Finn – verhalf einem Nigger dazu, seinem Herrn durchzubrennen! Zur Zeit der Sklaverei war das ein höchst strafbarer Frevel. Zum allererstenmal in der ganzen langen Zeit, die ich mit Jim zusammengewesen, wurde mir so recht klar, was ich eigentlich tat. Mir wurde siedend heiß bei dem Gedanken. Ich suchte mich bei mir selbst zu entschuldigen, ich war ja eigentlich gar nicht zu tadeln, ich hatte ja Jim nicht davonlaufen heißen von seiner rechtmäßigen Besitzerin! Das half mir aber nichts. Allemal regte sich wieder das Gewissen und sagte: Aber du hast ihm geholfen auf der Flucht und härtest doch nur ans Ufer zu rudern und jemandem davon zu sagen brauchen. Wahrhaftig, so war's – da half keine Ausrede. Das gab mir einen Stich. Und weiter bohrt das Gewissen: Was hat dir denn Miss Watson getan, Huck Finn, daß du mit ansehen kannst, wie ihr einziger Nigger ihr sozusagen unter der Nase durchgeht, ohne daß du ein Sterbenswörtchen sagst?

Was hat dir das arme, alte Ding getan, daß du ihr den Streich spielst, was? Sie wollte dich doch lesen lehren, wollte dir Anstand beibringen, wollte dein Bestes, so gut sie's verstand! Das ist's, was sie dir getan hat, Huck – Huck Finn!

Mir war so erbärmlich, so elend zumute, daß ich wünschte, ich wäre tot. Ich rannte hin und her und machte mich immerzu in Gedanken vor mir selber schlecht, und Jim rannte mit, immer an mir vorbei. Keiner konnte ruhig bleiben.

Jedesmal, wenn er wieder auffuhr: »Das sein Kairo!« ging es mir wie ein Schuß durchs Herz, und ich dachte, wenn's wahr wäre, würde ich sterben vor Schreck. Jim sprach immer laut vor sich hin, während ich's mit mir selber leise abmachte. Wenn er erst frei wäre – sagte er –, wolle er schaffen wie ein Pferd und sparen, sparen, bis er sein Weib loskaufen könne, das zu einer Farm in der Nähe von Miss Watson gehörte. Dann wollten sie beide für die Kinder sparen, und wenn ihr Herr diese nicht gegen Geld und gute Worte an sie abtreten wolle, so werde er irgendeinen Ablitionisten bitten, sie zu stehlen.

Mir gefror das Mark in den Knochen, als ich das Zeug hörte. Vorher hätte er nie, nie gewagt, so etwas je zu äußern. Wie doch der Gedanke, jeden Augenblick frei sein zu können, sein ganzes Wesen verändert hatte!

Das alte Sprichwort hatte eben recht: ›Gib 'nem Nigger den kleinen Finger, und er nimmt die ganze Hand!‹ Denk' ich, das kommt davon! Hast du einem Nigger geholfen davonzulaufen, und, kaum am Ziel, sagt er dir ganz naiv und unverfroren, er wolle seine Kinder stehlen – Kinder, die einem Mann gehören, den ich nicht einmal kenne, der mir nie was zuleid getan hat!

Ich bedauerte, daß Jim dergleichen sagen konnte, es setzte ihn so tief herab in meinen Augen. Mein Gewissen rumorte in mir toller als je, bis ich ihm zuletzt zuflüstre: »Sei still, es ist ja noch nicht zu spät, sowie ich das erste Licht sehe, gehe ich ans Ufer und zeig's an.« Danach war ich ruhig und zufrieden und fühlte mich so leicht wie eine Feder. Alles, was mich gequält, war mit einemmal verschwunden und wie weggeblasen. Ich spähe nach einem Licht aus und sing' mir dabei was vor.

Da zeigt sich eins und Jim schreit: »Sein gerettet, Huck, sein gerettet! Spring un sei froh, das sein gute, alte Kairo, endlich, endlich! Jim weiß 's, Jim fühlt's! Müssen sein Kairo! Gute, alte Kairo!«

Sag' ich: »Will doch lieber das Boot nehmen, Jim, und nachsehen, es könnt' am Ende doch nicht wahr sein!«

Er springt nach dem Boot, hat's im Nu flott gemacht, legt mir noch seinen alten Rock auf die Bank, um den Sitz bequem zu machen, drückt mir das Ruder in die Hand und jauchst, indem ich abstoße: »Alte Jim bald wird singen vor Freud! Wird er sagen: Alles, alles danken Huck! Jim sein freie Mann, wären nie nix gewesen freie Mann ohne Huck, gute, alte, treue Huck!

Jim nix vergessen das, Huck! Huck Finn sein arme, alte schwarze Nigger seine beste Freund, sein alte Jim seine einzigste Freund!«

Und ich war eben im vollen Begriff, ihn zu verraten, um mein Gewissen zu beruhigen! Als er so zu mir redete, wurde ich weich wie ein Waschlappen, das Ruder schien mir wie Blei so schwer, und ich wußte nicht, soll ich mich freuen, daß ich abgefahren bin, oder nicht. Wie ich eine kleine Strecke weit entfernt bin, ruft Jim mir noch nach: »Da du gehen hin, alte, treue Huck! Einzigste weiße Mann, was hat nix gelogen mit arme, alte Jim! Gute, treue Huck!«

Mir war ganz elend zumut, ich sagte mir aber: Du mußt's und mußt's tun, da gibt's keinen Ausweg, kannst dich nicht drum herumdrücken! Gerade in dem Moment kommt ein Nachen daher mit zwei Männern drin; sie halten an und ich auch.

Sagt der eine: »Was ist das dort?«

»Ein Stück Floß«, sag' ich.

»Gehörst du drauf?«

»Ja!«

»Sonst noch wer drauf?«

»Noch einer!«

»Es sind fünf Nigger durchgebrannt, da drüben von der Farm gerade an der Flußbiegung da hinten – dort! Ist euer Mann auf dem Floß weiß oder schwarz?«

Ich konnte nicht gleich antworten. Die Worte schienen mir in der Kehle kleben zu bleiben. Ein oder zwei Sekunden lang wollte ich Mut fassen und alles gestehen, war aber nicht Manns genug dazu – mir war nicht für einen Cent Courage geblieben! Als ich fühlte, wie ich weich wurde, gab ich denn auch gleich nach, wehrte mich nicht lang und fahre nur so heraus: »Weiß ist er!«

»Na, wollen doch lieber selber nachsehen!«

»Das war' mir sehr recht«, sag' ich, »denn der dort ist mein Alter. Ihr könntet mir vielleicht dann gleich helfen das Floß ans Ufer zu bringen. Er ist nicht ganz wohl, der Alte, und Mutter auch nicht und Annemarie!«

»Oh, geh zum Kuckuck, Junge, wir haben Eile. Doch – na schneid nur kein Gesicht, werden's wohl tun müssen, soll ja doch immer ein Christenmensch dem andern helfen!

Na, denn mal los, komm, vorwärts, schnell! Haben keine Zeit zu verlieren!«

Sie griffen nach den Rudern und ich auch, und als wir ein paarmal ausgezogen hatten, sag' ich: »Vater wird euch so dankbar sein! Jeder, den ich bis jetzt gebeten habe, mir zu helfen, ist davongelaufen, und allein kann ich das Floß nicht ans Land bringen.«

»Na, das ist aber recht scheußlich! Merkwürdig auch! Sag, Junge, was ist denn eigentlich los mit deinem Vater?«

»Nichts – nicht viel – er hat nur – ach – eigentlich gar nicht viel gar nichts!«

Sie hielten plötzlich an; wir waren nicht mehr weit vom Floß entfernt.

Sagt der eine: »Junge, du lügst! Was ist los mit deinem Vater? Schnell heraus damit, ohne Flunkern, es ist besser für dich!«

»Ich will's ja gestehen, wahrhaftig, ich will's, ihr Leute, aber laßt uns nicht stecken, bitte, bitte! Es sind die – die – ach, wenn ihr nur vorrudern wolltet, dann könnte ich euch die Leine zuwerfen und ihr müßtet gar nicht nahe kommen!«

»Halt an, John, zurück!« schreit der eine, und sie wenden in plötzlicher Hast. »Halt dich weg, Junge, dort nach rechts! Hol's der Henker, ich glaub' der Wind bläst gerade vom Floß auf uns her! Dein Vater, Junge, hat gewiß die Blattern, und du weißt's auch ganz gut! Warum hast du's nicht ehrlich und offen gesagt, sondern fährst da herum und bringst andre ehrsame Leute in Gefahr?«

»Ach«, stotter' ich und fang' an zu schluchzen, »ich hab's ja vorher immer gesagt, und da ist jeder weggelaufen!«

»Armer Tropf! Du hast so unrecht nicht. Ja, siehst du, du tust uns leid, aber die Blattern – weißt du, das ist so eine Sache! Ich will dir mal sagen, wie du's anfängst. Das Landen mußt du nicht probieren, das bringst du allein nicht fertig, ohne daß alles zuschanden geht. Treib also nur ruhig weiter, noch so ein paar Stunden, bis du zu einer Stadt kommst am linken Ufer.

Bis dorthin ist dann die Sonne schon lang herauf, und wenn du Hilfe holst, sagst du, deine Leute hätten das Fieber.

Sei nicht wieder solch' ein Narr und laß dir's anmerken, was eigentlich los ist.

Es würde dir auch gar nichts helfen, da drüben bei dem Licht anzulegen, das ist nur ein Zimmerplatz. Sag einmal, gelt, dein Vater ist recht arm und jetzt recht schlimm dran?

Da – ich leg dir ein Zwanzigdollarstück auf das Brett, das fängst du dann auf, wenn's an dir vorbeitreibt. Mir kommt's scheußlich vor, daß wir dich so stecken lassen, armer Kerl, aber die Blattern, siehst du, das ist keine Kleinigkeit!«

»Wart mal, Parker«, ruft der andre, »da sind auch zwanzig Dollar von mir. Leg's dazu auf's Brett. Na, leb wohl, Junge, mach's nur, wie der Parker dir's gesagt hat, dann wird schon alles recht werden!«

»Das denk' ich auch, mein Junge, na, leb wohl, leb wohl! Wenn du was von den Niggern siehst, mach, daß du Hilfe kriegst und faß sie ab, da ist Geld dabei zu verdienen, viel Geld!«

»Schönen Dank, ihr Herren, schönen Dank! Wenn ich die Nigger kriegen kann, soll's mir lieb sein, wollt', 's wär' so, könnt's brauchen und Vater auch!«

Fort waren sie, und ich ruderte zum Floß zurück, fühlte mich elend und erbärmlich, wußte wohl, wie unrecht ich getan, aber bei mir lohnt's sich schon nicht mehr der Mühe, probieren zu wollen, anders und besser zu werden. Das muß man von Kind auf gewöhnt sein, sonst ist man nicht fest genug drin, und wenn man einmal in der Klemme sitzt, so ist man nicht stark genug sich herauszuziehen, sondern bleibt allemal drin hängen. Ich hatte eben wieder nicht einmal den Mut gehabt, das Rechte zu tun, wie andere ehrliche, brave Menschen! Dann denk' ich aber wieder, wenn du nun recht gehandelt hättest und den alten Jim verraten, wär' dir dann wohl jetzt besser zumut? Nein, sag' ich, nein, dann wär's geradeso schlimm. Und, denk' ich, wozu besser werden und recht tun, wenn man davon nur Mühe hat, vom Unrechten aber keine, und der Lohn derselbe ist? Da saß ich fest! Eine Antwort konnte ich mir hierauf nicht geben. Wollt' mich auch nicht weiter damit plagen, sondern beschloß, in Zukunft immer das zu tun, was mir gerade am besten paßte – Recht oder Unrecht, einerlei!

Ich ging in die Hütte, Jim war nicht drin, ich stöberte jeden Winkel durch, er war nirgends.

Ruf ich: »Jim!«

»Hier sein Jim, Huck! Sein Männer ganz weg? Du nix reden laut!«

Er war im Wasser unter dem Steuerruder und guckte nur mit der Nase hervor. Als ich ihm sagte, sie seien schon weit weg, kroch er heraus und kam an Bord.

Sagt er: »Jim alles hören, Huck, alles, un Jim springen in die Wasser, um zu schwimmen an die Land, wenn Männer kommen. Dann Jim wollen schwimmen zurück, wenn Männer sein weg. Aber, Huck, du sie haben wundervoll angeführt! Sein gewesen die beste Streich, die Jim haben gehört all seine Leben! Ach, herrjemine, Huck, du haben Jim gerettet, Jim das wohl wissen, du haben Jim wieder gerettet, Jim das nie nix vergessen!«

Dann berieten wir uns über das Geld. Zwanzig Dollar für jeden von uns war nicht schlecht!

Jim meinte, damit könnten wir, Gott weiß wie weit, Passage nehmen auf einem Ohio-Boot und behielten gewiß noch ein gutes Teilchen übrig, um drüben in den freien Staaten ein neues Leben zu beginnen. Noch ein paar Stunden weiter auf dem Floß zu bleiben, sagte er, sei nicht lang, aber er wollte doch, sie wären vorüber.

Gegen Tagesanbruch legten wir an, und Jim war diesmal ganz besonders drauf bedacht, das Floß gut zu verbergen. Dann beschäftigte er sich den ganzen Tag über damit, unsre Sachen in Bündel zu packen, um zum Verlassen des Bootes fertig zu sein.

Gegen zehn Uhr am andern Abend kamen endlich die Lichter einer Stadt am linken Ufer in Sicht.

Ich stieß im Boot ab, um Erkundigungen einzuziehen. Bald fand ich auch einen Mann in einem Nachen, der eine Leine auswarf.

»Ist das Kairo dort?« frag' ich.

»Kairo? Nein. Ich glaub', du bist nicht recht gescheit!«

»Wie heißt denn die Stadt?«

»Wenn du's wissen willst, geh hin und frag! Wenn du noch eine Minute lang mir hier die Fische verjagst mit deinem dummen Gefrag, geb' ich dir was, nach dem du nicht verlangt hast!«

Ich also wieder zum Floß zurück. Jim war schrecklich enttäuscht, ich aber tröstete ihn und meinte, Kairo käme gewiß jetzt erst.

Vor Tagesanbruch noch kamen wir an einer andern Stadt vorbei, und ich wollte eben hin und fragen.

Da sagte Jim, die Ufer seien zu steil, Kairo liege flach, das wisse er; so blieb ich denn.

Wieder bargen wir unser Floß für den Tag. Allmählich dämmerte mir eine Ahnung, Jim desgleichen. Sag ich: »Jim, ich glaub', wir sind am Ende letzte Nacht im Nebel an Kairo vorübergefahren!«

Antwortet er: »Wir nix wollen reden mehr davon. Arme Nigger können nix haben Glück! Jim immer denken, Schlangenhaut von Insel hören noch nix auf zu bringen Unglück!«

»Wollt', ich hätt' die verd- Haut nie gesehen, Jim!«

»Sein nix deine Schuld, Huck, du nix konnten wissen von Schlangenhaut-Unglück!«

Als es Morgen wurde, sahen wir deutlich, wie sich das klare Ohio-Wasser mit dem schmutzigen Gelb des Mississippi mengte. Nun war's also aus und vorbei, war verpaßt, soviel war sicher!

An ein Zurückgehen, an ein Stromaufwärtsfahren mit dem Floß war nicht zu denken, es blieb uns nur übrig, unser Heil im Boot zu probieren. Im Augenblick ließ sich nichts anderes tun, als die Nacht abzuwarten. So schliefen wir denn den ganzen Tag im Weidendickicht, um uns fürs Kommende zu stärken, und als wir gegen Abend zum Floß gingen, war das Boot, unsre letzte Hoffnung – fort! Losgerissen, fortgeschwemmt von der Strömung!

Lange, lange sagten wir kein Wort, wir wußten, daß die Schlangenhaut nochmals dabei im Spiel gewesen war. Was ließ sich da also sagen? Das hätte am Ende nur noch mehr Unglück heraufbeschworen; es war daher das beste, geduldig stillzuhalten!

Dann berieten wir uns, was wir nun anfangen wollten, und fanden, daß es ratsam sei, ruhig im Floß weiterzutreiben, bis wir uns einmal irgendwo ein Boot verschaffen, das heißt kaufen könnten. Auf meines Alten Art eins zu leihen, kam uns nicht in den Sinn, man hätte uns am Ende dabei fassen können.

Also vorwärts auf dem Floß und gute Miene zum bösen Spiel gemacht! Nach Einbruch der Dunkelheit setzten wir denn auch unsern Weg fort.

Wer bis jetzt vielleicht noch nicht fest an das Unglück geglaubt hat, das das Anfassen einer Schlangenhaut bringt, der wird's nun unfehlbar tun, wenn er hört, wie es uns weiter ergangen!

Nirgends konnten wir eine Gelegenheit entdecken, uns ein Boot zu verschaffen, soviel wir auch ausspähten.

Sonst begegnet man doch immer Flößen oder dergleichen, die ein übriges Boot haben und es gerne abgeben, aber nein, wir sollten kein Glück haben!

Die Nacht wurde schwärzer und schwärzer, es war beinahe so schlimm wie Nebel, man konnte die Hand kaum vor den Augen sehen, geschweige denn den Strom überblicken.

Allmählich war's spät geworden und sehr still, und da hören wir ein Dampfboot in der Entfernung heranbrausen. Wir zündeten unsere Laterne an, damit man uns sehen könne. Wir hörten das Schnauben und Keuchen der Maschine näher und näher, konnten aber erst etwas entdecken, als das Ungetüm schon ganz dicht bei uns war und wir merkten, daß es direkt auf uns lossteuerte. Das tun die großen Dampfer manchmal, um zu zeigen, wie geschickt sie im Lenken des Kolosses sind.

Wenn sie nun so dicht an einem vorbeistreifen und das Rad ein Ruder faßt und abknackst, da streckt dann wohl der Steuermann lachend den Kopf heraus und meint wunder welche Heldentat er vollbracht hat. Wir dachten, sie wollten das auch bei uns probieren und waren selbst voller Erwartung, wie es gelingen würde. Das Ungetüm kam aber näher und näher, furchtbar schnell, und sah aus wie eine dicke, pechschwarze Wolke mit kleinen Glühwürmchen gespickt. Und ehe wir uns nur besinnen konnten, glühten schon dicht über uns die weitoffenen Luken des Maschinenraums wie feurige Schlünde, bereit, uns zu verschlingen. Man schrie uns zu, gellendes Pfeifen ertönte, Dampf zischte und qualmte, Jim wälzte sich von der einen, ich von der anderen Seite über Bord, und im selben Moment krachten und splitterten die Planken unseres Floßes, in Fetzen gerissen, auseinander.

Ich tauchte unter und suchte möglichst auf den Grund zu kommen, um das Rad des Dampfers, das über mich wegrauschte, nicht zu genieren. Eine Minute hab' ich's immer unter Wasser aushalten können, diesmal blieb ich wohl anderthalb, aber dann schoß ich auch nur so nach oben, sonst wäre ich im nächsten Moment geborsten. Als ich bis an die Schultern wieder an der Luft war, blies ich erst das Wasser aus den Nüstern und prustete und keuchte mich zurecht. Vom Dampfer konnte ich nichts mehr sehen in der argen Finsternis, hörte nur noch das Schnauben und Stampfen und fühlte die wilden Wellen.

Man hatte nach ein paar Sekunden Aufenthalt die Maschine wieder in Gang gesetzt und dampfte nun davon, ohne sich weiter um das elende kleine Floß zu kümmern.

Ich rief nach Jim, wieder und wieder, aber vergebens. Weiß Gott, was aus dem armen Kerl geworden war! Eine Planke trieb auf mich zu, ich faßte sie und ließ mich eine Weile treiben, um zu ruhen und nach Jim auszuspähen.

Ich konnte aber nichts entdecken, vielleicht war er doch dem Ufer zugeschwommen. Die Strömung trieb nach der linken Seite, so überließ ich mich ihr, in der Hoffnung, daß Jim es ebenso machte, und so erreichte ich denn auch nach einiger Anstrengung sicher das Ufer.

Hier lief ich hin und her und schrie: »Jim, Jim!«

Aber kein Jim war zu hören und zu sehen, und endlich fiel ich todmüde und elend an einem Baum zu Boden und weinte mich in Schlaf – mir war gar so einsam und allein zumute! So öde – so verlassen von aller Welt!

Jim findet sich wieder – Floß zurückgewonnen – Neue Kameraden! – Der Herzog von Somerset – Königliches Schicksal – Eine Gebetsversammlung
Der Wolf unter den Schafen

Als ich am andern Morgen erwachte, stand die Sonne schon hoch am Himmel. Ich brauchte ein paar Augenblicke, bis ich mich auf die Abenteuer der letzten Nacht besinnen konnte. Ich richtete mich auf und sah mich um, meinte, ich müsse Jims altes, treues, breites Gesicht irgendwo aus dem hohen Ufergras auftauchen sehen, aber nichts regte sich – ich rief, ein-, zweimal – alles blieb still. Da erhob ich mich mühsam und schlich mich, elend, zerschlagen und ganz mutlos, flußabwärts dem Ufer entlang. Das Wasser behielt ich scharf im Auge, vielleicht konnte ich doch wenigstens seine Leiche – ich meine Jims Leiche – entdecken und so Gewißheit darüber erlangen, was aus dem armen Kerl geworden war. Da ich nichts zu essen hatte, rebellierte mein Magen sehr gegen die weitere Entdeckungsreise am einsamen Fluß. Der Hunger hätte mich weit lieber landeinwärts, bewohnten Gegenden zu getrieben; ich aber konnte Jim nicht ohne weiteres aufgeben. Lange, lange schlenderte ich so hin, ohne das geringste zu entdecken.

Ziemlich weit vor mir sah ich den Wald in scharfem Bogen bis zum Wasser hin reichen.

Denk' ich, bis dahin gehst du noch, und ist Jim dort auch nicht, so hat ihn richtig die Schlangenhaut ins Unglück gebracht. Entweder ist er dann ertrunken oder aber am Ufer Leuten in die Hände gefallen, die ihn für einen der durchgebrannten Nigger gehalten und ihn festgenommen haben.

So schlepp' ich mich denn noch weiter, immer auf den Wald zu. Das Ufer griff dort landzungenartig in den Fluß hinein, so daß man einen freien Ausblick auf das Wasser haben mußte. Endlich bin ich dort und schau mich um und – was seh' ich?

Von Jim nichts, aber – einen Teil von unsrem Floß, dem guten, alten Floß, und zwar den größeren, mit der Hütte drauf. Die war nun freilich etwas zusammengerissen, der Dampfer war haarscharf daran hingestreift:, aber sie stand doch noch. Ich wußte gar nicht, wie mir war! Ich sank fast in die Knie vor freudiger Erregung und mußte auf allen vieren drauf zukriechen. Wie ich näher komm', seh' ich, daß das Ding sogar mit einem Seil am Ufer festgemacht ist und nicht, wie ich dachte, zufällig dort hängengeblieben war. Das macht mich stutzig! Vorsichtig kriech' ich näher und schiel' erst einmal durch einen Spalt in die Hütte hinein. Und richtig – leer war sie nicht. In der einen dunklen Ecke liegt's wie ein großer Klumpen zusammengeballt, und jetzt regt es sich – Arme und Beine und ein schwarzer Wollkopf hebt sich und – weiß Gott, ich glaub, ich hab' laut aufgeschrien, und dann muß ich geweint haben wie ein kleines Kind, denn als ich dann wieder zu mir kam, hielt mich Jim in den Armen, und mein Gesicht war ganz naß von Tränen und seines auch. Wer von uns beiden sie aber geweint hat, weiß ich nicht recht. – Dann setzten wir uns zusammen, und ich sprudelte und stammelte alle meine Angst, meinen Kummer und meine Verzweiflung hervor, die mich diesen Morgen beim Aufwachen gepackt hatte.

Dann erzählte Jim: »Huck, Herzensjung', weißt du, wie sein kommen Dampfer und sein kommen so ganz schrecklich nah, Jim denken, das beste wäre, sich ins Wasser zu rollen. Jim 's tun un bleiben lang unten, kommen dann mal rauf, hören noch Schiff un gehen gleich wieder nunter. So noch mal un noch mal. Denken, wollen nix gleich fortschwimmen, wollen erst mal sehen nach gute alte Floß. Un wie Jim dann wieder rauf kommen, Jim sehen dicke schwarze Schiffsklumpen schon weit weg un kleine schwarze Klumpen hinter sich.

Er schwimmen auf kleine schwarze Klumpen zu, weil er denken, holla, sein am Ende Floß, un richtig, wie er kommen hin, sein warraftig diese Stück Floß, un sein alte gute Hütte noch da un gar nix viel fort. Jim also rein in Hütte.«

»Hast du mich denn gar nicht rufen hören, Jim?« frag' ich, habda drüben am Ufer so schrecklich nach dir gebrüllt!«

»Jim gar nix hören, sein zuviel weit weg! Jim immer denken, Huck sein gewiß am Ufer mit Strömung, un die sein links; so Jim auch kommen links mit Floß un finden Huck dann am Morgen. Un so sein's dann auch gewesen!«

Ja, so war's gewesen, Gott sei Dank! Da waren wir drei denn wieder beisammen. Jim und das Floß und ich. Keine Schlangenhaut hatte uns was anhaben können; aber viel drüber reden taten wir lieber nicht! Jim machte mir ein Frühstück zurecht, und ich ließ mir's köstlich schmecken. Danach machten wir uns an die Ausbesserung unsres Floßes, das fast um die Hälfte kleiner geworden war, aber doch immerhin noch reichlich Raum bot. Vor Abend waren wir fertig damit, und nun konnte das alte Leben wieder losgehen. Als es Nacht wurde, stießen wir vom Ufer; sobald wir weit genug waren, ließen wir das Floß treiben, wie es die Strömung wollte. Dann steckten wir unsere Pfeifchen an, ließen unsere Füße ins Wasser hängen und schwatzten über allerlei. Manchmal hatten wir für längere Zeit den Strom ganz für uns. Drüben waren Ufer und Inseln sichtbar, zuweilen auch ein Licht, gleich einem Fünkchen, das durchs Fenster einer Blockhütte schien – dann und wann auch ein ähnlicher Lichtpunkt auf dem Wasser, von einem Floß oder ähnlichen Fahrzeug herrührend, von denen auch mitunter der Ton einer Geige oder ein Liedchen herüberschallte. Es ist lieblich, so auf einem Floß zu leben. Über uns hatten wir den Himmel voller Sterne. Wir lagen oft auf dem Rücken und schauten zu ihnen empor. Dann sprachen wir darüber, ob sie gemacht worden wären oder nur durch Zufall da seien. Jim meinte das erstere, wogegen ich einwendete, daß es zu lange gedauert hätte, so viele zu machen. Er meinte dann, der Mond könnte sie gelegt haben. Das ließ sich eher hören, und so widersprach ich ihm auch nicht, hatte ich doch gesehen, daß ein bloßer Frosch mindestens so viele Eier legen kann.

Besonders beobachteten wir die herabfallenden Sterne, und Jim behauptete, es seien die faulen, die aus dem Nest geschmissen würden.

Nach Mitternacht gingen die Uferbewohner zu Bett, und für zwei bis drei Stunden waren die Ufer schwarz – kein Fünkchen mehr in den Blockhausfenstern. Diese Lichtpunkte waren unsere Uhr. Die ersten, die sich wieder zeigten, bedeuteten die Ankunft des Morgens, dann suchten wir einen Schlupfwinkel auf einer kleinen Insel und legten an, wo's am besten ging.

Eines Morgens bei Tagesanbruch fand ich ein Kanu und fuhr damit von der Insel zum Ufer, dann etwa eine Meile unter Zypressen einen kleinen Fluß hinauf, um zu sehen, ob ich nicht einige Beeren pflücken könnte. Als ich an einem Ort vorüberkam, wo ein Kuhpfad den Fluß berührte, rannten zwei Männer herbei. Ich dachte schon, daß mir's nun an den Kragen gehen würde, denn ich fürchtete, sie wären hinter mir und Jim her. Ich wollte schon umkehren, sie waren aber ganz nahe und baten mich, ihnen das Leben zu retten; sie hätten nichts getan, würden trotzdem verfolgt und Männer mit Hunden wären hinter ihnen her. Sie wollten gleich zu mir in den Nachen springen, aber ich sagte: »Tut's ja nicht. Ich höre weder Pferde noch Hunde. Ihr habt Zeit, durchs Gebüsch etwas stromauf zu gehen, dann watet durchs Wasser zu mir – das lenkt die Hunde von der Fährte ab.«

Sie taten's, und als ich sie im Kanu hatte, ging's rasch nach unserm Floß. Nach ungefähr fünf Minuten hörten wir Hunde und Männer in der Ferne lärmen. Sie schienen an den Fluß zu kommen – sehen konnten wir sie nicht – und dort eine Zeitlang herumzulungern. Wir machten uns aus dem Staube, bis wir sie zuletzt nicht mehr hörten. Als wir aus dem Fluß in den Strom liefen, war alles still. Wir erreichten das Floß und versteckten uns für den Tag.

Einer der Kerle war siebzig Jahre alt oder mehr, hatte einen kahlen Kopf und grauen Vollbart. Er trug einen zerknitterten alten Filz, ein schmutziges baumwollenes Hemd, zerfetzte blaue Hosen in seine Stiefel gestopft und gestrickte Hosenträger – oder vielmehr nur einen. Er trug auf dem Arm einen alten blauen Rock mit Messingknöpfen, und beide Kerle hatten große vollgepfropfte Reisesäcke. Der andere war etwa dreißig Jahre alt und war etwas besser gekleidet.

Nach dem Frühstück machten wir's uns bequem und plauderten; dabei stellte es sich gleich heraus, daß die beiden einander fremd waren.

»Was hat dich in die Klemme gebracht?« fragte der Kahlkopf den andern Patron.

»Nun, ich verkaufte einen Stoff, der den Weinstein von den Zähnen nimmt, und die Zahnglasur gewöhnlich auch.

Ich blieb eine Nacht länger in dem Städtchen, als mir zuträglich war, und machte mich eben davon, als ich dir über den Weg lief und du mir sagtest, man sei hinter dir her und ich möchte dir helfen.

Da sagte ich dir, daß mir's ähnlich ginge und wir zusammenhalten könnten – das ist die ganze Geschichte – was ist deine?«

»Nun ja, ich hielt eben dort Versammlungen zur Förderung der Mäßigkeit, etwa eine Woche lang, und war der Liebling des schönen Geschlechts: jung und alt, und verdiente nebenbei fünf bis sechs Dollar den Abend; zehn Cents die Person, Kinder und Neger frei. Das Geschäft ging täglich besser. Da verbreitete sich gestern abend irgendwie das Gerücht, daß ich eine Privatflasche bei mir trüge, der ich insgeheim fleißig zuspräche. Ein Neger weckte mich heute früh und sagte mir, daß sich die Leute in aller Stille sammelten und vorhätten, mich mit Hunden und Pferden zu hetzen, nachdem sie mir eine halbe Stunde Vorsprung gegeben, und, wenn meiner habhaft, mich mit Teer und Federn zu überziehen und auf einem Zaunpfahl reiten zu lassen. Ich wartete nicht aufs Frühstück – der Hunger war mir vergangen.«

»Alter«, sagte der Jüngere, »wir geben ein gutes Doppelgespann ab; was meinst du dazu?«

»Ich bin nicht abgeneigt. Was ist dein Geschäft – hauptsächlich?«

»Bin von Haus Buchdrucker; mache etwas in Patentmedizinen; bin Schauspieler, besonders im Trauerspiel; tue auch gelegentlich etwas in Mesmerismus und Phrenologie; zur Abwechslung halte ich Schule, besonders Singen und Geographie; lasse wohl auch einmal einen Vortrag vom Stapel. Oh, ich verstehe mich auf vielerlei – fast auf alles, was mir unter die Hand kommt, nur darf es keine schwere Arbeit sein. Wie steht's mit dir?«

»Am meisten hab' ich in meinem Leben wohl gedoktert. Das Händeauflegen gelingt mir am besten, bei Krebs, Lähmung und dergleichen; auch versteh' ich mich ziemlich gut aufs Wahrsagen, wenn ich jemand finde, der mich vorher mit den nötigen Tatsachen versorgt. Predigen schlägt auch in mein Fach, besonders bei Bekehrungs-Versammlungen im Freien. Ich kann überhaupt gut herum missionärieren.«

Für eine Weile sprach keiner, dann seufzte der Jüngere tief auf und schloß mit einem: »Ach!«

»Na, worüber lachst du?« rief der Kahlkopf.

»Oh, daß ich solches Leben führen muß und zu solcher Gesellschaft heruntergekommen bin!« Und er wischte sich einen seiner Augenwinkel mit einem Fetzen.

»Ist dir etwa die Gesellschaft nicht gut genug?« fuhr der Kahlkopf etwas scharf und ärgerlich heraus.

»Ja, sie ist gut genug für mich, so gut wie ich's verdiene. Wer hat mich so heruntergebracht, nachdem ich so hoch stand? Ich selbst. Ich werfe euch nichts vor, meine Herren – weit entfernt –, niemandem werfe ich etwas vor. Ich bin ganz allein schuld. Mag die kalte Welt ihr Schlimmstes tun, mag das Schicksal ferner mich verfolgen und mir alles entreißen – Freunde, Eigentum, alles –, eines weiß ich: Irgendwo finde ich ein Grab, das kann die Welt mir nicht entreißen, eines Tages werde ich mich niederlegen und alles vergessen, und mein armes gebrochenes Herz wird Ruhe haben.« Und er wischte sich wieder an den Augen herum.

»Potz armes gebrochenes Herz! Warum läßt du es vor uns hier überlaufen? Was können wir dafür?«

»Nein, ihr allerdings nicht. Euch beschuldige ich auch nicht, meine Herren. Ich habe mich selbst heruntergebracht – ja, ich selbst. Es geschieht mir recht, wenn ich leide, ganz recht; ich grolle niemand.«

»Heruntergebracht von wo? Von wo bist du heruntergebracht worden?«

»Ach, ihr würdet mir's nicht glauben; die Welt glaubt nie. Laßt mich! Es kann euch einerlei sein. Das Geheimnis meiner Geburt –« »Das Geheimnis deiner Geburt? Willst du behaupten ...«

»Meine Herren«, sagte der junge Mann feierlich, »ich will es euch enthüllen, denn ich fühle, daß ich euch vertrauen darf. Von Rechts wegen bin ich ein Herzog!«

Jims Augen starrten vor Erstaunen, und ich glaube, die meinigen auch. Der Kahlkopf aber sagte: »Unmöglich! Ist das dein Ernst?«

»Ja. Mein Urgroßvater, der älteste Sohn des Herzogs von Somerset, flüchtete in dieses Land gegen Ende des letzten Jahrhunderts, um die reine Luft der Freiheit zu atmen.

Er heiratete hier und starb und hinterließ einen Sohn; sein eigener Vater starb fast zur selben Zeit.

Dessen zweiter Sohn bemächtigte sich des Titels und der Güter; der wirkliche Erbprinz wurde ignoriert und dessen Nachkomme in gerader Linie bin ich –

ich bin der rechtmäßige Herzog von Somerset; und nun bin ich verstoßen, meiner hohen Stellung beraubt, von Menschen gehetzt, zerlumpt, elend, und herabgewürdigt zu einer Gesellschaft Entlaufener auf einem Floß!«

Jim bedauerte ihn sehr, ich auch.

Wir versuchten ihn zu trösten, aber er sagte, es wäre nutzlos, denn er sei untröstlich; doch wenn wir ihn als Herzog anerkennen wollten, so wäre das für ihn eine kleine Entschädigung. Wir wollten ihm den Gefallen gern tun, wenn er uns nur sagte wie. Er meinte, wir sollten uns verbeugen, wenn wir ihn anredeten, und zwar mit den Worten Ihro Gnaden oder Hoheit oder auch Mylord und er hätte auch nichts dagegen, wenn wir ihn einfach Somerset nennen, denn das wäre eigentlich mehr ein Titel als ein Name; und einer von uns solle ihn bei Tische bedienen und ihm überhaupt kleine Dienstleistungen erweisen.

Nun, das hatte ja nichts auf sich, und wir waren willens. Während der Mahlzeit bediente Jim ihn mit: ›Ihro Gnaden wünschen dies oder das?‹ und so weiter, und man konnte sehen, daß es ihm gefiel.

Aber der Alte wurde allmählich schweigsam, hatte wenig zu sagen und sah aus, als ob ihm dieser Herzogkultus nicht recht gefiele. Ihn schien innerlich etwas zu wurmen. Am Nachmittag fing er folgendermaßen an:

»Hör mal, Sommerfett«, sagte er, »du tust mir verdammt leid, aber du bist nicht der einzige, der so etwas durchgemacht hat.«

»Nicht?«

»Nein, du bist nicht die einzige Person, die ungerechter Weise aus ihrer Höhe herabgerissen worden ist.«

»Ach!«

»Nein, du bist nicht die einzige Person, die ein Geburtsgeheimnis hat.« – Und der Alte fing zu weinen an.

»Halt, was meinst du damit?«

»Sommerfett, darf ich mich dir vertrauen?« sagte der Alte noch schluchzend.

»Bis zum bittren Tode!« Der Herzog ergriff bei diesen Worten des Alten Hand, drückte sie und sprach: »Vertrau mir das Geheimnis deines Daseins, wie ich dir das meinige vertraute. Rede!«

»Sommerfett – ich bin der Dauphin!«

Jim und ich starrten vor Erstaunen. Dann rief der Herzog: »Du bist was?«

»Ja, mein Freund, es ist nur zu wahr – deine Augen schauen in diesem Moment auf den armen verschollenen Dauphin: Louis XVII., Sohn Ludwigs XVI. und Marie Antoinettens.«

»Du? In deinem Alter? Nein! Du meinst wohl, du bist Karl der Große; du mußt doch mindestens sechs- bis siebenhundert Jahre alt sein.«

»Kummer hat's getan, Sommerfett, Kummer hat's getan. Sorgen haben mir das Haupthaar vor der Zeit geraubt und den Bart gebleicht. Ja, meine Herren, ihr seht vor euch, in abgetragenem Zeug und in Elend versunken, den wandernden, verbannten, niedergebeugten und leidenden rechtmäßigen König von Frankreich!«

Er weinte und gebärdete sich so, daß Jim und ich gar nicht wußten, was tun, so leid tat er uns, und zugleich waren wir so froh und stolz, ihn bei uns zu haben. Wir taten denn auch für ihn, wie erst für den Herzog, alles was wir konnten. Aber er sagte, es sei umsonst, nichts als der Tod könne ihn glücklich machen. Und doch meinte er, sei das Leben etwas erträglicher, wenn Menschen ihn nach seinem Rechte behandelten, ein Knie beugten, wenn sie mit ihm sprächen, ihn mit Majestät anredeten, ihm bei der Mahlzeit aufwarteten und sich nicht setzten, bis er es ihnen erlaubte. So schickten Jim und ich uns an, ihn zu bemajestäten, dies und das und jenes für ihn zu tun und zu stehen, bis er uns zum Sitzen aufforderte. Das tat ihm wohl, und er machte sich's bequem. Aber dem Herzog schien das nicht zu gefallen, er schien mit der Sachlage sehr unzufrieden.

Doch der König behandelte ihn recht freundlich und sagte, des Herzogs Urgroßvater und alle andern Herzoge von Sommerfett wären von seinem Vater stets hochgeschätzt und in seinem Palast recht willkommen gewesen; doch der Herzog blieb lange brummig, bis der König sagte: »Wir werden wahrscheinlich eine verdammt lange Zeit auf diesem Floß zusammen sein müssen, Sommerfett, und was nützt es, so traurig zu sein?

Man macht sich's dadurch nur ungemütlich. Es ist nicht meine Schuld, daß ich nicht als Herzog, und nicht deine, daß du nicht als König geboren bist – also warum darüber grübeln? Machen wir das beste aus der Lage, in der wir uns befinden, sag' ich: Das ist mein Motto.

Und genau betrachtet, ist das hier so schlimm nicht – genug zu essen und ein leichtes Leben. Komm, gib mir deine Hand, Herzog, und laß uns Freunde sein.«

Der Herzog tat's, und Jim und ich waren darüber froh.

Es dauerte nicht lange, und ich war überzeugt, daß diese Kerle weder König noch Herzog, sondern ganz erbärmliche Schufte und Betrüger waren. Aber ich ließ mir nichts merken, sondern behielt's für mich; es gab dann keinen Streit und Verdruß. Wenn sie wünschten, König und Herzog genannt zu werden, warum nicht? – Wenn es nur Frieden in der Familie gab. Da es nichts nützte, Jim darüber aufzuklären, sagte ich ihm auch nichts davon. Sie fragten uns nach vielerlei und wollten wissen, warum wir am Tage das Floß versteckten, anstatt weiterzufahren.

»Meine Angehörigen«, erklärte ich, »lebten in Pike County in Missouri, wo ich geboren bin, und sie starben alle außer meinem Papa und meinem Bruder Ike. Papa gab den Haushalt auf, um zu Onkel Ben zu ziehen, der ein kleines Besitztum am Fluß, vierundzwanzig Meilen unterhalb Orleans, hat. Papa war arm und hatte Schulden. Als er alles verkauft und sie bezahlt hatte, war nichts übrig als sechzehn Dollar und unser Neger Jim. Das war nicht genug, uns vierzehnhundert Meilen reisen zu lassen, selbst nicht Zwischendeck. Als der Fluß stieg, hatte Papa eines Tages das Glück, ein Stück von einem Floß aufzufischen; so beschlossen wir, darauf nach Orleans zu fahren. Papas Glück war nicht von Dauer; eines Nachts stieß ein Dampfboot auf die vordere Ecke des Floßes, und wir alle stürzten ins Wasser und tauchten unter das Rad.

Jim und ich kamen wieder zum Vorschein; aber Papa war betrunken und Ike nur vier Jahre alt – beide blieben für immer unten. Einige Tage hatten wir viel Ungemach, denn Leute kamen und wollten mir Jim wegnehmen. Sie meinten, er sei ein entlaufener Sklave. So fahren wir jetzt nicht mehr am Tage, nachts lassen sie uns in Ruhe.«

Da sagte der Herzog: »Überlasse es mir, einen Plan auszudenken, der es uns möglich macht, auch bei Tageslicht zu fahren. Ich will mir die Sache überlegen. Heute wollen wir jedoch das Städtchen dort drüben nicht am Tag passieren – es dürfte uns nicht gut bekommen.«

Gegen Abend wurde es früh dunkel, und es sah nach Regen aus; das Wetterleuchten zuckte ringsum, die Blätter begannen zu zittern – man konnte sehen, daß es eine schlimme Nacht geben würde. Der König und der Herzog durchstöberten unser kleines Zelt, um das Bettzeug zu untersuchen.

Meins war ein Strohsack, besser als Jim seins, das nur ein mit Maishülsen gefüllter Sack war, und in denen stecken oft Kolben, die einem in die Rippen drücken, und wenn man sich umdreht, rauscht das Zeug wie dürre Blätter und weckt einen auf.

Nun der Herzog meinte, er wolle mein Bett nehmen, doch der König meinte anders und sagte: »Ich sollte meinen, daß der Unterschied in unserm Rang genügt, dir begreiflich zu machen, daß der Maishülsensack nicht geeignet ist, mir als Bett zu dienen. Ihro Gnaden werden ihn für sich selbst nehmen.«

Jim und ich fürchteten jetzt Streit zwischen den beiden und waren recht froh, als der Herzog sagte: »Es ist immer mein Schicksal gewesen, von dem eisernen Absatz der Bedrückung in den Grund getreten zu werden. Unglück hat meinen einst stolzen Sinn gebrochen; ich gebe nach, ich gehorche, es ist mein Schicksal. Ich stehe allein in der Welt – laßt mich leiden; ich kann's ertragen.«

Wir stießen ab, sobald es dunkel genug war. Der König gebot uns, die Mitte des Stromes zu gewinnen und kein Licht zu zeigen, bis wir das Städtchen weit hinter uns hätten. Bald sahen wir ein kleines Häufchen Lichter – das war das Städtchen – und glitten, eine halbe Meile davon, ganz gut vorbei. Als wir etwa eine Meile unterhalb waren, hißten wir unsere Signallaterne auf; und um etwa zehn Uhr gings los: Regen, Wind, Donner, Blitz – hast du was kannst du!

Der König gebot uns beiden Wacht zu halten, bis das Wetter sich aufgeklärt hätte; er und der Herzog krochen ins Zelt und lagerten sich für die Nacht. Meine Wacht dauerte bis zwölf; doch ich hätte mich auch sonst nicht zur Ruhe gelegt, selbst wenn ich ein Bett gehabt hätte, denn solch ein Gewitter sieht man nicht jeden Tag, wahrhaftig nicht. Meiner Seel!

Wie der Wind dahinkreischte! Und alle Augenblicke kam ein Lichtstrahl, der den weißen Wellenschaum auf eine halbe Meile ringsum erglänzen ließ. Dann sahen die Inseln wie staubig durch den Regen aus, und die Bäume hieben mit ihren Ästen wild um sich in den Wind; dann kam's Sch – Krach! – Bum – bum – bumlerumbumbum –

und der Donner grollte und rollte und schwieg. Dann fing dieselbe Geschichte wieder von vorn an und so weiter. Zuweilen spülten mich die Wellen fast vom Floß.

Endlich ließ der Sturm nach, und sobald ich das erste Licht am Land erblickte, weckte ich Jim, und wir steuerten zu einem guten Versteckplatz für den Tag.

Nach dem Frühstück holte der König ein altes dreckiges Spiel Karten hervor, und er und der Herzog spielten Sieben auf, zu fünf Cents das Spiel. Als sie dessen müde waren, steckte der Herzog seinen Arm in seinen Reisesack, holte daraus eine Anzahl kleiner gedruckter Anschlagzettel und las laut vor. Auf einem stand: ›Der berühmte Dr. Armand de Montalban aus Paris wird einen Vortrag über Phrenologie halten in ... am ...‹ (Ort und Datum waren freigelassen) ›Eintritt 10 Cents; Untersuchungen pro Person 25 Cents.‹ Der Herzog sagte: »Das bin ich selbst.« In einem andern Zettel war er ›der weltberühmte Shakespeare-Tragöde, Garrick der Jüngere vom Drury-Lane-Theater, London.‹ In anderen Zetteln hatte er eine Menge anderer Namen und tat andere Wunderdinge, wie zum Beispiel Wasser und Gold mit der Wünschelrute finden, Behexungen besprechen und dergleichen mehr. Nach einer Weile sagte er:

»Aber die histrionische Muse ist meine Wonne. Hast du je die Bretter betreten, Majestät?«

»Nein«, sprach der König.

»Dann, o gefallene Größe, sollst du es tun, eh' du drei Tage älter bist«, rief der Herzog. »In dem ersten besten Städtchen, wo wir hinkommen, mieten wir eine Halle und produzieren das Schwertgefecht aus Richard III. und die Balkonszene aus Romeo und Julia. Was sagst du dazu?«

»Ich bin dabei, bis an den Hals hinein, bei allem, wenn sich's nur bezahlt macht; aber viel verstehe ich nicht vom Schauspielern, hab' auch nicht viel davon gesehen. Ich war zu klein, als mein Papa dergleichen in seinem Palaste hatte. Meinst du, daß du mir's beibringen kannst?«

»Leicht genug!«

»Wohl denn. Ich lechze schon nach was Frischem. Fangen wir nur gleich an!«

So erzählte ihm nun der Herzog ausführlich, wer Romeo war und wer Julia war, und da er selbst immer Romeo gespielt hätte, könnte der König Julia darstellen.

»Aber«, entgegnete der, »wenn Julia ein so junges Mädchen war, so würde mein abgeschälter Kopf und mein weißer Bart bei ihr doch wohl etwas altertümlich erscheinen.«

»Nein, sei unbesorgt; diesen Landkaffern wird das nicht auffallen. Und dann wirst du ja auch verkleidet, das macht einen großen Unterschied.

Julia auf dem Balkon freut sich des Mondscheins vor dem Schlafengehen, sie hat ihr Nachtgewand und eine faltenreiche Nachthaube auf. Hier sind die Kostüme.«

Er holte zwei oder drei Kalikodinger hervor und sagte, das seien die mittelalterlichen Rüstungen für Richard III. und den andern Burschen – dann auch ein langes, weißes Nachthemd und eine faltige Nachthaube. Der König war's zufrieden; dann nahm der Herzog sein Buch und las die Rollen in großartigem Stil vor, wobei er herumsprang und wunderliche Gebärden machte, um zu zeigen, wie gespielt werden müsse; dann gab er das Buch dem König zum Auswendiglernen.

Etwa drei Meilen stromab war ein kleines Städtchen, und nach Mittag sagte der Herzog, es sei ihm eine Idee gekommen, wie man auch bei Tage ohne Gefahr für Jim fahren könne. Er wolle sich erlauben, in das Städtchen zu gehen und alles besorgen. Der König erteilte sich selbst die gleiche Erlaubnis, um zu sehen, ob er dort nicht etwas Profitables ausrichten könne. Wir hatten keinen Kaffee mehr, Jim schlug daher vor, daß ich im Kanu mitginge und welchen besorgte.

Als wir hinkamen, schien alles ausgestorben, als ob es Sonntag wäre. Wir fanden einen kranken Neger, der sich in einem Hof sonnte. Er sagte uns, daß alle, die nicht zu jung, zu krank oder zu alt seien, bei einer öffentlichen Bußfeier wären, etwa zwei Meilen entfernt im Wald.

Der König ließ sich die Richtung angeben und beschloß hinzugehen, um aus der Gelegenheit zu machen, was sich machen ließ. Ich durfte mit.

Der Herzog aber sagte, er müsse eine Druckerei ausfindig machen. Wir hatten bald eine entdeckt.

Es war ein kleiner Raum über einer Schreinerwerkstatt – Schreiner und Drucker waren alle fort, bei der Versammlung, doch nichts war verschlossen. Der Herzog zog den Rock aus und sagte, er sei jetzt in seinem Element; so schoben denn ich und der König ab und gingen zur Versammlung.

In etwa einer halben Stunde kamen wir schweißtriefend dort an, es war ein schrecklich heißer Tag. Es mochten etwa tausend Menschen aus einem Umkreis von zwanzig Meilen beisammen sein. Der Wald war voller Wagen und Gespanne; die Pferde waren überall angebunden, fraßen aus den Wagentrögen und stampften mit den Hufen, um die Fliegen abzuwehren. Dazwischen hatte man Zelte aufgeschlagen, aus Stangen mit Zweigen bedeckt, unter denen Limonade und Pfefferkuchen, Haufen von Wassermelonen, junger Mais und dergleichen zum Verkauf waren.

Unter ähnlichen Zelten fand auch das Predigen statt, Mark Twain beschreibt hier ein sog. campmeeting, wie diese im Freien abgehaltenen Bußfeiern genannt werden. nur waren sie größer und faßten viele Menschen. Die Prediger standen auf hohen Brettergerüsten an einem Ende des Zeltes. Die Frauen hatten Hauben auf und waren in selbstgesponnene Stoffe gekleidet, einige in Gingham, die Jugend in Kaliko. Mehrere der Jünglinge waren barfuß, und von den Kindern trugen viele nichts als ein gewöhnliches Hemd. Die alten Frauen strickten, und das junge Volk machte einander den Hof.

Im ersten Zelt, das wir besuchten, las der Prediger einen Choral vor. Er las immer zwei Zeilen, und dann stimmte die Versammlung an und sang sie. Jeder sang mit, und es tönte ordentlich ergreifend. Das Volk wurde immer wärmer und wärmer und sang lauter und lauter – gegen Ende des Liedes schluchzten einige, andere jauchzten. Dann begann der Prediger seine Predigt, und was für eine; er wandelte von einem Ende des Gerüsts zum andern, beugte sich weit vornüber – Körper und

Arme waren in steter Bewegung – und brüllte die Worte mit aller Gewalt heraus.

Von Zeit zu Zeit hielt er die geöffnete Bibel hoch empor und schwenkte sie hin und her, wobei er ausrief: ›Das ist die eherne Schlange in der Wüste! Schauet her und lebet!‹ Und das Volk rief: ›Hosiannah – A – a – men!‹ In dieser Weise ging es fort, unter unaufhörlichem Geplärre der Menge.

Zum Schluß forderte er die Anwesenden auf, sich auf die Bank der Bußfertigen zu begeben.

›Ihr reumütigen Kinder, tretet heraus und setzet euch auf die Bank der Bußfertigen (Amen!), kommet ihr Mühseligen und Beladenen (Amen!), kommet ihr Armen und Bedürftigen, in Schmach und Leid Verzehrten (A – a – men!); kommet, die ihr gebrochenen Herzens, die ihr verzagten Geistes seid! Kommet, die ihr in Sünde und Schmutz gewandelt seid; das reinigende Wasser quillt für euch, die Tür zum Himmel steht euch offen – oh, tretet ein und seid selig!‹ - In diesem Ton gings weiter.

Allenthalben erhoben sich nun Leute aus der Menge und drängten sich mit aller Gewalt hindurch bis zu der Bank der Bußfertigen, während ihnen die Tränen über die Backen liefen. Nachdem alle Büßer hier versammelt waren, sangen und jubilierten sie, daß ihnen schier der Atem ausging; manche gebärdeten sich ganz wahnsinnig und warfen sich in wilder Verzückung auf den mit Stroh bedeckten Boden.

Auf einmal packte es auch den König, und er sprang auf das Gerüst. Der Prediger bat ihn, zum Volk zu reden, und er tat es mit einer gewaltigen Stimme. Er sagte ihnen, er sei ein Pirat, sei seit dreißig Jahren einer gewesen, fern im Indischen Ozean. Seine Mannschaft sei im Frühling bei einem Kampf sehr zusammengeschmolzen und er sei heimgekommen, um Rekruten zu sammeln; doch – dem Himmel sei Dank! – letzte Nacht sei er beraubt und ohne einen Cent vom Dampfboot ans Land gesetzt worden; er freue sich aber darüber, etwas Besseres hätte ihm gar nicht widerfahren können, denn er sei dadurch zu einem anderen Menschen geworden, und zum erstenmal in seinem Leben fühle er sich glücklich. Arm, wie er sei, wolle er sich jetzt zurück zum Indischen Ozean durchschlagen und den Rest seines Lebens dazu verwenden, die Piraten auf den wahren Weg zu führen; er könne es besser als irgendein anderer, da er mit allen Piratenmannschaften jenes Ozeans bekannt sei.

Wohl würde er lange Zeit brauchen, ohne Geld dorthin zu kommen, aber hin komme er sicher, und jedesmal, wenn er einen Piraten bekehrt hätte, würde er ihm sagen: »Mir danke nicht, mir gebührt die Ehre nicht; nein, wohl aber den guten Menschen der Pokville-Buß-Versammlung, den wahren Brüdern und Wohltätern der Menschheit – und dem teuren Prediger dort, dem treuesten Freund, den ein Pirat je hatte!«

Hier brach der König in Tränen aus, und ebenso alle anderen. Dann rief einer: »Sammelt für ihn!«

Ein halbes Dutzend sprangen auf und schickten sich dazu an, aber jemand rief: »Laßt ihn selbst den Hut herumreichen!« Alle riefen es nach, der Prediger auch.

So schritt der König durch die Massen, indem er den Hut herumreichte und sich die Augen wischte, das Volk segnend und preisend und ihm dankend, weil es mit den Piraten in der Ferne es so gut meine; und sie luden ihn ein, eine Woche zu bleiben; jeder wollte sich's zur Ehre anrechnen, ihn in seinem Hause zu beherbergen.

Doch er sagte, da das der letzte Tag der Versammlung sei, habe er hier nichts mehr zu tun, und er habe Eile, zum Indischen Ozean zurückzukehren, um schnell an seine Arbeit bei den Piraten zu gehen.

Als er wieder auf dem Floß ankam und das Geld zählte, fand er, daß er siebenundachtzig Dollar und fünfundsiebzig Cents gesammelt hatte. Außerdem hatte er einen Dreigallonenkrug Branntwein erwischt, den er unter einem Wagen sah, als wir durch den Wald zurückgingen. Da sagte der König, daß er im Missionsgeschäft kaum jemals einen besseren Tag gehabt habe als heute. »Heiden«, rief er, »sind doch nichts im Vergleich mit Piraten, wenn's gilt, aus einer Bußversammlung Kapital zu schlagen.«

Indessen war der Herzog auch nicht faul gewesen und freute sich schon im stillen, erzählen zu können, was er eingeheimst. Als aber der König kam und loslegte, da fühlte er sich doch etwas klein. In der Druckerei hatte er zuerst zwei kleine Aufträge für ein paar Farmer ausgeführt – Rechnungsformulare – und dafür vier Dollar eingesteckt. Dann hatte er für zehn Dollar Zeitungsanzeigen angenommen, was er gegen augenblickliche Vorausbezahlung um vier Dollar tat.

Der Preis der Zeitung war zwei Dollar pro Jahr, doch hatte er drei Abonnements, jedes zu einem halben Dollar, verkauft, unter der Bedingung augenblicklicher Vorausbezahlung. Sie wollten in Brennholz und Zwiebeln bezahlen, aber er sagte ihnen, er hätte das Geschäft eben erstanden und die Preise so niedrig wie möglich herabgesetzt, um auf Barzahlung bestehen zu können. Außerdem hat er ein Gedichtchen in Typen gesetzt; das hatte er aus seinem eigenen Kopf gemacht.

Drei Verse, zart und melancholisch. Es hieß: ›Ja, kalte Welt, erdrück dies brechend' Herz usw.‹ – er hatte es fix und fertig dagelassen zum Druck in der nächsten Nummer der Zeitung und nichts dafür gerechnet. So hatte er denn im ganzen neun und einen halben Dollar eingenommen und meinte, er hätte eine gute Tagesarbeit dafür geleistet.

Dann zeigte er uns noch eine kleine Arbeit, die er besorgt, doch nicht berechnet habe, denn sie sei für uns. Es war das Bild eines entlaufenen Negers, der ein Bündel auf einem Stock über der Schulter trug, und darunter stand geschrieben: ›200 Dollar Belohnung.‹

Das übrige auf dem Zettel gab eine genaue Beschreibung von Jim und besagte, dieser sei von der St. Jakobs-Plantage vierzig Meilen unterhalb New Orleans letzten Winter – wahrscheinlich nordwärts – entlaufen, und wer ihn fange und wiederbringe, würde die Belohnung und die Unkosten bezahlt erhalten.

»Von jetzt an«, sagte der Herzog, »können wir auch am Tage drauflosfahren. Wenn wir jemand kommen sehen, binden wir Jims Hände und Füße, legen ihn ins Zelt, verweisen auf die Anzeige, sagen, wir hätten ihn gefangen, seien zu arm, mit dem Dampfboot zu fahren, hätten von Freunden dies Floß auf Kredit gekauft und wollten uns jetzt unsere Belohnung holen. Handschellen und Ketten würden sich zwar noch besser ausnehmen, das stimmt aber nicht recht mit unserer Armutsgeschichte. Stricke sind das rechte. Wir müssen die Einheit wahren, wie wir auf den Brettern sagen.«

Wir stimmten alle darin überein, daß der Herzog ein findiger Kopf sei und das Reisen bei Tage uns jetzt keine Ungelegenheit mehr bringen würde. Wir hofften, diese Nacht noch weit genug zu kommen, um aus dem Bereich des Skandals zu sein, den des Herzogs Arbeit in der Druckerei jenes Städtchens verursachen würde – im übrigen konnten wir unbehelligt reisen.

Wir blieben versteckt und hielten uns still und wagten uns nicht hinaus bis etwa zehn Uhr; dann glitten wir ziemlich entfernt vom Stadtufer dahin und hißten unsere Laterne erst auf, als das Städtchen schon längst außer Sicht war.

Als Jim mich weckte, um die Wacht um vier Uhr morgens zu übernehmen, sagte er: »Huck, du denken, wir noch mehr Könige werden treffen auf Reise?«

»Glaub's nicht, Jim«, entgegnete ich.

»Nun, das gut sein, ein oder zwei Jim wollen haben ganz gern, wenn müssen, aber das sein auch genug. Sein ganz mächtig betrunken unser König – un Herzog nix viel weniger!«

Shakespeares Wiederaufleben – Das Kgl. Nonplusultra
Aus der Schlinge gezogen

Die Sonne war längst aufgegangen, als der König und der Herzog hervorkrochen. Sie sahen recht verschlafen aus; aber nachdem sie über Bord gesprungen waren und etwas geschwommen hatten, wurden sie bedeutend frischer.

Nach dem Frühstück setzte sich der König auf eine Ecke des Floßes, zog die Stiefel aus, rollte die Hosen auf, ließ die Beine bequem ins Wasser hängen, zündete die Pfeife an und begann seinen Teil in Romeo und Julia auswendig zu lernen. Als er es ziemlich gut innehatte, übten er und der Herzog zusammen. Der Herzog ließ ihn seufzen und die Hand aufs Herz legen, nach einiger Zeit sagte er, es ginge ziemlich gut; »nur«, meinte er, »mußt du Romeo nicht so herausbrüllen wie ein Stier, du mußt's liebeskrank, sanft und schmelzend sprechen: – R-o-o-meo! denn Julia ist ein liebes süßes Mädchen, fast ein Kind, weißt du, und schreit nicht wie ein Esel.«

Nun holten sie ein paar lange Schwerter hervor, die der Herzog, der Richard III. vorstellte, aus Eichenstöcken gemacht hatte, und übten ihr Schwertgefecht. Es war wirklich großartig anzusehen, wie sie drauflos hieben und umhersprangen. Nach einiger Zeit glitt der König aus und fiel über Bord; danach rasteten sie und plauderten von allen möglichen Abenteuern, die sie früher längs des Stromes erlebt hatten.

Sobald sich eine Gelegenheit bot, ließ der Herzog einige Anschlagzettel drucken. Auf dem Floß aber ging es in den darauffolgenden Tagen, während wir stromab trieben, sehr lebhaft zu; es gab nichts als Schwertgefechte und Generalproben, wie der Herzog es nannte.

Eines Morgens, als wir schon ziemlich weit drunten im Staate Arkansas waren, sahen wir ein kleines Städtchen in einer großen Bucht.

Wir legten etwa dreiviertel Meile oberhalb an, in der Mündung eines Baches, der, von Zypressen überragt, wie ein Tunnel aussah; und wir alle, außer Jim, nahmen das Kanu und fuhren hinunter, um zu sehen, was für Gelegenheit in dem Städtchen für unsere Vorstellung wäre.

Wir trafen es gut; am Nachmittag sollte dort ein Kunstreiterzirkus Vorstellung geben, und das Landvolk fing schon an, in allerlei alten Rumpelkasten von Wagen und auch zu Pferde herbeizuströmen. Die Kunstreiter wollten vor Abend noch weiterreisen, und so war für unsere Vorstellung gute Gelegenheit. Der Herzog mietete die Rathaushalle, und wir gingen umher und klebten unsere Zettel an.

Die lauteten: Shakespeares Auferstehung!!!
Wunderbare Attraktion!!
Nur für einen Abend!

Die weltberühmten Tragöden
David Garrick der Jüngere vom Drury-Gasse-Theater London
und
Edmund Kean der Ältere vom königlichen Heumarkt-Theater,
Piccadilly-London
wie auch der königlichen Kontinental-Theater
in ihrem erhabenen Schau-Stück:
Die Balkon-Szene
aus
Romeo und Julia!
Romeo ...... Herr Garrick
Julia .... Herr Kean
Unterstützt von allen Kräften der Gesellschaft!

Neue Kostüme, neue Dekorationen, alles neu!
Ferner: Der erschütternde, meisterhafte, bluterstarrende
Schwertkampf aus Richard III.!!!
Richard III. ..... Herr Garrick
Richmond ..... Herr Kean
Ferner: Hamlets unsterblicher Monolog!
(auf besonderen Wunsch)
Gegeben von dem berühmten Kean, der ihn an 300 aufeinander-
folgenden Abenden in Paris gespielt hat!
Nur einen Abend wegen unversäumbarer europäischer Engagements!!

Eintritt 25 Cents; Kinder und Dienstboten 10 Cents.

Dann trieben wir uns etwas im Städtchen umher. Die Häuser
waren meistens alte hölzerne Rumpelkasten, die nie einen
Anstrich gehabt hatten; sie ruhten drei bis vier Fuß über der Erde
auf Pfählen, damit sie vor dem Strom geschützt waren, wenn er
austrat. Die Kaufläden befanden sich alle an einer Straße.
Davor waren weiße Segeltuchdächer über die Seitenwege
gespannt, und an die Pfosten, die diese Dächer stützten, band das
Landvolk die Pferde. Unter diesen Zeltdächern standen leere
Kisten, auf denen sich den Tag über Faulenzer räkelten und mit
ihren großen Messern daran herumschnitzten. Es war ein
tabakkauendes, gähnendes, faulenzendes und Maulaffen
feilhaltendes Gesindel.
Am Flußufer standen mehrere Häuser, die so unterwaschen
waren, daß man meinte, sie müßten jeden Augenblick ins Wasser
stürzen. Die Leute waren bereits ausgezogen. Bei ein paar
anderen Häusern hatte der Fluß die Erde unter einer Ecke
weggespült, so daß sie sich vornüber neigten. Trotzdem wohnten
noch Menschen drin, aber es war gefährlich, denn zuweilen
versinkt ein Stück Land, so breit wie ein Haus, mit einem Male.
Solch ein Städtchen muß sich immer weiter zurückziehen, denn
der Strom nagt beständig daran.
Je näher der Mittag herankam, desto dichter drängten sich Wagen
und Pferde in den Straßen, und es kamen immer noch mehr.
Familien vom Lande brachten ihr Mittagessen mit und verzehrten
es in ihren Wagen. Es wurde viel Branntwein getrunken, auch sah
ich drei Prügeleien.

Also am Abend hatten wir unsere Vorstellung; es waren aber kaum ein Dutzend Leute dabei, gerade genug, um die Unkosten zu decken. Sie lachten fortwährend, und das machte den Herzog ärgerlich. Noch vor dem Ende der Aufführung waren alle wieder fortgegangen, mit Ausnahme eines Jungen, der eingeschlafen war. Da sagte der Herzog: »Diese Arkansas-Kaffern stehen zu tief für Shakespeare; was sie wollen, ist niedrige Komödie – und vielleicht gar noch Schlimmeres als das. Ich kann mir schon denken, was die wollen.«

Am nächsten Morgen nahm er große Bogen Packpapier nebst schwarzer Farbe, malte Anzeigen darauf und klebte sie überall an.

Die Ankündigung lautete:
Im Rathaus! Nur drei Abende!
David Garrick der Jüngere und Edmund Kean der Ältere!
vom London- und den Kontinental-Theatern
in dem ergreifenden Trauerspiel:
Des Königs Kamelopard oder Das königliche Nunplusultra!!!
Eintritt 50 Cents

Ganz unten war in fetter Schrift zu lesen:
Frauen und Kinder sind ausgeschlossen.

»Wenn das nicht zieht«, sagte der Herzog, »dann kenne ich Arkansas schlecht.«

Den ganzen Tag waren König und Herzog damit beschäftigt, die Bühne, den Vorhang und eine Reihe Talglichter für die Rampe zurechtzumachen. Am Abend war in kurzer Zeit die Halle gesteckt voll Männer. Als keiner mehr hineinging, verließ der Herzog seinen Posten am Eingang, ging hinten herum auf die Bühne und trat vor den Vorhang. Er hielt eine kleine Rede, worin er das angekündigte Trauerspiel pries; es sei das ergreifendste, das überhaupt existiere, und so fuhr er fort zu prahlen mit dem Trauerspiel und mit Edmund Kean dem Älteren, der die Hauptrolle spielen würde. Endlich, als jedermanns Erwartung aufs höchste gespannt war, zog er den Vorhang auf, und im nächsten Augenblick kam der König auf allen vieren und fast völlig nackt hereingesprungen. Er war ganz bemalt mit Ringen und Streifen aller Farben, prächtig wie ein Regenbogen. Das Volk fiel fast um vor Lachen, und als der König sich müde gesprungen hatte und hinter die Szene kroch, da klatschte, trampelte und stürmte die Menge, bis er wiederkam und alles wiederholte, und er mußte es dann noch einmal machen, denn sie riefen ihn wieder heraus. Der Unsinn, den der alte Kerl machte, war toll genug, um sogar eine Kuh zum Lachen zu bringen.

Dann ließ der Herzog den Vorhang herunter, verbeugte sich und sagte, das Trauerspiel würde nur noch zwei Abende gegeben werden wegen dringender Engagements in London, wo die Plätze im Drury-Gassen-Theater bereits alle verkauft seien.

Dann machte er noch eine Verbeugung und sagte: »Wenn es uns gelungen ist, Sie zu amüsieren und zu belehren, werden wir Ihnen dankbar sein, wenn Sie es Ihren Freunden sagen, damit sie auch kommen.«

Etwa zwanzig Stimmen riefen: »Was? Schon vorüber? Ist das alles?«

Der Herzog sagte ja. Dann wurde es lebhaft. Alles schrie »Oho!« sprang wild auf und nach der Bühne zu. Aber ein großer, fein aussehender Mann sprang auf eine Bank und rief: »Ruhe! Ein Wort, meine Herren.«

Sie schwiegen wirklich und horchten. »Wir sind zum besten gehalten worden – ziemlich arg zum besten. Aber wir wollen uns doch nicht von der ganzen Stadt auslachen lassen. Nein. Wir wollen hübsch stille fortgehen und über die Vorstellung prahlen, damit der Rest der Stadt ebenso genarrt werde; dann wissen alle, wie es ist, und keiner kann den andern auslachen. Ist das nicht vernünftig?«

»Das ist wahr! – Der Richter hat recht!« riefen alle.

»Wohl denn, also kein übles Wort mehr! – Geht heim und ratet jedem, das Trauerspiel zu besuchen.«

Am nächsten Tag war nur noch von dem herrlichen Trauerspiel die Rede. Am Abend war das Haus wieder überfüllt, und auch diese Versammlung war genarrt.

Als ich und der König und der Herzog wieder auf das Floß zurückkamen, aßen wir zusammen zu Abend. Nachher, etwa um Mitternacht, ließen sie Jim und mich das Floß in die Mitte des Stromes steuern und etwa zwei Meilen unterhalb der Stadt anlegen.

Am dritten Abend war das Haus wieder gepackt voll – es waren diesmal keine neuen Gesichter, sondern Leute, die schon an den vorigen Abenden dagewesen waren. Ich stand beim Herzog und sah, daß jeder, der hineinging, etwas in seinen Taschen oder unter seinem Rock versteckt trug, und ich konnte sehen, daß es keine Parfümflaschen waren – nein, gewiß nicht! Es hatte einen widerlichen Geruch, der an schlechte Eier, verfaulte Kohlköpfe und dergleichen erinnerte. Als niemand mehr hinein konnte, gab der Herzog einem in der Nähe Stehenden einen Viertel-Dollar und bat ihn, für eine Minute Türwächter zu sein. Dann ging er hinten herum zur Bühnentür, ich hinter ihm her; doch kaum waren wir um die Ecke gebogen und im Dunkeln, da sprach er: »Jetzt geh rasch, bis du von den Häusern weg bist, und dann mach, daß du so schnell zum Floß kommst, als sei der Böse hinter dir!« Ich tat's, und er gleichfalls. Wir kamen zur gleichen Zeit dort an, und im Nu glitten wir stromab – niemand sprach ein Wort.

Ich dachte an den armen König, wie es dem wohl mit seiner Audienz gehen würde; der aber kam lustig aus dem Zelt hervorgekrochen und sagte: »Nun, Herzog, wie hat sich die Geschichte diesmal gelohnt?«

Er war nämlich gar nicht in die Stadt gegangen.

Erst als wir zehn Meilen stromab waren, machten wir Licht und nahmen unser Abendessen. König und Herzog hielten sich den Bauch vor Lachen über die Art, wie sie das Volk überlistet hatten. Der Herzog sagte: »Grünschnäbel, Dummköpfe! Ich wußte wohl, daß das erste Publikum 's Maul halten würde, damit die übrigen auch in die Falle gingen; ich wußte, daß sie den dritten Abend denken würden, nun sei die Reihe an ihnen. Ja, jetzt haben sie ihre Revanche. Ich gäbe was drum, wenn ich sehen könnte, was sie für ein Gesicht dabei machen.«

Diese Halunken hatten wirklich 465 Dollar an diesen drei Abenden eingenommen. Ich habe früher nie einen solchen Berg von Kleingeld beisammen gesehen.

Bald schliefen und schnarchten die beiden, da sagte Jim zu mir: »Du nix sein erstaunt, von unsre Könige, Huck?«

»Nein«, sagte ich, »durchaus nicht.«

»Aber Huck, sein ja wahre Teufelskerls, nix anderes, rechte echte Teufelskerls.«

»Nun, soviel ich weiß, sind das viele Könige.«

»So, du das meinen? Dann Jim nix wollen wissen von Könige.«

»Lies doch etwas darüber nach, dann wirst du's sehen. Da ist Henry VIII.; im Vergleich mit dem ist der unsrige ein Sonntagsschul-Superintendent. Und dann Charles II. und Louis XIV. und Louis XV. und James II. und Eduard II. und Richard III. und noch viele andere; fast alle die angelsächsischen Fürsten in den alten Zeiten waren rechte Kains-Kinder. Oh, du solltest Henry VIII. in seiner Blüte gesehen haben. Das war ein Kerl. Der heiratete ein neues Weib jeden Tag, und am nächsten Morgen hieß es immer: ›Kopf ab!‹ und er tat dabei so gleichgültig, als ob er sich ein paar Eier bestellte. ›Nell Gwynn her‹, rief er. Man brachte sie.

Nächsten Morgen: ›Kopf ab!‹ und ab war er. ›Jane Shore her‹, rief er. Sie kommt. Nächsten Morgen: ›Kopf ab!‹ ab war er. ›Leute, die schöne Rosamund herbei‹; schön Rosamund folgt dem Lockruf. Nächsten Morgen: ›Kopf ab!‹

Jede von diesen Frauen mußte ihm in der Nacht eine Geschichte erzählen, und er sammelte sie alle, bis es tausend und eine waren; dann machte er ein Buch daraus, das er Domesday book nannte. Die Vorstellung, die Huck von dem Buch der englischen Grundrechte und anderen geschichtlichen Begebenheiten hat, läßt uns seine Ansicht über Könige nachsichtig beurteilen.

Ja, Jim, ich könnte dir noch manches von jenem König erzählen. Hast du nie davon gehört, was dieser Heinrich für Händel mit unserem Land anfing? Das ging so zu. Auf einmal läßt er so mir nichts dir nichts im Hafen von Boston allen Tee über Bord schmeißen und läßt eine Unabhängigkeitserklärung vom Stapel und droht mit einem Krieg. Das war seine Art so – keine Spur von Rücksicht und Billigkeit. Ein andermal hatte er seinen Vater, den Herzog von Wellington, im Verdacht. Was tut er? Er geht her und läßt ihn in einem Sirupfaß ersäufen wie eine Katze. Wenn die Leute Geld herumliegen ließen und er sah es – wupp dich, steckte er es ein. Er brauchte nur den Mund aufzutun, und wenn er ihn nicht gleich wieder zuklappte, kam allemal eine Lüge heraus. Ja, wenn dieser Heinrich über das Städtchen drüben gekommen wäre, der hätte ihm noch ganz anders mitgespielt, das kannst du mir glauben.«

»Huck, das sein ganz abscheulich. Wollte, hätten solche Leute nicht auf Floß.«

»Mir geht's ebenso, Jim. Aber sie sind nun einmal da, und wir müssen denken, daß sie so erzogen sind und nichts dafür können.« Was hätte es genützt, Jim zu sagen, daß die beiden gar nicht König und Herzog sind?

Jim als Araber – Pastor Alexander Blodgett zieht Erkundigungen ein – Neue Pläne – Familien-Trauer Die Erbschaft – Rührende Großmut

Am nächsten Tag, gegen Abend, erblickten wir an jedem der beiden Ufer ein Städtchen, und wir legten an einer kleinen Weideninsel mitten im Strome an. König und Herzog überlegten schon wieder, wie sie wohl die beiden Orte ausbeuten könnten.
Da sagte Jim zum Herzog:»Jim hoffen, ihr sein nix lang fort, sein so viel schlimm, zu liegen ganze Tag gebunden in Zelt.«
Wir konnten nämlich nichts anderes tun als ihn binden, denn wenn ihn zufällig jemand frei und allein angetroffen hätte, so wäre er sicher für einen entlaufenen Neger gehalten worden.
Der Herzog meinte, es sei allerdings beschwerlich für Jim, und versprach, sich zu besinnen, wie es Jim bequemer gemacht werden könnte.
Er war ganz gescheit, dieser Herzog, und kam bald auf einen Gedanken. Er verkleidete Jim als König Lear.
Jim mußte ein langes Gardinen-Kalikogewand, eine weiße Roßhaarperücke und einen Bart tragen.
Dann nahm er seine Schminke und färbte Jims Gesicht, Hals, Ohren und Hände in fahles Blau, so daß er aussah wie die Leiche eines Ertrunkenen nach neun Tagen, ganz schauderhaft. Dann machte der Herzog aus einer großen Dachschindel ein Schild und schrieb darauf:
Kranker Araber – aber harmlos wenn bei Sinnen
Nachher nagelte er das Schild an eine Stange und steckte sie vier bis fünf Fuß vor dem Zelte auf. Jim war befriedigt. Er meinte, so wäre es viel besser, als Tag für Tag gebunden dazuliegen und bei jedem Geräusch vor Angst zu zittern. Der Herzog sagte ihm, er dürfe sich's jetzt bequem machen, und wenn irgend jemand sich unnötig um ihn kümmere, solle er nur aus dem Zelt springen, sich

etwas unsinnig gebärden und ein- oder zweimal aufheulen wie eine wilde Bestie, dann würden die Leute schnell ausreißen und ihn in Ruhe lassen.

Die beiden Teufelskerle hätten das Nonplusultra gern noch einmal versucht, weil sie beim erstenmal so viel Geld herausgeschlagen hatten, doch sie fürchteten, die Kunde davon könnte sich bereits bis hierher verbreitet haben.

Sie konnten über kein Projekt ganz einig werden; da sagte endlich der Herzog, man solle ihn ein bis zwei Stunden ganz in Ruhe lassen, er wolle sein Gehirn anstrengen und zusehen, ob sich mit dem Arkansas-Städtchen nicht doch etwas anstellen ließe. Der König dagegen wollte ohne besonderen Plan das andere Städtchen besuchen, im Vertrauen darauf, daß ihn die Vorsehung auf einen profitablen Weg führe – damit meinte er den Teufel, glaub' ich. In dem Ort, wo wir zuletzt angehalten, hatten wir uns alle neue fertige Anzüge gekauft. Der König zog seinen an und hieß mich auch den meinigen anziehen, was ich auch tat.

Des Königs Anzug war ganz schwarz, und er sah darin steif und fein aus. Nie hatte ich geahnt, wie Kleider einen Menschen verändern können.

Vorher hatte er wie ein ganz gewöhnlicher Kerl ausgesehen; aber wenn er jetzt seinen neuen weißen Filzhut lüftete und sich mit einem Lächeln verbeugte, sah er so erhaben und gut und fromm aus, daß man hätte glauben können, er sei eben aus der Arche gestiegen und könne der alte Levitikus selbst sein.

Jim reinigte das Kanu, und ich machte meine Ruder zurecht. Etwa drei Meilen oberhalb des Städtchens lag ein großes Dampfboot, das schon zwei Stunden dalag und Fracht einlud.

Da sagte der König: »Zu meinem neuen Anzug würde es wohl besser passen, wenn ich von St. Louis, Cincinnati oder einer andern großen Stadt angereist käme. Also zum Dampfboot hin, Huckleberry; wir wollen auf ihm das Städtchen besuchen.«

Eine Dampfschiffahrt zu machen, das ließ ich mir nicht zweimal sagen. Ich gewann das Ufer eine halbe Meile oberhalb des Städtchens, und dann ging's leicht hinauf, dicht am Ufer im strömungslosen Wasser. Bald kamen wir zu einem netten, harmlos und sehr ländlich aussehenden jungen Burschen, der auf einem Sägeblock saß und sich den Schweiß von der Stirne wischte, denn es war arg warmes Wetter, und er hatte ein paar große Reisesäcke bei sich.

»Fahr ans Land«, befahl der König. Ich tat's.

»Wohin, mein junger Freund?« redete er den fremden Burschen an. - »Zum Dampfboot; nach Orleans.«

»Steig ein«, sagte der König. »Wart einen Augenblick, mein Diener wird dir bei den Säcken helfen. Spring 'raus und hilf dem Herrn, Adolfus«, ich merkte, daß er mich meinte.

Nun, ich tat's, und wir drei fuhren weiter. Der junge Bursche war sehr dankbar und meinte, es sei eine harte Arbeit, bei solcher Hitze sein Gepäck zu tragen. Er fragte den König, wohin er ginge; der sagte, er sei den Fluß herabgekommen und früh morgens im andern Städtchen gelandet, und nun müsse er einige Meilen hinauf, um einen Freund auf seiner Farm zu besuchen.

Der Junge sagte dann: »Als ich Sie zuerst sah, sagte ich zu mir selbst: ›Das ist sicherlich Mr. Wilks, und er kommt nicht mehr zur rechten Zeit.‹

Dann dachte ich aber: ›Nein, er kann's nicht sein, er würde nicht hier den Fluß heraufrudern.‹ Sie sind's doch nicht, was?«

»Nein, mein Name ist Blodgett, Alexander Blodgett, Hochwürden Alexander Blodgett – ein Diener des Herrn. Indessen tut es mir doch aufrichtig leid, daß Herr Wilks nicht zur rechten Zeit eingetroffen ist, wenn er dadurch etwas versäumt hat, was ich nicht hoffen will.«

»Nun, die Erbschaft geht ihm nicht verloren, die bekommt er sicher; aber seinen Bruder Peter wird er nun nicht mehr am Leben finden – für den Fall, daß ihm daran gelegen war, was ich nicht wissen kann.

Soviel aber weiß ich gewiß, daß sein Bruder sehr viel darum gegeben hätte, ihn vor seinem Ende noch einmal zu sehen; er sprach von nichts anderem die letzten drei Wochen; seit der Knabenzeit hatten sie sich nicht wieder gesehen. Seinen jüngsten Bruder William – 's ist der Taubstumme, und jetzt erst dreißig bis fünfunddreißig alt – hat er überhaupt nie gesehen. Peter und George waren die einzigen hierzulande; George war verheiratet, aber er und seine Frau starben beide letztes Jahr. Nur Harry und William sind von den Brüdern noch übrig, und sie sind nun leider nicht zur rechten Zeit eingetroffen.«

»Hat man ihnen denn geschrieben?«

»O ja – vor ein bis zwei Monaten, als Peter erkrankte; denn er ahnte schon damals, daß es diesmal mit ihm zu Ende gehen würde. Wissen Sie, er war ziemlich alt und Georges Töchter waren zu jung, um ihm viel Gesellschaft zu leisten, außer Mary Jane, der Rothaarigen. So fühlte er sich recht einsam, nachdem George und seine Frau gestorben waren, und es lag ihm nichts mehr am Leben. Er sehnte sich schrecklich danach, Harry vor seinem Ende zu sehen und auch den William, denn er war einer von denen, die ungern ein Testament machen.

So hinterließ er nur einen Brief für Harry, in dem er sagte, wo sein Geld versteckt sei und daß er den Rest seiner Habe so verteilt wünsche, daß Georges Mädchen ein Auskommen hätten; denn ihr Vater George hatte nichts hinterlassen. Zu einem richtigen Testament konnte man Peter Wilks nicht bringen; dieser Brief ist alles.«

»Was meinst du, mag der Grund sein, daß Harry nicht kommt? Wo wohnt er?«

»Oh, er wohnt in England, in Sheffield, predigt dort; er ist nie in diesem Land gewesen. Er mag wenig Zeit haben – und vielleicht hat er den Brief nicht einmal erhalten.«

»Es ist recht traurig, daß Mr. Wilks nicht mehr erleben durfte, seinen Bruder zu sehen, arme Seele! – Du sagst, du gehst nach Orleans?«

»Ja, aber das ist nur ein Teil der Reise, von dort gehe ich in einem Segelschiff nach Rio de Janeiro, wo mein Onkel wohnt.«

»Das ist eine lange Reise, muß aber recht schön sein; ich wollte, ich könnte sie mitmachen. Ist Mary Jane die älteste? Wie alt sind die andern?«

»Mary Jane ist neunzehn, Susan fünfzehn und Joanna etwa vierzehn; das ist die Wohltätige und hat eine Hasenlippe.«

»Die armen Dinger! Nun müssen sie so allein in der kalten Welt bleiben!«

»Nun, sie könnten schlimmer dran sein. Der alte Peter hatte gute Freunde, und die werden schon dafür sorgen, daß ihnen kein Leid geschieht. Da ist Hobsen, der Baptisten-Prediger, und Vorsteher Lot Hovey, und Ben Rucker, und Abner Shackleford, und Levi Bell, der Advokat, und Dr. Robinson und deren Frauen und die Witwe Bartley, und – nun ja, eine ganze Menge; aber mit den Genannten war Peter am intimsten, er schrieb auch zuweilen von ihnen an seinen Bruder, den Pfarrer, und wenn der noch kommt, wird er wissen, an wen er sich zu wenden hat.«

Der Alte fragte und fragte, bis er den Jungen förmlich ausgepumpt hatte. Verdammt, wenn er sich nicht über jeden und alles in dem ganzen Städtchen erkundigte, über alle Wilkse, über Peters Beruf, der ein Gerber gewesen, über Georges, der ein Schreiner gewesen, über Harrys, der, wie wir schon gehört, ein Geistlicher ist, und dergleichen mehr.

Dann sagte er: »Warum wolltest du denn den ganzen Weg bis zum Dampfboot hinaufgehen?«

»Weil das ein großes Orleans-Boot ist und dort vielleicht nicht gehalten hätte. Wenn schwergeladen, halte sie selbst auf ein Signal nicht immer an. Ein Cincinnati-Boot tut es, aber das ist ein St. Louis-Boot.« – »War Peter Wilks wohlhabend?«

»O ja, ziemlich wohlhabend. Er hatte Häuser und Land, und man glaubt, daß er drei- bis viertausend Dollar in Bargeld irgendwo versteckt hielt.«

»Wann sagtest du, daß er gestorben sei?«

»Ich sagte es nicht, aber es war letzte Nacht.«

»Begräbnis wohl morgen?« – »Ja, gegen Mittag.«

»Ach, das ist recht, recht traurig; aber einmal müssen wir alle sterben, der eine früher, der andere später. Drum sollten wir danach trachten, stets zur letzten Reise vorbereitet zu sein. Dann ist alles gut.«

»Ja, Herr, das ist am besten. – Mutter hat's auch immer gesagt.«

Als wir das Dampfboot erreichten, war es mit Frachteinladen fertig und stieß bald ab. Der König gebot mir aber, noch eine Meile weiter zu rudern an einen einsamen Ort. Dann stieg er ans Land und sagte: »Jetzt rasch zurück und bring mir den Herzog mit und die neuen Reisetaschen.

Sollte er ans andere Ufer gegangen sein, so geh hin und hol ihn. Sag ihm, er soll sich so fein wie möglich machen.«

Ich merkte, was er im Schilde führte, sagte aber natürlich kein Wort. Als ich mit dem Herzog zurückkam versteckten wir das Kanu, und sie setzten sich auf einen Holzblock. Der König erzählte ihm alles, gerade wie's der Bursche erzählt hatte, nichts ließ er aus. Und die ganze Zeit bemühte er sich, wie ein echter Engländer zu sprechen, und tat's auch ganz gut für solch einen

Kerl. Dann fragte er: »Kannst du die Taubstummenrolle spielen, Sommerfett?«

»Und ob!« rief der Herzog, »hab's auf den histrionischen Brettern getan.« Sie warteten jetzt nur noch auf ein Dampfschiff.

Während des Nachmittags sahen wir zwei kleine Dampfer, aber sie kamen nicht von weit her; endlich kam ein großes Dampfboot, und wir riefen es an. Ein Kahn wurde uns zugeschickt, und wir gingen an Bord. Das Dampfboot kam von Cincinnati. Als der Kapitän hörte, daß wir nur vier bis fünf Meilen mitreisen wollten, wurde er sehr ärgerlich, fluchte und sagte, er würde uns dort nicht ans Land setzen.

Der König blieb aber ruhig und sagte: »Wenn Herren imstande sind, einen Dollar per Meile à Person zu bezahlen, um in einem Kahn geholt und abgesetzt zu werden, so ist wohl auch ein Dampfboot imstande, sie mitzunehmen, nicht wahr!« Das besänftigte den Kapitän; er war's zufrieden, und wir wurden bei der Ankunft am Städtchen wieder mit dem Kahn ans Land gesetzt. Etwa zwei Dutzend Männer kamen herbei, als sie den Kahn kommen sahen, und als der König sagte: »Kann irgendeiner der Herren mir sagen, wo Mr. Peter Wilks wohnt?«, da blickten sie einander an und nickten sich zu, als wollten sie sagen: ›Siehst du, was hab' ich dir gesagt?‹

Dann sprach einer mit weicher Stimme: »Es tut mir leid, Herr, aber wir können nicht mehr tun, als Sie an die Stelle zu führen, wo er gestern abend noch lebte.«

Plötzlich schien unsern Alten alle Kraft zu verlassen, er fiel gegen den Mann, sank mit seinem Kinn auf dessen Schulter, und weinte ihm seine Tränen den Rücken hinunter.

»Ach, ach«, stöhnte er, »unser armer Bruder – dahin, und wir durften ihn nicht wiedersehn; oh, das ist zu, zu hart!«

Dann wandte er sich um – immer noch schluchzend – und machte allerlei unsinnige Zeichen, und da ließ auch der Herzog die Reisetasche fallen und brach in Tränen aus. Sie waren das niedergeschlagenste Paar, diese zwei Betrüger, das ich je gesehen habe.

Die Männer umgaben und bemitleideten sie und sagten allerlei freundliche Worte, trugen ihre Reisetaschen den Hügel hinauf und blieben stehen, wenn König und Herzog vor Schluchzen nicht mehr weiterkonnten. Sie erzählten dem König alles über seines

Bruders letzte Minuten, und der König wiederholte alles mit seinen Händen dem Herzog.

In zwei Minuten wußte es die ganze Stadt, und das Volk kam herbeigerannt von allen Ecken und Enden. Bald waren wir von einer großen Menge umringt, die uns folgte. Fenster und Türen standen voll Menschen, und alle Augenblicke hörte man jemand über den Zaun rufen: »Sind sie's?«

»Freilich, darauf könnt' ihr wetten!« lautete gewöhnlich die Antwort aus der mitlaufenden Menge.

Als wir zum Hause kamen, war die Straße gedrängt voll Menschen, und die drei Mädchen standen in der Tür.

Mary Jane war rothaarig, das schadete ihr aber nichts, denn sie war sonst so hübsch, und ihr Gesicht und ihre Augen waren wie verklärt – sie freute sich so, daß ihre Onkel gekommen waren. Der König breitete die Arme aus, und Mary sprang hinein, und die Hasenlippe sprang zum Herzog, und so hatten sie sich. Fast alle, wenigstens die Frauen, weinten vor Freude über dies Wiedersehn und die Freude der Beteiligten.

Dann gab der König dem Herzog einen geheimen Wink – ich sah es –, schaute sich um und erblickte den Sarg in einer Ecke auf zwei Stühlen; dann legten die beiden je einen Arm einander auf die Schulter, bedeckten mit der andern Hand die Augen und schritten langsam und feierlich hinüber.

Alle machten ihnen Platz, Gespräch und Geräusch hörten auf, und einige riefen »Sch!« Alle Männer nahmen die Hüte ab und senkten ihre Köpfe. Man hätte in dieser feierlichen Stille eine Stecknadel fallen hören können. Am Sarge angelangt, beugten sich die beiden darüber, warfen einen Blick hinein und fingen dann an so laut zu jammern, daß man sie fast in Orleans hätte hören können.

Dann umarmten sie einander, und jeder hing sein Kinn über des andern Schulter, und drei, vielleicht auch vier Minuten lang ließen ihre Augen Wasser fließen wie ich's nie von zwei Männern gesehen habe. Und die andern machten es ihnen nach. Dann knieten sie auf den entgegengesetzten Seiten des Sarges nieder, legten ihre Köpfe darauf und taten, als ob sie im stillen beteten. Das alles machte einen mächtigen Eindruck auf die Versammlung, und alles sah sich von dem Schmerz der beiden hingerissen und schluchzte laut – die drei armen Mädchen auch, und fast jede Frau ging zu den Mädchen, ohne ein Wort zu sagen, küßte sie feierlich auf die Stirn, legte ihnen die Hand auf den Kopf, sah gen Himmel mit tränenvollen Augen, brach in lautes Schluchzen aus und trat dann beiseite, um der nächsten dieselbe Gelegenheit zu geben.

Darauf trat der König etwas vorwärts und fing an, eine Rede hervorzuschluchzen, voller Tränen und Beteuerungen, was für eine schwere Prüfung für ihn und seinen armen Bruder der Verlust des Dahingeschiedenen sei, besonders da sie ihn nach der langen Reise von viertausend Meilen nicht mehr lebend finden konnten.

Aber es sei eine Prüfung, versüßt und geheiligt durch dies schöne Mitgefühl, diese heiligen Tränen, und so danke er allen Anwesenden aus seinem und seines Bruders Herzen, denn mit ihrem Munde könnten sie es nicht, da Worte zu schwach und kalt wären. Und so jammervoll gings weiter, bis es einen anekeln konnte. Dann grölte er ein Amen heraus, und das Heulen ging wieder los.

Kaum hatte er ausgeredet, so intonierte einer der Anwesenden das Ehre sei Gott in der Höhe, und alle fielen kräftig mit ein; das wärmte einem ordentlich das Herz.

Musik ist doch ein herrliches Ding; zumal nach einer solchen Rührszene, wo alles so weich wie geschmolzene Butter wurde, wirkte der kernige und ehrliche Gesang ordentlich auffrischend.

Dann setzte der König wieder seine Kinnlade in Bewegung und sagte, wie sehr er und seine Nichten sich freuen würden, wenn einige der nächsten Freunde der Familie zum Abendessen bleiben und nachher mit bei dem Leichnam des Verstorbenen wachen wollten.

»Ja«, sagte er, »wenn unser armer Bruder, der jetzt dort liegt, reden könnte, so weiß ich, wen er nennen würde; die Namen, die ihm so lieb waren und die er oft in seinen Briefen nannte, waren folgende: Pastor Hobsen und Vorsteher Lot Hovey und Herr Ben Rucker und Abner Shackleford und Levi Bell und Dr. Robinson und deren Frauen, und Witwe Bartley.«

Pfarrer Hobsen und Dr. Robinson waren am andern Ende der Stadt zusammen auf der Jagd; das heißt, ich meine, der Doktor expedierte einen Kranken ins Jenseits, und der Pfarrer wies ihm den rechten Weg. Advokat Bell war in Geschäften nach

Louisville gereist. Aber die übrigen waren bei der Hand, und so kamen sie denn alle und schüttelten dem König die Hände und dankten ihm. Dann reichten sie auch dem Herzog die Hände und sagten nichts, aber sie lächelten ihn freundlich kopfnickend an, während er mit den Händen allerlei Zeichen machte und die ganze Zeit »Gu-gu-gu-gu-gu« schluchzte wie ein Säugling, der noch kein Wort sprechen kann.

Der König plapperte in einem fort und fragte fast nach jedermann im ganzen Städtchen, nannte viele bei Namen, berührte allerlei Kleinigkeiten, die sich im Städtchen und besonders in Georges Familie und an Peter selbst ereignet hatten, und dabei tat er, als ob ihm Peter alles geschrieben hätte.

Dieser freche Lügner! Ich brauche nicht zu wiederholen, daß er all das Zeug aus dem jungen Burschen herausgepumpt, den wir im Kanu aufs Dampfboot expediert hatten.

Nun brachte Mary Jane den Brief, den ihr Onkel zurückgelassen hatte, und der König las ihn vor und weinte darüber. Der Verstorbene vermachte sein Wohnhaus und dreitausend Dollar Gold den Mädchen und schenkte die Gerberei, die ein gutes Geschäft war, nebst andern Gebäulichkeiten und Land, alles im Wert von etwa siebentausend Dollar, dazu noch dreitausend Dollar in Gold, Harry und William.

Er bezeichnete auch, wo die sechstausend Dollar im Keller versteckt seien.

Drauf sagte der Hauptbetrüger, sie wollten gleich gehen und es heraufbringen, damit es in bester Ordnung besorgt würde, und gebot mir, mit einem Lichte mitzukommen. Sie schlossen die Kellertür hinter sich ab, und als sie den Sack fanden, schütteten sie ihn auf die Diele aus – es war ein herrlicher Anblick, all die Goldstücke.

Oh, wie leuchteten da des Königs Augen! Er klopfte dem Herzog auf die Schulter und rief: »Gelt, diesmal hat's aber eingeschlagen! Wer hätte so viel erwartet! Kerl, das geht über's Nonplusultra!«

Der Herzog stimmte bei. Sie prüften die Goldstücke und ließen sie durch die Finger gleiten und auf der Diele klingen.

Der König sprach: »Das steht fest: Brüder eines reichen Toten und Vertreter ausländischer Erben zu sein, die zurückgeblieben sind, ist jetzt der richtige Beruf für dich und mich, Sommerfett!«

Jeder andere wäre zufrieden gewesen mit einem solchen Haufen Gold; aber nein, sie mußten ihn zählen. Sie taten's, und es fehlten vierhundertfünfzehn Dollar.

Der König sagte: »Verdammt! Was hat er mit den vierhundertfünfzehn Dollar gemacht?«

Sie grübelten eine Zeitlang und suchten überall herum.

Dann meinte der Herzog: »Er war ja ein recht kranker Mann und hat wohl einen Irrtum begangen – das wird's wohl sein. Ich meine, es wird am besten sein, wir lassen die Sache auf sich beruhen und sagen nichts davon. Wir können das schon ablassen.«

»Ach, davon ist ja keine Rede – ich denke an etwas anderes. Wir müssen sehr vorsichtig und genau in dieser Sache sein.

Wir müssen das Geld hinaufnehmen und in Gegenwart der Anwesenden zählen, damit ja kein Verdacht geschöpft werden kann. Wenn nun der tote Mann da sagt, es sind sechstausend Dollar, dürfen wir nicht...«

»Halt!« rief der Herzog, »wir wollen das Fehlende dazutun«, und er langte eine Handvoll Goldfüchse aus seiner Tasche heraus.

»Das ist eine famose Idee, Herzog! Du hast einen aufgeweckten Kopf auf deinen Schultern«, rief der König. »Da hilft uns die Nonplusultra-Einnahme gut aus«, und auch er langte nun Goldstücke aus seiner Tasche und stellte sie in gezählten Häufchen auf.

Es erschöpfte fast ihre ganze Barschaft, aber es machte die Sechstausend-Summe voll.

»Hör mal«, rief nun der Herzog, »ich hab' noch eine andere Idee. Laß uns hinaufgehen, das Geld vorzählen und dann alles miteinander den Mädchen geben.«

»Herzog! Herzog! Laß dich umarmen! Das ist der brillanteste Gedanke, den ein Mensch haben kann. Du bist das erfinderischste Gehirn, das sich denken läßt. Oh, das ist grandios, wahrhaftig. Jetzt soll noch jemand mit Zweifel oder Argwohn kommen, wenn er will – das überzeugt alle.«

Als wir hinaufkamen, sammelten sich alle um den Tisch. Der König zählte und stellte die Goldstücke auf, dreihundert in jedem Häufchen – zwanzig elegante kleine Türmchen. Jedermann sah hungrig und mundwäßrig daraufhin. Dann wurde alles wieder in den Sack getan, und ich sah, wie der König schon wieder zu einer Rede Atem schöpfte.

Er sprach: »Liebe Freunde! Mein armer Bruder, der dort drüben liegt, hat hochherzig an uns gehandelt, die wir hier im Jammertal zurückgeblieben sind; hochherzig an diesen armen lieben Lämmern, die er geliebt und bewacht hat und die, vater- und mutterlos, ihn jetzt entbehren müssen. Ja, und wir, die ihn kannten, wissen, daß er noch mehr für sie getan, wenn er nicht gefürchtet hätte, dadurch seinen teuren William und mich zu schädigen. Oder glaubt ihr nicht? Ich zweifle nicht im mindesten daran. Nun, schlechte Brüder wären es, die zu solcher Zeit an sich selbst dächten, und schlechte Onkel, die zu solcher Zeit diese armen süßen Lämmer, die er so liebte, berauben könnten – ja, berauben, sag' ich.

Wenn ich William recht kenne – und ich glaube, ich kenne ihn –, würde er... Nun, ich will ihn gleich fragen.« Er wandte sich und begann mit dem Herzog allerlei Zeichen auszutauschen, und der Herzog sah ihn erst eine Zeitlang dumm und dämlich an, dann, als ob ihm plötzlich etwas einleuchtete, sprang er auf den König zu, vor Freude laut gu-gu-end, und umarmte ihn wohl fünfzehnmal hintereinander. Dann sprach der König: »Wußt' ich's doch. Dies wird wohl alle überzeugen, wie er darüber denkt: Hier Mary Jane, Susan, Joanna, nehmt das Geld, nehmt das Ganze. Es ist ein Geschenk von ihm, der dort liegt, kalt, aber selig.«

Dann sprang Mary Jane zu ihm, Susan und die Hasenlippe zum Herzog; solch Umarmen, Ansherzdrücken und Küssen habe ich niemals gesehen.

Alle drängten sich herbei, mit Tränen in den Augen, und die meisten schüttelten den zwei Betrügern die Hände mit Redensarten wie: »Ihr lieben, guten Seelen! Wie lieb! Wie konntet ihr das?!«

Dann sprachen sie alle über den Verstorbenen, wie gut er gewesen, was für ein großer Verlust durch seinen Tod entstanden und dergleichen mehr. Bald drängte sich ein großer Kerl zur Tür herein, der Kinnbacken wie aus Eisen hatte. Er stand, hörte und sah zu und sagte nichts, und es redete auch niemand mit ihm, denn der König sprach, und alle hörten ihm zu.

Der König sagte, indem er in seiner Rede fortfuhr: »Das waren die intimsten Freunde des Verstorbenen, darum sind sie für diesen Abend eingeladen; aber morgen, hoffen wir, werden alle kommen, wir erwarten jeden, denn er ehrte jeden und hatte jeden gern, und darum gehört sich's, daß seine Begräbnis-Orgien recht öffentlich stattfinden.

Und so ging's fort, denn er hörte sich gern reden. Gelegentlich brachte er immer wieder die Begräbnis-Orgien mit hinein, bis es dem Herzog zuviel wurde und er auf ein Stück Papier schrieb: »Obsequien, du alter Esel«, es zusammenfaltete und es gu-gu-end dem König über die Köpfe der andern hinüberreichte.

Der König las, steckte es in die Tasche und sagte: »Armer William, obwohl tief gebeugt, ist sein Herz doch stets auf dem rechten Fleck. Er wünscht, daß ich jeden bitte, zum Begräbnis zu kommen; sagt, ich solle alle willkommen heißen. Aber er hätte sich darum nicht zu kümmern brauchen, denn ich war ja gerade dabei.«

Dann fuhr er in größter Seelenruhe fort zu salbadern und brachte wieder seine Begräbnis-Orgien hinein, und nachdem er es zum drittenmal getan hatte, rief er: »Ich sage Orgien, nicht weil es das übliche Wort ist, das ist's nicht, das ist Obsequien, sondern weil Orgien der richtige Ausdruck ist. Obsequien wird in England nicht mehr gebraucht, das ist veraltet. In England sagen wir jetzt Orgien. Orgien ist besser, denn es bezeichnet genauer, was man dabei meint.

Das Wort ist zusammengesetzt aus dem griechischen orgo, draußen, außerhalb, im Freien; und dem hebräischen giene, pflanzen, mit Erde bedecken, also beerdigen. So könnt ihr also sehen, daß Begräbnis-Orgien eine offene oder öffentliche Beerdigung bedeutet.«

Es war der frechste Mensch, der mir je vorgekommen ist. Der Mann mit dem eisenähnlichen Kiefer lachte ihm geradezu ins Gesicht.

Das wunderte alle, und sie riefen: »Aber Doktor!«, und Abner Shackleford sagte: »Aber Robinson, hast du die Neuigkeit nicht gehört? Das ist Harry Wilks.«

Der König lächelte lauernd, hielt seine Tatze heraus und sprach: »Ist es meines armen Bruders lieber guter Freund und Arzt? Ich...«

»Laß deine Hände von mir!« rief der Doktor. »Du – und sprechen wie ein Engländer? Du? Es ist die erbärmlichste Nachäffung, die ich je gehört habe. Du Peter Wilks' Bruder? Du bist ein Betrüger! Nun weißt du, was du bist!«

Ach, wie alle entsetzt waren! Sie drängten sich um den Doktor und suchten ihn zu beruhigen, ihm auseinanderzusetzen, wie Harry auf allerlei Weise gezeigt habe, daß er Harry sei, wie er jeden Namen kannte und sogar die der Hunde, und baten und beschworen ihn, Harry nicht zu nahe zu treten und das Zartgefühl der Mädchen zu schonen und so weiter. Aber es war umsonst, er brauste auf und meinte, jemand, der sich für einen Engländer ausgebe und Englands Lingo <u>Aussprache</u> nicht besser nachmachen könne, als der da, sei ein Betrüger und Lügner. Die armen Mädchen hingen sich an den König und weinten.

Plötzlich wandte sich der Doktor zu ihnen und sagte: »Ich war eures Vaters Freund und ich bin euer Freund, und ich beschwöre euch als Freund, als ein ehrlicher Freund, der euch zu beschützen und Kummer und Unglück von euch abzuwenden sucht, diesem Gauner den Rücken zu kehren, nichts mit ihm zu tun zu haben, diesem unwissenden Landstreicher mit seinem idiotischen Griechisch und Hebräisch, wie er es nennt. Er ist ein fadenscheiniger Betrüger. Kommt her mit einer Masse leerer Namen, die er sich irgendwo zusammengesucht hat, und ihr nehmt sie für Beweise, und eure betrogenen Freunde hier helfen euch, euch selbst zu betrügen – die sollten doch gescheiter sein. Mary Jane Wilks, du kennst mich als deinen Freund, und als einen uneigennützigen Freund.

Laß dir raten und diesen erbärmlichen Gauner hinauswerfen. Ich bitte dich, tu es. Wirst du's tun?«

Mary Jane erhob sich stolz in ihrer ganzen Größe – oh, wie war sie schön! – und sagte: »Hier ist meine Antwort.«

Sie hob den Sack Geld auf und legte ihn in des Königs Hände mit den Worten: »Nimm diese sechstausend Dollar und lege das Geld für mich und meine Schwestern an, wie du es für gut hältst, wir brauchen keinen Empfangsschein darüber.«

Dann umschlang sie den König mit ihrem Arm von einer Seite, und Susan und die Hasenlippe taten dasselbe von der andern Seite. Alles klatschte mit den Händen und trommelte stürmisch mit den Füßen auf die Diele, während der König seinen Kopf hoch hielt und stolz lächelte.

Der Doktor rief: »Wohl denn, ich wasche meine Hände in Unschuld. Aber ich sage euch allen, daß die Zeit kommen wird, wo es euch übel zumute ist.«

»Um so besser, Doktor«, rief der König höhnisch, »dann werden sie Euch wohl rufen lassen müssen« – das machte alle lachen, und sie sagten, das sei ein guter Witz.

Huck bringt das Geld beiseite – Seltsames Versteck Trauerfeierlichkeiten – Zur Erde bestattet

Als nun alle fortgegangen waren, fragte der König Mary Jane, ob sie auch Platz im Hause hätte. Sie antwortete, sie habe ein Fremdenzimmer, das wohl Onkel William benutzen könnte; ihr eigenes Zimmer, das etwas größer sei, würde sie gern ihm überlassen,
sie selbst könne ja im Zimmer der Schwester auf einem Feldbett schlafen; oben auf dem Boden sei auch ein kleiner Verschlag mit einer Pritsche darin. Der König meinte, der Verschlag sei gerade recht für seinen Diener – womit er mich meinte.
Mary Jane führte uns hinauf und zeigte allen die Zimmer, die einfach und nett waren. Sie wollte ihre Kleider und andere Sachen aus dem Zimmer räumen, falls sie Onkel Harry im Wege wären, aber er sagte, das sei nicht der Fall. Die Kleider hingen längs der Wand, von einem Kalikovorhang bedeckt, der auf den Boden reichte. Ein alter haariger Koffer stand in einer Ecke, ein Gitarrenkasten in der anderen, und allerlei Kleinigkeiten und Zierat, womit junge Mädchen ihre Zimmer schmücken, lagen und hingen umher. Der König sagte, es sei so viel hübscher und heimischer und sie solle nur nichts verändern.
Am Abend hatten sie ein großes Essen, und viele Männer und Frauen waren dabei.
Ich stand hinter den Stühlen des Königs und des Herzogs und wartete den beiden auf; die andern wurden von den Negern bedient.
Mary Jane saß oben am Tisch, mit Susan neben sich, und sagte, wie schlecht die Semmeln geraten, und wie die eingemachten Früchte auch nicht ganz nach Wunsch seien, und wie zäh die gebratenen Hühner seien – wie Frauen es gewöhnlich tun, um Komplimente zu fischen. Die Anwesenden wußten wohl, wie ausgezeichnet gut alles war, und wunderten sich und sagten: »Wie

fangen Sie es nur an, daß Sie die Semmeln so schön gebräunt bekommen?« und »Wo haben Sie diese herrlichen Früchte her?« und ähnliches Gerede, wie es bei dergleichen Gelegenheiten vorkommt.

Als alles vorbei war, soupierten ich und die Hasenlippe in der Küche von dem, was übrig war, während die andern den Negern aufräumen halfen.

Sobald ich allein war, fing ich an, über die Sache nachzudenken. Ich sagte zu mir: Soll ich heimlich zum Doktor gehen und diese Betrüger entlarven? Nein – das geht nicht. Er könnte verraten, wer's ihm gesagt, und dann würden mir König und Herzog die Hölle heiß machen. Soll ich insgeheim zu Mary Jane gehen und es ihr sagen? Nein, das wag' ich nicht. Ihr Gesicht, ein Blick könnte es ihnen verraten; sie haben das Geld und könnten damit entwischen.

Und wenn sie Hilfe herbeiholte, würde ich leicht hineinverwickelt werden. Nein, der einzige Ausweg ist: Ich muß das Geld irgendwie stehlen, und zwar so, daß sie keinen Verdacht auf mich haben. Ich will es stehlen und verstecken, und nach einiger Zeit, wenn ich weit stromab bin, Mary Jane in einem Briefe verraten, wo es versteckt ist. Aber ich muß das heute nacht tun, wenn möglich, denn der Doktor hält sich vielleicht nicht so still, wie's jetzt scheint, und das könnte die beiden zur schnellen Flucht veranlassen.

Ich hielt es für das beste, die Zimmer gleich zu durchsuchen. Oben war's dunkel, doch ich fand des Herzogs Zimmer und fing an, mit den Händen herumzufühlen. Da fiel mir jedoch ein, daß es dem König nicht ähnlich sieht, das Geld einem andern anzuvertrauen; also ging ich in sein Zimmer und begann herumzutasten.

Doch bald, fand ich, daß ohne Licht nichts auszurichten sei; allein ich wagte nicht, eins anzuzünden. Auf einmal hörte ich Schritte und wollte schnell unters Bett kriechen.

Dabei berührte ich den Vorhang, der Mary Janes Kleider bedeckte; dahinter sprang ich und versteckte mich zwischen den Gewändern.

Sie kamen herein und schlossen die Tür. Das erste, was der Herzog tat, war, daß er unters Bett guckte! Dann setzten sie sich, und der König sprach:

»Nun, was ist's? Mach's kurz, denn es ist besser, wenn wir da unten mit heulen und trauern, statt hier oben zu bleiben und Gelegenheit zu geben, daß man über uns redet.«

»Dauphin, so höre denn! Mir ist nicht ganz wohl; ich habe keine Ruhe. Der Doktor liegt mir im Kopf. Was hast du für einen Plan? Ich habe eine Idee, und ich glaube, eine gute.«

»Heraus damit, Herzog!«

»Daß wir uns vor drei Uhr morgens hier aus dem Staub machen und stromab gleiten mit dem, was wir haben. Ich bin dafür, uns zu begnügen und zu verschwinden.«

»Was! Nicht den Rest der Erbschaft hier verkaufen? Abzumarschieren wie ein paar Narren und Eigentum im Wert von acht- bis neuntausend Dollar zurücklassen, das mit Schmerzen darauf wartet, eingesackt zu werden? – Und noch dazu gut verkäufliches Zeug!«

Der Herzog murrte und meinte, der Sack Geld sei genug, er wolle nicht noch weiter gehen – und wolle nicht die drei Waisen um alles, was sie hätten, berauben.

»Was du für Zeug redest!« rief der König. »Denen rauben wir doch nichts als das Geld. Die Leute, die das Eigentum kaufen, sind die Verlierenden; denn sobald sich's zeigt, daß es uns nicht gehörte – was nicht lange dauern wird –, ist der Verkauf ungültig, und das Eigentum fällt an die Erben zurück. Diese Waisen hier erhalten das Haus zurück, und das ist genug für sie; sie sind jung und tüchtig und können sich leicht ihr Brot verdienen. Denen wird's nicht schlecht gehen. Denk doch nur, es gibt Tausende und Tausende, die es lange nicht so gut haben. Die hier können sich doch wahrhaftig über nichts beklagen.«

Der König schwatzte drauflos, bis der Herzog endlich nachgab; doch er blieb dabei, daß es eine große Torheit sei, um so mehr, als der Doktor mit Entlarvung drohe.

Der König entgegnete: »Doktor oder Teufel! Was scheren wir uns um die? Haben wir nicht alle Toren der Stadt auf unserer Seite? Und ist das nicht genug Majorität?«

Sie wollten eben hinuntergehen, als der Herzog sagte: »Ich glaube nicht, daß wir das Geld an einen guten Ort getan haben.«

Jetzt horchte ich auf, denn ich hatte schon gefürchtet, daß ich keinen Wink bekommen würde.

Da fragte der König: »Warum?«

»Weil Mary Jane von nun an in Trauer gehen wird; der erste Befehl, den die Negerin, die das Zimmer aufräumt, erhält, wird sein, all diese Kleider fortzuschaffen; und meinst du, solch schwarzes Gesindel könne Geld finden, ohne etwas davon beiseite zu schaffen?«

»Hast wieder einmal recht, Herzog«, rief der König; und er kam und krabbelte unter dem Vorhang herum, nur zwei bis drei Fuß von der Stelle, wo ich stand. Ich drückte mich fest an die Wand und hielt still, obgleich ich zitterte. Ich dachte, was wohl die Kerls tun würden, wenn sie mich hier fänden, und versuchte zu überlegen, was ich tun könnte, wenn sie mich entdeckten. Aber der König hatte bereits den Sack und argwöhnte nichts.

Nun steckten sie ihn in den Strohsack, der unterm Federbett lag, und schoben ihn tüchtig ins Stroh hinein und sagten, da sei er gut aufgehoben, denn die Schwarzen pufften ja nur das Federbett auf und wendeten den Strohsack nicht öfter als höchstens zweimal im Jahr. Bevor die beiden die Treppe halb hinab waren, hatte ich den Geldsack hervorgezogen. Ich kletterte in meinen Verschlag und versteckte ihn einstweilen dort. Ich nahm mir aber vor, ihn draußen irgendwo zu verbergen, denn, wenn sie ihn vermißten, würden sie ja das ganze Haus durchstöbern. Das wußte ich wohl. Dann legte ich mich in meinen Kleidern auf mein Lager; doch ich konnte nicht schlafen, selbst wenn ich's gewollt hätte, denn es ließ mir keine Ruhe, meine Arbeit zu beenden. Bald hörte ich König und Herzog kommen, da stand ich flink auf und lauschte, den Kopf an der Leiter, ob was passieren würde. Aber es ereignete sich nichts.

Ich wartete nun lange, bis alles im Hause ganz ruhig war, und schlüpfte dann die Leiter hinab.

Zuerst kroch ich an ihre Türen und horchte; alles schnarchte.

So schlich ich denn auf den Zehen fort und kam glücklich unten an. Nirgends war ein Laut zu hören.

Ich guckte durch eine Spalte der Speisezimmertür und sah, daß die Männer, die die Leichenwacht hielten, alle auf ihren Stühlen eingeschlafen waren.

Die Tür, die zum Salon führte, wo der Tote lag, stand offen, und eine Kerze brannte in jedem Zimmer. Ich ging auf dem Vorplatz weiter und fand die andere Salontür ebenfalls offen. Ein Blick überzeugte mich, daß außer Peters Leiche niemand drin war.

Ich ging vorüber, fand aber die Haustür verschlossen, und der Schlüssel steckte nicht. In diesem Augenblick hörte ich jemand hinter mir die Treppe herabkommen. Ich sprang in den Salon, sah mich rasch um, und der einzige Platz, wo ich das Säckchen verbergen konnte, war der Sarg. Der Deckel war etwas verschoben, so daß das Gesicht des Toten sichtbar war. Ich steckte das Säckchen flink unter den Deckel, gerade unterhalb der gekreuzten Hände des Toten, bei deren Berührung ich schauderte. Dann huschte ich flink hinter die Tür.

Es war Mary Jane. Sie ging leise zum Sarg, sah hinein und kniete nieder; dann führte sie ihr Schnupftuch an die Augen, und ich sah, daß sie weinte, obwohl ich's nicht hören konnte und ihr Rücken mir zugewendet war. Ich entwischte.

Am Speisezimmer guckte ich wieder durch die Spalten, ob die Wächter mich nicht gesehen hatten. Alles war in Ordnung, sie hatten mich nicht bemerkt.

Ich schlüpfte hinauf ins Bett und fühlte mich sehr niedergeschlagen, weil die Sache, obwohl ich mir soviel Mühe gegeben und soviel Gefahr gelaufen war, so mißlich stand. Ich sagte mir, wenn der Sack nur bliebe, wo er ist, so war' schon alles gut; denn sobald wir ein- bis zweihundert Meilen stromab wären, könnte ich Mary schreiben und sie könnte den Sarg wieder ausgraben lassen. So wird's aber schwerlich kommen, denn vor dem Zuschrauben des Deckels werden sie das Geld finden. Dann kriegt es der König wieder, und man wird es ihm nicht wieder fortschmuggeln. Gern wär' ich hinuntergegangen, um den Sack herauszunehmen – doch ich wagte es nicht.

Als ich des Morgens hinunterkam, war das Gastzimmer verschlossen, und die Wächter waren fortgegangen. Niemand war im Hause außer der Familie, Witwe Bartley und unsere Bande. Ich beobachtete ihre Gesichter, um zu sehen, ob sie etwas gemerkt hätten, konnte aber nichts wahrnehmen.

Gegen Mittag kam der Leichenbestatter mit seinen Leuten.

Sie setzten den Sarg in die Mitte des Zimmers auf zwei Stühle, stellten die andern Stühle in zwei Reihen auf, wozu sie von den Nachbarn einige borgten, so daß Vorplatz, Salon und Speisezimmer damit voll waren. Ich sah, daß der Sargdeckel wie zuvor lag, doch wagte ich nicht, solange Menschen da waren, ihn aufzuheben.

Allmählich versammelte sich das Volk. Die falschen Onkel und die Mädchen nahmen die Sitze zu Häupten des Sarges ein, und vor Ablauf einer halben Stunde waren die Geladenen gekommen und hatten Platz genommen. Alles war still und feierlich, nur die Mädchen und die zwei Betrüger schluchzten dann und wann, gebeugten Hauptes, ihre Taschentücher vor den Augen.

Sie hatten eine Zimmerorgel geborgt, die ziemlich schadhaft war. Als alles bereit war, setzte sich ein junges Frauenzimmer davor und fing an, daran zu arbeiten. Es klang ziemlich kreischend und verstimmt. Dann fiel die Gemeinde mit Gesang ein. Hierauf erhob sich Pastor Hobsen langsam und feierlich und begann zu reden. Plötzlich brach der furchtbarste Lärm im Keller los, den man sich denken konnte! Es war nur ein Hund, aber er machte einen Heidenlärm und wollte gar nicht enden.

Der Pfarrer mußte aufhören zu predigen. Es war sehr störend, und niemand wußte sich zu helfen. Bald jedoch machte der langbeinige Leichenbestatter dem Pfarrer ein Zeichen, als wollte er sagen: Ich werde schon Ruhe schaffen. Dann ging er hinaus, während das Gebell und der Lärm immer ärger wurden. Bald darauf hörten wir einen tüchtigen Krach, der Hund stieß ein schauerliches Geheul aus, dann wurde alles totenstill, und der Pfarrer fuhr in seiner Predigt fort, wo er aufgehört hatte. Nach einer Weile erschien der Leichenbestatter wieder, schlich leise an der Wand entlang, bis er beim Pfarrer war, und rief mit heiserem Ton zu ihm hinüber, indem er den Hals vorstreckte und die Hand über den Mund hielt: »Er hatte eine Ratte!« Diese Auskunft verbreitete unter den Anwesenden sichtlich Befriedigung.

Die Predigt war zweifellos sehr gut, aber heillos lang und ermüdend, und zum Überfluß mußte der König noch etwas von seinem Senf dazutun. Endlich war auch das überstanden, und der Leichenbestatter näherte sich mit einem Schraubenzieher dem Sarg. Mir wurde ganz heiß dabei. Aber er hob den Deckel nicht, schob ihn nur zurecht und schraubte ihn fest.

Wissen konnte ich freilich nicht, ob das Geld noch drin war oder nicht. Wie, wenn jemand den Sack insgeheim herausgenommen hatte? Wie sollte ich jetzt wissen, ob ich Mary Jane schreiben mußte oder nicht? Angenommen, sie gräbt den Sarg aus und findet nichts – was würde sie von mir denken? Sie könnten mich vielleicht verfolgen und einsperren; lieber schreibe ich nicht.

Sie begruben ihn, wir kamen heim, und ich beobachtete wieder die Gesichter – ich konnte nicht anders, ich hatte keine Ruhe. Es kam aber nichts dabei heraus.

Der König machte am Abend Besuche, war gegen jedermann sehr liebenswürdig und wurde dadurch noch beliebter. Er deutete an, daß ihn seine Gemeinde in England nicht lange entbehren könne und er sich darum mit der Ordnung der Hinterlassenschaft beeilen müsse, um bald heimreisen zu können.

Er bedauerte, daß er solche Eile habe, und den andern tat es auch leid; sie wünschten, er hätte länger bleiben können, doch sahen sie wohl ein, daß das nicht anging. Auch sagte er, daß er und William die Mädchen natürlich mit sich heimnehmen würden; das freute alle, denn die Mädchen würden bei ihren eigenen Verwandten gut aufgehoben sein.

Den Mädchen gefiel es auch und freute sie so sehr, daß sie ihren Kummer ganz vergaßen. Sie baten den König, so schnell wie möglich alles zu verkaufen. Die armen Dinger waren so froh und glücklich; mir tat das Herz weh, sie so betört und belogen zu sehen, aber ich konnte nicht helfen.

In der Tat ließ der König sofort das Haus, die Neger und alles Eigentum zur Versteigerung anzeigen; doch konnte auch vorher jedermann aus freier Hand kaufen, was er wünschte.

Totaler Ausverkauf – Entdeckter Verlust – Mary Jane entschließt sich zum Fortgehen – Huck nimmt Abschied

Schon am Tag nach dem Begräbnis bekam die Freude der Mädchen den ersten Stoß. Gegen Mittag erschienen nämlich zwei Sklavenhändler, und der König verkaufte die Neger zu passablen Preisen gegen in drei Tagen fällige Wechsel, wie sie es nannten. Ich dachte, den armen Mädchen und den Negern würde vor Jammer das Herz brechen.

Ich glaube, ich wäre mit der Wahrheit herausgeplatzt und hätte die Kerls entlarvt, wenn ich nicht gewußt hätte, daß der Verkauf ungültig sei und die Neger in ein bis zwei Wochen wieder zurück sein würden. Dieser Verkauf machte viel Gerede in der Stadt.

Es schadete den Betrügern etwas; aber der König blieb hartnäckig dabei, trotz aller Einwendungen des Herzogs, der sich ernstlich unbehaglich fühlte.

Der nächste Tag war Auktionstag. Es war schon hell am Morgen, als König und Herzog zu mir auf den Boden kamen und mich weckten. Ich konnte in ihren Gesichtern lesen, daß was los sei.

Der König redete mich an: »Warst du vorgestern abend in meinem Zimmer?«

»Nein, Majestät« – so nannte ich ihn immer, wenn niemand außer unserer Bande dabei war.

»Warst du gestern oder letzte Nacht drin?«

»Nein, Majestät.«

»Auf Ehre? – Keine Lügen jetzt!«

»Auf Ehre, Majestät; ich sage Ihnen die Wahrheit. Ich bin nicht in Ihrem Zimmer gewesen, seit Fräulein Mary Sie und den Herzog hinführte, um es Ihnen zu zeigen.«

Der Herzog fragte: »Hast du sonst jemand hineingehen sehen?«

»Nein, Ihro Gnaden, nicht daß ich mich zu erinnern wüßte.«

»Denk etwas nach.«

»Doch, ja, ich habe die Neger mehreremal hineingehen sehen.«

»Wann war das?«

»Es war am Begräbnistag, am Morgen. Ich war nicht früh auf, denn ich hatte mich verschlafen. Ich kam gerade die Leiter herab, als ich sie sah.«

»Ja, ja, nur weiter, nur weiter. Was taten sie? Wie benahmen sie sich?«

»Sie taten nichts, und es fiel mir auch nichts Besonderes an ihnen auf. Sie schlichen auf den Zehen davon; allein ich dachte, sie seien in Ihro Gnaden Zimmer gegangen, um aufzuräumen oder dergleichen, in der Meinung, Sie wären schon auf; da sie aber merkten, daß Sie noch schliefen, würden sie nun leise davonschleichen, um Sie nicht zu wecken.«

»Alle Wetter, das ist 'ne Bescherung!« rief der König und sie sahen einander verdutzt und ziemlich dumm an.

Eine Minute lang standen sie da, grübelnd und sich hinter den Ohren kratzend, dann brach der Herzog in ein heiseres Gelächter aus und sagte: »Es übersteigt alles, wie gut diese Neger ihre Rolle, gespielt haben.

Sie taten so jämmerlich, weil sie aus dieser Gegend fort mußten! Und ich glaubte, sie fühlten sich wirklich elend, und du glaubtest es auch, und alle andern.

Mir soll kein Mensch je wieder behaupten, daß Neger kein histrionisches Talent besitzen. In denen steckt ein Vermögen. Hätte ich die Mittel und ein Theater, so wäre mein erstes: Die müßten mir her. Und wir haben sie verschleudert, hergegeben für einen Wisch, einen Wechsel! Sag mal, wo ist er eigentlich, der Wisch?«

»Zum Einkassieren auf der Bank. Wo soll er sonst sein?«

»Nun, dann ist es, gottlob, in Ordnung.«

Jetzt sagte ich in etwas ängstlichem Ton: »Ist irgend etwas schiefgegangen?«

Der König wandte sich zu mir und fuhr mich an: »Geht dich nichts an! Halt deinen Mund und kümmere dich um deine eigenen Angelegenheiten, wenn du welche hast. Vergiß das nicht, solange du in dieser Stadt bist – verstanden?«

Als der König mit mir fertig war, sagte der Herzog höhnisch: »Schnelle Verkäufe mit kleinem Gewinn! Ist ja das wahre Geschäftsprinzip – was?«

Der König schnarrte zurück: »Ich hab's gerade recht gut machen wollen, als ich die Kerls so rasch verkaufte. Wenn der Gewinn gleich Null oder gar minus ist, so ist's mein Fehler nicht mehr als deiner.«

»Nun, sie wären noch in diesem Hause, und wir wären fort, wenn man meinen Rat befolgt hätte.«

Der König gab ihm darauf wieder heraus, dann fuhr er mich an und machte mich arg herunter, weil ich ihm nicht auf der Stelle gesagt hätte, daß die Neger aus seinem Zimmer gekommen seien und sich so eigen benommen hätten; jeder Narr hätte wissen können, daß dahinter was steckt. Dann fluchte er zur Abwechslung auf sich selbst und sagte, das käme davon, wenn man früh aufstehe, anstatt sich seine Ruhe zu gönnen, er wolle verdammt sein, wenn er's je wieder täte. So gingen sie grollend und zankend ab.

Mittlerweile war's Zeit zum Aufstehen geworden; so stieg ich denn die Leiter hinab und wandte mich zur Treppe. Als ich am Zimmer der Mädchen vorbeikam, stand die Tür offen, und ich sah Mary Jane neben ihrem alten haarigen Koffer sitzen, der offen war und in den sie eben Sachen gepackt hatte, um sich zur Reise nach England zu rüsten.

Doch jetzt hielt sie inne – mit einem gefalteten Kleid auf dem Schoß –, bedeckte ihr Gesicht mit den Händen und weinte.

Es tat mir leid, sie so traurig zu sehen, ich trat daher ins Zimmer und sagte:

»Fräulein Mary Jane, was fehlt Ihnen?«

So sagte sie mirs denn. Es war wegen der Neger; der Verkauf hätte ihr alle Freude an der Reise nach England verdorben. Sie könne nie wieder glücklich sein, wenn sie daran denke, daß Mutter und Kinder voneinander getrennt würden und daß sie sich nie, nie wiedersehen würden.

»Aber sie werdens doch, eh' zwei Wochen um sind – ich weiß es gewiß!« sagte ich.

Da war's heraus, bevor ich mich's versah! Und im nächsten Augenblick schlang sie ihre Arme um meinen Hals und rief:

»Wär's möglich? Bitte sag's noch einmal!«

Ich hatte zuviel gesagt und fühlte mich etwas verlegen. Ich bat sie, mir eine Minute Zeit zum Besinnen zu lassen. Sie setzte sich wieder und war ganz voll Erwartung und Aufregung; dabei sah sie so glücklich und beruhigt aus wie jemand, der sich eben einen Zahn hat ausziehen lassen. Ich überlegte mir's und sprach zu mir selbst: Ein Mensch, der sich aufrafft und die Wahrheit sagt, wenn er in die Enge getrieben wird, läuft manche Gefahr – zwar kann ich nicht aus Erfahrung sprechen und weiß es nicht gewiß, aber es will mir so scheinen. Nun ist hier aber ein Fall, wo es mir entschieden vorkommt, als ob die Wahrheit besser und sogar sicherer wäre als eine Lüge. Ich will's also wagen und diesmal die Wahrheit sagen, obwohl für mich viel auf dem Spiel steht und es mir dabei zumute ist, wie einem, der sich mit der brennenden Pfeife auf ein Faß Schießpulver setzt. Dann sagte ich: »Fräulein Mary Jane, wissen Sie irgendeinen Platz etwas außerhalb der Stadt, wo Sie hingehen und drei bis vier Tage zubringen könnten?«

»Ja – bei Lothrops. Warum?«

»Lassen wir das warum. Wenn ich Ihnen sage, woher ich weiß, daß die Neger einander wiedersehen werden, innerhalb zwei Wochen, hier in diesem Hause, und beweise, woher ich's weiß – wollen Sie dann zu Lothrops gehen und vier Tage dort bleiben?«

»Vier Tage«, rief sie »ein Jahr, wenn es sein muß!«

»Gut«, sagte ich, »von Ihnen will ich nichts mehr als Ihr Wort, das ist mir sicherer, als wenn ein anderer auf die Bibel schwört.«

Sie lächelte und errötete lieblich; ich fuhr fort: »Wenn Sie nichts dagegen haben, will ich die Tür schließen und verriegeln.«

Dann kam ich zurück und begann: »Nun bitte ich, nicht aufzuschreien. Sitzen Sie hübsch still und hören Sie mich an wie ein Mann. Ich muß die Wahrheit sagen, und Sie müssen sich fassen, Fräulein Mary, denn sie ist schlimmer Art und schwer zu ertragen, aber es geht einmal nicht anders. Diese Onkel sind gar nicht Ihre Onkel; sie sind ein paar Betrüger, erbärmliche Landstreicher. – So, über's Schlimmste sind wir nun hinweg, den Rest werden Sie ziemlich leicht ertragen.«

Natürlich griff sie dieser Anfang tüchtig an; doch ich war jetzt über das Gröbste weg und konnte nun leichter fortfahren.

Ihre Augen leuchteten mehr und mehr, als ich ihr alles erzählte, von dem Augenblick an, wo wir den jungen Burschen trafen, der zum Dampfboot wollte – alles haarklein –, bis zu dem Moment, wo sie sich an der Haustür dem König an die Brust warf und ihn sechzehn- oder siebzehnmal küßte.

Da sprang sie auf, ihr Gesicht glühte wie die untergehende Sonne, und rief: »Der Schändliche! – Komm, verlier keine Minute, keine Sekunde. Sie sollen geteert und gefedert und in den Fluß geworfen werden!«

Ich entgegnete: »Versteht sich. Aber doch nicht, bevor Sie zu Lothrops gehen, oder...« »Oh!« rief sie, »was fällt mir nur ein!« und setzte sich wieder. »Wo habe ich meine Gedanken? Du bist mir doch nicht böse, nicht wahr?« Und dabei legte sie ihre Sammethand auf meine, daß ich meinte, ich müsse vergehen. »Meine Aufregung war zu groß«, sagte sie, »sei jetzt so gut und fahre fort, ich werde mich zusammennehmen. Sag mir nur, was ich tun soll, es soll genau befolgt werden!«

»Wahrhaftig«, sprach ich, »es ist eine schlimme Bande, diese zwei Gauner, und ich bin leider darauf angewiesen, daß ich mit ihnen noch eine Weile reisen muß, ob ich will oder nicht – den Grund sage ich Ihnen lieber nicht.

Allerdings, wenn Sie die Kerls anzeigten, würde die Stadt mich schon aus ihren Klauen reißen, und ich wäre sicher; es ist aber da noch ein anderer, von dem Sie nichts wissen, dem es dann schlecht gehen könnte. Den müssen wir doch retten, nicht wahr? Natürlich, so wollen wir also das Pärchen noch nicht anzeigen.«

Wie ich das sagte, kam mir ein guter Gedanke. Am Ende gelang es doch, mich und Jim von den Gaunern loszumachen und sie hier ins Gefängnis zu bringen.

Doch da ich das Floß nicht bei Tage treiben lassen wollte, so durfte mein Plan nicht vor Abend zur Ausführung kommen.

Ich sagte: »Fräulein Mary Jane, ich will Ihnen sagen, was wir tun, dann werden Sie auch bei Lothrops nicht so lange zu bleiben brauchen. Wie weit ist's bis dorthin?«

»Eine gute Stunde, landeinwärts.«

»Das genügt. Gehen Sie jetzt hin, bleiben Sie ruhig dort bis neun oder halb zehn Uhr abends, und dann lassen Sie sich wieder heimbringen; Sie können ja sagen, Sie hätten etwas vergessen. Wenn Sie vor elf hier sind, stellen Sie ein Licht ans Fenster und warten auf mich bis elf Uhr; sollte ich bis dahin nicht erscheinen, so denken Sie, daß ich fort bin und in Sicherheit. Dann kommen Sie heraus, enthüllen alles und lassen die Gauner ins Gefängnis stecken.«

»Gut«, sprach sie, »das will ich tun.«

»Sollte es aber passieren, daß ich nicht fortkomme, sondern mit den beiden ergriffen werde, dann müssen Sie den Leuten sagen, daß Sie alles durch mich erfahren haben, und müssen mir beistehen, soviel Sie können.«

»Dir beistehen? Gewiß will ich das. Sie sollen kein Haar auf deinem Haupte krümmen.«

»Wenn ich entwische, so kann ich freilich nicht beweisen, daß diese Schurken nicht Ihre Onkel sind; doch könnt' ich das auch nicht, selbst wenn ich hier wäre. Ich könnte nur beschwören, daß sie Landstreicher und Gauner sind, doch das wär' auch schon von Bedeutung. Aber es gibt noch andere, die das besser können als ich, und denen man leichter Glauben schenken wird als mir. Ich will Ihnen sagen, wo sie zu finden sind. Geben Sie mir einen Bleistift und ein Stück Papier – so, Königliches Nonplusultra zu Bricksville. Stecken Sie das ein und verlieren Sie's nicht.

Wenn das Gericht sich Auskunft verschaffen will über die zwei, so soll man nur nach Bricksville schicken und sagen lassen, die Leute, die das Königliche Nonplusultra gespielt haben, seien abgefaßt und man brauche einige Zeugen. Dann wird das ganze

Städtchen im Nu hier sein, Fräulein Mary. Alle werden kommen, und zwar kochend vor Wut.«

Ich dachte, nun ist alles wohlgeordnet und sagte noch: »Lassen Sie die Versteigerung ruhig vor sich gehen. Niemand braucht für die gekauften Sachen zu bezahlen vor dem nächsten Tag, und die beiden werden nicht von hier fortgehen wollen, bis sie das Geld haben. So wie wir's jetzt eingefädelt haben, wird der Verkauf ungültig sein, und die beiden werden das Geld nicht bekommen. Es geht ebenso wie mit den Negern: es ist kein gültiger Verkauf, und die Neger werden bald wieder heimkehren. Die Gauner können nicht einmal das Geld für die Neger erhalten. Warten Sie nur, das Pärchen soll seine Wunder erleben!«

»Ich will nur noch zum Frühstück hinunter«, rief sie, »und dann gehe ich gleich zu Lothrops.«

»Nein, nein, Fräulein Mary Jane«, entgegnete ich, »das geht nicht – geht unmöglich; Sie müssen vor dem Frühstück gehen. Stellen Sie sich vor, Sie könnten Ihren Onkeln begegnen! Sie können jeden Augenblick erscheinen, um Ihnen guten Morgen zu wünschen und Sie zu küssen –«

»Genug, genug davon! Da will ich lieber vor dem Frühstück gehen. Sollen die Schwestern hierbleiben?«

»Ja, grämen Sie sich nicht um sie. Sie müssen's noch etwas aushalten. Es würde Verdacht erregen, wenn alle gingen. Sie dürfen jetzt weder den Gaunern, noch den Schwestern, noch irgend jemandem in der Stadt zu Gesicht kommen. Wenn Sie heute ein Nachbar nach dem Befinden Ihrer Onkel fragen würde, so könnte Ihr Gesicht Sie verraten. Nein, gehn Sie nur gleich fort, Fräulein Mary Jane, und lassen Sie mich alles besorgen. Ich werde Fräulein Susan auftragen, daß Sie den Onkeln einen freundlichen Gruß senden; Sie seien auf einige Stunden fortgegangen, um eine Freundin zu besuchen, und würden am Abend oder frühmorgens heimkehren.«

Fräulein Mary Jane stutzte einen Augenblick, dann bemerkte sie ein wenig spitz: »Sag meinetwegen, ich sei zu meinen Freundinnen gegangen, aber einen Gruß darfst du dem sauberen Paar von mir nicht ausrichten.«

»Gut, also keinen Gruß.« – Warum sollt' ich ihr gegenüber darauf bestehen? »Aber noch eins, Fräulein – der Geldsack!«

»Nun, den haben die leider; und ich schäme mich, wenn ich daran denke, wie sie ihn bekamen.«

»Nein, da irren Sie sich. Die haben ihn nicht.«

»Die nicht? – Wer sonst?«

»Ich wollte, ich wüßt' es; doch weiß ich es nicht. Ich hatte ihn, denn ich stahl ihn, stahl ihn für Sie und weiß auch, wo ich ihn versteckt habe, fürchte aber, daß er nicht mehr da ist. Es tut mir sehr leid, Fräulein Mary Jane, nie hat mir etwas so leid getan; aber ich tat alles, was ich tun konnte. So wahr ich lebe, ich meinte es ehrlich. Ich wurde beinah erwischt, und ich mußte ihn am ersten besten Platz verstecken und mich aus dem Staub machen – und es war kein guter Platz.«

»Oh, hör doch auf, dich anzuklagen! Es ist nicht recht von dir, und ich leid' es nicht. Es war nicht deine Schuld. – Wo hast du ihn versteckt?«

Ich wollte sie nicht wieder an ihren großen Kummer erinnern, so schwieg ich eine Minute und sagte dann: »Ich sag' es Ihnen jetzt lieber nicht, Fräulein Mary Jane, wenn Sie's mir nicht übelnehmen; doch ich will es Ihnen auf ein Stück Papier schreiben, und Sie können es auf dem Weg zu Lothrops lesen, wenn Sie wollen. Sind Sie damit zufrieden?«

»O ja.«

So schrieb ich denn: »Ich verbarg ihn im Sarg. Er steckte drin, als Sie dort weinten – damals in der Nacht. Ich stand hinter der Tür und hatte viel Mitleid mit Ihnen, Fräulein Mary Jane.«

Mir wurden die Augen feucht bei dem Gedanken, wie sie dort einsam in der Nacht weinte, während diese Teufel, unter ihrem eigenen Dach beherbergt, sie betrogen und beraubten; und als ich das Papier zusammenfaltete und ihr gab, sah ich auch in ihren Augen Tränen, und sie schüttelte mir kräftig die Hand und sagte: »Leb wohl. Ich will alles tun, wie du mir's gesagt hast. Und sollte ich dich auch nie wiedersehen, so werde ich dich doch nie vergessen; und ich werde oft, sehr oft an dich denken und auch für dich beten!« – und sie war fort.

Für mich beten! Na, wenn die dich kennen würde, dachte ich bei mir, würde sie eine Arbeit wählen, die ihrer Kraft angemessener und erfolgversprechender wäre. Aber ich wette, sie hat's doch getan, das sah ihr ganz gleich.

Darüber war kein Zweifel, sie besaß mehr Festigkeit, als ich je bei einem Mädchen gesehen hatte, und wirklichen Charakter. Das mag wie Schmeichelei klingen, ist aber keine. Was Schönheit anbetrifft, und auch Güte – ach, da übertraf sie alle.

Seit dem Augenblick, als sie zur Tür hinausging, hab' ich sie nie wiedergesehen, nein – nie; aber an sie gedacht hab' ich viele, viele millionenmal, auch an ihre Worte, daß sie für mich beten würde. Und wenn ich genau gewußt hätte, daß es ihr wohltun könnte, wenn ich für sie betete, so will ich verdammt sein, wenn ich's nicht versucht hätte.

Also Mary Jane war fort, und niemand hatte sie fortgehen sehen. Als ich der Susan und der Hasenlippe begegnete, sagte ich: »Wie heißen die Leute jenseits des Flusses, die Sie zuweilen besuchen?«

Sie antworteten: »Da sind mehrere, aber besonders die Proktors.«

»Das ist der Name«, rief ich, »bald hätt' ich's vergessen! Fräulein Mary Jane befahl mir, Ihnen zu sagen, daß sie in großer Eile dahinüber mußte; es ist dort jemand krank.«

»Wer denn?«

»Ich weiß nicht; oder vielmehr, ich hab's vergessen, aber ich glaube, es war –«

»Um Gottes willen, doch nicht etwa Hannah?«

»Leider doch«, rief ich, »Hannah war der Name.«

»Um Gottes willen! Und noch vorige Woche war sie so munter! Ist es schlimm?«

»Ach, wenn's bloß schlimm wäre. Man wachte bei ihr die ganze Nacht, sagte Fräulein Mary Jane, und befürchtet, daß sie nicht mehr lange leben wird.«

»Wer hätte das gedacht! Was fehlt ihr denn?«

Mir fiel im Augenblick nichts Vernünftiges ein, so sagte ich denn: »Mumps.« In manchen Gegenden auch Wochentölpel genannt.

»Mumps? Du Schlafmütze! Man wacht nicht bei Leuten, die Mumps haben.«

»So, meinen Sie? Na, Sie können darauf wetten, daß man bei diesem Mumps wacht. Das ist nämlich ein ganz anderer Mumps. Es sei eine neue Gattung Mumps, sagte Fräulein Mary Jane.«

»Wieso?«

»Weil noch andere Übel dabei sind.«

»Was für andere?«

»Ach, Masern und Keuchhusten und Rose und Schwindsucht und Gelbsucht und Gehirnfieber, und ich weiß nicht, was noch mehr.«

»Ach was! Und das heißen sie Mumps?«

»Fräulein Mary Jane sagte so!«

»Aber um alles in der Welt, warum nennen sie das Mumps?«

»Warum? Weil's Mumps ist. Damit fängt's an.«

»Liegt darin auch Sinn und Verstand? Angenommen, es verstaucht einer seine Zehen und fällt nachher von einem Haus herab, bricht den Hals und die Hirnschale, und es fragte jemand, woran er gestorben sei, und so ein Tölpel antwortete: ›Nun, er hatte sich die Zehen verstaucht!‹ – hätte das auch Sinn und Verstand? Nein: und ebensowenig Sinn ist in deinem Mumps! – Ist's wohl ansteckend?«

»Jedenfalls, ich würde der Krankheit nicht trauen.«

»Das ist ja schrecklich«, rief die Hasenlippe, »da muß ich gleich zu Onkel Harry gehen, und...«

»Jawohl«, sag' ich, »das würd' ich auch. Natürlich tät' ich das. Ich würde keine Minute verlieren.«

»So, warum meinst du?«

»Nur Geduld, es soll Ihnen gleich ein Licht aufgehen. Nicht wahr, Ihre Onkel müssen so bald wie möglich wieder in England sein? Sie trauen Ihren Onkeln doch nicht zu, daß sie selber jetzt abreisen und Ihnen und Ihren Schwestern zumuten, später nachzukommen und die lange Seereise allein zu machen? Nein, Sie wissen wohl, daß sie warten werden, bis Sie alle zusammen reisen können. Also gut. Ihr Onkel Harry ist Pfarrer, nicht wahr? Wird ein Pfarrer einen Dampfbootbeamten täuschen, nicht bloß hier, sondern auch in New York und sonst, damit Fräulein Mary Jane an Bord gelassen wird? Trauen Sie Ihrem Onkel zu, daß er das Leben der anderen Passagiere in Gefahr brächte? Sie wissen recht gut, daß er das nicht täte. Also, was wird er tun? Nun, er wird sagen: ›Das ist zwar recht fatal, aber meine Kirche muß sich eben behelfen, so gut sie kann, denn meine Nichte war diesem ansteckenden, fürchterlichen Universal-Mumps ausgesetzt, und da ist es meine Pflicht und Schuldigkeit, hier zu bleiben und drei Monate zu warten, um zu wissen, ob sie angesteckt ist.‹ – Nun, ich will nichts gesagt haben, und wenn Sie meinen, es sei besser, dem Onkel Harry zu sagen...«

»Was, ein paar Monate hier herumliegen, während wir uns in England gut amüsieren könnten, bloß um zu wissen, ob Mary Jane angesteckt ist oder nicht? Du bist wohl nicht gescheit.«

»Was meinen Sie, wollen Sie's nicht lieber einigen Nachbarn sagen?«

»Nun hör doch einer – deine Dummheit geht über alles. Weißt du denn nicht, daß sie es sogleich ausposaunen würden? Das beste ist, man sagt's gar niemand.«

»Aber Onkel Harry sollten wir sagen, daß sie auf eine Weile ausgegangen ist, damit er sich nicht ihretwegen ängstigt.«

»Mag sein, daß Sie recht haben – ja, ich glaube Sie haben recht.«

»Ja, Fräulein Mary Jane wünschte auch, Sie möchten das bestellen.

Sie sagte: ›bringe den Onkeln Harry und William von mir Gruß und Kuß und sag ihnen, ich sei nur geschwind zu einem kleinen Besuch über'n Fluß gegangen zu Herrn – Herrn –‹ wie ist der Name der reichen Familie, auf die Ihr Onkel Peter soviel hielt? Ich meine die, die...«

»Ach, du meinst wohl die Apthorps, nicht wahr?«

»Ja, ganz richtig. Der Kuckuck soll diese Namen holen, die man gar nicht behalten kann.

Ja, sie sagte, ich solle melden, sie sei nur hinüber, um die Apthorps zu bitten, sicher zur Auktion zu kommen und das Haus zu kaufen, denn sie glaube, Onkel Peter möchte gern, daß sie es bekämen, statt jemand anderer. Sie will ihnen so lang zusetzen, bis sie versprechen zu kommen, und wenn sie nicht zu müde ist, will sie heute abend noch heimkommen, andernfalls würde sie bestimmt morgen früh zurück sein. Sie wünschte, daß man nichts von den Proktors sagen solle, sondern nur von den Apthorps – was auch ganz wahr ist, denn sie wird wegen des Hauses mit ihnen sprechen; ich weiß es, denn sie hat es mir selbst gesagt.«

»Schon gut«, riefen sie und gingen fort, um den Onkeln Gruß, Küsse und die Nachricht zu bringen.

Soweit war alles gut. Die Mädchen, dachte ich, werden den Mund halten, denn sie wollen nach England gehen; und dem König und Herzog muß es lieber sein, wenn Mary Jane fort ist und für die Auktion arbeitet, als daß sie sich noch im Bereich des Dr. Robinson befindet.

Ich war mit mir zufrieden und schmeichelte mir, die Sache ziemlich nett gedeichselt zu haben – und daß Tom Sawyer selbst es nicht viel besser gekonnt hätte.

Welche sind die Rechten? – Handschriften – Probe Tätowieren Die Leiche wird ausgegraben – Fort! Befreiung vom königlichen Joche – Jim wird verschachert

Die Auktion fand spät am Nachmittag statt und zog sich lange hin. Der Alte stand neben dem Auktionator, machte ein Armsündergesicht, warf hier und da einen Bibelvers dazwischen, oder auch dann und wann ein Schmeichelwort, und der Herzog gu-gu-te herum, um Teilnahme zu erregen.

Endlich ging's zu Ende, und es war alles verkauft – alles, außer einem kleinen Begräbnisplatz auf dem Kirchhof, der auch noch verkauft werden mußte. Während noch darauf gesteigert wurde, landete ein Dampfboot, und in etwa zwei Minuten kam eine Menschenmenge schreiend und lachend daher, und viele riefen: ›Hurra, da sind neue Erben vom alten Wilks! Sie leben hoch!‹ Sie brachten einen fein aussehenden alten Herrn und einen netten jungen Mann, der den rechten Arm in einer Schlinge trug.

Das Volk umringte sie jubelnd und lachend. Mir war's aber gar nicht lächerlich, und ich dachte, nun würde dem König und dem Herzog der Spaß vergehen. Doch weit gefehlt. Der Herzog ließ sich nicht das mindeste anmerken, sondern gu-gu-te drauflos, wie ein Krug mit engem Halse, aus dem man Buttermilch gießt. Der König aber blickte mitleidig auf die Neuankömmlinge herab, als bereite ihm der Gedanke, daß es solche Schurken und Betrüger auf der Welt geben könne, Magenschmerzen bis ins Herz hinein. Oh, er machte das bewundernswert. Eine Menge Leute umringten den König, um ihm zu zeigen, daß sie auf seiner Seite seien. Der eben angekommene alte Herr schaute ganz verdutzt drein. Bald jedoch fing er an zu reden, und ich konnte gleich hören, daß er wie ein Engländer sprach; nicht wie der König, obwohl der es ganz gut nachmachte. Des alten Herrn Worte kann ich nicht wiedergeben, aber er sagte etwa folgendes: »Das ist eine Überraschung, die ich nicht voraussah, und ich muß es leider frei gestehen: Ich bin schlecht vorbereitet, ihr zu begegnen, denn mein Bruder und ich haben Unglück gehabt; er hat den Arm gebrochen, und unser Gepäck wurde durch einen Irrtum letzte Nacht in einem Städtchen weiter oberhalb ans Land gesetzt. Ich bin Peter Wilks' Bruder Harry, und das ist sein Bruder William, der weder hören noch reden, und jetzt auch nicht einmal ordentlich Zeichen machen kann, da er nur eine Hand dazu frei hat.

Wir sind, was wir zu sein vorgeben, und in ein bis zwei Tagen, wenn ich mein Gepäck erhalte, kann ich's beweisen. Bis dahin will ich nichts weiter sagen, sondern ins Gasthaus gehen und warten.«

So gingen er und der neue Stumme ab; der König platzte folgendermaßen los: »Arm gebrochen – sehr wahrscheinlich, he? Und sehr rechtzeitig, zumal für einen, der Zeichen machen soll und es nicht gelernt hat. Gepäck verloren! Ausgezeichnet, vorzüglich ausgedacht unter den Verhältnissen!«

Dann lachte er und die andern auch, außer dreien oder vieren. Einer davon war der Arzt, ein anderer ein scharf dreinblickender Herr mit einer alten Reisetasche, der eben mit dem Dampfboot gekommen war und mit dem Arzt leise sprach. Sie sahen zum König hinüber und winkten einander zu – es war Levi Bell, der Advokat, der in Louisville gewesen war. Der dritte, der nicht mitgelacht hatte, war ein großer, rauher Kerl, der erst dem alten Herrn zugehört hatte und nun die Rede des Königs anhörte.

Er wartete, bis er geendet, und fuhr ihn dann wie folgt an: »Hör mal, wenn du Harry Wilks bist, wann kamst du hierher?«

»Den Tag vor der Beerdigung, Freund«, sprach der König.

»Zu welcher Tageszeit?«

»Am Abend, etwa eine Stunde vor Sonnenuntergang.«

»Woher kamst du?«

»Von Cincinnati, mit Dampfer Susan Pawell.«

»So – ich hab' dich doch am Morgen in einem Kanu bei der Landzunge landen sehen.«

»Ich war am Morgen nicht bei der Landzunge.«

»Das ist gelogen!«

Mehrere sprangen auf und baten ihn, doch nicht so zu einem alten Mann und Prediger zu reden.

»Potz Prediger, ein Betrüger und Lügner ist er. Er war jenen Morgen auf der Landzunge. Ich wohne da – ich war da, und er war da. Ich sah ihn dort. Er kam in einem Kanu mit Tim Collins und einem Knaben.« – Da rief der Arzt: »Würdest du den Knaben erkennen, wenn du ihn siehst, Heinz?«

»Ich weiß nicht, aber ich glaube. – Da ist er ja, ich kenne ihn ganz gut.« Er wies dabei auf mich.

Der Arzt sprach: »Nachbarn, ich weiß nicht, ob das neu-angekommene Paar Betrüger sind oder nicht; aber wenn die hier keine sind, will ich ein Narr sein.

Ich halte es für meine Pflicht, sie nicht fortzulassen, bis wir mehr in Erfahrung bringen.

Komm, Heinz, kommt alle, wir nehmen dieses Paar ins Gasthaus und stellen es dem andern gegenüber. Wir werden dann bald dahinterkommen.«

Das war ein Spaß für die Menge, wenn auch nicht für des Königs Freunde. So gings denn los. Es war um Sonnenuntergang. Der Arzt führte mich bei der Hand; er war ganz freundlich, ließ aber meine Hand nie los.

Wir gingen ins große Zimmer des Gasthofs, zündeten Licht an und holten das neue Paar.

Erst sprach der Arzt: »Ich will mit diesen beiden Männern – er deutete auf den König und den Herzog – nicht zu hart verfahren, aber ich halte sie für Betrüger. Wenn sie keine Betrüger sind, so werden sie sich nicht weigern, das Säckchen herbeizuschaffen, das ihnen Wilks hinterlassen hat, und es von uns aufbewahren lassen, bis sie sich richtig ausgewiesen haben. – Hab' ich recht?«

Alle stimmten bei. So schien mir's, daß sich unser Pärchen gleich in einer bösen Klemme befand. Doch der König machte nur eine bekümmerte Miene und sprach:

»Meine Herren, ich wünschte, das Geld wäre da, denn ich habe nichts gegen eine redliche, offene Untersuchung dieser traurigen Affäre; aber leider ist das Geld nicht mehr da.«

»Wo ist es denn?«

»Nun, als meine Nichte es mir zum Aufheben gab, verbarg ich es im Bettstroh, mit der Absicht, es während der wenigen Tage unseres Hierseins auf die Bank zu senden. Wir hielten das Bett für einen sicheren Platz. Nicht an Neger gewöhnt, hielten wir sie ebenso ehrlich wie unsere Domestiken in England. Die Neger stahlen es den nächsten Morgen, nachdem ich das Zimmer verlassen hatte. Als ich sie verkaufte, vermißte ich das Geld noch nicht, und so sind sie damit fort. Mein Diener hier kann Ihnen darüber berichten, meine Herren.«

Der Arzt und mehrere andere riefen: »Unsinn!«, und ich sah, daß niemand ihm wirklich glaubte. Einer fragte mich, ob ich's die Neger hätte stehlen sehen. Ich entgegnete: Nein, aber ich hätte die Neger fortschleichen sehen und hätte mir nichts dabei gedacht, als daß sie meinen Herrn aufgeweckt und sich aus dem Staub gemacht hätten, ehe er sie anranzen konnte.

Das war alles, was ich darüber gefragt wurde.Doch plötzlich wandte sich der Arzt zu mir und sagte: »Bist du etwa auch ein Engländer?«

Ich antwortete mit ja, und er und einige andere lachten und machten ihre Witze darüber.

Dann ging's wieder an die allgemeine Untersuchung, die Geschichte ging auf und nieder, hin und her, Stunde über Stunde verstrich, und niemand dachte ans Abendessen. Sie ließen erst den König sein Teil erzählen, dann den alten Herrn seines, und wer nicht ein vorurteilsvoller Starrkopf war, mußte einsehen, daß der alte Herr die Wahrheit, der andere Lügen auftischte.

Bald mußte auch ich erzählen, was ich wußte. Der König warf mir einen Blick aus seinem linken Augenwinkel zu, und das genügte, um auf seiner Seite zu bleiben. Aber ich war noch nicht weit gediehen, als der Arzt zu lachen begann und Levi Bell, der Advokat, sagte: »Setz dich, mein Junge, ich würde mich an deiner Stelle nicht anstrengen.

Ich glaube, du bist das Lügen noch nicht gewöhnt, wenigstens geht's dir nicht leicht von der Hand. Dir fehlt noch Übung; du machst's noch zu plump.«

Das Kompliment war mir gleichgültig, doch war ich froh, auf so billige Art wegzukommen.

Der Arzt wollte eben wieder anfangen, da unterbrach er sich und sagte: »Wärst du gleich zu Anfang in der Stadt gewesen, Levi Bell...«

Da fiel ihm der König ins Wort, streckte seine Hand aus und sprach: »Oh, ist das meines armen verstorbenen Bruders alter Freund, von dem er mir so oft schrieb?« Dabei schüttelten sie einander die Hände, und der Advokat lächelte und schien erfreut. Sie sprachen eine Weile miteinander, gingen dann etwas beiseite und flüsterten. Schließlich sagte der Advokat laut: »Das wird die

Sache bald in Ordnung bringen. Ich schicke die Anweisung mit derjenigen Ihres Bruders hin, und dann sehen die Leute ja gleich, daß alles im reinen ist.«

Feder und Papier wurden gebracht; der König setzte sich, legte den Kopf auf die Seite, biß sich auf die Zunge und schmierte was hin. Dann ging die Feder an den Herzog, dem's dabei recht unbehaglich zumute war. Doch ergriff er die Feder und schrieb.

Dann wandte sich der Advokat an den alten Herrn und sagte: »Ich bitte jetzt Sie und Ihren Bruder, einige Zeilen zu schreiben und Ihre Namen zu zeichnen.«

Der alte Herr schrieb, doch niemand konnte es lesen.

Der Advokat machte ein erstauntes Gesicht und sprach: »Na, jetzt hört alles auf!« Dann zog er eine Anzahl Briefe aus der Tasche und verglich die Handschriften. »Diese alten Briefe«, fuhr er fort, »sind von Harry Wilks, hier sind die zwei Handschriften seiner angeblichen Brüder: des ersten Paares und man sieht sofort, daß sie die Briefe nicht geschrieben haben (König und Herzog sahen sehr verblüfft aus, als sie merkten, welche Falle ihnen der Anwalt gestellt hatte), dann ist hier die Handschrift des alten Herrn vom zweiten Paar, und man sieht auf den ersten Blick, daß er die Briefe auch nicht geschrieben hat.

Sein Gekritzel ist überhaupt keine Handschrift zu nennen. Hier hab' ich noch einige Briefe von...«

Da rief der alte Herr: »Erlauben Sie mir gefälligst eine kleine Erklärung. Niemand außer meinem Bruder hier kann meine Handschrift lesen – darum kopiert er für mich. Sie haben in den Briefen seine Handschrift, nicht meine.«

»Na«, rief der Anwalt, »wo soll das hinaus? Ich habe einige von Williams Briefen; wenn Sie ihn ein paar Zeilen schreiben lassen, könnten wir ja vergl...«

»Er kann nicht mit der linken Hand schreiben«, entgegnete der alte Herr. »Könnte er die rechte Hand gebrauchen, so würden Sie gleich sehen, daß er seine eigenen und meine Briefe geschrieben hat. Vergleichen Sie die gefälligst, sie sind von derselben Hand.«

Der Anwalt tat es und sagte: »Das scheint so – jedenfalls erkenne ich jetzt eine viel größere Ähnlichkeit als vorher. Ei, ei! Ich hatte schon gedacht, ich sei auf der rechten Spur; nun ist's wieder nichts. Soviel ist jedoch sicher bewiesen, daß diese zwei – er deutete auf König und Herzog – keine Wilkse sind.«

Selbst jetzt gab der bocksbeinige alte Narr, der König, nicht klein bei und sagte, es sei kein reeller Beweis. Sein Bruder William sei ein arger Spaßmacher und hätte eben einen seiner Spaße losgelassen und seine Handschrift verstellt. Er hätt' es ihm gleich angesehen. So plapperte der Kerl fort, bis er anfing, selbst an das zu glauben, was er sagte. Doch bald unterbrach ihn der alte Herr mit den Worten: »Mir ist was eingefallen. Ist irgend jemand unter den Anwesenden, der beim Aufbahren der Leiche meines Bruders, des verstorbenen Peter Wilks, zugegen war?«

»Ja«, rief jemand, »ich und Abel Turner besorgten das. Wir sind beide hier.«

Dann wandte sich der alte Herr zum König und sagte: »Vielleicht weiß der Herr dann, was auf seiner Brust tätowiert war?«

Da mußte der König sich rasch zusammennehmen, sonst wäre er zusammengestürzt wie ein Stück Flußufer, das die Strömung untergraben hat; es kam so plötzlich und unerwartet und war so recht eine Frage, die einen, der nicht darauf vorbereitet war, ganz aus der Fassung zu bringen vermochte. Wie konnte er wissen, was auf der Leiche tätowiert war?! Er erblaßte ein wenig, das konnte er nicht vermeiden. Es wurde sehr still, und alle beugten sich vor und starrten ihn an. Ich dachte, nun würde er den ungleichen Kampf aufgeben – was konnte er auch noch sagen?

Aber nein; so unglaublich es scheint: Er blieb fest. Wahrscheinlich wollte er versuchen, die Leute müde zu machen, bis sich die Menge verkleinerte und er und der Herzog vielleicht Gelegenheit fänden zu entschlüpfen. Er verzog seinen Mund zum Lächeln und sagte: »Hm! Eine große Frage, nicht wahr? Ja, mein Herr, allerdings weiß ich, was auf seiner Brust tätowiert ist. Es ist ein kleiner, dünner, blauer Pfeil, den man kaum bemerkt, wenn man nicht scharf hinsieht.«

Solch ein Ausbund grenzenloser Frechheit war mir doch noch nie vorgekommen.

Der alte Herr wandte sich rasch zu Abel Turner und dessen Kameraden, und seine Augen glänzten so, als ob er den König jetzt festgenagelt hätte; er sagte: »Da haben Sie es gehört! War solch ein Zeichen auf Peter Wilks' Brust?«

»Wir haben kein solches Zeichen bemerkt.«

»Gut!« sagte der alte Herr. »Was ihr auf seiner Brust fandet, war ein kleines mattes P und ein B (der Anfangsbuchstabe eines

Namens, den er schon jung aufgab) und ein W. Diese drei Buchstaben sind mit Strichen verbunden so: P-B-W« – er zeichnete sie auf ein Stück Papier. »Habt ihr davon nichts bemerkt?«

Beide antworteten: »Nein, wir sahen überhaupt gar keine Zeichen.«

Nun ging der Skandal los, und alles rief: »Die ganze Sippe sind Betrüger« – »Spießruten laufen« – »In den Fluß tauchen« – »Ersäuft die Bande.«

Da sprang der Anwalt auf den Tisch und schrie: »Meine Herren, meine Her-r-ren! Ein Wort, nur ein Wort, ich bitte. Lassen Sie uns den Sarg ausgraben und selbst nachsehen.«

Das wirkte.

»Hurra!« rief das Volk, das nun auseinanderging; aber Arzt und Anwalt riefen: »Halt, halt, ergreift erst die vier Männer und den Jungen und schleppt sie mit.«

»Jawohl, jawohl«, riefen alle, »und finden wir die Zeichen nicht, so hängen wir die ganze Sippschaft.«

Jetzt wurde mir bange, doch was half's? Sie griffen uns und marschierten mit uns direkt zum Kirchhof, der anderthalb Meilen stromab lag. Die ganze Stadt zog hinter uns her, angelockt durch den Lärm, den wir machten und der nun immer ärger wurde.

Als wir an unserem Haus vorbeigingen, wünschte ich, ich hätte Mary Jane nicht fortgeschickt. Hätte ich ihr jetzt zuwinken können, so wäre sie gewiß erschienen, um mich zu retten und die Schurken zu überführen.

Wir stürmten den Flußweg hinab wie Wildkatzen. Noch dazu stieg ein Gewitter am Himmel herauf, Blitze zuckten, und der Wind sauste in den Bäumen, wodurch alles noch unheimlicher wurde. Ich war noch nie in einer so fürchterlichen Lage und großen Gefahr gewesen, und ich war wie niedergeschmettert, alles war anders gegangen, als ich erwartete: Anstatt daß ich's leiten konnte, wie ich vorhatte, in der Hoffnung, meinen Spaß daran zu haben und mich zur rechten Zeit von Mary Jane retten zu lassen, wenn der Spaß zuweit ging, bewahrte mich jetzt nichts in der Welt vor einem schmachvollen Tode, außer diese Tätowierungen. Wenn sie die nicht finden...!

Das war ein unerträglicher Gedanke, und doch vermochte ich an nichts anderes zu denken. Es wurde dunkler und dunkler, und ich hätte somit gute Gelegenheit zum Entwischen gehabt, aber der rücksichtslose Kerl, der Heinz, hielt mich am Handgelenk fest, und ich hätte mich eher vom Riesen Goliath losmachen können als von ihm. Er riß mich mit sich fort, und ich mußte immer aufpassen, daß ich nicht stürzte.

Als wir ankamen, war der Kirchhof von der Menge im Nu überflutet. Am Grab stellte sich heraus, daß hundertmal so viele Schaufeln mitgebracht waren, als man brauchte, aber niemand hatte an eine Laterne gedacht.

Doch sie gruben darauflos beim unsteten Leuchten des Blitzes und schickten einen Mann zum nächsten Haus, eine halbe Meile entfernt, nach einer Laterne.

So gruben sie denn unaufhaltsam; es wurde schrecklich finster und regnete, der Wind sauste daher, und die Blitze zuckten rascher. Die Leute kümmerten sich aber nicht darum, sie waren voller Erwartung. Einen Augenblick konnte man jedes Gesicht der großen Menge unterscheiden und sehen, wie die Erde schaufelweise aus dem Grab emporsprang; dann, im nächsten Augenblick, löschte die Finsternis alles wieder aus, so daß man keinen Schritt weit sehen konnte.

Endlich holten sie den Sarg heraus und schraubten den Deckel los.

Das war ein Drücken, Quetschen, Stoßen, Halsrecken – jeder wollte es sehen; bei dieser Finsternis war das ganz schrecklich. Heinz drängte sich auch vor und zog mich so heftig mit, daß ich beinahe geschrien hätte. Aber ich möchte wetten, daß er gar nicht mehr an mich dachte, so aufgeregt war er.

Plötzlich kam eine wahre Sintflut von Blitzen, und jemand rief: »Herr Gott, da liegt der Sack Gold auf seiner Brust!«

Heinz brüllte vor Erstaunen, die andern ebenfalls. Er ließ mich los und sprang vorwärts, um es auch zu sehen – die Eile aber, wie ich nach der anderen Richtung querfeldein sprang, kann sich kaum jemand vorstellen, der's nicht selbst erlebt hat.

Im Städtchen angelangt, spähte ich umher und sah, daß niemand auf der Straße war, darum flog ich auch geradewegs durch die Hauptstraße. Als ich mich unserem Hause nahte, war kein Licht da – alles dunkel. Das betrübte mich sehr; ich weiß selbst nicht warum.

Aber zuletzt, gerade als ich vorbeieilte, erglänzte plötzlich ein Licht in Mary Janes Fenster, und mir schwoll das Herz, als wollte es zerspringen; im nächsten Moment war das Haus hinter mir im Dunkel für immer verschwunden. Sie war das beste Mädchen, das mir je vorgekommen.

Sobald ich weit genug vom Städtchen war und mich sicher fühlte, sah ich mich um, wo ein Kahn zu finden sei. Bald zeigte mir der Blitz einen, der nicht angekettet war. Ich hinein und fort war eins. Es war ein Kanu, das nur mit einem Strick angebunden war. Mein Floß war weit weg in der Mitte des Stromes an der kleinen Insel, und ich durfte deshalb keine Zeit verlieren.

Als ich endlich hinkam, wäre ich vor Ermattung fast hingestürzt. Doch dürft ich's noch nicht und tat's auch nicht.

Ich sprang an Bord und rief: »Heraus, Jim, und schnell fort! Gott sei Dank, wir sind sie los!«

Jim sprang heraus und kam mit ausgebreiteten Armen auf mich zu. Als ich ihn beim Blitz erblickte, stand mir fast das Herz still, und ich fiel rücklings ins Wasser. Ich hatte ganz vergessen, daß er König Lear und ein ertrunkener Araber, alles in einem war; er hatte mich fast zu Tode erschreckt. Jim fischte mich wieder aus dem Wasser und wollte mich umarmen und herzen und so weiter. Er war so froh, mich wiederzusehen, ohne König und Herzog, aber ich rief: »Nicht jetzt – später, später, warte bis zum Frühstück, jetzt nur rasch fort!«

Im Augenblick waren wir los und trieben den Fluß hinab.

Ach, es tat so wohl, wieder frei zusammen auf dem großen Strom zu sein ohne widerwärtige Gesellschaft. Vor Freude sprang ich einigemal empor und schlug meine Hacken zusammen, ich konnte nicht anders; aber da hörte ich einen Laut, den ich wohl kannte, ich hielt den Atem an und horchte – und wahrhaftig, als der nächste Blitzstrahl übers Wasser zuckte, da sah ich sie kommen! Sie ruderten drauf los wie toll, daß der Kahn nur so dahinsauste! Ich wäre fast zusammengesunken und konnte kaum das Weinen zurückhalten.

Sie kamen aufs Floß. Der König sprang auf mich zu, packte mich am Kragen und rief: »Wolltest uns entwischen, du Racker! Bist unser müde, he?«

Ich sagte: »Nein, Majestät, sicher nicht, lassen Sie mich los!«

»Schnell 'raus damit, was hattest du vor, sprich, oder ich zermalme dich!«

»Ich will Ihnen ja alles ehrlich erzählen, Majestät, grad' wie es kam. Der Mann, der mich hielt, war recht freundlich und sagte, er hätte einen Sohn in meinem Alter letztes Jahr verloren; es täte ihm leid, einen Knaben in solcher Gefahr zu sehen. Als alle so erstaunt waren, das Gold zu finden, und auf den Sarg zusprangen, ließ er mich los und flüsterte: ›Jetzt lauf, was du kannst, oder du wirst sicher gehängt!‹ und ich lief. Warum hätte ich bleiben sollen, da ich doch nichts nützen konnte, und wozu sollte ich mich hängen lassen, wenn ich entwischen konnte?

So lief ich, bis ich das Kanu fand, und als ich hier ankam, mahnte ich Jim zur Eile, sonst würden sie mich fangen und doch hängen. Ich sagte ihm auch, ich fürchtete, daß Sie beide nicht mehr am Leben wären und wie leid mir das täte; Jim tat's auch leid, und wir freuten uns so, als wir Sie ankommen sahen. Fragen Sie nur Jim selbst, ob's nicht wahr ist.«

Jim bestätigte alles, doch der König gebot ihm zu schweigen und sagte: »Nun, das klingt freilich höchst wahrscheinlich.« Dann schüttelte er mich wieder und sagte, er würde mich ins Wasser werfen und ersaufen lassen.

Da rief der Herzog: »Laß den Jungen los, du alter Esel! Hättest du es anders gemacht? Hast du nach ihm gefragt, als du ausgerissen bist? Meines Wissens nicht!«

Da ließ mich der König los und begann auf die Stadt und alle ihre Bewohner zu fluchen, aber der Herzog rief: »Du tätest besser daran, auf dich selbst zu fluchen, du hast das beste Anrecht darauf, von dir selbst verflucht zu werden. Du hast von Anfang an nichts Gescheites getan, außer daß du kühn und frech mit dem erdichteten blauen Pfeil herauskamst. Das war ein glanzvoller Gedanke und das einzige, was uns rettete. Sonst hätten sie uns eingesperrt, bis das Gepäck der Engländer angekommen wäre, und dann stünde uns das Zuchthaus offen. Aber der Streich hetzte das Volk zum Kirchhof, und dann half uns das Gold erst recht. Denn wenn die aufgeregten Narren uns nicht losgelassen hätten, um das Gold zu sehen, hätten wir die Nacht in Halsbändern geschlafen, die uns länger gehalten hätten, als uns lieb gewesen wäre.«

Sie schwiegen eine Minute, dann sprach der König, wie in Gedanken: »Hm, und wir dachten, die Neger hätten es gestohlen.« Da wurde mir ängstlich zumute.

»Ja«, sagte der Herzog langsam und sarkastisch, »wir dachten's.« Eine halbe Minute später brummte der König: »Wenigstens ich dachte es.«

Da entgegnete der Herzog im selben Ton: »Im Gegenteil – ich dachte es.«

Da rief der König ärgerlich: »Hör mal, Sommerfett, was willst du damit sagen?«

Der Herzog entgegnete rasch: »Wenn's erlaubt ist, so möchte ich mir die Frage erlauben, was du damit meinst.«

»Hm«, rief der König sarkastisch, »vielleicht tatst du es im Schlafe und wußtest es selbst nicht.«

Da sagte der Herzog auffahrend: »Kerl, laß den Unsinn, hältst du mich für einen Narren? Meinst du vielleicht, ich wüßte nicht, wer das Geld in den Sarg gelegt hat?«

»Natürlich weiß ich, daß du es weißt, denn wer sollte es getan haben als du selber?«

»Du lügst«, schrie der Herzog und packte ihn.

Da rief der König: »Laß mich los! Laß meine Kehle los! – Ich nehme alles zurück.«

Der Herzog schrie: »Erst gestehe, daß du das Geld dort versteckt hast in der Absicht, mich loszuwerden, es später auszugraben und alles selbst zu behalten.«

»Wart einen Augenblick, Herzog, und beantworte diese eine Frage, ob du das Geld nicht hintastet, ehrlich, und ich will dir glauben und alles zurücknehmen, was ich gesagt.«

»Du alter Schurke, ich tat's nicht, und du weißt es wohl!«

»Nun denn, ich glaube dir. Aber beantworte mir noch das eine – werd nicht böse: Hattest du nicht im Sinn, das Geld zu entwenden und zu verstecken?«

Der Herzog schwieg einen Augenblick, dann sagte er: »Was ich im Sinn hatte, ist ganz gleich. Ich hab's nicht getan. Aber du hattest es nicht nur im Sinn, sondern tatest es auch.«

»So wahr ich lebe, Herzog, ich tat es nicht, wahrhaftig. Ich will nicht leugnen, daß ich es beabsichtigte, aber getan hab' ich's nicht, denn du – ich meine irgend jemand kam mir damit zuvor.«

»Du lügst, du tatest es und mußt es gestehen, oder...«

Der König, den der Herzog immer noch an der Kehle hatte, begann zu röcheln und rief dann halb erstickt: »Genug – ich gestehe!«

Ich war froh, es ihn sagen zu hören; ich fühlte mich um ein gut Teil leichter.

Der Herzog ließ ihn los und rief: »Wenn du es je wieder leugnest, ersäuf ich dich. – Ja, sitz nur da und plärre wie ein Kind, das paßt ganz zu einem Kerl, der so handelt wie du. Meiner Lebtage habe ich keinen solch alten Gauner gesehen, der alles verschlingt, wenn's darauf ankommt, und ich verließ mich auf dich, als seiest du mein eigener Vater.

Du solltest dich schämen, dabeizustehen und es auf die armen Neger kommen zu lassen, ohne ein Wort zu ihren Gunsten zu sagen. Es ärgert mich immer noch, daß ich so dumm war, es zu glauben. Verdammt, jetzt verstehe ich, warum du das Defizit gutmachen wolltest: Du hast das Geld, das beim Nonplusultra verdient war, und alles andere allein einsacken wollen.«

Der König sagte ängstlich und halb röchelnd: »Nein, Herzog, du wolltest ja das Defizit decken, nicht ich.«

»Ruhe! Ich will davon nichts mehr hören«, rief der Herzog. »Du siehst nun die Folgen. Sie haben all ihr eigen Geld zurück und all unseres dazu, bis auf einige Silberstücke. Mach, daß du zu Bett kommst, und schaffe mir keine Defizits mehr, solange du lebst.«

Der König kroch unters Zelt und suchte Trost bei seiner Flasche; bald tat der Herzog ein Gleiches.

In einer halben Stunde waren sie wieder die dicksten Freunde, und je trunkener sie wurden, desto mehr liebkosten sie sich, und bald schnarchten sie in gegenseitiger Umarmung. Sie waren riesig angeheitert, aber wie ich bemerkte, hütete sich der König wohl, darauf zurückzukommen, daß er das Gold nicht versteckt habe. Das war für mich eine wahre Erleichterung. Als die beiden schnarchten, erzählte ich natürlich Jim alles.

Wir trieben mehrere Tage stromab, ohne irgendwo anzuhalten, bis wir so weit südlich waren, wo das lange spanische Moos von den Bäumen hängt, als ob sie lange graue Barte hätten. Dann hielten wir wieder hier und da an. Die beiden versuchten ihr Glück mit Predigen, Wahrsagen, Mesmerismus, kurz mit allerlei, aber nichts wollte recht glücken. Sie wurden sehr mürrisch, und wir konnten ihnen nichts recht machen. Sie steckten viel beieinander und hatten manches zu flüstern, so daß Jim und ich anfingen zu fürchten, sie brüteten irgendeine Teufelei aus. Bald legten wir nicht weit von einem Städtchen an. Der König sagte, er wolle hingehen und sehen, ob Gelegenheit fürs Nonplusultra wäre, und wenn er bis Mittag nicht zurück sei, sollten der Herzog und ich nachkommen, und Jim sollte, wie gewöhnlich, das Floß hüten. Zu Mittag kam er nicht zurück. Der Herzog und ich gingen also zum Städtchen und fanden den König betrunken in einer Kneipe.

Er und der Herzog fingen an sich zu streiten; da dachte ich, meine Gelegenheit sei gekommen, und rannte zum Floß zurück, rief Jim, erhielt aber keine Antwort. Ich rief zwei-, dreimal, bekam aber keine Antwort. Da ging ich ein Stück Weges ins Land und begegnete einem Jungen, den ich fragte, ob er einen Neger gesehen hätte, und beschrieb ihm Jim. »Ja, den haben die Leute vor einer halben Stunde zur Sägmühle des alten Silas Phelps geschleppt«, sagte der Junge. Ich erfuhr auch von ihm, daß ihn ein kahlköpfiger alter Kerl für eine Belohnung von zweihundert Dollars gefangen und sein Anrecht darauf einem Farmer für vierzig Dollars abgetreten habe. Der Anschlagzettel habe den Neger beschrieben und er sei auf dem Floß gefangen worden.

Jetzt ging mir ein Licht auf. Der König hatte Jim für vierzig Dollar verschachert, während er allein in der Stadt war, und als der Herzog und ich den König am Nachmittag aufsuchten, wurde Jim unterdessen weggeführt.

Mir stand das Herz fast still. Dieser verräterische Schurkenstreich setzte der Handlungsweise der Majestät vollends die Krone auf. Ich dachte einen Augenblick daran, umzukehren und dem Schurken die Meinung zu sagen. Doch er und der Herzog hätten nur neue Schurkereien gegen mich ausgebrütet, und Jim wäre dadurch nicht geholfen gewesen. Armer, alter Jim, wie mochte ihm zumute sein! Nein, ich wollte die Kerle gar nicht wiedersehen, da brauchte ich der Vorsehung nicht ins Handwerk zu pfuschen, diese Kerle würde ihr Schicksal ohne mich ereilen, früher oder später, das wußte ich gewiß. Und darin hab' ich recht gehabt, das will ich nur gleich jetzt erzählen, damit ich gar nicht noch einmal an die Lumpenbrut zu denken brauche. Ein paar Tage später, als ich mit Tom ... Ja so, da verplappre ich mich, das gehört ja hier noch gar nicht hin! – Also, kurz und gut: Ein paar Tage später brachten Schiffsleute aus einem weiter stromab gelegenen

Städtchen die Nachricht, es seien dort ein paar Gauner geteert, gefedert und von einer großen Volksmenge begleitet durch die Straßen gehetzt worden. Die Beschreibung, die man von ihnen machte, paßte genau auf meine hohen Herrschaften von früher. Sie hatten das Nonplusultra einmal zuviel aufgeführt. Dieser Lohn war gerecht. Warum hatten sie den armen Jim verraten, der ihnen nie was zuleide getan?

Später hab' ich nichts mehr von ihnen gehört und gesehen und hoffe sehr, daß es auch nie mehr der Fall sein wird!

Jim fort – Alte Erinnerungen – Phelps' Sägmühle – Eine Verwechslung – In der Klemme

Jim, mein alter Jim war also richtig fort, schmachvoll verkauft und verschachert. Der Junge, der mir die Auskunft gegeben hatte, war längst weitergegangen, und ich stand immer noch da, ganz niedergeschlagen, und konnte keinen rechten Gedanken fassen, so laß ich mich denn unter einen Baum zu Boden fallen und sinn' und sinn' und denk' und denk' und kann doch nichts zusammendenken, als daß mein Jim fort ist und ich nun wirklich ganz allein bin.

Mir kamen die Tränen, so einsam und verlassen fühlte ich mich.

War ja all mein Lebtag auf mich selbst angewiesen gewesen, es hatte ja nie jemand nach mir gefragt, außer mein Alter, wenn er Geld brauchte, aber Jim – der hatte mich liebgehabt, wirklich liebgehabt, dem war ich auch was wert: Meinen Jim mußte ich wiederhaben! Darüber kam ich nicht hinaus!

Ungefähr eine Stunde von hier soll Silas Phelps wohnen, so hatte der Junge gesagt. Ich besinn' mich nicht lange und lauf tapfer zu.

Auf einmal aber schießt es mir durch den Kopf: Was willst du denn eigentlich tun, wenn du dort bist, wo sie Jim hingebracht haben? Das machte mich stutzig; darüber hatte ich noch gar nicht nachgedacht, und so schlich ich mich wieder in den Wald, setzte mich unter einen Baum und überlegte.

Was wollte ich eigentlich? Ja, da lag's! Ihm jetzt noch einmal zur Flucht verhelfen? Das erste Mal war er von selbst durchgebrannt, und ich hatte ihn unterwegs getroffen. Jetzt aber müßte ich alles auf mein Gewissen nehmen, und die ganze Schuld würde allein auf mich fallen. Ich wäre vor Scham unter den Boden gesunken, wenn ich Tom Sawyer oder einen der andern gesehen hätte. Ach, es waren doch schöne Zeiten dort im alten lieben Nest! Selbst bei der Witwe ließ sich's ertragen, und Miss Watson meinte es doch auch nur gut. Und ich? Zum Dank dafür wollte ich ihrem Jim zur Flucht verhelfen! So konnte nur ein ganz räudiges, verlorenes Schaf, wie ich, denken. Wie? –

Wenn ich mich nun hinsetzte und schriebe einen Brief: »Liebe Miss Watson, Ihr Nigger Jim ist hier in...«, ja so, den Namen wußte ich ja noch nicht, der ließ sich aber leicht ermitteln. Also: »Jim ist hier bei Mr. Phelps, und gegen die versprochene Belohnung können Sie ihn wiederhaben – Huck Finn!«

Wenn ich so schriebe, dann wäre alles gut, mein Gewissen rein, und Jim, ja Jim, der arme Kerl, der müßte eben dafür büßen. Der arme Jim! Ach, er war so gut und so freundlich mit mir gewesen und hatte mich immer so liebgehabt. Schon dort bei der Witwe und nun gar erst auf unserm lieben Floß. Wie oft hatte er für mich gewacht und mich schlafen lassen! Wie hatte er für mich gesorgt! Er war stolz darauf, daß ich bei ihm war und mit ihm lebte, und wie dankbar war er für alles! Und ich sollte ihn verlassen?

Sollte ich es ruhig mit ansehen, wie sie ihn wieder zurückschleppten und Miss Watson ihn aus lauter Wut weit weg von Weib und Kindern verkaufte?

Ich meinte Jims kummer-volles Gesicht zu sehen! Nein, ich konnte nicht so treulos sein.

Und wenn es Todsünde wäre und ich geradewegs zur Hölle müßte. Na, dort würde auch eher Platz für Huck Finn, den Schmierfink, sein, als da oben in den glänzenden Himmelshallen bei den sauberen Engelein! Ich konnte doch nichts Besseres verlangen – so ein armer, elender Teufel, wie ich einer bin. Es war ja schrecklich, einem Nigger durchzuhelfen, das wußte ich; es war schlimmer als lügen und stehlen und rauben und morden; aber einerlei, ich konnte doch Jim nicht im Stich lassen! Als ich soweit mit mir im klaren war, sprang ich auf, wanderte rüstig vorwärts und dachte, alles übrige, wie und auf welche Weise ich dem armen Jim helfen könnte, werde sich schon finden, wenn ich erst einmal an Ort und Stelle wäre.

Mein Weg führte noch eine Strecke weit durch dichten Wald, dann erreichte ich ein frisches, grünes Tal, sah ein Gebäude von fern, und lief drauf zu. Meine Vermutung bestätigte sich; bald sah ich das Schild: Sägmühle von S. Phelps. Da war ich also an Ort und Stelle und wollte nun das Schicksal gewähren lassen, wie es mich trieb.

Alles ringsum war wie ausgestorben, es war still, wie am Sonntag, und heiß und sonnig. Die Leute schienen alle auf dem Feld bei der Arbeit zu sein, und in der Luft schwirrte und summte es von Käfern und Insekten; dieser Ton gibt einem immer das Gefühl, als ob alles vereinsamt, jedermann gestorben und begraben sei. Kommt dann ein leichtes Lüftchen und bewegt die Blätter leise, so meint man das Flüstern der Geister der Dahingeschiedenen zu hören, und es läuft einem ordentlich kalt über den Rücken, und man wünscht selbst tot und begraben zu sein, erlöst von all dem Übel der Welt.

Silas Phelps' Farm war eine Baumwollpflanzung, wie man sie zu Dutzenden trifft und die man im Traum beschreiben kann. Ein Zaun rings um den großen Hof, ein paar elende Grasplätzchen drin, sonst kahl und glatt wie ein abgeschabter Filzhut. In der Mitte ein großes Blockhaus für die Familie aus behauenen Hölzblöcken, die Spalten dazwischen mit Speis und Mörtel zugeschmiert und vorzeiten einmal getüncht. Dicht daneben eine Küche, durch einen breiten, großen, offenen, aber überdachten Gang mit dem Haus verbunden.

Hinter der Küche die Räucherkammer. Gegenüber drei Negerhütten in einer Reihe, dann eine einzelnstehende weiter hinten gegen die Rückseite des Zauns zu, dann noch ein paar Wirtschaftsschuppen in derselben Richtung.

Bei der kleinen alleinstehenden Hütte sehe ich einen großen Kessel zum Seifensieden, vor der Küchentür eine Bank mit einem Wassereimer und Schöpfer drauf, ein Hund liegt ausgestreckt davor und schläft mitten in der heißesten Sonne. Im Hof noch mehrere Hunde, ebenso beschäftigt. In einer Ecke des Hofs ein paar schattenspendende Bäume, am Zaun einige Johannisbeer- und Stachelbeerbüsche. Außerhalb des Zaunes ein Garten und ein Melonenbeet, dann die Baumwollfelder und dahinter die Wälder. Ich ging erst einmal ringsherum und betrachtete mir das Ganze von allen Seiten. Dann kletterte ich hinten über den Zaun und ging direkt auf die Küche zu. Kaum war ich ein wenig näher gekommen, so hörte ich das Summen eines Spinnrads, immer denselben kläglichen, gleichmäßigen, einförmigen Ton, und nun kam mir erst recht der Wunsch, tot zu sein, denn von allen Geräuschen der Welt ist mir dies das unausstehlichste, es macht mich ganz traurig und melancholisch.

Abhalten ließ ich mich aber nicht, sondern schritt kühn vorwärts und hoffte, daß die gütige Vorsehung mir die rechten Worte zur rechten Zeit schon in den Mund legen würde; bis jetzt hatte sie's wenigstens immer im richtigen Moment getan, sobald ich sie nur ruhig hatte gewähren lassen.

Kaum war ich halbwegs bis zur Küche vorgerückt, als sich erst ein Hund und bald darauf ein zweiter kläffend erhoben. Im nächsten Moment war ich von ungefähr fünfzehn umringt, wie die Achse eines Rades von den Speichen, und alle hoben ihre Köpfe und Nasen nach mir und bellten und heulten in allen Tonarten. Wohin ich auch blickte, aus allen Ecken und Enden, hinter den Hütten hervor und über den Zaun herüber kam noch neuer Nachschub angesegelt; ich stand ganz still dazwischen, rührte mich nicht und betrachtete mir die Meute.

Ein altes Negerweib kam jetzt aus der Küche angerannt und verscheuchte die Bestien mit einem Bratspieß, den sie kriegerisch schwang. »Wollt ihr wohl? – Du Tiger und du Juno, fort mit euch!« schrie sie immerwährend und hieb bald dem einen, bald dem andern eins über.

Die Getroffenen klemmten den Schwanz ein und machten sich davon, um im nächsten Moment wedelnd zurückzukehren und Freundschaft mit mir zu schließen. Ein Hund ist gar nicht so schlimm, wenn man ihn zu behandeln weiß!

Der Alten folgte noch ein kleines schwarzes Mädchen und zwei Niggerjungen in sehr spärlicher Kleidung, und sie hingen sich an ihrer Mutter Rock und blinzelten dahinter hervor nach mir, scheu und ängstlich wie junge Vögelchen, wie sie's immer machen, die kleinen schwarzen Bälge. Plötzlich stürzte aus der Tür des Wohnhauses eine weiße Frau, ihre Kinder auch hinter ihr her, die sich ebenso benahmen wie ihre kleinen dunklen Vettern. Das Gesicht der Frau strahlte von Freundlichkeit, ihr Mund war ganz breitgezogen, so lachte sie und freute sie sich. Schon von weitem rief sie mir zu: »Also da bist du endlich! Bist du's denn wirklich?«

»Gewiß, ich bin's!« – Diese Antwort war heraus, ehe ich nur wußte, was ich tat oder redete.

Sie riß mich an sich und preßte mich in ihre Arme, daß mir beinahe der Atem verging. Dann ergriff sie meine beiden Hände und schüttelte und drückte sie, während ihr die Tränen aus den Augen stürzten.

Sie konnte gar nicht fertig werden mit Schütteln und Umarmen und schluchzte fortwährend: »Ach, du siehst deiner Mutter gar nicht so ähnlich, wie ich dachte, aber das schadet nichts, lieber Junge. Gott, was freue ich mich, dich zu sehen, ich möchte dich wahrhaftig aufessen! Kinder, das ist euer Vetter Tom, gebt ihm die Hand und sagt ihm guten Tag!«

Die aber steckten die Finger in den Mund und ließen die Köpfe hängen. Sie aber achtete darauf gar nicht und schwatzte immer weiter: »Liese, tummel dich, daß er was zu essen bekommt. Du wirst recht hungrig sein, Tom?«

Ich sagte, ich habe schon auf dem Boot gegessen und sei nicht besonders hungrig, was sehr gegen die Wahrheit war. So gingen wir denn dem Hause zu, sie führte mich an der Hand, und die Kinder trotteten hinterher.

Im Zimmer setzte sie mich auf einen Rohrstuhl, zog sich einen Schemel heran und hielt immer meine beiden Hände fest. Lange sah sie mir ins Gesicht, dann rief sie: »Endlich, endlich, kann ich dich einmal nach Herzenslust betrachten, mein Junge, Gott, wie sich meine Augen danach gesehnt haben seit Jahr und Tag.

Aber ich habe dich schon früher erwartet, vor ein paar Tagen schon. Was hat dich denn aufgehalten? Ist dem Boot was passiert?«

»Ja, Madam – das Boot...«

»Aber, Junge, so sag doch nicht Madam, sag doch Tante Sally! Also was war's mit dem Boot, und wo ist's passiert?«

Die letzte Frage war nun schwer zu beantworten, und so ließ ich sie fallen, wußte ich doch nicht, aus welcher Richtung mein Boot erwartet wurde, sagte also einfach: »Ja, es platzte eine der Dampfröhren!«

»Guter Gott, es wurde doch niemand verletzt?«

»O nein, niemand, nur ein Nigger getötet.«

»Nun, das ist ein Glück, das hätte schlimm verlaufen können! Vor zwei Jahren, an Weihnachten, kam dein Onkel einmal von New

Orleans zurück auf der alten Sally Rook, und da passierte ganz dasselbe, und ein Mann wurde schwer verletzt und starb bald drauf, glaub' ich. Er war ein Baptist; dein Onkel wußte von einer Familie in Baton-Rouge, die seine Leute ganz genau kannte. Ja, ich erinnere mich jetzt ganz deutlich, er starb wirklich und wahrhaftig an den Verletzungen.

Blutvergiftung kam noch dazu, und er mußte amputiert werden, es half aber alles nichts, er wurde schließlich blau am ganzen Körper und starb in der Hoffnung auf ein ewiges Leben. Es soll schrecklich zum Ansehen gewesen sein.

Na, was ich sagen wollte, dein Onkel war beinahe jeden Tag drüben in der Stadt, um nach dir zu sehen. Gerade jetzt ist er wieder dort, schon seit einer Stunde, und muß jeden Augenblick zurückkommen. Hast du ihn denn nicht unterwegs getroffen, wie? Ein alter Mann mit einem ...«

»Nein, ich hab' niemand gesehen, Tante Sally. Gleich nachdem das Boot angelegt hatte, machte ich mich auf den Weg hierher. Da es aber so heiß war, legte ich mich ein wenig in den Wald und muß bald eingeschlafen sein. Beim Gerassel eines Wagens fuhr ich in die Höhe und ging weiter. – Vielleicht saß gerade der Onkel in dem Wagen?« – »Da magst du recht haben! Wie lang ist es wohl her?«

»Ja, das weiß ich nicht so genau, vielleicht eine Stunde.«

»Ei, wo hast du denn dein Gepäck? Soll es jemand holen?«

»Weil es so heiß war, hab' ich mein Bündelchen im Wald liegenlassen; ich hab's gut versteckt und am Weg ein Zeichen gemacht, damit ich's wiederfinde.«

»Ja, da mußt du freilich selber hin«, sagte sie.

Mir aber war's allmählich so unbehaglich geworden, daß ich kaum mehr hören und sehen konnte. Mein Kopf glühte mir nur so, und gern hätte ich einmal die Kinder beiseite genommen, um von ihnen herauszukriegen, wer ich denn eigentlich sei. Aber daran war nicht zu denken. Frau Phelps schwatzte und schwatzte in einem fort, ihr Mund bewegte sich immerzu wie ein Mühlrad. Auf einmal hörte ich sie sagen: »Da schwatzen wir aber immer drauflos, und du hast mir noch kein Wort von der Schwester und allen dort erzählt. Na, ich stell' meine Mühle ab, leg du mal los, Junge, und berichte mir von allem und jedem, hörst du? Sag mir, wie's ihnen geht, was sie tun und treiben, was sie dir für mich aufgetragen haben, jedes kleinste Wort, an das du dich erinnern kannst. Na, Junge!«

Mir lief bei diesen Worten eine Gänsehaut über den ganzen Leib. Da saß ich nun fest! Bis hierher hatte mir die gütige Vorsehung durchgeholfen, nun schien sie mich schmählich im Stich lassen zu wollen.

Ich schnappte nach Luft wie ein Fisch auf dem Trockenen nach Wasser und marterte mein Hirn ab, um einen einigermaßen geeigneten Ausweg zu finden. Wie ich eben den Mund auftun will, um mir mit ein paar kleinen, unschuldigen Flausen erst Luft zu verschaffen, eh' ich weiter in dies gefährliche Fahrwasser tauche, faßt sie mich hastig am Arm, zerrt mich hinters Bett, und flüstert: »Da kommt er! Zieh doch deinen Kopf ein bißchen ein – noch tiefer, so ist's recht, nun kann er dich nicht sehen. Daß du dich nicht verrätst, hörst du? Ich will ihn einmal ordentlich anführen. Kinder, ihr sagt mir kein Wort von Vetter Tom, sonst gibt's was!«

Ich saß gut in der Klemme, aber bange machen gilt nicht, und so hielt ich eben stille und wartete ab, bis der Blitz niederfuhr.

Ich konnte gerade noch einen flüchtigen Blick auf den alten Mann werfen, der nun ins Zimmer trat, ehe ihn das Bett verdeckte. Frau Phelps springt auf ihn los und schreit: »Ist er da?«

»Nein!« sagt der Mann.

»Herr, du mein Gott«, jammert sie da, »was in aller Welt ist aus dem armen Jungen geworden?«

»Ja, da fragst du mich mehr, als ich dir sagen kann«, und der alte Herr zuckt die Schultern, »ich muß sagen, ich fange ernstlich an, mir Sorge zu machen.«

»Sorge?« schreit sie auf, »Sorge? Mir kostet's nächstens den Verstand! Er muß ja da sein, gewiß hast du ihn nur unterwegs verfehlt, Alter, ja, ja, so wird's sein, ganz gewiß; ich ahne, daß es so ist!«

»Na, Sally, verfehlt! Das ist auf dem Wege ja rein unmöglich.«

»Aber, ach, du allmächtiger Herr im Himmel, was wird die Schwester sagen! Was wird sie sich für Gedanken machen! Er muß ja gekommen sein – du mußt ihn verfehlt haben! Er ...«

»Na, Alte, mach mich nicht toll, ich weiß kaum, was ich denken soll, ich bin wahrhaftig am Ende meiner Weisheit, und die Geschichte ist mir unbegreiflich! Gekommen ist er aber nicht, soviel steht fest, denn ich kann ihn nicht verfehlt haben. Ach, Sally, es ist schrecklich, schrecklich. Ich fange wahrhaftig an, zu glauben, daß dem Boot etwas passiert sein muß!«

»Da, Silas, sieh doch einmal dahin – zum Fenster hinaus! Kommt dort nicht jemand daher?«

Er sprang ans Fenster und starrte hinaus, dem Zimmer den Rükken kehrend, und das war's, was sie wollte. Flink bückte sie sich nach mir und faßte mich am Rockkragen; ich kroch hinter dem Bett hervor, und wie sich der alte Herr wieder umdrehte, stand sie strahlend und leuchtend und glühend da, wie eine ganze Feuersbrunst, und ich daneben, erbärmlich wie ein begossener Pudel mit hängenden Ohren und hängendem Schwänze. Mir brach der Angstschweiß aus allen Poren.

»Na, wen haben wir denn da?« ruft er und starrt mich an.

»Wen meinst du wohl?« fragt sie schlau.

»Woher soll ich das wissen? Ich hab' keine Ahnung! Wer ist's denn?«

»Ei, Tom Sawyer ist's, Männchen!«

Mir war's, als zuckte ein Blitzstrahl vom Himmel und schlüge neben mir ein. Tom Sawyer! Aber ehe ich noch Atem schöpfen konnte, hatte mich schon der alte Mann bei der Hand und drückte und schüttelte sie, bis er genug hatte. Und seine Frau tanzte um uns herum wie ein Indianerhäuptling und lachte und weinte, und beide feuerten zwischendurch ganze Salven von Fragen auf mich los über Tante Polly und Sid und Mary und die übrigen.

Ihre Freude aber, so groß sie auch sein mochte, war nichts gegen die meine. Ich fühlte mich wie neugeboren, wußte ich doch endlich, wer ich eigentlich war! Und daß ich mich als solch' guter alter Bekannter entpuppte, das, nein das – ich kann gar nicht sagen, wie mir zumute war! Eine ganze Stunde lang bestürmten mich nun die beiden mit ihren Fragen, und meine Redewerkzeuge waren endlich so müde, daß sie beinahe den Dienst versagten. Ich hatte den beiden aber auch mehr über meine Familie, das heißt die Familie Sawyer, erzählt, als sechs Familien in sechsmal sechs Jahren erleben können. Dann sprach ich von meiner Reise, dem Boot, der geplatzten Zylinderröhre, und sie hingen an meinem Munde und verschlangen sozusagen jedes Wort.

Ich fühlte mich nun so wohl und munter wie ein Fisch im Wasser und plätscherte und schwamm im Strom meiner Beredsamkeit lustig weiter. Es gab nichts Lustigeres und Behaglicheres, als Tom Sawyer vorstellen zu dürfen, und ich hatte mich bereits bestens in die Rolle eingelebt, als ich mit einemmal das Keuchen eines Dampfboots aus der Ferne hörte. Da erst kam mir der Gedanke: Wenn nun Tom, der wirkliche Tom, mit dem Boot angekommen ist, auf einmal zur Tür hereintritt und meinen Namen ruft, noch ehe ich ihm einen Wink geben kann, und dadurch alles verraten und verloren ist? Die Angst trieb mir den Schweiß auf die Stirn. Nein, das durfte nicht sein, das mußte ich verhindern um jeden Preis! Ich mußte ihm entgegeneilen, um ihn von meiner Lage zu unterrichten. So sagte ich denn, ich wolle zurück und nach meinen Sachen sehen, sonst könnten sie mir am Ende doch noch abhanden kommen. Der alte Mann wollte mich durchaus begleiten, ich aber dankte und sagte, ich könne gut allein, er dürfe mir das Pferd ruhig anvertrauen, ich freue mich darauf, allein zu fahren, und er möge sich, um alles in der Welt, meinetwegen nicht noch einmal in der Hitze so weit bemühen. Das sah er endlich ein und ließ mich gewähren.

Ein Nigger-Dieb – Südliche Gastfreundschaft –
»Er unverschämter junger Flegel!« – Ein dauerhaftes Gebet

Ich also auf und mit dem Wagen der Stadt zugerast. Wie ich halbwegs dort bin, sehe ich ein andres Gefährt von der Stadt her auf mich zukommen, und wer sitzt drin, Tom Sawyer, der alte Tom, wie er leibt und lebt, und da halt' ich meinen Wagen an und warte, bis er dicht bei mir ist. Dann schrei ich: »Halt!«, und er hält, und wie er mich sieht, klappt sein Mund auf wie ein Scheunentor, bleibt auch so stehen, und er schluckt zwei- oder dreimal, als habe er einen ziemlich trockenen Hals gekriegt, und beginnt dann zu flehen: »Ich hab' dir ja nie was zuleid getan, Huck Finn, und das weißt du auch. Und ich war immer dein guter Kamerad, all mein Lebtag, und du, du kommst und spukst hier oben 'rum ohne alle Ursache und willst mir Angst mach eh – mir, deinem alten Tom?« Sag' ich: »Alter Narr! Wie kann ich spuken, wenn ich doch nie weggewesen bin vom Sonnenlicht?«

Meine Stimme schien ihn etwas zu beruhigen, aber ganz beruhigt war er noch nicht.

»Mach mir keinen Unsinn vor, Huck, gewiß und wahrhaftig, ich tät's auch nicht an deiner Stelle. Also, Hand aufs Herz, du bist wirklich nicht dein Geist?«

»Hand aufs Herz, der bin ich nicht!«

»Na, ich – ich – ich sollte dir jetzt freilich glauben, aber siehst du, ich – ich kann's nicht begreifen. Bist du denn damals überhaupt gar nicht ermordet worden?«

»Nee, das ist mir, Gott sei Dank, noch nie passiert! Tom, Dummerjan, merkst du's denn nicht? Ich hab' ja nur so getan, um den Alten und alle loszuwerden. Na, glaubst du's noch nicht? Steig mal 'rüber zu mir und visitier mich, da wirst du schon fühlen, daß ich Fleisch und Knochen habe!«

Das tat er dann und gab sich danach zufrieden. Er schien furchtbar froh zu sein, daß er mich wiedersah, und wußte gar nicht, wie er es mir genug zeigen könnte. Dann wollte er genau den ganzen Hergang wissen. Es war ein geheimnisvolles Abenteuer, so recht nach seinem Geschmack.

Ich aber vertröstete ihn auf später, nahm ihn erst einige Schritte weit beiseite, daß uns sein Kutscher nicht hören konnte, erzählte ihm von der Klemme, in der ich mich befand, und bat ihn, sich zu überlegen, wie wir uns heraushelfen könnten. Er sagte, ich solle mal ein bißchen still sein und ihn nachdenken lassen; er dachte und dachte und dann meinte er: »Jetzt hab' ich's! Ich hab's! So muß es gehen! Du nimmst meinen Koffer auf deinen Wagen und sagst, es sei deiner, und dann fährst du recht langsam zurück, so daß du nicht früher ankommst, als sie dich erwarten können. Ich fahr' wieder ein Stück zurück und komm' dann erst wieder, so etwa eine halbe Stunde nach dir, und das Weitere wirst du schon sehen, du brauchst zuerst gar nicht zu tun, als ob du mich kenntest.«

Sag' ich: »Ganz recht! Aber wart einmal, da ist noch etwas zu bedenken – etwas, das kein Mensch weiß, außer mir. Da ist nämlich noch ein Nigger gefangen dort bei deinen Verwandten, den ich gerne befreien möchte – es ist Jim, Miss Watsons Jim, weißt du?«

»Was? Jim ist ja ...«

Er hält ein und sinnt nach, ich aber sage schnell: »Ich weiß, was du denkst, Tom! Du denkst, das sei ein recht gemeiner, elender Plan, und das ist's auch! Aber was liegt mir dran? Ich bin auch gemein und elend, und ich will ihn freimachen und ihm helfen, und du darfst mich nicht verraten, gelt, das versprichst du mir, Tom?«

Seine Augen blitzten auf: »Ich – dich verraten? Helfen will ich dir!«

Mir fielen die Arme am Leib nieder, als hätte ich einen Schuß bekommen. Das war das Erstaunlichste, was ich je in meinem Leben gehört hatte, und, so leid es mir tut, ich muß sagen, Tom Sawyer sank dadurch ziemlich in meiner Achtung. Ich traute meinen Ohren kaum: Tom Sawyer, der Sohn ehrbarer Leute, ein Nigger-Dieb. Das war mehr, als ich fassen konnte!

»Unsinn«, ruf ich, »du willst mir was weismachen!«

»Nein, ganz im vollen Ernst, Huck, ich mach' dir nichts vor!«

»Na, gut«, sag' ich, »vormachen oder nicht vormachen, auf jeden Fall vergiß nicht, wenn du dort von einem durchgebrannten Nigger hören solltest, daß wir beide, weder du noch ich, etwas davon wissen!«

Das war denn abgemacht, und nun nahmen wir den Koffer und stellten ihn in meinen Wagen. Er fuhr seinen, ich meinen Weg, und sooft ich mich umdrehte, sah ich Toms verwundertes, noch halb und halb ungläubiges Gesicht mir nachstarren. Natürlich vergaß ich darüber ganz, daß ich langsam fahren sollte, um nicht zu früh wieder einzutreffen, fuhr in Gedanken immer drauflos und kam selbstverständlich etwa in der Hälfte der Zeit zurück, die ich für die Länge des Weges hätte brauchen müssen.

Der alte Mann stand am Tor und rief mir entgegen: »Nein, das ist wunderbar! Wer hätte je gedacht, daß die alte Mähre das leisten könnte. Die hab' ich tüchtig unterschätzt. Die geb' ich nun nicht für hundert Dollar her. Vorher hab' ich fünfzehn verlangt und gedacht, damit sei sie bis in die alte Haut hinein bezahlt. Sieh, sieh, wer hätte das gedacht. Und dabei ist ihr kein Haar naß geworden – nein, es ist wunderbar!«

Dabei half er mir kopfschüttelnd beim Ausschirren; es war die beste und argloseste Seele von der Welt! Das wunderte mich aber gar nicht, denn er war nicht nur Farmer, sondern auch Prediger. Er hatte seine kleine hölzerne Kirche, die zugleich Schulhaus war und an der Grenze der Plantage lag, selber und auf eigene Kosten errichtet; und auch für seine Predigten rechnete er nichts an. Da drunten im Süden gibt's viele Prediger-Farmer oder Farmer-Prediger dieser Art.

Nach ungefähr einer Stunde kam Toms Wagen in Sicht. Tante Sally entdeckte ihn zuerst vom Fenster aus, als er noch etwa fünfzig Meter weit entfernt war.

»Ach, da kommt ja jemand! Wer das wohl sein mag? Ach herrje, das ist ein Fremder! Jimmy (das war eins von den Kindern), lauf mal schnell und sag der Liese, daß sie noch einen Teller mehr auf den Tisch stellt!«

Alles stürzte nun der Türe zu, denn ein Fremder zeigt sich hier nicht alle Jahre, und wenn mal einer kommt, interessiert man sich für ihn sogar noch mehr als für das gelbe Fieber! Tom war inzwischen vom Wagen gesprungen und befand sich schon auf halbem Weg zur Türe, während der Wagen wieder der Stadt entgegenrasselte. Wir drückten uns in der Türöffnung zusammen wie eine Herde Schafe, und eins suchte immer das andere zu verdrängen. Tom hatte seine besten Kleider an und ein Auditorium vor sich, und da fühlte er sich allemal ganz mächtig. Auch jetzt trug er sich mit der ganzen großen Würde, über die er verfügte. Er schlich sich nicht linkisch und verschämt heran, nein, stolz und aufrecht schritt er einher, wie ein Kalkutta-Hahn. Bei uns angelangt, lüftet er anmutig seinen Hut, als wäre es der Deckel einer Schachtel, in der ein seltener Schmetterling sitzt, und fragt: »Herrn Archibald Nichols habe ich wohl die Ehre vor mir zu sehen?«

»Nein, mein Junge«, erwiderte der alte Herr, »der bin ich nicht, das tut mir leid. Der Kutscher muß sich wohl geirrt haben. Nichols' Farm ist noch etwa drei Meilen weiter. Aber nur herein, nur herein!«

Tom blickte über die Schulter zurück dem Wagen nach, der eben dem Auge entschwand, und sagt: »Das ist zu spät – den hol' ich nicht mehr ein!«

»Ja, der ist fort, mein Sohn, und du mußt nun eben mit uns vorliebnehmen. Nach dem Essen spann' ich dann an, und fahr' dich zu Nichols hinüber.«

»Ach, das kann ich aber doch kaum annehmen, mein Herr, ich kann Ihnen unmöglich diese Mühe machen. Könnte ich denn nicht gehen? Ich bin gut zu Fuß, und drei Meilen sind keine so große Entfernung!«

»Wir lassen dich nicht gehen! Das wäre mir eine schöne Gastfreundschaft. Wir im Süden halten da was drauf! Nur immer herein!«

»Oh, bitte«, sagte nun auch Tante Sally, »es ist uns gar keine Mühe, nur Freude. Du mußt bleiben! Wir können dich den langen, staubigen Weg nicht machen lassen.

Als ich den Wagen kommen sah, habe ich gleich in der Küche gesagt, daß man einen Teller mehr hinstellt, es ist also alles in Ordnung. Bitte also hereinzukommen und sich's bequem zu machen!«

Tom ließ sich erbitten, dankte den guten Leuten sehr höflich und schön und trat ein. Als er im Zimmer war, sagte er mit einer Verbeugung, er komme von Hicksville in Ohio, sein Name sei William Thomson, zum Schluß dienerte er nochmals.

Man setzte sich zusammen, und er erzählte über Hicksville, über die Leute dort, über sich, seine Reise; der Mund stand ihm keinen Augenblick still, und der Stoff schien ihm nur so zuzuströmen.

Denk' ich bei mir, das ist alles recht und gut und schön, wie es mir aber aus der Patsche helfen soll, begreif ich doch nicht recht.

Da plötzlich, mitten im Reden, beugt er sich vor und küßt Tante Sally, neben der er saß, herzhaft, so recht saftig auf den Mund, lehnt sich dann behaglich in seinen Stuhl zurück, als ob nichts geschehen sei, und schwatzt weiter. Entrüstet springt die gute Frau auf, wischt sich mit dem Rücken der Hand ein paarmal kräftig über den Mund und fährt Tom an: »Er unverschämter, junger Flegel!«

Der sieht beleidigt aus und sagt nur: »Ich bin wahrhaftig ganz erstaunt, liebe Frau!«

»Du? Erstaunt? Da hört denn doch alles auf! Ei, was soll man dazu sagen? Ich hätte gute Lust, einen Stock zu nehmen und doch, wie kommst du dazu, mich zu küssen? Heraus damit, ich will's wissen! Was hast du dir dabei gedacht?«

Ganz demütig erwiderte er: »Gedacht? Gar nichts! Ich dachte nichts Schlimmes, ich, ich dachte, es wäre Ihnen angenehm!«

»Na – jetzt aber, verrückter Bursche, wart!« Sie griff nach einem Spazierstock ihres Mannes, und es sah beinahe so aus, als wolle der Stock durchaus auf Toms Rücken tanzen und sie könne ihn nur mit Mühe zurückhalten. »Was hat dich denn auf den tollen Gedanken gebracht, es könne mir angenehm sein?«

»Ich – ich weiß nicht. Man hatte mir so gesagt!«

»Man hatte dir so gesagt? Wer dir das gesagt hat, ist auch ein Narr wie du, ein Tollhäusler, ein, ein – wer ist denn dieser man?«

»Ach, jedermann! Alle haben das gesagt!«

Sie konnte kaum mehr an sich halten, ihre Augen sprühten Funken, und ihre Finger krümmten sich, als wolle sie ihm die Augen auskratzen. Ganz heiser stößt sie heraus: »Wer sind alle? Heraus mit den Namen, oder ich werde noch verrückt!«

Tom sprang auf und schien sehr bekümmert. Halb weinend stottert er: »Das tut mir leid, aber das hätt' ich nicht erwartet! Sie haben mir's aufgetragen, alle! Alle sagten: Gib ihr einen herzhaften Kuß, das wird sie freuen, wird ihr angenehm sein. Alle sagten das jeder einzelne! Aber jetzt tut mir's leid, gute Frau, daß ich's getan, gewiß und wahrhaftig, und ich will's nie, nie wieder tun!«

»Nie wieder tun? Nun, das will ich doch meinen!«

»Nein, gewiß und wahrhaftig, nie wieder, bis ich drum gebeten werde! Bis Ihr mich drum bittet!«

»Bis ich dich drum bitte? Hat man je so etwas gehört? Junger Mensch, ich sag' dir, du kannst so alt werden wie ein Methusalem, ehe ich dich oder deinesgleichen um so etwas bitte!«

Tom schüttelt zweifelnd den Kopf und sagt vor sich hin: »Mich wundert's, wundert's grenzenlos, ich kann gar nicht klug daraus werden! Sie haben mir's doch alle gesagt, und ich hab's auch selbst gedacht! Aber –«, er hielt ein und sah sich langsam rings nach allen Gesichtern um, als wolle er irgendwo eine Zustimmung entdecken. Am Auge des alten Mannes blieb sein Blick hängen, und er fragte nun ihn: »Haben auch Sie nicht gedacht, es wäre ihr lieb, wenn ich sie küßte?«

»Ich – ich? Nein, der Gedanke ist mir wirklich nicht gekommen!«

Tom forscht nun weiter in den Gesichtern, und bei mir angelangt, fragt er: »Und du, Tom, hast du nicht auch geglaubt, Tante Sally werde die Arme öffnen und rufen: ›Sid Sawyer‹!«

»Herr des Himmels!« schreit diese und fährt auf ihn zu, »du Taugenichts, du Schlingel du! So seine arme, alte Tante anzuführen, wart!«

Sie will ihn an sich ziehen, er aber wehrt sie ab: »Nicht, erst wenn du mich drum bittest, Tante Sally«, neckte er.

Und sie verliert keine Zeit und bittet und umarmt und küßt ihn wieder und wieder, und dann liefert sie ihn dem alten Manne aus, und der nimmt auch sein Teil.

Dann, als die guten Leutchen wieder ruhig geworden, sagte sie: »Ei, du lieber Himmel, nein, diese Überraschung! Wir haben nur Tom erwartet! Tante Polly schrieb nie von dir, Sid, nur immer von Tom. Wie kam denn nur alles so?«

»Ja, es war auch immer nur von Tom die Rede. Da habe ich aber gebettelt und gefleht bis zur letzten Minute, ich wolle mit, und endlich bekam ich's auch erlaubt. Auf dem Boot nun haben wir ausgemacht – Tom und ich –, es würde ein Kapitalspaß sein, wenn er erst allein käme und ich hintennach als Fremder ins Haus fiele und euch überraschte. Darin haben wir uns aber verrechnet, Tantchen; denn für Fremde ist der Ort nicht geschaffen.«

»Nein, nicht für unverschämte Flegel, Sid. Ich sollte dir jetzt noch die Ohren zausen! So geärgert habe ich mich in meinem ganzen Leben noch nicht wie vorhin! Aber was liegt daran! Ich will mich gerne ärgern, wenn ich nur euch beiden Bengels bei mir habe, dafür kann ich tausend solcher Scherze vertragen.

Na, es war ja die reine Komödie! Ich muß sagen, ich war wie versteinert, als ich den Schmatz abkriegte!«

Die Mahlzeit wurde draußen im breiten offenen Gang zwischen dem Haus und der Küche aufgetragen, und es stand so viel auf dem Tisch, daß es für sieben Familien gereicht hätte; und alles schön heiß, kein solch elendes Zeug von Fleisch, das zuerst drei Tage im dumpfen Keller gelegen hat und dann wie der Schenkel eines alten gerösteten Kannibalen schmeckt. Onkel Silas sprach ein kräftiges Gebet darüber; das Essen war's auch wahrhaftig wert, es wurde nicht einmal kalt davon, wie ich's schon so manchmal bei dieser Art von Aufenthalt erlebt habe.

Nach dem Essen wurde immerzu geschwatzt und erzählt, und Tom und ich waren immer auf der Hut, um uns nicht zu verplappern. Von einem durchgebrannten Nigger aber war nie die Rede, soviel wir auch aufpaßten, und wir selbst scheuten uns, davon zu beginnen.

Tom und ich brannten vor Begierde, nun einmal ein paar Stunden ungestört plaudern zu können. Wir sagten daher, wir seien müde, was uns die guten Leute gerne glaubten und uns mit dem herzlichsten Gute Nacht entließen.

In Wahrheit aber sehnten wir uns danach, einmal ungestört zusammen reden zu können über unsre gegenseitigen Erlebnisse, von meiner Ermordung von damals an bis jetzt, und dann auch, um uns unsern Plan, Jims wegen, zurechtzulegen.

Die einzelstehende Hütte – Schändlich! –
Der Blitzableiter als Beförderungsmittel –
Eine ganz einfache Sache – Wieder die Hexen und Geister

Oben in unserem Zimmer angelangt, setzten wir uns auf die Betten, baumelten uns was mit den Beinen vor und erzählten uns unsere Erlebnisse von der Zeit meiner Ermordung an bis heute. Dann, als alles und jedes durchgenommen war und wir nichts mehr zu erzählen wußten, beschäftigten wir uns in Gedanken mit Jim. Mit einemmal sagt Tom: »Huck, sind wir aber Narren, daß wir nicht früher daran dachten. Ich wett' meinen Kopf, ich weiß, wo Jim steckt!«

»Nein, wirklich?«

»Ei, doch natürlich in jener einzelnstehenden Hütte da drüben am Zaun, das ist doch klar! Erinnerst du dich nicht, daß ein Nigger etwas in einer Schüssel hineintrug, als wir beim Essen saßen? Was hast du dir dabei gedacht?«

»Ich, oh, weiter nichts, ich meinte, es sei für einen Hund!«

»Na, eben! So ging mir's auch. Aber das war doch für keinen Hund!«

»Warum?«

»Weil ein Stück Melone dabei lag, die frißt doch kein Hundevieh. Na, siehst du?«

»Wahrhaftig, daran hab' ich gar nicht gedacht. Ja, es lag eine Melone dabei, das sah ich auch. Wie doch ein Mensch etwas sehen und doch wieder nicht sehen kann! So ein Maulwurf zu sein!«

»Und der Nigger, Huck, der schloß die Tür auffallend sorgfältig hinter sich zu, als er wieder herauskam, und lieferte Onkel nach Tisch einen Schlüssel ab, ganz gewiß den Hüttenschlüssel, Huck.

Melone beweist Mensch, Schlüssel beweist Gefangenen, und zwei solche Vögel wird's wohl kaum auf der kleinen Farm geben, wo alle Menschen so gutherzig sind, daß sie kein Wässerchen trüben können.

Folglich ist also Jim jener Gefangene, das hätten wir heraus, Huck, wie der schlaueste Detektiv. Jetzt streng dich an und mach dir einen Plan, wie wir Jim befreien wollen, ich mach' auch einen, und dann nehmen wir den, der uns am besten gefällt.«

Großer Gott, was hatte der Junge für einen Kopf auf seinen Schultern! Wenn ich den hätte, ich gäbe ihn nicht her, und wenn ich dafür Herzog oder Steuermann oder Clown in einem Zirkus oder sonst was Großes werden sollte! Ich machte mich also dran, einen Plan auszuhecken, oder tat doch wenigstens so, nur um etwas zu tun, ich wußte ja doch, wer den besten liefern würde. Richtig fängt auch Tom bald drauf an: »Fertig?« - »Ja«, sag' ich. »Gut, also los!«

»Na, ich würd' erst mal sehen, ob's wirklich Jim ist, dann würd' ich irgendwo ein Floß zu kriegen oder zu machen suchen, in der ersten dunklen Nacht dem alten Onkel den Schlüssel aus den Hosen wegstibitzen, wenn er sich gelegt hat, Jim die Tür aufschließen, zum Fluß hinunterrennen aufs Floß, nachts fahren, tags schlafen, gerad' wie wir's vorher auch getan haben. Das war' doch gewiß ein Plan, der sich ausführen ließe, nicht?«

»Ausführen?« dehnte Tom verächtlich, »ausführen, ja, so einfach und simpel, wie wenn man ein Butterbrot schluckt. Herr, du mein Himmel, hast du denn gar kein bißchen Phantasie, Huck? Das wäre ja so leicht wie Amen sagen oder Wasser trinken. Da krähte kein Hahn danach – nein, das muß anders gemacht werden!«

Ich sagte kein Wort, hatt's ja vorher gewußt, daß es mir mit meinem Plan so gehen würde. Daß sein Plan, wenn er erst ans Licht käme, nicht so stümperhaft wäre, das war mir klar.

So war's auch. Tom rückte damit heraus, und ich sah im Augenblick ein, daß sein Plan zehnmal mehr wert war als meiner. Er machte Jim ebenso zum freien Mann wie der meine und hatte außerdem das Gute für sich, daß wir beide dabei Gefahr liefen, samt Jim das Lebenslicht ausgeblasen zu kriegen. Ich war's zufrieden und sagte nur: immer rein ins Vergnügen! Wie der Plan eigentlich war, will ich lieber gar nicht erzählen, denn ich wußte vorher, daß jede Stunde neue Änderungen bringen würde, und so war's auch.

Wo Tom konnte, brachte er mit Wonne noch neue Schwierigkeiten an, zur weiteren Ausschmückung.

Eins aber stand jetzt bombenfest, nämlich, daß Tom Sawyer, Tante Pollys und Tante Sallys Tom Sawyer, der immer in einem Hause wohnte, in einem Bette schlief, zur Schule, zur Kirche ging, kurz, daß Tom Sawyer wirklich und wahrhaftig daran dachte, einen Nigger befreien zu helfen! Das war zu hoch für mich! Er war doch ein anständiger, wohlerzogener Junge, der einen guten Namen zu verlieren hatte, und seine Leute waren angesehen daheim. Und er war gescheit und kein Dummkopf, hatte was gelernt, war dabei kein Duckmäuser, sondern freundlich und gutmütig, und doch besaß er jetzt nicht für einen Pfennig Stolz und Verständnis oder Gefühl für die Strafbarkeit der Handlung, die er eben im Begriff war zu begehen und die doch mir armem, elendem Teufel schon soviel Kopfzerbrechen und Herzweh bereitet hatte, mir, dem Huck Finn! Ich konnt's nicht verstehen, auf keine Weise. Es war einfach schmählich, schändlich! Und ich hätt's ihm sagen müssen, es ihm klarmachen, das weiß ich, als sein treuer Freund ihn bewahren vor der Schande, die er damit über sich und die Seinen bringen würde.

Ich fang' auch an, was davon herzustottern, er aber hält mir den Mund zu und ruft: »Meinst du, ich weiß nicht, was ich zu tun habe? Weiß ich's für gewöhnlich vielleicht nicht?«

»Ja, doch, aber ...«

»Hab' ich dir nicht gesagt, ich helf' dir den Nigger frei machen, Huck Finn?«

»Freilich, aber —«

»Also damit basta!«

Mehr sagte er nicht, und mehr sagte auch ich nicht. Es hätte auch gar nichts mehr genützt, denn was er wollte, das wollte er! Ich kümmerte mich also nicht weiter drum und ließ ihm seinen Willen.

Im Hause war mittlerweile alles still und dunkel geworden. Wir öffneten das Fenster und suchten eine Gelegenheit, hinunterzukommen. Glücklicherweise war der Blitzableiter ganz in der Nähe, der diente uns zum Beförderungsmittel, so leicht und bequem wie eine breite Treppe von Marmor. Wir also hinuntergerutscht, schneller als der Blitz, und hin zur Hütte, um zu untersuchen, ob Tom recht gehabt mit seinen Vermutungen. Die Hunde hielten sich still, die kannten uns schon.

Bei der Hütte angelangt, inspizierten wir zuerst die uns noch unbekannte Nordseite und fanden da etwa in Manneshöhe eine viereckige Öffnung, vor die ein leichtes Brett genagelt war.

»Hallo, Tom«, frohlocke ich, »da haben wir's schon, das Brett weg, Jim kriecht durch, und frei ist er!«

»Ja, das ist simpel genug nach deinem Geschmack«, höhnt Tom, »so simpel wie: ›eins, zwei, drei, hicke hacke Heu‹, oder wie Kreiselschlagen. Nein, ich denk', wir finden schon was andres heraus, das sich mehr der Mühe lohnt als das!«

»Na, laß uns ihn heraussägen«, schlug ich vor, »so wie ich's damals vor meinem Tod gemacht habe!«

»Das ging' schon eher«, stimmt er bei, »da ist doch was Geheimnisvolles und Umständliches dabei. Aber ich wette, wir finden noch etwas viel, viel Abenteuerlicheres heraus. Wir haben ja gar keine Eile. Laß uns nur mal weitersehen!«

Zwischen der Hütte und dem Zaun befand sich eine Art Schuppen, aus rohen Brettern zusammengenagelt, so lang wie die Hütte selbst, aber viel schmäler, nur etwa fünf bis sechs Fuß breit. Dieser Schuppen stieß mit dem einen Ende an die Hütte und die Tür dazu war mit einem Vorlegeschloß verwahrt.

Tom fand eine alte Eisenstange und zog damit einen der eisernen Krampen heraus; die Tür ging auf, und wir krochen in den Schuppen, langsam und vorsichtig.

Beim Schein eines Schwefelhölzchens sahen wir, daß der Raum nur mit alten Schippen, Spaten, Hacken und einem wackligen, ausgedienten Pflug gefüllt war. Eine Verbindung zur Hütte gab's nicht, und der Boden bestand aus gestampftem Lehm. Die Flamme des Zündhölzchens empfahl sich, wir taten desgleichen und drückten den herausgezogenen Krampen wieder hinein, so daß der Verschluß aussah wie vorher. Tom frohlockte.

Kaum waren wir heraus, so rief er: »Jetzt ist alles gut! Jetzt weiß ich, was wir zu tun haben: Wir graben ihn heraus! Dazu brauchen wir mindestens eine Woche!«

Soweit war's also abgemacht, und wir wandten uns wieder dem Hause zu. Ich ging direkt auf die Hintertür zu, die nur mit einem Lederriemen befestigt war. Mir schien es der einfachste Weg, aber dem Tom war's lang nicht romantisch genug. Das mußte abenteuerlicher gemacht werden, und er bestand darauf, am Blitzableiter in die Höhe zu klettern. Na, mir war's recht.

Einstweilen aber wollte ich mir das Ding erst einmal ansehen, ehe ich mich zur Nachfolge entschloß. Dreimal war Tom halbwegs oben und dreimal kam er blitzschnell wieder unten an. Das letztemal hätte er sich beinahe den Schädel entzweigeschlagen. Tom ließ sich aber durch so eine Kleinigkeit nicht abschrecken. Er probierte es ein viertes Mal, nachdem er sich vorher ausgeruht, und diesmal blieb er Sieger und kletterte triumphierend durchs Fenster. Ich aber machte mich ganz behaglich zur Treppe hinauf, ich bin einmal kein solcher Held wie Tom und habe auch gar keine Lust dazu, einer zu werden, das Ding kommt mir gar zu mühsam vor.

Am Morgen waren wir mit der Sonne auf und sprangen in den Hof, um uns mit den Niggern und Hunden zu befreunden. Hauptsächlich lag uns dran, den Nigger kennenzulernen, der Jim sein Futter brachte, wenn es wirklich Jim war, der da gefüttert wurde. Sie waren gerade alle beim Frühstück und brachen dann zur Arbeit auf, und Jims Nigger häufte Brot und Fleisch und sonst allerlei auf eine Zinnschüssel. Und da, während die andern weggingen, wurde auch der Schlüssel zur Hütte gebracht.

Jims Nigger hatte ein gutmütiges, rundes Gesicht, und seine Wolle auf dem Kopf war in lauter kleine Bündelchen zusammengebunden, um die Hexen und Geister fernzuhalten, wie er uns erzählte. Nie in seinem Leben sei er von den Unholden so gequält worden wie eben in den letzten Nächten.

Er sehe und höre ganz furchtbare Dinge, die gar nicht da seien, Geräusche, Stimmen, kurz, er wisse sich kaum mehr zu helfen. Dabei wurde er so aufgeregt bei der Erzählung seiner Leiden, daß er ganz vergaß, was er im Begriff gewesen war zu tun.

Sagt Tom: »Wozu steht denn das viele Essen da, sollen's die Hunde kriegen?«

Der Nigger grinste ein wenig, dann allmählich mit dem ganzen Gesicht, so wie wenn der Mond ganz langsam Stückchen für Stückchen hinter einer Wolke hervorkommt, und antwortet: »Ja, junger Herr, sein eine Hund, un sein ganz merkwürdige Hund das! Du ihr wollen sehen?« – »Ja, natürlich!«

Ich stieß Tom in die Rippen und flüstre ihm zu: »Du willst hin, am hellen Tag? So war's aber doch nicht ausgemacht!«

»Meinetwegen – dann ist's jetzt!«

So trotteten wir also wahrhaftig hinter dem Nigger her, direkt auf die Hütte los. Mir war's gar nicht behaglich dabei.

Als wir hineinkamen, war alles stockfinster, und wir konnten zuerst gar nichts sehen. Jim aber sah uns und platzte heraus: »Warraftig, da sein Huck! Un, gute, gnädige Himmelsherr, sein das nicht Herr Tom, junge Herr Tom?«

Da hatten wir's! Ich wußte ja, wie's kommen würde, ich hatt's vorher gewußt, nun war's verraten! Und was jetzt tun? Mir fiel nichts ein, ich stand mit offenem Munde da, und wenn ich auch etwas hätte sagen wollen, ich hätt' gar keine Zeit dazu gehabt, denn der Nigger drehte sich ganz starr nach uns um und rief: »Was, gute Gott, junge Herrn kennen alte Nigger?«

Inzwischen hatten sich unsere Augen an das Dunkle gewöhnt, und wir konnten nun die Gegenstände erkennen. Tom starrt den Nigger wieder an, unverwandt und furchtbar verwundert, und fragt: »Kennen wir wen?«

»Ei, alte durchgebrannte Nigger hier vor uns!«

»Woher sollten wir den kennen? Wie kommst du darauf, Alter?«

»Wie kommen Sam drauf? Sein Sam taub? Haben alte Nigger nix eben Namen gesagt von junge Herrn?«

»Na, das ist aber doch merkwürdig! Wer hat was gesagt? Wann hat er's gesagt? Was hat er gesagt?« Ganz ruhig wendet Tom sich jetzt zu mir: »Hast du jemanden was sagen hören?«

»Ich? Nee, ich hab' gar nichts gehört!«

Dann wendet er sich zu Jim, mustert ihn erst eine Weile, als habe er ihn nie gesehen, und fragte dann: »Hast du was gesagt?« »Jim, Herr?« fragt dieser ganz unschuldig, »nein, Jim haben gar nix gesagt!«

Und er schüttelt den dicken Kopf, daß er nur so hin und her fliegt.

»Kein Wort?« fragt Tom noch einmal.

»Kein eine Wort, junge Herr!« beteuert Jim.

»Hast du uns jemals vorher gesehen?«

»Kann nix sein, Herr, Jim haben junge Herrn nie nix gesehen nie nix!«

Jetzt wendet sich Tom zum Nigger, der ganz verwirrt und eingeschüchtert dabei steht, blickt ihn streng an und fragt: »Was ist denn mit dir eigentlich los, Alter? Rappelt's bei dir? Wie kommst du drauf, der Nigger dort habe was gesagt, habe uns gekannt?«

»Oh, das sein nur alte, schreckliche Geister, junge Herr. Sam wünschen, er wären tot! Geister ihn immerfort so grausam plagen. Ach, junge Herr, junge Herr, ihr nix sagen Master Silas, alte Sam sonst soviel zanken. Er sagen, sein keine Geister nix, sein keine Hexen nix auf der Welt, un alte Sam sie doch immer hören un sehen. Wenn er nur gewesen jetzt hier, er müssen glauben. Aber das sein immer so. Leute, was wollen nix glauben dran, glauben nix. Wollen nix sehen un hören und wenn's annre Leute ihnen sagen, sie nix wollen wissen.«

Tom gab ihm einen Cent und sagte zu ihm, wir würden ihn nicht verraten, er solle sich für das Geld noch mehr Bindfaden kaufen, um seine Wolle besser zusammenzubinden, es sei offenbar so noch nicht genug.

Dann blickt er Jim noch einmal fest an und sagt: »Ich möchte nur wissen, ob Onkel Silas den Kerl nicht baumeln läßt! Ich tät's an seiner Stelle. So 'nen undankbaren Hund, der seinem Herrn durchbrennt!«

Und während der Nigger mit seinem Geldstückchen zur Tür schleicht, um's zu betasten und auf seine Echtheit hin zu prüfen, nähert sich Tom Jim und flüstert ihm leise zu: »Verrat ja nie, daß du uns kennst. Und wenn du bei Nacht graben hörst, so sind wir es, wir wollen dich befreien!« –

Jim hatte nur Zeit, nach unsern Händen zu fassen und sie zu drücken, dann kam der behexte Nigger wieder auf uns zu, und wir versprachen, bald wieder mit ihm herzukommen, wenn er es wolle; er meinte, es sei ihm sehr lieb, besonders im Dunkeln, wo ihn die Geister am meisten plagten, je mehr Menschen da seien, desto besser. So schieden wir von Jim, dem Wiedergefundenen!

Gut durchgeschlüpft! – Schwarze Pläne
Gewandtheit im Stehlen – Ein tiefes Loch

Noch war's fast eine Stunde bis zum Frühstück. Wir gingen dem Wald zu, denn Tom wollte etwas Licht haben, um in der Nacht in dem dunkeln Schuppen graben zu können. Eine Laterne, meinte er, sei zu hell, und so wollten wir uns altes verfaultes Holz suchen, das im Dunkeln leuchtet, freilich nicht stark, aber für unsere Arbeit doch gerade genug.

Wir suchen also, finden auch ziemlich viel, verstecken's im Gebüsch, und Tom fährt ganz unzufrieden heraus: »Verdammt, alles wickelt sich so glatt und leicht ab. Es ist doch infam schwer, einen schwierigen Plan ins Werk zu setzen, bei dem's der Mühe wert ist, sich anzustrengen. Nicht einmal ein Wächter kommt uns in den Weg, den man einschläfern müßte – ein Wächter gehört doch wenigstens dazu! Kein Hund, der einen Schlaftrunk oder Gift haben muß, nichts, nichts! Dem Jim haben sie eine Kette, so dünn wie mein kleiner Finger, ums Bein getan und ihn damit ans Bett gebunden. Nun frag' ich eins! Ist das 'ne Art? Da muß man nur das Bett aufheben, die Kette abstreifen, und Jim ist frei. Und Onkel Silas, der traut jedem! Überläßt den Schlüssel dem Kürbisschädel von Nigger und bestellt niemand, der auf ihn aufpaßt. Jim hätt' schon längst aus dem Loch herausgekonnt, wenn er nur gewollt hätte, der ist aber zu klug und weiß, daß er mit der Kette am Fuß nicht weit käme.

Hol's der Henker, Huck, es ist die dümmste Geschichte, die ich je erlebt hab'! Da heißt's alle Schwierigkeiten selbst erfinden. Na, das können wir nun nicht ändern, wir müssen eben versuchen, das beste aus der Sache zu machen.

Eines tröstet mich, und das ist, daß es noch viel, viel glorreicher und rühmlicher sein wird, Jim durch einen Haufen von Gefahren und Abenteuern durchzubringen, wo nicht eine Schwierigkeit existierte, gar keine in den Weg gelegt wurde von denen, deren Pflicht es gewesen wäre, sie zu liefern, und wir sie alle, alle in unsrem eigenen Hirn ersinnen mußten.

Das nenn' ich groß, und das tröstet mich auch und macht mir Mut! Nimm nur einmal bloß die eine Laterne an, Huck. Schon, dabei müssen wir nur so tun, als sei's gefährlich, was? Ich glaube, wir könnten bei Fackelzugbeleuchtung graben, es kümmerte sich noch keine Seele drum! Inzwischen müssen wir aber ausschauen, ob wir nichts finden, aus dem sich eine Säge machen läßt.« –

»Was sollen wir damit?«

»Was wir damit sollen? Ei, müssen wir nicht das Bein von Jims Bett absägen, um die Kette loszukriegen?«

»Du hast ja eben selbst gesagt, daß man das nur zu heben brauche, um die Kette abzustreifen!«

»Na, das ist auch wieder ganz und gar nach deiner Art, Huck Finn. Du willst immer alles in der Klein-Kinderschul-Manier tun! Nur recht einfach, nur recht simpel! Hast du denn nie was gelesen? Kein Räuberbuch, keine Heldengeschichte?

Baron Trenck oder Casanova oder Benvenuto Cellini oder Heinrich IV., kennst du keinen einzigen von diesen Helden? Wer hat je gehört, daß man einen Gefangenen auf so zimperliche Art befreit wie eine alte Jungfer? Nein, wir machen's, wie es die besten Autoritäten vor uns gemacht haben. Man sägt also das Bein des Bettes entzwei und läßt es dann so, leckt das Sägmehl auf und verschluckt es, so daß niemand es finden kann, dann wird Fett und Schmutz um die durchsägte Stelle gerieben, und das Auge des tapfersten, wachsamsten Seneschalls, oder wie sie die Kerle heißen, kann nichts davon entdecken, und er meint, das Bein sei vollständig heil. Dann, in der Nacht der Flucht, gibt man dem Bett einen Tritt – und ab fliegt das Bein, die Kette wird abgestreift und frei bist du! Nun hast du nichts weiter zu tun, als deine Strickleiter zu nehmen, sie am Fenstergitter zu befestigen, hinunterzusteigen, dein Bein beim letzten Sprung in den Festungsgraben zu brechen, denn eine Strickleiter ist immer neunzehn Fuß zu kurz, weißt du, und dann kommen deine treuen Vasallen, die unten stehen,

heben dich auf dein Roß, und fort geht's, wie der Wind, deinen heimatlichen Fluren in Languedoc oder Navarra, oder wie sie heißen, zu.

Das ist herrlich, Huck, großartig! Ich wollte, wir hätten auch einen Festungsgraben um die Hütte! Wenn wir noch Zeit haben in der Nacht vor der Flucht, graben wir uns einen!«

Drauf sag' ich: »Was sollen wir denn mit einem Festungsgraben anfangen, wenn wir Jim doch unter dem Schuppen herausbohren wollen?«

Er aber hört mich nicht, hat mich und alles um uns her vergessen. In sich versunken sitzt er da, das Kinn in die Hand gestützt. Dann seufzt er auf, schüttelt den Kopf und seufzt wieder. Darauf sagt er: »Nein, das ginge am Ende doch nicht gut, es muß nicht gerade sein.« – »Was denn?« frag' ich.

»Ei, Jims Bein abzusägen«, sagt er.

»Herr, du mein Gott«, ruf ich, »nein, das ist allerdings gar nicht nötig. Zu was wolltest du ihm denn das Bein absägen?«

»Na, dafür gibt's genug berühmte Vorbilder. Genug haben's schon getan. Wenn sie die Kette nicht anders loskriegen konnten, hackten sie sich einfach die Hand oder den Fuß ab und waren frei. Ein Bein ab wäre noch besser!

Das können wir aber am Ende sein lassen; es ist, wie gesagt, nicht gerade notwendig, und Jim ist überdies so ein dickköpfiger Nigger, der's nie begreifen würde, warum es sein sollte und daß es die Mode in Europa ist, es so zu machen, na also – wir lassen's bleiben! (Schwerer Seufzer.) Eins aber kann und muß er haben, und das ist eine Strickleiter. Wir zerreißen unsere Bettücher und machen ihm eine, es ist kinderleicht. Die schicken wir ihm dann in einem Laib Brot; so wird's beinahe immer gemacht.«

»Na, aber Tom Sawyer«, warf ich ein, »wie du wieder schwatzt. Wozu soll denn Jim eine Strickleiter brauchen? Der weiß ja gar nicht, was er damit anfangen soll.«

»Er braucht eine, Huck Finn, sag' ich dir. Du sprichst gerade wie der Blinde von der Farbe. Weißt und verstehst nichts davon. Er muß einfach eine Strickleiter haben, ob er sie braucht oder nicht, er muß, denn alle haben eine!«

»Was, in der Welt, soll er aber damit tun?«

»Damit tun? Er versteckt sie in seinem Bett. Kann er das nicht? Das geschieht meistens, und er muß es auch. Huck, du willst eben nie etwas der Ordnung und Regel nach tun, da hast du kein Verständnis dafür, immer willst du's anders machen als die andern. Und selbst wenn er auch nichts mit der Strickleiter anfängt, dann findet man sie doch nachher in seinem Bett als ein wichtiges Indicinium, oder wie sie's heißen. Nein, Huck, du weißt und verstehst gar nichts. Glaubst du denn, man braucht keine Indiciniums, wenn einer durchgegangen ist?

Natürlich muß man die haben! Du natürlich denkst nichts und sorgst für nichts! Du würdest's nett machen, wenn du's zu tun hättest, das muß ich sagen – alle Achtung!«

»Na«, sag' ich, »braucht er's, so braucht er's und soll's haben, ich will nicht gegen die Regel sündigen – Gott bewahre! Aber eins weiß ich: Wenn wir nun unsre Bettücher nehmen und zerreißen, um dem alten Kerl eine Strickleiter zu machen, dann kriegen wir's mit Tante Sally zu tun, die steigt mit dem Strick ohne Leiter hinter uns, soviel ist gewiß. Na, mir soll's recht sein, mein Buckel ist nicht verwöhnt, der kennt die Kost.

Sag mal, Tom, tät's nicht auch 'ne Leiter von Bast geflochten? Der ist leichter zu beschaffen und tut dieselben Dienste.

Dann brauchen wir nicht erst was zu zerreißen und in den Brotlaib läßt sich's auch stecken, und was Jim betrifft, so hat der keine Erfahrung in den Sachen, dem ist's einerlei, ob die Leiter von Bast oder von Bett...«

»Dummheiten und kein Ende! Wenn ich solch' ein Dickkopf wäre, Huck Finn, dann hielt ich mein M..., das würd' ich tun, gewiß und wahrhaftig? Wer in der Welt hat je gehört, daß ein Staatsgefangener auf einer Bastleiter entwichen wäre, 's ist rein zum Totlachen!«

»Na gut, Tom, nur ruhig, mach's, wie du Lust hast, ich rat' aber, wir nehmen lieber ein Tuch draußen von der Leine anstatt aus unserem Bett!«

Das leuchtete ihm ein und gab ihm einen neuen Gedanken. Sagt er: »Weißt du was, Huck, wir nehmen auch gleich ein Hemd!«

»Ein Hemd? Wozu?«

»Für Jim, um ein Tagebuch darauf zu schreiben.«

»Sei doch nicht so närrisch! Jim kann ja nicht schreiben.«

»Na, wenn er nicht schreiben kann, so kann er doch wenigstens Zeichen darauf malen, wenn wir ihm eine Feder aus einem alten Zinnlöffel oder einem dicken eisernen Nagel machen.«

»Ja, aber Tom, das hätten wir wieder viel einfacher und besser, wenn wir einer Gans 'ne Feder ausrissen!«

»Gefangene haben keine Gänse, die im Kerker herumlaufen und sich Federn ausreißen lassen, du Dummbart! Die Gefangenen machen ihre Federn immer aus dem härtesten verrostetsten, und ältesten Stück Eisen, das ihnen unter die Finger kommt, und dazu brauchen sie Wochen und Wochen, Monate und Monate, bis sie soweit sind und es abgefeilt haben, denn sie können's nur an der Mauer abreiben.

Die nähmen keinen Federkiel, selbst wenn sie ihn haben könnten, es wäre ganz gegen die Regel.«

»Und die Tinte? Woraus sollen wir die machen? Aus Lakritzensaft?«

»Dummkopf! – Viele nehmen Rost mit Tränen gemischt, aber das ist schon mehr etwas für Weiber, die's Heulen verstehen. Die besten Vorbilder, die ich kenne, haben ihr eigenes Blut dazu benutzt, das mag Jim auch tun.

Wenn er aber nur eine kleine und gewöhnliche Nachricht von sich geben will, dann kann er sie auch mit einer Gabel auf einen Zinnteller schreiben und ihn dann zum Fenster hinauswerfen. So hat's die Eiserne Maske gemacht, und die hat's verstanden.«

»Jim hat aber keine Zinnteller. Sie schicken ihm das Essen in einer Blechschüssel.«

»Das tut nichts, die verschaffen wir ihm.«

»Wird aber jemand seine Tellerschrift lesen können?«

»Darauf kommt's nicht an, Huck! Er hat nur die Teller zu bekritzeln und dann wegzuwerfen. Das Lesen ist Nebensache, gehört nicht dazu! Neunundneunzigmal unter hundert bist du nicht imstande herauszukriegen, was ein Gefangener auf einen Teller oder sonstwohin kritzelt, darauf kommt's gar nicht an!«

»Ja, aber warum denn die vielen Teller so verderben?«

»Warum? Schwerenot, bist du dumm! Die gehören ja den Gefangenen gar nicht!«

»Aber irgend jemandem gehören sie doch, nicht?«

»Na und wenn! Was liegt dem Gefangenen dran, wem...«

Hier brach er ab, denn man hörte das Horn blasen, das uns zum Frühstück rufen sollte, und wir rannten dem Hause zu.

Im Laufe des Morgens nahm ich also ein Leintuch und ein Hemd von der Wäscheleine auf dem Trockenplatz und steckte beides in einen alten Sack, den ich gefunden hatte; das verfaulte Holz kam auch mit hinein. Ich nannte das borgen, wie mein Alter immer sagte, Tom aber meinte, das sei gestohlen.

Er sagte aber, wir stellten jetzt eben Gefangene vor, und Gefangene nähmen alles, was sie kriegen könnten, und niemand sehe sie deshalb schief an und nehme es ihnen übel.

Bei einem Gefangenen ist's keine Sünde, wenn er die Dinge stiehlt, die er zu seiner Befreiung braucht, sagte Tom, das ist sein Recht, und solange wir hier Gefangene sind, hätten wir das Recht, alles und jedes Ding zu stehlen, das wir zu unserer Befreiung brauchen. Er sagte, wenn wir keine Gefangenen wären, wäre es was ganz anderes, nur ein ganz gemeiner, erbärmlicher Kerl stehle, wenn er nicht gefangen sei. Wir beschlossen also, alles zu nehmen, was wir nur irgend brauchen könnten und was uns unter die Finger käme. Mir war das ganz recht, und doch fing Tom furchtbar an zu schimpfen, als ich einmal den Niggern eine Melone von ihrem Feld nahm und sie aß.

Er zwang mich, hinzugehen und den Kerlen Geld dafür zu bringen, und sagte, das sei ganz was anderes und so hätte er's nicht gemeint, das sei gestohlen – gemein gestohlen, wir dürften nur nehmen, was wir wirklich brauchten. Das begriff ich nun nicht. Sag' ich: »Tom, ich hab' die Melone wirklich gebraucht.«

Er aber sagte, nein, ich hätte sie nicht genommen, um damit frei zu werden! Das sei der Unterschied! Ja, wenn ich sie gebraucht hätte, um ein Messer drin zu verbergen, sie Jim zuzuschmuggeln, der dann den Senneschaal, oder wie der Kerl heißt, damit habe töten können, das wäre ein ander Ding gewesen. Ich ließ es gut sein, dachte aber bei mir, ich könne den Vorteil, ein Gefangener zu sein, nicht so recht einsehen, wenn man soviel Federlesens machen müsse, sooft man sich einmal eine Wassermelone zu Gemüt führen wolle.

Na, wie ich schon vorher gesagt habe, wir warteten also an jenem Morgen, bis alles im Hause an der Arbeit und niemand mehr im Hof war, um uns zu beobachten. Dann schleppte Tom den Sack in den Schuppen, während ich Wache stand. Als er wieder herauskam, setzten wir uns auf einen Holzstoß und plauderten.

Sagt' er: »Jetzt ist alles in Ordnung, nur noch Handwerkszeug brauchen wir, und das ist leicht zu haben.«

»Handwerkszeug?« frag' ich.

»Ja!«

»Handwerkszeug für was?«

»Na, um damit zu graben! Du wirst ihn doch wohl nicht mit den Nägeln herauskratzen?«

»Sind denn die alten Hacken und sonstigen Dinger da drinnen nicht gut genug, um einen Nigger herauszugraben?«

Darauf sieht er mich aber so traurig an, als sei ich seine Großmutter und als wolle er eben den Geist aufgeben.

»Huck Finn«, sagt er, »mit dir ist nichts anzufangen! Hast du je von Gefangenen gehört, die nur so nach Hacken und Spaten greifen konnten, um sich damit herauszugraben? Ich frag' dich auf dein Gewissen, Huck Finn, wenn du eins hast und ein Fünkchen Verstand dazu. Welch ein Anrecht auf Heldentum hätte ein Gefangener in diesem Fall? Ebensogut könnte man ihm geschwind den Schlüssel zum Kerker leihen, und damit fertig!

Spaten und Hacken! Wahrhaftig! – Nicht einmal ein König würde sie kriegen!«

»Na«, frag' ich, »wenn wir also die Spaten und Hacken da drin nicht brauchen, was brauchen wir dann?«

»Ein paar richtige, ordentliche Taschenmesser!«

»Was? Um damit den Boden bis zur Hütte zu untergraben?«

»Ja!«

»Na, laß dich begraben, Tom, das ist verrückt!«

»Das ist ganz einerlei! Verrückt oder nicht, so muß es geschehen, so ist's der Regel nach. Ich hab's nie anders gehört oder gelesen, und ich kenne alle Bücher, in denen so etwas vorkommt. Immer graben sie sich mit einem Taschenmesser heraus! Und gewöhnlich nicht durch Lehm und Schmutz wie hier, merk dir's, sondern durch harten, festen Felsgrund. Und dazu brauchen sie Wochen und Monate, und manchmal dauert es noch viel länger. Da war mal einer in dem Schlosse Dief, im Hafen von Marseille, der saß ganz unten im untersten Kerker und grub sich durch, und wie lange glaubst du, hat er dazu gebraucht?« – »Was weiß ich! Anderthalb Monate?«

»Siebenunddreißig Jahre! Und kam in China heraus! So, da siehst du; so muß man's machen. Ich wollte nur, der Grund dieser Festung hier wäre aus Fels, aus hartem, solidem Fels!«

»Aber Jim kennt ja gar niemand in China! Der wird sich nicht dorthin sehnen!«

»Was hat das damit zu tun? Der andre Kerl in Dief kannte auch niemand dort. Aber du kommst immer vom Hauptpunkt ab und gerätst auf Seitenwege!«

»Gut! Was liegt mir dran, wo er herauskommt, meinethalben im Mond, ich meine, die Hauptsache ist, daß er herauskommt, und ich glaube, Jim denkt geradeso.

Aber etwas müssen wir doch bedenken. Jim ist zu alt, um 'mit dem Taschenmesser ausgegraben zu werden, so lange lebt der gar nicht mehr!«

»Das wird sich zeigen! Du denkst doch nicht, daß wir hier siebenunddreißig Jahre brauchen, um ein Loch in den Dreck zu wühlen?«

»Wie lang werden wir denn wohl brauchen, Tom?«

»Na, so lang, wie wir eigentlich regelrecht brauchen sollten, können wir gar nicht wagen zu brauchen, denn Onkel Silas wird bald genug Wind bekommen, wer und woher Jim ist. Wer kann's wissen, wie bald Jim forttransportiert werden soll?

Bei so unsicheren Umständen halt' ich fürs gescheiteste, wir graben so schnell wie möglich und tun nachher, als wären es siebenunddreißig Jahre gewesen. Dann können wir ruhig sein und alles abwarten, und sobald sich die erste Gefahr zeigt, ihn herausholen und schleunig fortspedieren. So, denk' ich, wird's am besten sein!«

»Da liegt doch mal wirklich Verstand drin, den ich auch begreifen kann«, sag' ich, »so tun kostet nichts, so tun ist Kinderspiel, und meinetwegen können wir tun, als seien's hundertundfünfzig Jahre gewesen. Na, will mal sehen, ob ich irgendwo ein paar tüchtige Taschenmesser erwischen kann.«

»Nimm gleich drei«, rät Tom, »wir brauchen eins, um eine Säge draus zu machen.«

»Tom«, wag' ich noch einmal einzuwenden, »dahinten unter dem Schuppendach habe ich eine alte rostige Säge liegen sehen, wenn's nicht unchristlich und gegen die Regel ist, so...«

Aber er sah mich so trostlos und entmutigt an, daß ich nicht fortzufahren wagte.

»Du lernst nichts, Huck!« seufzt er, »lauf und verschaff uns die Messer – drei, hörst du?«

Ich tat's!

Der Blitzableiter – Sein Bestes –
Ein Vermächtnis an die Nachwelt – Löffel stehlen –
Unter den Hunden – Eine hohe Summe!

Alles ging früh zu Bett, wie wir es erwartet hatten, und das ganze Haus lag bald in tiefster Ruhe. Wir also am Blitzableiter hinunter, leise in den Schuppen geschlichen, unser Bündel faules Holz als brillante Beleuchtung vorgekriegt und nun los an die Arbeit! Erst räumten wir alles aus dem Weg, was auf dem Boden lag, gerade in der Richtung auf Jims Bett zu. Tom meinte, es sei gut, wenn der Gang, den wir graben wollten, unter dem Bett münde, da könne man die Öffnung doch nicht so leicht bemerken, denn Jims Decke hinge ziemlich auf den Boden herunter und es verfiele keiner so leicht darauf, diese aufzuheben und darunter nachzusehen. Na also! Wir gruben und gruben, stocherten und wühlten mit unsern Taschenmessern bis beinahe gegen Mitternacht.

Dann waren wir hundemüde und unsre Hände voller Blasen, und doch konnte man kaum sehen, daß wir vorwärtsgekommen waren.

Endlich sag' ich: »Na, Tom, mir scheint's, mit den siebenunddreißig Jahren, die wir nach der Regel zu der Arbeit brauchen sollen, kommen wir nicht aus; wenn da nicht mindestens achtunddreißig drauf gehen, will ich Hans heißen!«

Er sagte kein Wort, seufzte aber tief und hörte mit einemmal auf zu stochern. Da wußte ich, daß er jetzt nachdenke, und ließ ihn gewähren.

Plötzlich sagt' er: »Huck, so kann's nicht weitergehen. Ja, wenn wir wirklich eingekerkert wären und so viele Jahre vor uns hätten, wie wir hierzu brauchen, und hätten keine Eile, sondern brauchten jeden Tag nur ein paar Minuten zu graben, während der Ablösung der Wachen, und bekämen dabei keine Blasen an die Hände, dann könnten wir's so weitertreiben – jahrein, jahraus – und alles der Regel nach tun, wie's sein müßte. So aber! Wir können nicht so zaudern, wir müssen flink zugreifen, haben gar kein bißchen Zeit zu verlieren. Wenn wir morgen noch einmal ein paar Stunden so weitermachen wollen, müssen wir gewiß eine Woche lang warten, bis unsere Hände wieder so sind, daß man ein Taschenmesser anrühren und weitergraben kann.«

»Was sollen wir nun tun, Tom?«

»Das will ich dir sagen, das ist ganz einfach! Schön ist's nicht und recht auch nicht und nicht moralisch, und es darf's nie einer erfahren. Wir haben aber keine Wahl. Herausgraben müssen wir ihn und schnell dazu, und so müssen wir eben die Hacken und Schaufeln nehmen und tun, als seien's nur Taschenmesser!«

»Das nenn' ich doch endlich einmal vernünftig gesprochen, Tom, bravo, bravo! Dein Kopf wird klarer und klarer, scheint mir, tut sein bestes, übertrifft sich nächstens selbst«, frohlock ich. »Schaufeln ist die Losung, moralisch oder nicht moralisch! Ich für mein Teil kümmere mich einen Pfifferling um die Moralischkeit. Wenn ich 'nen Nigger stehlen will oder 'ne Wassermelone oder ein Sonntagsschulbuch, kommt mir's gar nicht drauf an, wie ich's mache, wenn ich's nur kriege. Was ich will, ist mein Nigger oder meine Melone oder mein Buch, und wenn ich eine Schaufel brauche, um's herauszugraben, muß eben eine Schaufel her, mögen die Autoritäten davon denken, was sie wollen, die können mir gestohlen werden!«

»Na«, meint er, »in unserm Fall sind wir allerdings entschuldigt, wenn wir Schaufeln nehmen und so tun, sonst tät' ich's wahrhaftig nicht, denn Recht bleibt Recht und Unrecht bleibt Unrecht, und keiner soll's Unrechte tun, wenn er's besser weiß! Du kannst meinethalben Jim mit der Schaufel ausgraben, ohne zu tun, als sei's ein Messer, bei mir aber ist das anders, ich weiß, was recht ist und wie es sein muß, also – gib mir ein Messer!«

Er hatte seins bei sich, doch reich' ich ihm das meine, ohne mir's weiter zu überlegen.

Er wirft's weit weg und wiederholt ungeduldig: »Gib mir ein Taschenmesser, Huck Finn!«

Erst starrt' ich ihn verblüfft an, dann dacht' ich nach: Und da ging mir ein Licht auf! Ich such' und kram' unter dem alten Werkzeug am Boden herum, find' 'ne Hacke und reich' sie ihm, und er nimmt sie und macht sich an die Arbeit, ohne weiter ein Wort zu sagen. So war er immer, stets voller Grundsätze!

Ich bewaffnete mich mit einer Schaufel, und nun ging's lustig drauflos, daß die Brocken nur so kollerten und flogen. Eine halbe Stunde lang gruben wir fleißig, dann fielen wir beinahe um vor Schlaf, aber wir konnten doch auch ein Stück Arbeit aufweisen mit unsern Taschenmessern!

Alsdann machte ich mich davon und eilte die Hintertreppe hinauf, ich dachte, Tom sei hinter mir her.

Als er aber nicht kommt, seh' ich zu unserm Fenster hinaus und erblicke ihn am Blitzableiter, an dem er herauf klettern will. Er bringt es aber nicht fertig, da ihm seine blasigen Hände zu weh tun, und ruft mir ganz jämmerlich zu: »Ich kann's nicht, Huck, es geht nicht! Was soll ich nun anfangen? So rat mir doch, Huck, denk nach! Weißt du gar nichts?«

»Ja«, sag' ich, »aber das wäre nicht moralisch und nicht nach der Regel. Komm eben einfach die Treppe herauf und tu, als sei's der Blitzableiter!«

Schweigend schlich er davon und tat's, aber gesprochen hat er an dem Abend kein Wort mehr.

Am andern Morgen entlehnte Tom einen Zinnlöffel und einen Messingleuchter im Hause, um Schreibfedern für Jim draus zu machen, sechs Talgkerzen ließ er außerdem noch mitgehen. Ich trieb mich bei den Negerhütten herum, wartete auf eine Gelegenheit und führte drei Zinnteller aus.

Tom meinte, das sei lange nicht genug, ich aber sagte, wenn Jim die Teller herauswerfe, würden sie in dem Buschwerk vor dem Fensterloch von niemandem gesehen, und da könnten wir sie wieder herausholen und noch einmal benutzen.

Da war er denn auch zufrieden und sagte: »Jetzt müssen wir aber noch herauskriegen, wie wir all das Zeug dem Jim zustecken!«

»Na, durchs Loch natürlich, wenn wir es fertig haben!«

Er sah mich nur an, aber wie! Ich wußte, was er dachte, fast besser, als wenn er's gesagt hätte, dabei brummte er etwas wie verrückt oder so, ich untersucht' es nicht weiter. Dann legte er sich aufs Nachsinnen, sagte auch nach einiger Zeit, er habe drei oder vier verschiedene Arten herausgefunden, es habe aber keine Eile mit der Entscheidung, wir müßten Jim doch zuerst alles klarzumachen suchen, wofür er die Sachen zu benutzen habe.

An dem Abend rutschten wir etwas nach zehn Uhr am Blitzableiter hinunter, nahmen eine von den Talgkerzen mit, horchten unter Jims Guckloch – Fenster konnte man das Ding nicht nennen –, hörten ihn schnarchen und warfen die Kerze hinein, wodurch er gar nicht einmal wach wurde. Jetzt ging's frisch drauflos mit Hacke und Schaufel, und in vielleicht zwei Stunden oder etwas mehr waren wir fertig.

Wir krochen durch das Loch unter Jims Bett in die Hütte, tappten auf dem Boden herum, fanden die Kerze, zündeten sie an und stellten uns ein Weilchen vor Jim hin, der immerzu schnarchte, dann weckten wir ihn allmählich. War der aber glücklich, uns zu sehen! Er nannte uns Herzchen und Zuckerpüppchen und gab uns sonst noch alle Schmeichelnamen, die sich nur erdenken lassen, und bat uns, sofort eine alte Feile zu holen und seine Kette abzufeilen und dann ohne viel Zeitverlust mit ihm auf und davon zu gehen. Das war nun ganz und gar nicht Toms Absicht, und der zeigte ihm denn auch bald, wie ganz gegen alle Regeln das wäre, und setzte ihm unsern Plan auseinander und wie wir ihn auch jeden Moment ändern könnten, wenn wirklich Gefahr in Verzug wäre, er brauche sich kein bißchen zu fürchten, denn wir würden dafür sorgen, daß er sicher frei würde. Jim sagte dann auch schließlich, ihm sei alles recht, und wir saßen und plauderten von alten Zeiten; Tom stellte eine Menge Fragen, und als Jim erzählte, Onkel Silas käme jeden Tag, um mit ihm zu beten, und Tante Sally, um nachzusehen, ob er genug zu essen habe, und daß beide so gut und freundlich seien, da sagte Tom: »So, nun weiß ich auch, was ich zu tun habe. Die müssen dir selbst die Sachen zutragen, die du brauchst, Jim!«

Sag' ich: »Das wirst du doch nicht tun, Tom, das ist ja das Tollste, was du bis jetzt ausgedacht hast!«

Er aber hörte gar nicht auf mich, sondern machte immer weiter, wie er's zu tun pflegte, wenn ihm ein neuer Gedanke kam.

So sagte er denn Jim, daß wir ihm die Strickleiter in einem Brotlaib zuschmuggeln wollten, und andre größere Sachen durch den Nigger, der ihm das Essen bringe, er dürfe sich aber nichts merken lassen und müsse immer aufpassen und niemals etwas verraten. Die kleineren Sachen würden wir in des Onkels Rocktaschen stecken oder an der Tante Schürzenbänder befestigen, wo er sie dann unbemerkt wegnehmen müsse. Wir sagten ihm auch, zu was er jedes einzelne benutzen solle und wie er ein Tagebuch führen müsse auf dem Hemd mit seinem eignen Blut und dergleichen mehr. Tom unterrichtete ihn von allem. Jim konnte freilich nicht recht klug draus werden, meinte aber, wir seien doch kluge Weiße und müßten's eben besser verstehen als so ein armer, dummer Nigger. Er war's denn auch zufrieden und versprach, alles genau so zu machen, wie's Tom angegeben.

Jim holte ein paar Pfeifen und Tabak heraus, und so waren wir lustig und guter Dinge. Dann krochen wir wieder zum Loch hinaus und gingen zu Bett, mit Händen, die aussahen, als seien sie mal von Ratten angenagt worden:

So langes Graben ist doch kein Spaß! Tom war in der besten Laune. Er sagte, das sei das Schönste, Interessanteste, was er je erlebt hätte, und meinte, den Spaß könnten wir unser ganzes Leben lang fortsetzen, wenn wir nur erst wüßten wie, und es unsern Kindern einmal überlassen, Jim zu befreien, der ganz sicher mit der Zeit immer mehr Geschmack an seiner Gefangenschaft finden werde. Tom meinte auch, bei sorgfältiger Behandlung könne man Jim gewiß bis hoch in die Achtzig bringen und die Erzählung seiner Abenteuer dann als wertvolles

Vermächtnis der Nachwelt überlassen, und alle, die damit zu tun gehabt hatten, würden Ruhm und Lorbeeren und einen gefeierten, hochgepriesenen Namen ernten. Na, mir soll's recht sein!

Am Morgen gingen wir zum Holzplatz hin und zerlegten den Messingleuchter in handliche Stücke, die Tom samt dem Zinnlöffel in seine Tasche steckte.

Dann schlenderten wir zu den Niggerhütten, und während ich Sam – das war der Nigger, der Jim das Essen brachte – anderweit beschäftigte, bohrte Tom ein Stück von dem Messingleuchter in ein großes Stück Brot, das auf Jims Schüssel lag, und wir trotteten nachher hinter Sam her, um zu sehen, was es für eine Wirkung habe. Die war nun über alle Beschreibung, denn Jim biß sich beinahe alle Zähne an dem Messing aus; das war ein Hauptspaß. Jim aber ließ sich nichts merken und tat, als wäre es ein Stein oder so etwas gewesen, das sich leicht einmal ins Brot verirrt; nachher aber biß er nie wieder in etwas hinein, ohne vorher mit seiner Gabel an drei oder vier Stellen probiert zu haben, ob alles mit rechten Dingen zugehe.

Und während wir noch dastehen, springen auf einmal zwei Hunde ganz seelenvergnügt unter Jims Bett hervor und andere drängen nach, mehr und immer mehr tauchen auf, bis vielleicht zwölf oder gar fünfzehn herumwimmeln und wir kaum Platz zum Atmen haben! Na, das war ein Schreck! Zum Henker, wir mußten ja wahrhaftig vergessen haben, die Schuppentüre zuzumachen. Unser Sam aber brachte vor Schrecken nur das Wort Geister heraus und fiel, so lang er war, auf den Boden, zwischen die Hunde, und wälzte sich und schlug um sich, als habe er Krämpfe. Tom riß geschwind die Tür auf, ergriff einen Fetzen Fleisch von Jims Schüssel, warf ihn hinaus, und die Hunde sausten wie toll hinterher, er selbst auch mit, und eh' ich noch Amen sagen konnte, war er leise wieder da.

Ich wußte, er hatte flink die Schuppentür geschlossen, zog die Tür zur Hütte hinter sich zu und kauerte sich auf den Boden zu dem noch immer stöhnenden Sam. Er streichelte und schmeichelte an ihm herum, fragte, ob er denn wieder etwas gesehen habe und ob ihm die Geister noch immer keine Ruhe ließen. Sam kam wieder etwas zu sich, richtete sich auf und blinzelte scheu in alle Ecken.

»Massa Sid«, flüsterte er ängstlich, »du sagen, Sam sein Narr, aber Sam sehen ganze Million Hund oder Deibel oder so was, er wollen sterben, wenn er's nix sehen ganz deutlich! Massa Sid, Sam sie riechen, sie fühlen! Sein gesprungen über arme, alte Sam! Das sein zuviel, zuviel! Sam nur einmal sollten fangen Geister, nur ein – einemal! Geister sollten bleiben weg dann nächstemal von arme, alte Sam! Sam das schwören!«

Sagt Tom: »Sam, ich will dir sagen, was ich glaube. Weißt du, warum die jedesmal kommen, wenn du dem Durchbrenner hier sein Frühstück bringst? Die sind hungrig, ganz sicher hungrig! Weißt du, was du tun mußt? Du mußt ihnen eine Zauberpastete machen, das allein kann dir helfen!«

»Aber, große Gott, Massa Sid, wie sollen alte Sam machen Zauberpastete? Er gar nix nicht wissen davon! Er nie nix haben gehört von solcher Pastet!«

»Na, da muß ich's wohl für dich tun, he?«

»Massa Sid das wollen tun? Oh, sein so gut, so gut! Sam wollen küssen die Boden, wo Massa Sid gehen!«

»Na, schon gut, Alter, schon gut. Ich tu's, weil du freundlich und gefällig warst und uns den Durchbrenner, den schlechten Kerl dort, gezeigt hast. Aber vorsichtig mußt du sein, hörst du? Du darfst nicht hören und nicht sehen, nicht merken und nicht merken wollen, was ich in die Pastete stecke, sonst ist alles umsonst, und die Geister packen dich beim Wickel, und wer weiß, ob sie dann das nächstemal so schnell verschwinden und dich nicht mit fortschleppen. Ich rat' dir auch, nicht danach zu schielen, wenn der Kerl dort die Pastete aufmacht, noch weniger, danach zu fassen.«

»Massa Sid, was du denken? Sam nix rühren dran mit kleinste Spitz von kleinste Finger, nix für zehnmalhunderttausend Dollahs!«

Das letzte Hemd – Jagd nach dem Verlorenen – Die Zauberpastete

Das mit der Pastete war also ausgemacht. So liefen wir denn weg und krochen in eine Art Rumpelkammer, die wir früher schon ausspioniert hatten und in der Haufen alter Stiefel und Lumpen, zerbrochene Flaschen, durchlöcherte Blechgefäße und lauter solch nützliches Zeug aufgespeichert lag. Wir kramten lange drin herum und fanden endlich eine etwas durchsichtige blecherne Waschschüssel, deren schadhafte Stellen wir, so gut es ging, zustopften, um die Pastete darin zu backen. Nun schlichen wir uns mit der Schüssel in den Keller und füllten sie voll Mehl, und dann rannten wir zum Frühstück und fanden unterwegs noch einige große, rostige Nägel, von denen Tom sagte, sie seien herrlich für einen Gefangenen, um damit seinen Namen und seine Leiden auf die Wände seines Kerkers zu kritzeln. Einen davon steckten wir in die Tasche von Tante Sallys Schürze, die auf einem Stuhl hing, und den andern in Onkels Hutband, weil wir die Kinder sagen hörten, daß Papa und Mama den durchgebrannten Nigger heute besuchen wollten. Das Frühstück kam noch nicht, und so praktizierte Tom den Zinnlöffel in der Zwischenzeit in Onkels Rocktasche; Tante Sally ließ ebenfalls lange auf sich warten, und als sie endlich kam, war sie ganz erhitzt und sah rot und zornig aus.

Sie konnte kaum abwarten, bis das Gebet vorüber war, dann schenkte sie mit einer Hand den Kaffee ein und trommelte mit ihrem Fingerhut an der anderen Hand auf dem Kopf des ihr zunächst sitzenden Kindes herum und sprach zu Onkel Silas: »Ich hab' das ganze Haus durchsucht, vom Speicher bis zum Keller, und wahrhaftig, es geht über meinen Horizont, aber ich kann und kann dein zweites Hemd nicht finden!«

Plumps, da fiel mir das Herz in die Hosen und noch tiefer, und ein Stück Brotkrume rutschte die Gurgel hinunter und begegnete unterwegs einem gewaltigen Husten, der's wieder rückwärts trieb, gerade über den Tisch, einem der Kinder ins Auge.

Das krümmte sich wie ein Wurm und stieß das reinste indianische Kriegsgeheul aus, und Tom verfärbte sich ganz grünlich, und eine Minute lang schien uns allen der Atem stillzustehen. Dann ging's wieder besser, es war nur die Überraschung, die uns so mitspielte und uns ordentlich den kalten Schweiß austrieb.

Onkel Silas überlegte ein wenig, fingerte an sich herum und sagte dann: »Das ist aber doch wirklich merkwürdig, das begreif ich nicht. Ich weiß gewiß, daß ich's ausgezogen habe, weil ...«

»Natürlich, weil du nur eins anhast! Hör einen den Mann! Ich weiß wohl, daß du's ausgezogen hast, besser als du mit deinem Sieb von Gedächtnis, weil's gestern noch auf der Leine war und ich's dort selbst gesehen habe! Weg ist's aber, soviel ist gewiß, und du mußt eben dein rotes Flanellhemd anziehen, bis ich Zeit habe, ein neues zu nähen. Das ist dann schon das dritte, das ich in den letzten zwei Jahren mache. Wahrhaftig, du könntest einer ganzen Armee von Näherinnen zu tun geben mit deinen Hemden! Und wie du es machst, daß sie dir wegkommen, ist mir ein wahres Rätsel! Man sollte doch denken, in deinem Alter hättest du endlich gelernt, auf deine Hemden aufzupassen!«

»Ja, ja, Sally, ich weiß es, aber siehst du, so ganz allein mein Fehler ist's doch auch nicht, denn ich hab' doch eigentlich nichts mit den Hemden zu tun, sobald ich sie nicht mehr auf dem Leib habe, und vom Leib herunter hab' ich doch, glaub' ich, noch keins verloren!«

»Na, dein Verdienst ist das nicht, Silas, das brächtest du auch noch fertig, wenn's möglich wäre! Und das Hemd ist's noch gar nicht allein, was fehlt, nein, es fehlt auch ein Löffel. Zehn waren's, und neun sind's nur noch, einer ist weg.

Wenn das Kalb das Hemd gefressen hat, wie sie mir vormachen wollen – den Löffel hat's doch sicher nicht mit verschluckt! Soviel ist sicher!«

»Fehlt sonst noch was?«

»Ja, noch was! Sechs Talglichter; das ist doch was, denke ich. Die könnten die Ratten gefressen haben, das wär' möglich, wahrhaftig, es ist ja ein Wunder, daß sie noch nicht das ganze Haus verschluckt haben, du kümmerst dich ja keinen Pfifferling drum, Silas, ob ihre Löcher verstopft sind oder nicht. Sie könnten in deinen Haaren nisten, dir wär's einerlei, ich glaub', du merktest gar nichts davon.

Das Verschwinden des Löffels aber kann man auch den Ratten nicht in die Schuhe schieben, das ist doch klar!«

»Ja, Sally, du hast recht, das hab' ich wirklich versäumt, aber ich versprech' dir, daß ich noch vor heut' abend die Löcher alle selbst zustopfe, und ordentlich!«

»Oh, es hat ja keine Eile, nächstes Jahr ist auch noch Zeit!«

Plumps fällt der Fingerhut hörbar auf den Schädel eines Sprößlings, und heulend zieht der die Finger aus der Zuckerdose zurück, in der sie herumgekrabbelt sind. Da erscheint Liese, die Niggerfrau, die die Hausarbeit besorgt, unter der Türe: »Frau, es fehlt auch eine Bettuch!«

»Ein Bettuch? Herr, du mein Gott!«

»Jetzt stopf ich aber gleich die Rattenlöcher zu!« seufzt Onkel Silas und sieht sehr reuig und bekümmert aus.

»Oh, schweig still!« fährt Tante Sally auf ihn los, »denkst du denn vielleicht, die Ratten hätten das Bettuch verzehrt? Wo mag das Bettuch sein, Liese?«

»Ojemine! Liese das nix wissen! Waren auf der Leine gestern, sein weg heute – ganz, ganz weg!«

»Wahrhaftig, ich glaub', die Welt geht unter! So was hab' ich noch nicht erlebt, solang mich die Sonne bescheint! Ein Hemd und ein Bettuch und ein Löffel und sechs Talglich...«

»Kann den Messingleuchter nicht finden!« schreit eine kleine halbwüchsige Range und stürzt wie toll ins Zimmer. – »Willstwohl machen, daß du hinauskommst, du Balg? Marsch – oder!«

Nun war sie aber wie rasend. Wir alle duckten uns, zogen die Schultern ein und waren still wie die Mäuse, während sie wie ein Wirbelwind durchs Zimmer fuhr und bald hier, bald da etwas krachte und knackte. Ich sah mich schon nach einer Gelegenheit um, mich mit heiler Haut zu salvieren, als Onkel Silas plötzlich in die Tasche greift und mit der erstauntesten, ungläubigsten, dümmsten Miene von der Welt den Löffel vorzieht.

Mitten im tollsten Redestrom blieb ihr der Mund offenstehen, und bei diesem Anblick wünschte ich mich nach Jerusalem oder sonstwohin.

Aber bald ruft sie: »Grad' wie ich's dachte! Genauso wie ich's dachte! Hast du natürlich die ganze Zeit über den Löffel in deiner eignen Tasche und sagst kein Wort und läßt deine Frau sich bald tot ärgern. Ganz wie du bist!

Vielleicht hast du die andern Sachen auch noch drin, wie? Sieh doch einmal nach! Wie ist er denn eigentlich hineingekommen?«

»Das weiß ich wahrlich nicht, Sally, ich würd's dir doch gewiß sagen«, versetzt er, sich gleichsam entschuldigend.

»Ich habe vor dem Frühstück meinen Text studiert für nächsten Sonntag und hab' mein Neues Testament auf dem Tisch gehabt, da hab' ich's gewiß verwechselt und den Löffel statt dessen in die Tasche gesteckt, denn wie ich jetzt merke, ist mein Testament nicht drin. Ich will einmal gehen und nachsehen; wenn's noch da liegt, wo ich's vor dem Frühstück hatte, dann ist's ganz sicher so, und ich hab's nur verwechselt.«

»Herr, du mein Gott, kannst du nicht schweigen? Du machst einen ja halb tot mit deinem Geschwätz! Jetzt macht, daß ihr wegkommt, alle miteinander, marsch, fort, und kommt mir nicht wieder zu nahe, bis ich mich erholt habe, hört ihr? Ich rat's euch im Guten!«

Ich hätt' sie verstanden, und wenn sie's nur geflüstert, nur zu sich selbst gesagt, es nur gedacht hätte! Und ich hätt' ihr gehorcht, wenn ich tot und begraben gewesen wäre! Keiner war so flink wie ich, und als wir durchs Wohnzimmer kamen, stand dort der alte Mann und nahm gerade seinen Hut vom Nagel und setzte ihn auf. Der Nagel fiel zu Boden, und er bückte sich ganz matt danach und hob ihn auf, ohne ein Wort zu verlieren, legte ihn auf den Tisch und ging hinaus.

Tom hatte zugesehen, dachte an den Löffel und meinte: »Mit dem schicken wir lieber nichts mehr, auf den ist kein Verlaß! Mit dem Löffel aber hat er uns einen Dienst erwiesen, ohne es zu wollen, und das werden wir ihm vergelten, ohne daß er es weiß, und ihm seine Rattenlöcher zustopfen, der bringt's doch nie zustande!«

Gesagt, getan! Es waren gerade genug drunten im Keller; wir hatten eine ganze Stunde damit zu tun, danach war's aber auch getan, gut und fest und dauerhaft, und 's sollte den Ratten schon schwer werden, durchzubrennen!

Auf einmal hören wir Schritte auf der Treppe, blasen unser Licht aus, verstecken uns, und da kommt der alte Mann mit einem Licht in der einen Hand und mit einem Pack in der andern und sieht so abwesend aus wie das Jahr, das vorm letzten vergangen. Träumerisch schleicht er an jedes Loch, fingert ein bißchen dran herum, stopft ein bißchen was hinein, und fertig ist er. Lange steht er dann und schaut ins Licht, pickt den abgeflossenen Talg weg und denkt über was nach.

Dann wendet' er sich langsam der Treppe zu und flüstert vor sich hin: »Ich mag mir den Kopf zerbrechen, wie ich will, und kann mich doch nicht besinnen, wann ich's getan habe.

Aber zugestopft sind die Löcher, und ich könnt' ihr jetzt beweisen, daß ich nicht schuld an den Ratten bin! Doch was liegt dran, ich laß es gut sein. Es würde doch nichts helfen!«

Und so kriecht er murmelnd und schleppenden Ganges die Treppe hinauf, und wir leise hinterdrein. Es war wirklich ein guter alter Mann und ist's immer noch!

Tom war sehr in Verlegenheit, was er wegen des Löffels tun solle; wir müßten jedenfalls einen haben. Als er sich's überlegt hatte, sagte er mir seinen Plan.

Wir gingen dann ins Zimmer, drückten uns um den Löffelkorb herum, bis wir Tante Sally kommen sahen, und dann nahm Tom die Löffel heraus, legte sie neben den Korb und begann sie zu zählen,

während ich einen davon in meinen Ärmel verschwinden lasse. Plötzlich ruft er: »Na, aber Tante Sally, es sind ja noch immer nur neun Löffel, sieh doch mal!«

Sie fährt ihn an: »Mach, daß du weiterkommst, spielt etwas und laßt mich in Ruhe. Ich weiß es besser, ich hab' sie ja vorhin selbst gezählt!«

»Na, ich hab' sie eben zweimal gezählt, Tantchen, und ich krieg' nur neun heraus!«

Sie sah furchtbar ungeduldig aus, kam aber doch her – jedes hätte da angebissen!

»Ja, wahrhaftig, so ist's, so wahr ich lebe, es sind nur neun!« sagt sie. »Wie in aller Welt – da schlag doch gleich was drein, wart, ich will's noch einmal zählen!«

Jetzt leg' ich den aus meinem Ärmel dazu, und wie sie mit dem Zählen fertig ist, sagt sie: »Das ist ja rein wie verhext! Jetzt sind's wieder zehn!«

Und sie sieht ganz ungeduldig und ärgerlich aus.

Meint Tom: »Aber Tantchen, ich glaub' doch nicht, daß es zehn sind!«

»Was, du Dickkopf, hab ich's denn nicht grad' gezählt?«

»Ich weiß, aber ...«

»Wart', ich zähl' sie noch einmal, daß du endlich zufrieden bist!«

Ich also wieder einen weggenommen, und so waren's neun wie zuerst. Na, jetzt wurde sie aber wild – und wie wild! Sie zitterte am ganzen Körper und konnte sich kaum helfen.

Aber sie zählte und zählte, bis sie so verwirrt war, daß sie den Korb als Löffel ansah und mitzählte, und dreimal waren's zehn und dreimal nur neun – sie war ganz toll!

Dann nahm sie den Korb, schleuderte ihn an die Wand, versetzte der Katze einen Tritt, daß die in die Luft flog, und schrie, wir sollten uns packen und sie in Ruhe lassen,
und wenn wir uns noch einmal vor Tisch blicken ließen, wolle sie uns die Haut bei lebendigem Leibe abziehen. Wir aber hatten unsern Löffel wieder, und Jim erhielt ihn zusammen mit dem alten Nagel noch vor Mittag.

Soweit waren wir ganz zufrieden und Tom meinte, der Spaß sei wohl der Mühe wert gewesen, denn nun könne sie die Löffel in ihrem ganzen Leben nie wieder richtig zählen und wisse sicher nie mehr, ob sie zehn oder nur neun habe, und zähle sie einmal richtig, so meine sie, es sei falsch, und umgekehrt, und wenn sie das Manöver nur drei Tage hintereinander fortsetze, so würde sie am vierten sicherlich jedem den Kopf abreißen, der sie dran erinnerte und nicht neun zehn, oder zehn neun sein lasse.

Am Abend hingen wir dann das Bettuch wieder auf die Leine und stahlen eins aus dem Schrank und machten so weiter mit nehmen und wieder hinlegen während einiger Tage, bis sie auch nicht mehr wußte, wie viele Tücher sie hatte, und sagte, es läge ihr auch gar nichts dran, sie wolle sich nicht zu Tod ärgern, nun zähle sie auch gar nicht mehr, um keinen Preis, lieber wolle sie gleich auf der Stelle sterben.

Nun war alles in schönster Ordnung mit dem Hemd und dem Bettuch und dem Löffel und den Lichtern, Dank dem Kalb und den Ratten und dem etwas verwickelten Zählexperiment. Am Leuchter lag nicht so viel; dieser Sturm verwehte von selbst nach und nach.

Die Pastete aber, die berühmte Zauberpastete, machte uns viel, viel Arbeit. Wir hatten uns dazu alles Nötige hinaus in den Wald geschleppt, und dort buken wir sie auch. Endlich wurden wir fertig damit, und sie war auch recht gelungen, aber es hatte länger als einen Tag gedauert und wir brauchten statt einer drei Waschschüsseln voll Mehl, ehe wir soweit waren, und wir verbrannten uns beinahe überall, und die Augen liefen uns beinahe aus vor Rauch; wir wollten eben nur eine Kruste haben, und die wollte nicht stehenbleiben, sondern stürzte immer wieder nach der Mitte zu ein.

Zuerst probierten wir, sie mit unsern Händen festzuhalten, dann aber fiel uns ein, wir können ja gleich die Strickleiter zum Ausfüllen hineintun.

So ließen wir's denn sein und machten uns erst an die Leiter. Wir blieben die Nacht über bei Jim, rissen das Bettuch in kleine Streifen, flochten diese zusammen und hatten lange vor Tagesanbruch ein herrliches Seil fertig, mit dem man einen Ochsen hätte hängen können. Wir taten dann so, als hätten wir neun Monate dazu gebraucht.

Anderntags nahmen wir's mit in den Wald, aber es wollte nicht in die Pastete hineingehen. Man hätte damit vierzig Pasteten füllen können, wenn wir sie gebraucht hätten, und es wäre auch noch etwas übriggeblieben für Suppe oder Wurst oder was man sonst wollte. So ein Bettuch ist groß, es hätte für ein paar Mittagessen gereicht!

Das brauchten wir nun aber nicht. Wir brauchten nur genug für unsre Pastete, und den Rest warfen wir dann weg. Zum Backen konnten wir aber die Blechschüssel nicht gebrauchen, wir hatten Angst, der Boden käm' heraus und unsre ganze Herrlichkeit fiele ins Feuer. Aber Onkel Silas besaß eine feine eiserne Kohlenpfanne, auf die er sehr stolz war, denn sie war ein altes Erbstück mit einem langen hölzernen Griff und war von England mit Wilhelm dem Eroberer auf der Mayflower oder sonst einem der ersten Auswandererschiffe herübergekommen.

Sie lag nun droben auf dem Speicher mit einer Menge anderen Gerümpels, das Onkel hochschätzte, nicht weil es wirklich Wert gehabt hatte, sondern weil es Relickjen waren, wie Onkel sagte, wovon ich aber nicht weiß, was es heißen soll. Nun, die eiserne Pfanne also, die Relickjen-Pfanne, kriegten wir vor, heimlich natürlich, und nahmen sie mit in den Wald.

Die ersten Pasteten wollten nicht recht geraten, bis wir's dann besser los hatten. Wir nahmen die Pfanne, füllten sie mit Teig aus, stopften dann das Seil hinein und legten Teig drauf; dann den Deckel zu, Kohlen drauf, Griff gepackt, aufs Feuer gehoben, und nach fünfzehn Minuten kam die schönste Pastete heraus, wie sie der beste Koch kaum hätte backen können. Wer die aber essen wollte, mußte sich mit Zahnstochern versehen, dem Zentner nach, denn das Seil, denk' ich mir, muß ziemlich zäh geblieben sein. Na, wir aßen sie ja nicht, mochte ein andrer Leibweh kriegen!

Sam sah sich nicht um, als wir die Pastete auf Jims Schüssel legten.

Die drei Zinnteller verbargen wir zuunterst, häuften dann das ganze Essen drauf, und Jim bekam auch alles, und sobald er allein war, sprengte er die Pastetenhülle, steckte die Strickleiter in seinen Strohsack, kratzte etwas krumm und schief auf den einen Zinnteller und warf ihn zum Guckloch hinaus.

Tom war sehr zufrieden und sagte, Jim habe brav seine Schuldigkeit getan.

Das Wappen – Ein geschickter Aufseher – Unwillkommener Nachruhm – Ein reuiger Sünder

Das Herstellen der Schreibfedern war eine verteufelt schwierige Arbeit, und ebenso war's mit der Säge, Jim aber meinte, das Einkratzen der Inschrift in die Wand sei noch das Schlimmste von allem. Das mußte aber geschehen, wohl oder übel, denn Tom sagte, nie in seinem Leben habe er noch von einem Staatsgefangenen gehört, der nicht eine Inschrift auf den Mauern seines Kerkers zurücklasse mit seinem Namen und seinem Wappen.

»Denk doch nur einmal an Lady Jane Grey und Gilford Dudley und den alten Northumberland! Wenn's auch lange Zeit braucht und viel Arbeit macht, Huck, es muß eben sein, man kann sich nicht drumherumdrücken! Jim muß die Inschrift machen mit seinem Wappen, das tun sie alle!«

Sagt Jim: »Aber, junge Herr Tom, Jim haben gar keine Wappen nix, haben gar nix wie alte Hemd da, und Tom wissen selber, Jim sollen schreiben Tagebuch auf alte Hemd.« - »Ach, du verstehst mich nicht, Jim, ein Wappen ist ja ganz was anderes.«

»Na«, sag' ich »aber Jim hat doch jedenfalls recht, wenn er sagt, daß er kein Wappen hat, denn er hat einmal keins!«

»Das weiß ich selbst«, fährt mich Tom an, »das brauchst du mir nicht erst zu sagen, aber ich wett' mit dir, was du willst, er kriegt eins, eh' er hier herauskommt, denn – das versichere ich dir – es soll einmal später nicht heißen, daß so etwas versäumt worden sei!«

Während also Jim und ich, jeder auf einem Backstein, seine Feder schliff – Jim machte seine aus einem Stück Messing, ich die meine aus dem Blechlöffel –, saß Tom da und dachte sich ein Wappen aus.

Nach einiger Zeit sagte er, er habe so viele gute Ideen, daß er kaum wisse, welche er wählen solle, eine davon aber leuchte ihm ganz besonders ein: »Aufgepaßt«, erklärt er, »im Schild haben wir einen Querbalken und unten im rechten Feld ein dunkelrotes Andreaskreuz, unter dem ein Hund kauert und zu dessen Füßen eine zersprengte Kette liegt, Zeichen der Sklaverei, dann noch ein grüner Querbalken und in azurnem Feld eine siebenfach gezackte Krone.

Gekreuzte Degen im andern Feld, drüber steht ein durch-gebrannter Nigger in Zobel, der mühsam sein Bündel auf der Schulter trägt. Wappenhalter: zwei Säulen – das sind wir beide –, und als Motto: Maggiore fretta, minore atto. Das hab' ich aus meinem Buch, und das will sagen: Je mehr Hast, desto weniger Schnelligkeit. Was sagst du dazu?«

»Hui-i-i-i! Wundervoll! Aber verstehen tu ich's nicht recht!«

»Na, damit können wir jetzt keine Zeit verlieren, Huck, jetzt müssen wir tüchtig an die Arbeit.«

»Was ist denn ein Feld zum Beispiel und ein Querbalken und ein Andreaskr...«

»Ach, plag mich doch nicht! Ein Feld? Na, ein Feld ist – wart, ich will's Jim schon zeigen, wenn er drankommt.«

»Aber mir könntest du's doch vorher sagen, Tom, nicht? Was ist ein Querbalken?«

»Ja, was weiß ich? Aber haben muß er's, alle vom Adel haben's!«

So war er immer. Wenn es ihm nicht paßte, einem etwas zu erklären, konnte man drei Wochen lang an ihm pumpen und erfuhr's doch nie.

Da er mit dem Wappen jetzt im klaren war, fing er an und überlegte die Inschrift, die recht düster und schwermütig sein müsse. Jim müsse auch die haben, wie alle andern. Er hatte gleich eine Menge zur Auswahl fertig und schrieb sie auf ein Stück Papier. Dann las er uns vor:

Hier barst ein gefangenes Herze

Hier hauchte ein armer Gefangener, von Gott und den Menschen verlassen, sein trostloses Leben aus

Hier brach ein einsames Herz, und ein müder, gequälter Geist ging zur ewigen Ruhe ein, nach siebenunddreißig langen Jahren martervollster Gefangenschaft

Hier, heimat- und freundlos, nach siebenunddreißig bittren Jahren der Einkerkerung, hauchte ein edler Fremdling, natürlicher Sohn Ludwigs XIV., seinen großen Geist aus. Friede seiner Asche!

Toms Stimme zitterte und brach beinahe, als er las, so gerührt war er. Nachher konnte er sich für keine der vier Inschriften entscheiden, so lieb waren ihm alle, und gestattete schließlich, daß Jim alle vier an die Wand kritzle.

Jim aber wehrte sich und sagte, er brauche ein Jahr, bis er all das Zeug hingekritzelt, und zudem könne er keinen Buchstaben machen; aber Tom versicherte, das wolle er ihm zeigen und alles erst für ihn hinmalen, dann habe er nur noch den Linien zu folgen. Auf einmal sagt er: »Halt, was mir da einfällt! Wir haben ja hier Holzwände, und das ist ganz und gar nicht das Richtige. Fels muß es sein, richtiger, harter Fels, aus dem die Kerkermauern gemacht sind! Da müssen wir sehen, wie wir uns den verschaffen.«

Jim meinte, Fels sei noch schlimmer, da könne er vermodern, ehe er da alles hineinritze, da würde er nie frei; aber Tom sagte, ich dürfe ihm dabei helfen, und das tröstete Jim ein wenig. Dann sah Tom nach, wie weit wir mit unsern Federn seien. Das war eine ganz infam mühsame Arbeit, und meine armen Hände hatten wenig Aussicht, dabei die Blasen des Grabens loszuwerden, auch kamen wir gar nicht voran.

Sagt Tom: »Ich weiß, was wir tun! Wir müssen ja doch einen Felsen haben für das Wappen und die Trauer-Inschrift, und da können wir zwei Fliegen mit einer Klappe töten.

Drunten bei der Mühle liegt ein prachtvoller alter Mühlstein, den schleppen wir her, und darauf machen wir Wappen und Inschrift und schleifen obendrein Federn und Säge!«

Das war mal eine grandiose Idee, der Mühlstein war aber auch grandios. Es war noch nicht Mitternacht, wir also hinaus zur Mühle, indes Jim bei der Arbeit blieb. Wir fanden den Mühlstein und brachten ihn auch ins Rollen, aber es war eine verteufelt schwierige Sache. Manchmal – wir mochten uns dagegenstemmen, soviel wir wollten – fiel der Stein zur Seite und hätte beinahe den einen oder andern zerquetscht; Tom meinte auch, das geschehe sicherlich noch, ehe wir an Ort und Stelle seien. Den halben Weg zur Hütte hatten wir den Kerl gelotst, dann waren unsre Kräfte ganz und gar zu Ende, und wir waren wie in Schweiß gebadet. Es half nichts, Jim mußte herbei und mit anpacken.

Der hob also den Bettpfosten auf, machte die Kette los und wickelte sie dreifach um Hals und Leib; wir krochen also durch unser Loch und flink hinunter, und Jim und ich rollten den Stein spielend weiter, während Tom die Aufsicht führte.

Darin war er stark, darin war er jedem Jungen überlegen. So was hab' ich nie wieder gesehen – er hatte eben Geschick zu allem!

Unser Loch war nun ziemlich groß, aber doch nicht groß genug, um den Stein durchzukriegen, aber Jim kam uns zu Hilfe, nahm Hacke und Schaufel, und bald war er samt dem Stein glücklich in der Hütte drin. Nun ritzte Tom mit einem Nagel ganz leicht die Buchstaben und das übrige auf den Stein, setzte dann Jim dran, mit dem Nagel als Meißel und einem Stück Eisen aus dem Schuppen als Hammer, und befahl ihm, an der Arbeit zu bleiben, solange sein Licht reiche, und erst dann zu Bett zu gehen, den Mühlstein aber unter seinem Strohsack zu verbergen und drauf zu schlafen. Dann halfen wir ihm die Kette wieder am Bettpfosten befestigen und wollten nun selbst schlafen gehen. Tom aber fiel noch etwas ein.

»Hast du Spinnen hier, Jim?«

»Nein, junge Herr, Jim danken dem Himmel, haben keine Spinnen nix!«

»Na, dann müssen wir dir welche verschaffen!«

»Aber, liebste Tom, Jim gar nix brauchen Spinnen, gar nix wollen haben Spinnen! Jim sich fürchten vor Spinnen, lieber noch wollen haben Klapperschlangen!«

Tom besann sich ein paar Minuten und sagte: »Das wär 'ne gute Idee, Jim, das war sicherlich auch schon da, es muß dagewesen sein. Das ist eine herrliche Idee! Jim, wo könntest du sie halten?«

»Halten was, Tom?«

»Ei, die Klapperschlangen!«

»Herr des Himmels! Wenn Klapperschlang kämen hier rein, Jim würden stoßen Loch in die Wand mit sein Kopf un springen durch, mit seine eigene, arme, alte Kopf zuerst. Oh, junge Herr Tom!«

»Was, Jim, du hast doch keine Angst davor, oder? Du könntest die Schlange ja zähmen!«

»Zähmen...?«

»Ja ganz leicht. Jedes Tier ist so dankbar, wenn man's liebkost und freundlich mit ihm ist, und denkt nicht daran, jemanden zu verletzen, der gut mit ihm ist.

Das kannst du in jedem Buch lesen! Probier's doch einmal! Das ist alles, worum ich dich bitte, probier's nur einmal zwei oder drei Tage lang.

Ich bin überzeugt, du kriegst die Schlange noch so weit, daß sie dich wirklich lieb hat, und bei dir schlafen will, und dich keine Minute allein läßt, und es leidet, daß du sie dir um den Hals wickelst und ihren Kopf in deinen Mund nimmst.«

»Bitte, Massa Tom, nix das sagen, nix so sprechen. Jim nix wollen haben Kopf in Mund, Schlang können lang warten, bis Jim drum fragen! Un Jim auch nix wollen schlafen mit Schlang – nein, Jim gar nix wollen!«

»Jim, sei doch nicht so verrückt! Ein Gefangener muß ja irgendein zahmes Lieblingstier haben, und wenn sie's bis jetzt noch nie mit einer Klapperschlange probiert haben, nun, dann ist's um so mehr Ruhm und Ehre für dich, der erste zu sein, der das tut. Leichter wird es dir nie mehr im Leben gemacht werden, dir großen Nachruhm zu sichern!«

»Nein, nein, Massa Tom, Jim nix braueben solche Nachruhm! Schlang kommen un beißen Jim tot – nein, Jim nix brauchen Nachruhm!«

»Sei doch gescheit. Du sollst's ja nur probieren, sag ich dir! Du kannst's ja sein lassen, wenn's wirklich nicht geht.«

»Oh, dann sein zu spät, wenn Schlang erst beißen arme Jim! Massa Tom, Jim wollen tun alles, was sein nix zu dumm und unvernünftig, aber wenn Massa Tom un Huck bringen Klapperschlang für Jim zu zähmen, Jim brennen durch, brennen gleich durch – sofort durch. Soviel sein sicher!«

»Na, dann laß es sein, wenn du so dickköpfig bist! Weißt du was, wir bringen dir ein paar Blindschleichen, und du bindest denen Knöpfe an den Schwanz, daß sie klappern, und tust, als wären's Klapperschlangen – ja wahrhaftig, so machen wir's!«

»Das können eher sein, Massa Tom, Jim nix haben Angst für Blindschleich, können aber gut sein ohne, das Jim sagen! Ach, was doch Gefangener für Geschäft un Plage machen; hätt's nie gedacht.«

»Ja, das ist immer so, wenn's die rechte Art haben soll. Ei, gibt's hier Ratten?«

»Jim nie nix sehen keine!«

»Also, dafür müssen wir auch sorgen!«

»Ratten, Massa Tom? Jim nix brauchen Ratten! Sein ganz abscheulich verd... Kreaturen, stören Leut in Schlaf. Rennen un laufen un springen auf Bett un beißen in Nas un beißen in Fuß un können nie nix schlafen mit Ratt.

Nein, Massa Tom, ihr geben Blindschleich, wenn Jim müssen haben etwas, aber nix geben Ratt. Jim nix können tun mit Ratt, nix brauchen Ratt, zu nix, nie!«

»Aber Jim, die Ratten mußt du wirklich haben, die sind immer dabei. Drum sträub dich lieber nicht. Gefangene sind nie ohne Ratten! Ich weiß gar kein Beispiel dafür. Man zähmt sie und liebkost sie und lehrt sie alle möglichen Kunststücke, und zuletzt werden sie so zutraulich wie Fliegen. Aber Musik mußt du ihnen machen! Hast du was, um Musik drauf zu machen?«

»Jim gar nix haben als alte Kamm un Stück Papier, un – ja, un kleine Mundharmonika! Ratt aber wohl nix lieben Harmonika, oder?«

»Ach gewiß, denen ist das Instrument ganz einerlei, wenn's nur Musik ist. Eine Mundharmonika ist gut genug für die! Alle Tiere lieben Musik – und im Gefängnis schwärmen sie dafür. Besonders traurige Musik, und dazu ist die Mundharmonika grad recht. Das interessiert sie, und sie kommen zum Vorschein, um zu sehen, was los ist.

Du setzt dich also abends vor dem Schlafengehen auf dein Bett, ebenso frühmorgens, und spielst auf deiner Harmonika. Spiel letzte Rose oder sonst etwas Trübseliges, und du wirst sehen, nach zwei Minuten kriechen die Ratten und die Schlangen und die Spinnen und sonst alles Getier heraus und kommen zu dir und sind zutraulich; wart, die tanzen nur so um dich herum!«

»Ja, die werden's, das Jim glauben, Massa Tom, aber arme Jim! Der sich nix fühlen wohl. Können nix sehen Gutes drin, können nix sehen Nutzen! Jim aber wollen's tun, natürlich, wenn's müssen sein. Wollen machen Tierzeug zufrieden mit Musik, dann er nix haben Plag von Biester!«

Tom schien noch über etwas nachzusinnen, vielleicht fiel ihm noch ein Tier ein für Jims Menagerie. Bald aber sagt er: »Oh, da hab' ich noch was vergessen! Glaubst du, daß du hier eine Blume ziehen könntest, Jim?«

»Weiß nix, aber vielleicht. Dunkel sein's freilich hier, un Jim auch nix brauchen Blum', sein viel Arbeit, un Jim nix von verstehen.«

»Na, probieren kannst du's aber doch, andre Gefangene haben's auch getan.«

»So 'ne alte, stachelige Distel oder gelbe Kuhblum' können wachsen hier, Massa Tom, aber die sein nix wert die Arbeit, wo sie machen!«

»Sag das nicht, Jim, sag das nicht. Wir holen dir eine kleine Kuhblume, und du pflanzt sie dort in die Ecke und ziehst sie groß, und du darfst auch nicht Kuhblume sagen, sondern Picciola, so heißen alle Blumen im Gefängnis, und du mußt sie mit deinen Tränen begießen.«

»Oh, Jim haben Wasser genug dort im Krug!«

»Wasser tut's nicht, Tränen müssen's sein, so machen's alle Eingekerkerten!«

»Aber, Massa Tom, Jim können großziehen zwanzig Kuhblum mit Wasser, eh die ein auch nur wird angehen mit Tränen!«

»Darauf kommt's gar nicht an, die Hauptsache sind die Tränen!«

»Dann Kuhblum welken gleich, Massa Tom, Jim nie nix weinen – beinah' nie nix!«

Das schlug denn Tom, aber er grübelte ein bißchen nach und sagte dann, Jim müsse eben sein Bestes tun und Zwiebeln zu Hilfe nehmen.

Er versprach, einige bei den Niggern auszuführen und sie in Jims Kaffeetopf zu stecken. Jim meinte, er wolle dann gleich Tabak im Kaffee haben, und rebellierte dermaßen dagegen, wie auch gegen alles übrige: die Zucht der Kuhblume, das Musizieren für die Ratten, das Zähmen von Schlangen und Spinnen und besonders gegen die verrückte Plage, wie er sich ausdrückte, mit den Federn, Inschriften, Tagebüchern und so weiter, wovon er mehr Geschäft und Verantwortung als Gefangener habe, als je zuvor in seinem ganzen Leben, so daß Tom sehr ungeduldig und böse auf ihn wurde und sagte, er solle sich schämen, er habe doch gewiß allen Grund, dankbar zu sein; mehr Gelegenheit als er, sich einen berühmten Namen zu machen, habe noch gar kein Gefangener in der weiten Welt gehabt, und er wisse das nicht besser zu schätzen und zu würdigen, als wenn er ein unvernünftiges Tier wäre: es sei alles an ihm verschwendet. Und Jim ging in sich, sah's ein, und es tat ihm leid, und er sagte, er wolle nie wieder so sein. Dann schlichen wir uns befriedigt zu Bett.

Ratten – Lebhafte Bettgenossen – Die Strohpuppe

Am Morgen schlichen wir uns ins nächste Dorf und erhandelten eine große Rattenfalle, trugen sie in den Keller, öffneten das größte Rattenloch und hatten in vielleicht einer halben Stunde fünfzehn der fettesten, prächtigsten Ratten gefangen. Im Nu schleppten wir, der Sicherheit halber, die ganze Ladung in der Falle unter Tante Sallys Bett, was der unnahbarste und geheiligtste Ort im ganzen Hause war, dem sich so leicht keine der kleinen Rangen zu nahen wagte, und machten uns auf die Spinnenjagd. Während wir weg waren, muß das Unglück den kleinen Thomas Franklin Benjamin Jeffersohn Alexander Phelps in die Nähe des Rattenverstecks führen! Die Bescherung entdecken und die Falle öffnen, war bei ihm natürlich eins; und als wir zurückkamen, um unser mühsam erworbenes Eigentum an uns zu nehmen, stand Tante Sally auf dem Bett und schrie Mord und Totschlag, Diebe, Räuber, Feuer, und die Ratten führten den tollsten Kriegstanz vor ihr auf, tobten, pfiffen und rasten über Bett, Tische und Stühle, daß einem Hören und Sehen verging.
Als sich die wilde Jagd durch die von uns offengelassene Tür etwas verzogen hatte, kriegte die arme abgehetzte Frau einen Rohrstock her und klopfte uns, ohne viel zu fragen, die Kleider am Leibe tüchtig aus, und wir brauchten dann zwei volle Stunden, um weitere fünfzehn oder sechzehn Ratten zu fangen, die den andern an Größe und Schönheit aber lange nicht gleichkamen. Es waren eben auserlesen schöne Exemplare, wie ich sie nie wieder gesehen habe.
Wir legten uns außerdem einen tüchtigen Vorrat von verschiedenen Spinnen, Käfern, Fröschen, Raupen und sonst noch allerlei an und hätten gerne noch ein Hornissen-Nest gehabt, aber daraus wurde nichts. Dann ging's auf die Schlangenjagd, und

wir hatten bald einige Dutzend Blindschleichen und Ringelnattern beisammen, die wir in einem zugebundenen Sack auf unser Zimmer legten. Mittlerweile war die Zeit zum Abendessen gekommen. Ein ordentliches Tagewerk lag hinter uns, und wir hatten riesigen Hunger. So hieben wir denn tüchtig ein, und als wir wieder auf unser Zimmer kamen, da – da war keine einzige Schlange mehr zu sehen, alle weg, wie weggeblasen.

Wir hatten den Sack nicht fest genug zugebunden, und die Racker hatten sich durchgeringelt.

Das focht uns aber nicht viel an, denn wir dachten, weit könnten sie doch nicht sein, und sie würden sich schon wieder einfangen lassen. Wahrhaftig, in der nächsten Zeit konnte man sich über Schlangenmangel im Hause nicht beklagen. Immer ab und zu fiel mal eine von irgendwo herunter und immer gerade in die Schüssel, vor der man eben saß, oder auf den Teller oder hinten auf den Nacken, wenn man den Kopf neigte, kurz, immer dahin, wo man sie am wenigsten brauchen konnte. Schön waren sie aber alle und fein gestreift, und mich hätte eine Million davon nicht geniert. Tante Sally aber dachte anders, die haßte alle ohn' Ansehen der Person und Familie, ob gestreift oder gefleckt: sie konnte sie nicht ausstehen. Und jedesmal, wenn ihr eine in den Weg kam, ob von oben oder von unten, ließ sie alles liegen und stehen und lief mit Windeseile davon, und ihr Geschrei konnte man in Jericho hören. Nicht einmal mit der Feuerzange getraute sie sich eine anzufassen. Und wenn sie sich nachts im Bett umdrehte und zufällig ein solch armes, unschuldiges Tierchen berührte, schlug sie ein Geheul an, als ob das Haus in Flammen stünde.

Ich konnte die Frau gar nicht begreifen! Ihren alten Mann regte sie so auf mit der Sache, daß er einmal sagte, er wollte, unser Herrgott hätte die Schlangen zu erschaffen vergessen. Nachdem schon eine ganze Woche lang die letzte Schlange spurlos aus dem Haus verschwunden war, hatte Tante Sally die Angst vor ihnen noch nicht verloren, noch nicht halb verloren. Wenn sie so still dasaß und an nichts dachte, brauchte man sie nur mit einer Feder auf den Hals zu tippen, und sie fuhr erschrocken herum und beinahe aus ihrer Haut heraus. Es war zu komisch! Tom sagte aber, alle Frauen seien so; er sagte, die seien so erschaffen, aus irgendeiner besonderen Ursache, warum, wisse er. selber nicht, aber so sei's.

Wir bekamen jedesmal eine Tracht ab, wenn ihr eine Schlange über den Weg kroch, und sie bedeutete uns, es würde noch was ganz anderes setzen, wenn wir das Haus wieder damit bevölkerten. Daß wir's gewesen, ließ sie sich trotz allen Zuredens nicht nehmen, ja, sie. war eine kluge Frau, die Tante Sally! Die Prügel genierten mich weiter nicht, ich war Besseres dieser Art gewöhnt, aber die Mühe, die wir hatten, um zu einem neuen Vorrat von Schlangen zu kommen, war verdrießlich.

Na, uns gelang es doch, wieder eine Partie zusammenzubringen, und wir schafften sie nebst allem andern in Jims Hütte. Die hätte noch einmal so groß sein dürfen, um alle die' Einwohner bequem zu fassen. Das war ein Gewimmel! Aber lustig war's, wenn sie bei der Musik alle um Jim herumschwärmten und ihm zu Leibe rückten. Die Spinnen machten ihm besonders heiß, die konnte er nicht leiden und sie ihn auch nicht, und so lag er mit ihnen immer im Kampfe. Er sagte, wegen all der Ratten und Schlangen und dem Mühlstein habe er gar keinen Platz mehr im Bett. Schlafen könne er ohnehin nicht mehr, selbst wenn er Platz hätte, so lebhaft gehe es bei ihm zu, und das immerwährend, ohne alle Unterbrechung, denn das Viehzeug schlafe nie zu gleicher Zeit; wenn die einen schliefen, wachten die andern. Seien die Schlangen einmal ruhig, dann machten's die Ratten um so toller, und Spinnen und Käfer und das andre Getier ließen ihn überhaupt nie in Ruhe; kurz, er meinte, wenn er diesmal freikäme, wirklich und wahrhaftig frei, dann wolle er nie, nie mehr in seinem Leben Gefangener sein, und wenn ers's bezahlt bekäme – lieber gleich auf einmal sterben! Na, nach Verlauf von drei Wochen war dann alles in bester Ordnung.

Das Hemd war ebenfalls in einer Pastete hineingeschmuggelt worden, und wenn nun des Nachts Jim von einer Ratte gebissen wurde, benutzte er die Blutstropfen, um geschwind etwas in sein Tagebuch zu kritzeln, solange die Tinte noch frisch war. Die Federn waren gemacht, die Inschriften und was dazugehörte waren auf den Mühlstein geritzt, der Bettpfosten war durchsägt und das Sägmehl von uns aufgeleckt worden, wogegen unser Magen erstaunlich rebellierte, so daß wir meinten, alle sterben zu müssen, aber es ging noch gnädig vorüber. Wahrhaftig, das war das unverdaulichste Sägmehl, was mir je vorgekommen, und Tom meinte das auch. Also, wie gesagt, endlich war alles fertig; die Arbeit und Plage hatten uns freilich ziemlich mitgenommen, namentlich Jim, aber das tat nichts, wir waren stolz darauf! Onkel Silas hatte ein paarmal nach New Orleans geschrieben wegen des durchgebrannten Niggers, aber natürlich keine Antwort erhalten. Nun sprach er davon, Jim in den Zeitungen von St. Louis und New Orleans auszuschreiben. Als er die von St. Louis nannte, lief mir ein kalter Schauder über den Leib, und selbst Tom gab zu, daß nun keine Zeit mehr zu verlieren sei.

Jetzt müssen die onnaniemen Briefe dran, sagte er.

»Die was?« fragte ich.

»Die onnaniemen Briefe!« wiederholte er, »das sind Warnungen an die Leute, daß etwas los sei. Einmal wird's so gemacht und einmal anders. Aber einer muß immer herumspionieren und den Befehlshaber des Schlosses von allem in Kenntnis setzen. Als Ludwig XIV. von den Twillerieen durchbrennen wollte, hat's ein Dienstmädchen besorgt. So kann man's auch machen, aber ein onnaniemer Brief ist ebensogut. Wir können ja beides benützen. Und gewöhnlich wechselt die Mutter des Gefangenen die Kleider mit ihm und bleibt im Kerker zurück, während er wegschleicht. Das müssen wir auch tun!«

»Aber, Tom, das ist doch Unsinn; wozu sollen wir die Leute warnen, daß etwas los ist? Das ist doch ihre Sache; sie sollen selber aufpassen!«

»Das ist freilich wahr, aber ich traue denen hier nicht, die sind zu dickfellig, haben uns ja von Anfang an alles allein tun lassen. Die sind so blind und vertrauensselig, daß man ihnen erst alles unter die Nase reiben muß. Wenn wir sie also nicht warnen, lassen sie uns ganz ruhig und still abziehen, und all unsre viele Last und Arbeit ist umsonst – rein umsonst.

Jims Befreiung geht dann ohne Sang und Klang vor sich, wir könnten ihm einfach ebensogut die Tür aufschließen und ihn bei hellem Tage bitten, doch gefälligst herauszuspazieren. Kein Hahn krähte danach!«

»Na, mir wär's schon lieber, wir kämen still durch, aber...«

»Natürlich!« wirft er verächtlich hin.

»Aber«, fahr' ich fort, ohne mich unterbrechen zu lassen, »ich will nichts gesagt haben; was dir recht ist, ist mir auch recht. Wie machen wir's also mit dem Dienstmädchen, das uns verraten soll?«

»Das mußt du sein! Du schleichst dich in der Nacht hin und nimmst dir das Kleid von dem gelben, halbwüchsigen Ding in der Küche!«

»Na, aber Tom! Das wird einen ordentlichen Lärm am andern Morgen geben, denn die hat wahrscheinlich nicht mehr als eins!«

»Ich weiß, ich weiß. Aber du brauchst ja auch nicht länger als fünfzehn Minuten, um den onnaniemen Brief unter der großen Haustür durchzuschieben!« – »Gut, ich bin bereit, aber ich könnt's gerad' so gut in meinen eignen Kleidern tun!«

»Würdest du dann vielleicht wie ein Dienstmädchen aussehen, Huck Finn, he?«

»Nein! Aber 's ist ja auch keiner da, der mich sieht, dann ist's doch gleich, ob ich so oder so aussehe.«

»Das hat gar nichts damit zu tun, Huck, gar nichts. Für uns handelt sich's nur darum, unsere Schuldigkeit zu tun, ob's einer sieht oder nicht. Hast du denn gar keine Moral in dir?«

»Schon gut, schon gut, ich sag' ja nichts weiter. Also, ich bin das Dienstmädchen – wer ist Jims Mutter?«

»Die will ich sein. Ich leih' mir eins von Tante Sallys Kleidern, das soll 'ne flotte Mutter werden!«

»Aber, dann mußt du ja in der Hütte bleiben, wenn Jim und ich durchgehen!«

»Lang aber nicht, das sag' ich dir. Ich stopfe Jims Kleider mit Stroh aus und leg' die Puppe aufs Bett, die mag dann die Mutter darstellen, und Jim zieht Tante Sallys Kleider von mir an, und wir entweichen alle zusammen. Wenn nämlich irgendein Gefangener von Rang und Stand durchbrennt, ein König zum Beispiel, so nennt man es eine Entweichung.«

Tom schrieb also den onnaniemen Brief, und ich krippste das Kleid von dem kleinen Küchenmädel in der folgenden Nacht, warf's über und schob den Brief unter die Tür, ganz wie mich's Tom geheißen hatte.

Im Brief stand: »Hütet euch! Unheil naht! Seid auf der Wacht! Ein unbekannter Freund.«

In der nächsten Nacht befestigten wir eine von Tom mit Blut verfertigte Zeichnung, die einen Totenschädel über gekreuzten

Gebeinen darstellte, an der Haupttüre und in der darauffolgenden Nacht die eines Sarges an der Hintertür.

Nie sah ich eine Familie in solcher Aufregung. Sie hätten nicht mehr in Angst sein können, wenn das ganze Haus voller Geister gewesen wäre und hinter jedem Schrank, hinter jeder Tür ein Totengeripper geklappert und geisterhaftes Seufzen und Stöhnen beständig durch die Luft gezittert hätte.

Wurde eine Tür irgendwo zugeschlagen, so fuhr Tante Sally mit einem Wehruf in die Höhe, fiel etwas zu Boden, sprang sie wie von einer Feder geschnellt auf und schrie: »Herrje!« Kam man ihr zufällig nahe, ohne daß sie's merkte, geschah dasselbe.

Nie konnte sie ruhig bleiben, immer fuhr der Kopf nach hinten, um zu sehen, ob da alles in Ordnung sei. So drehte sie sich beständig um sich selbst und stieß ihr »Herrje« heraus, und ehe sie halbwegs mit einer Drehung fertig war, so fuhr sie schon wie besessen nach der anderen Seite herum. Sie fürchtete sich, zu Bett zu gehen, und hatte Angst aufzubleiben. Unser Schreckschuß hatte also seine Wirkung getan, Tom meinte, er habe noch nie eine befriedigendere erzielt. Er sagte, man sähe daraus, wie richtig wir gehandelt hatten.

»Jetzt zur letzten Bombe!« rief er. Die Zeit zum Haupt- und Schlußakt sei gekommen! Vor Anbruch des nächsten Tages hatten wir also einen zweiten Brief fertig und überlegten, was wir damit beginnen sollten, denn wir hatten sie beim Abendessen sagen hören, daß diese Nacht ein Nigger die Türen bewachen müsse. Tom ließ sich dann am Blitzableiter hinunter und spähte umher, und da er den Nigger an der Hintertüre schlafend fand, steckte er ihm den Brief hinten in seinen Halskragen.

Der Brief lautete: »Verratet mich nicht, ich möchte Euer Freund sein! Eine mordgierige Räuberbande drüben aus den Indianergebieten plant diese Nacht, Euren gefangenen Nigger zu befreien, und sie haben versucht, Euch einzuschüchtern, damit sich niemand aus dem Hause wagt und ihnen so freie Hand bleibt. Ich selbst gehöre der Bande an, mein edler Sinn aber erlaubt mir nicht, dieser Schandtat beizuwohnen, ohne wenigstens den Versuch einer Warnung zu wagen. Mein heißester Wunsch ist, die Räuber und Mörder zu verlassen und ein neues Leben zu beginnen. So verrat' ich denn den höllischen Plan! Sie werden von Norden her einbrechen und mit einem falschen Schlüssel die Tür der Hütte öffnen, um den Nigger zu befreien. Ich selbst bin als Wache ausgestellt und soll auf einem Horn blasen, sobald Gefahr im Anzug ist.

Statt dessen werde ich wie ein Schaf blöken, sobald sie in die Hütte eindringen. Dann – während sie die Ketten lösen – könnt Ihr die Türe schließen und sie nach Belieben töten.

Tut genau, wie ich Euch sage, sonst riechen sie Lunte, und alles ist Essig! Belohnung verlange ich keine; das Bewußtsein, meine Pflicht getan zu haben, genügt mir.

Ein unbekannter Freund

Das Floß – Sicherheitskomitee – Ein Dauerlauf – Jim rät zum Arzt

Eins hätt' ich fast vergessen zu erwähnen, nämlich daß wir bei all den Vorbereitungen nicht versäumt hatten, uns die Mittel zur Flucht auf dem Strom zu verschaffen. Nach und nach hatten wir angetriebenes Holz, Stämme aus der Sägmühle, Bretter, und was uns sonst in die Hände kam, gesammelt und damit allmählich ein ganz stattliches Floß gebaut. So fest und schön wie unser altes war's freilich nicht geworden, konnte sich aber trotzdem sehen lassen, und wir dachten, es werde wohl einen Stoß vertragen können. Dieses Floß hatten wir an einer kleinen Insel im Fluß draußen im Binsendickicht in Sicherheit gebracht, und da lag's zur Flucht bereit. Heute galt's noch, letzte Hand anzulegen, und so ruderten wir auf Onkels Boot, das immer am Ufer lag, hinaus. Tante hatte uns ein Frühstück mitgegeben, und nachdem wir unser Werk vollendet, vertrieben wir uns die Zeit mit Fischen. Als wir spät am Abend nach Hause kamen, fanden wir alles in der größten Aufregung.

Niemand schien mehr zu wissen, wo ihm der Kopf stand. Wir mußten denn auch sofort nach dem Essen hinauf in unser Zimmer und zu Bett, aber niemand sagte auch nur ein Wörtchen von dem neuen Brief oder von der Ursache des Wirrwarrs überhaupt. Es war auch nicht nötig, denn wir wußten alles so gut wie nur irgend jemand. Sobald wir die Treppe halb oben waren und niemand mehr um den Weg war, schlichen wir uns in den Keller zum

Speiseschrank und packten uns gehörig Eßvorräte ein, die uns eine Woche reichen konnten, und dann ging's hinauf und ins Bett. Wir schliefen bis halb zwölf Uhr und standen dann flink auf. Tom warf Tante Sallys Rock über und packte die Eßwaren zusammen. Auf einmal fuhr er mich scharf an: »Wo ist die Butter?«

»Na«, sagte ich, »ich hab' ein großes Stück abgeschnitten und auf ein Maisblatt gelegt.«

»Na, dann mußt du's druntengelassen haben, hier ist's nicht.«

»Dann tun wir's eben ohne«, sag' ich.

»Nee, wir tun's ganz schön mit und nicht ohne«, weist er mich zurecht; »du schleichst dich einfach noch einmal in den Keller und holst sie herauf, das ist schnell getan! Dann fährst du am Blitzableiter hinunter und kommst mir nach. Ich mach' mich jetzt gleich in die Hütte und stopfe Jims Kleider mit Stroh aus, das muß dann die Mutter vorstellen und sobald du da bist, blök' ich wie ein Schaf, und dann auf und davon, hast du nicht gesehen!«

Er also am Blitzableiter hinunter und ich zum Keller geschlichen. Richtig fand ich den Klumpen Butter, wo ich ihn gelassen, faßte ihn samt dem Blatt, auf dem er lag, blies mein Licht aus und schlich die Treppe leise wieder hinauf. Ich war glücklich über den Vorplatz gelangt, bis zur Treppe ins obere Stockwerk, wo ich in Sicherheit gewesen wäre, da muß der Kuckuck Tante Sally mit einer Kerze in der Hand herbeiführen. Ich nicht faul, werf die Butter in meine Mütze und stülp' sie auf den Kopf. Im nächsten Augenblick erblickte sie mich und stellt mich zur Rede.

»Du warst im Keller!« - »Ja-a!«

»Was hast du dort zu tun?«

»Nichts!«

»Nichts?«

»Nein!«

»Na, was in aller Welt treibt dich denn zur Nachtzeit, wenn alles schläft, da hinunter?«

»Ich weiß nicht!«

»Du weißt's nicht! Jetzt verbitt ich mir diese Antworten, Tom, ich will wissen, was du drunten getan hast!«

»Ich hab' nichts, rein gar nichts getan, Tante Sally, gewiß und wahrhaftig – nichts!«

Unter anderen Umständen hätte sie mich darauf wohl laufen lassen, aber heut' ging alles so drunter und drüber, daß sie jedes bißchen reizte, was nicht ganz fadengrad war. Deshalb sagte sie sehr entschieden: »Da hinein mit dir ins Wohnzimmer, und daß du mir dort bleibst, bis ich komme. Du führst irgend etwas im Schild, was ich nicht wissen soll, aber ich schwör' dir, ich find's heraus, ehe wir zwei uns gute Nacht sagen. Marsch!«

Sie schob mich zur Tür hinein und verschwand. Aber waren da viele Leute! An die fünfzehn Farmer aus der Umgegend und jeder mit einer Flinte bewaffnet. Mir wurde ordentlich schwach, und ich schlich mich zu einem Stuhl und setzte mich.

Da saßen sie und standen sie im Zimmer herum, unterhielten sich mit leiser Stimme und sahen dabei ängstlich und unruhig aus; taten aber, als wäre nichts passiert.

Aber ich merkt's gleich, weil sie beständig ihre Hüte auf und ab nahmen, sich hinter den Ohren oder am Kopfe kratzten, immer die Sitze wechselten und mit ihren Knöpfen spielten. Mir war auch nicht wohl zumute, aber meine Mütze ließ ich trotzdem fest sitzen.

Ach, wie wünschte ich, die Tante käm' herbei und prügelte mich meinetwegen durch, ließe mich dann aber laufen, so daß ich Tom sagen könnte, in welch greuliches Wespennest wir gestochen und daß wir am besten täten, den Unsinn zu lassen und uns mit Jim schleunigst auf die Socken zu machen, bevor die bewaffnete Macht sich in Bewegung setzte. Ich saß wie auf Kohlen.

Endlich erschien Tante und begann ein Kreuzverhör mit mir anzustellen, ich aber konnte keine Frage beantworten, denn ich wußte kaum mehr, was ich sagte, da ich merkte, daß die Leute unruhig zu werden begannen und zum Aufbruch rüsteten.

Ein Teil wallte sofort weg und den Räubern auflauern, da nur noch wenig bis Mitternacht fehle. Die andern mahnten zur Geduld und wollten auf das versprochene Signal warten.

Und immer noch hackte Tante mit Fragen auf mich ein, und ich zitterte und bebte nur so an allen Gliedern und war dem Umsinken nahe vor Angst und Entsetzen, und das Zimmer wurde heißer und heißer, und die Butter auf meinem Kopf begann zu schmelzen und rieselte sanft an meinen Ohren und meinem Hals hinunter. Als bald darauf einer sagte: ›ich bin dafür, daß wir sofort direkt zur Hütte gehen und die Bande festnehmen, sobald sie kommt‹, fiel ich beinahe um. Ein kleiner Butterstrom beginnt jetzt leise an meiner Stirn niederzusickern, und wie Tante das sieht, wird sie so blaß wie ein Leintuch und schreit: »Herr, Gott des Himmels und der Erden, was fehlt dem Kind? Barmherziger Gott, er hat gewiß eine Gehirnerweichung, und sein armes Hirn fließt aus! Was fang ich an?«

Und alles rennt auf mich los und will sehen.

Sie reißt mir den Hut vom Kopf und heraus fällt das Blatt mit dem Rest der Butter, worauf sie mich herzt und küßt und unter Tränen seufzt: »Ach, wie du mich erschreckt hast! Und wie dankbar und froh ich bin, daß es nichts andres ist; denn wir sind nun einmal im Unglück, und eins kommt selten allein! Als ich die Brühe sah, dacht' ich bestimmt, du seist verloren, denn in bezug auf Farbe und Durchsichtigkeit würde dein Gehirn gewiß gerade so aussehen, wenn...

Gott, Gott, warum hast du mir's nicht gleich gesagt, was hätte mir an der Butter gelegen! Jetzt mach' dich aber fort ins Bett und laß dich vor morgen früh nicht mehr blicken, merk dir's, Bengel!«

Ich ließ mir das nicht zweimal sagen! In einer Sekunde war ich oben, in der nächsten den Blitzableiter hinunter und rannte im Dunkeln dem Schuppen zu. Ich brachte vor Aufregung kaum ein Wort heraus; ich sagte Tom nur so geschwind wie möglich, wir müßten auf und davon, es sei keine Zeit übrig; das Haus sei voller Männer mit Flinten, mindestens fünfzehn!

Toms Augen strahlten förmlich, und entzückt ruft er aus: »Nein, wahrhaftig? Herr Gott, ist das ein Spaß! Ich glaub', wenn ich's noch einmal zu tun hätte, Huck, brächt' ich hundert zur Stelle! Wollen wir's aufschieben und...«

»Eil dich, eil dich«, unterbrech ich ihn, »wo ist Jim?«

»Dicht neben dir, du berührst ihn beinahe. Er ist angezogen, die Mutter ebenfalls, und alles ist bereit. Nun wollen wir uns leise hinausmachen und das Signal geben!«

Aber gerad' in diesem Augenblick kommt das Geräusch von vielen Fußtritten auf die Türe zu; man hört sie am Schloß hantieren, und eine Stimme spricht: »Ich sagt's euch ja, daß wir zu früh dran sind. Sie sind noch gar nicht da, die Türe ist geschlossen. Ich mach' auf, da können ein paar von euch hineinkriechen und im Dunkeln auf die Kerle warten und sie dann niedermachen. Wir andern halten draußen Wacht und geben euch ein Zeichen, wenn sie nahen!«

Gesagt, getan! Und ehe wir uns noch besinnen konnten, waren sie schon in der Hütte, sahen uns aber glücklicherweise im Dunkeln nicht und stolperten beinahe über uns hinweg, während wir unters Bett und ins Loch krochen. Wir kamen gut durch; leise und schnell, Jim zuerst, dann ich, Tom zuletzt: So lautete die Order. Jetzt waren wir im Schuppen und hörten draußen ganz in der Nähe Fußtritte.

Wir krochen leise der Türe zu, Tom gebot uns Halt und legte sein Auge an eine Spalte, konnte aber nichts entdecken, so dunkel war es, und flüsterte uns zu, er wolle horchen und warten, bis sich die Schritte da draußen entfernten, und wenn er uns stoße, solle zuerst Jim und dann ich ganz leise hinausschleichen und er komme hinterdrein. So legte er denn sein Ohr an die Spalte und horchte und horchte, und die Schritte tönten immer gleich nahe.

Mit einemmal aber stößt er uns an, und wir öffnen leise die Tür, gleiten hindurch, bücken uns, wobei wir kaum zu atmen wagen, und schlüpfen ohne jedes Geräusch, einer hinter dem andern, dem Zaun zu, kommen dort sicher an, setzen drüber, das heißt Jim und ich, Tom aber bleibt mit den Hosen an einem Splitter hängen, und wie er sich losreißen will, kracht es, und Schritte nähern sich; er reißt sich nun mit Gewalt los und setzt hinter uns her, aber da hören wir auch schon: »Wer ist da? Steht, oder ich schieße!«

Wir aber standen nicht, sondern rannten drauflos wie toll. Dann kam ein sonderbares Geräusch und bum, bum, bum! sausten die Kugeln um unsere Köpfe. Noch hörten wir, wie sie riefen: »Da sind sie, da sind sie! Dem Strom zu! Ihnen nach, die Hunde los!« Dann kam eine atemlose Pause, und dann setzte die ganze Bande hinter uns her.

Wir hörten sie, weil sie dicke Stiefel trugen und gehörig kreischten, wir aber waren barfuß und gaben keinen Laut von uns. Wir befanden uns auf dem Pfad zur Mühle, und als uns die Verfolger nahe kamen, schlugen wir uns seitwärts in den Wald, und ließen sie vorüberrasen, um dann gemächlich hinter ihnen dreinzukommen. Die Hunde hatten sie schlauerweise alle eingesperrt, und bis sie einer losließen, verging ein gut Teil Zeit. Jetzt aber kamen sie einhergehetzt mit Gebell und Geheul, genug für dreitausend. Es waren aber gottlob unsre Hunde, und als sie herankamen und merkten, daß nur wir es waren und alles so still und friedlich bei uns zuging, da umschnoberten sie uns nur kurz und setzten dann mit erneuter Kraft hinter dem schreienden, stampfenden Haufen unserer Verfolger drein. Wir aber weiter, immer hinterher bis zur Mühle, und dann rechts hinunter dem Strom zu, da, wo wir des Onkels Boot am Abend befestigt hatten. Im Nu war es losgemacht und wir hineingesprungen.

Dann ruderten wir bis zur Mitte des Stromes, als gelte es unser Leben, immer mit möglichst wenig Geräusch. Von da an hielten wir gemächlich auf die Insel zu, wo das Floß verborgen lag, und wir konnten unsere Verfolger fortwährend schreien und johlen und die Vierfüßler dazwischen bellen hören, am ganzen Ufer entlang, bis wir schließlich so weit weg waren, daß die Töne in der Entfernung erstarben.

Da waren wir auch schon am Floß angelangt, und ich sage: »Jim, jetzt bist du wieder ein freier Mann, und ich wette, von nun an für immer und immer!«

»Un schön seins gewesen, un schön seins gegangen, Huck! Alte Jim nie nix haben gesehen so schöne, gute Plan für zu machen frei arme Nigger! Sein gewesen beste Plan, den man können erfinden. So viel Arbeit und so schwer und so lang Zeit un so durchnander! Sein aber auch gewesen Massa Tom, gute Massa Tom seine Plan!«

Wir waren alle so froh und vergnügt, wie wir nur sein konnten, und Tom war der Glückseligste von uns, denn er hatte eine Kugel, eine wirkliche und wahrhaftige Kugel in den Schenkel gekriegt.

Als Jim und ich das hörten, fühlten wir uns nicht mehr halb so wohl wie vorher. Es tat ihm ziemlich weh und blutete, und wir legten, ihn unter das kleine Bretterhäuschen, das wir zum Schutt gegen Regen errichtet hatten. Ich riß mein Hemd herunter, teilte es in Streifen und schickte mich an, die Wunde zu verbinden.

Er aber stößt mich weg und sagt: »Nein, gib mir die Lumpen, ich besorg' das selbst. Steht doch nicht so herum. Die Ruder her und abgestoßen! – Aber gelt, das haben wir fein gemacht, Jungens, fein, kolossal fein, sag' ich euch! Na, ich wollt nur, wir hätten die Flucht von Ludwig XVI. zu beaufsichtigen gehabt; alles war' anders gekommen und kein Kopfabhauen und keine Guillotine und nichts dergleichen hätt's gegeben! Nein, nichts davon! Den hätten wir flott beiseite geschafft, elegant, sag' ich euch! Aber nun alle Mann an Bord, vorwärts! Los!«

Jim und ich aber berieten uns und überlegten, was wir zu tun hätten, und nach ein paar Minuten sag' ich: »Jim«, sag' ich, »sprich du!«

Und Jim sagt: »Du, Huck, alte Jim nur eins wollen sagen. Wenn junge Mr. Tom wären worden gerettet und befreit vom Jim un Huck, un Jim hätten gekriegt Kugel in Bein, Tom Sawyer hätten nie gesagt: Kugel nix machen für alte Jim sein Bein – nur vorwärts, weiter, Jim nix brauchen Doktor, Tom wollen erst sein frei. Nein, junge Mr. Tom nie nix würde sagen so! Un alte Jim auch wissen, was er haben zu tun. Alte Jim nix gehen von die Fleck, eh' Doktor sein da, zu sehen nach Kugel, alte Jim nie nix gehen eine Schritt weiter, und wenn er müssen warten vierzig Jahr!«

Ich wußt's ja, inwendig war Jim ein Weißer, so weiß wie irgendeiner, wenn auch von außen nichts davon zu sehen war. Ich wußt's, daß er so sprechen würde, und nun war alles gut und mir selbst eine Last vom Herzen genommen.

Wir teilten nun Tom unsern Entschluß mit, der natürlich nichts davon wissen wollte und schalt und tobte und schließlich selbst probierte, herauszukriechen aus dem Bretterverschlag und das Floß flott zu machen, was wir ihn aber nicht tun ließen. Als er sah, daß wir fest blieben und daß ich das Boot zur Fahrt ins Städtchen fertig machte, meinte er: »Na, wenn ihr denn durchaus so dickköpfig sein wollt, so ist's am Ende besser, ich sag' dir, Huck, was du tun mußt, wenn du zum Doktor kommst. Du verriegelst die Tür hinter dir, fesselst den Mann und verbindest ihm gut die Augen. Dann läßt du ihn schwören, daß er stumm sein will wie das Grab, steckst ihm einen Beutel mit Geld in die Hand und führst ihn dann durch lauter Hintertüren und Seitenwege, immer im Dunkeln, bis zum Boot, ruderst kreuz und quer um alle Inseln herum, um ihn irre zu führen,

durchsuchst ihm dann die Taschen nach Kreide, nimmst ihm die weg und gibst sie ihm erst wieder, wenn du mit ihm ins Städtchen zurückkommst, denn sonst macht er sich mit der Kreide ein Zeichen an unser Floß, um's später wiederzufinden. – Das tun sie nämlich alle.«

Ich versprach's, genauso zu machen, und Jim wollte sich im Wald verstecken, wenn er mich mit dem Doktor kommen sehe, und warten bis er wieder weg wäre, und so stieß ich denn ab und ruderte flink dem Städtchen zu.

Der Doktor – Onkel Silas – Schwester Hotchkiß – Tante Sally in Nöten

Der Doktor war ein freundlicher, gutmütig aussehender, alter Mann, den ich natürlich erst aus seinem besten Schlaf wecken mußte. Ich erzählte ihm, wie ich und mein Bruder gestern zusammen ausgezogen waren zum Jagen nach Spanish Island und wie wir dort die Nacht auf einem gefundenen Stück Floß kampierten und daß mein Bruder wahrscheinlich um Mitternacht einen bösen Traum gehabt haben müsse, denn sein Gewehr sei losgegangen und habe ihn ins Bein geschossen und er möge doch mitkommen und nachsehen, was sich tun ließe, aber ja nichts verraten, denn wir wollten am Abend wieder heim und unsere Leute überraschen.

»Wer sind denn eure Leute?«

»Ei, die Phelps' drunten auf der Mühle.«

»So, so«, macht er, und nach einer Minute fragt er: »Wie hast du gesagt, daß er den Schuß kriegte?«

»Er hat geträumt, und da ging das Gewehr los.«

»Sonderbarer Traum!« brummt er.

Dann zündete er sich eine Laterne an, nahm seinen Messerbeutel, und wir machten uns auf den Weg. Als er aber das Boot sah, traute er ihm nicht recht und sagte, das sei wohl genügend für einen, aber nicht für zwei.

Platz' ich los: »Ach, Sie brauchen keine Angst zu haben, wir sind da drin zu dritt gefahren und ganz bequem.«

»Zu dritt? Wer war denn der dritte?«

»Ei, ich und Sid und – und – und die Gewehre; hab' mich eben versprochen.« - »Ah, so?« war alles, was er sagte.

Er setzte seinen Fuß auf die Bank und wiegte das Boot hin und her und probierte, wie fest es sei, und meinte dann, er wolle sich doch lieber nach einem größeren umsehen. Die waren aber alle angekettet, und so stieg er allein ins Boot und meinte, ich könne ja warten, bis er wiederkäme, oder am Ufer nebenher laufen; das beste sei, ich würde heimgehen und meine Leute auf die Nachricht vorbereiten. Das aber wollte ich nicht und sagt's ihm auch und sagt' ihm dann noch, wie er das Floß finden könne, und er stieß ab.

Mir ging ein Licht auf. Sag' ich zu mir selbst: Wenn der nun mit dem Bein doch nicht so im Handumdrehen fertig wird? Wenn er am Ende drei oder vier Tage braucht, was dann? – Dort bleiben und warten, bis er die Katze aus dem Sack läßt? Nein, Herr Doktor, ich weiß, was ich zu tun habe, Sie sollen's schon erfahren! Ich bleib' hier und warte, bis er zurückkommt, und wenn er dann sagt, er müsse bald wieder nachsehen, dann paß' ich auf und gehe mit, und wenn ich schwimmen muß; dann nehmen wir ihn fest, binden ihn, treiben den Fluß hinunter und geben ihn erst frei, wenn er mit Tom fertig ist. Wir belohnen ihn dann königlich, das heißt, wir geben ihm, was wir haben, und rudern ihn dann ans Ufer. Man sieht, ich hatte doch ein wenig von Toms Unterricht profitiert und war stolz darauf!

Einstweilen kroch ich nun bei einem alten Holzhaufen unter und muß fest eingeschlafen sein, denn wie ich die Augen wieder aufmache, ist's heller Tag, und die Sonne brennt mir auf den Schädel.

Vom Doktor war weit und breit nichts zu sehen. So renn' ich denn zu seinem Haus und höre, daß er in der Nacht gerufen worden und seitdem nicht wieder heimgekommen sei. Armer Tom, denk' ich, da sieht's bös aus, und setz' mich wieder in Trab, und wie ich um die nächste Ecke biege, renn' ich mit dem Kopf beinah auf Onkel Silas' Magen.

Er ruft: »Junge, Tom, wo habt ihr denn gesteckt all die Zeit, Bengel, he?«

»Ich – ich hab' gar nicht gesteckt«, stotter' ich, »Sid und ich sind nur immer hinter dem durchgebrannten Nigger hergewesen.«

»Ja, aber wo denn in aller Welt, wo habt ihr ihn denn gesucht? Eure Tante ist in schöner Angst und Aufregung euretwegen!«

»Das braucht sie gar nicht zu sein«, sag' ich, »uns ist nichts passiert. Wir liefen hinter den Männern und den Hunden drein, konnten aber nicht Schritt halten und verloren sie. Dann dachten wir, wir hörten sie auf dem Wasser, nahmen das Boot und setzten hinter ihnen her, ruderten hierhin und dorthin, konnten sie aber gar nicht finden. Wir aber immer weiter am Ufer hin, bis wir müde und schläfrig waren, und dann legten wir an, banden das Boot fest und legten uns selbst aufs Ohr und wachten erst vor einer Stunde wieder auf.

Da dachten wir, wir wollten zur Stadt rudern, um zu hören, wie's gegangen sei, und nun ist Sid zur Post, um zu sehen, ob er nichts erfahren könne, und ich wollte eben sehen, ob sich was zu essen auftreiben ließe, und dann wären wir heimgekommen.«

Wir gingen also zur Post, um nach Sid zu sehen, aber der war natürlich nicht dort. Der Alte bekam einen Brief eingehändigt, und wir warteten noch eine gute Weile, aber Sid wollte immer noch nicht kommen. Da wurde der Alte endlich ungeduldig und meinte, seinetwegen könne der nun heimfliegen oder schwimmen, oder war er wolle, ihm sei's einerlei, wir führen – und zwar gleich. Mich zurücklassen, damit ich auf Sid warten könnte, wollte er auch nicht, er meinte, das habe doch weiter keinen Zweck, der werde sich schon heimfinden; ich müsse mit, damit Tante sehe, daß wir heil und ganz seien.

Als wir heimkamen, war Tante Sally über die Maßen froh, mich zu sehen. Sie lachte und weinte in einem Atem und umarmte mich und klapste mich ein paarmal in ihrer gewohnten Weise, was aber mehr gestreichelt war, und sagte, wenn Sid heimkomme, kriege der auch seinen Teil.

Das ganze Haus war voller Farmer und Farmersfrauen, die alle zum Mittagessen bleiben wollten, und es war ein Gezeter und Geschnatter, daß man sein eignes Wort kaum hörte. Die alte Mrs. Hotchkiß war die ärgste, der stand die Zunge keine Sekunde still – das lief nur so.

»Na, Schwester Phelps«, sagt sie, »ich bin vorhin drin in der Hütte gewesen, und ich glaub', der Kerl, der Nigger, war einfach verrückt. Sagt's ja gleich der Schwester Damrell: Schwester Damrell, sag' ich, der Kerl war verrückt, verrückt war er, sag' ich – das sind meine eignen Worte. Ihr habt's ja alle gehört, nicht? Er war verrückt, sagt' ich, das kann ein Wickelkind sehen, sagt' ich. Und, ich sag', seht doch nur den Mühlstein an!

Ein gesunder Mensch mit fünf Sinnen kann unmöglich so tolles Zeug auf einen Mühlstein kratzen, he, was meint ihr? – Hier brach irgendeiner sein Herz, und da elendete sich der und der durch siebenunddreißig Jahre hindurch, und dann den Unsinn über den natürlichen Sohn von irgendeinem Ludwig und all das tolle Zeug. Der war rein verrückt, das hab' ich gleich anfangs gesagt und sag's nun noch einmal und bleib' dabei bis an mein seliges Ende. Nein, so ein Kerl!

Der war verrückt, so verrückt wie der heilige Nebokatzneser seinerzeit, und das sag' ich und damit basta!«

»Und die Strickleiter aus Lumpen, habt ihr die gesehen?« fragte die alte Mrs. Damrell, »was in aller Welt hat er mit der...«

»Grad', was ich gesagt habe vorhin zur Schwester Utterback, es sind noch keine drei Minuten her, das wird sie euch bestätigen. Sie sagte: Seht doch nur die Strickleiter, sagt sie. Ja, sag' ich, seht doch, was kann er damit tun haben wollen? Sag' ich. Sagt sie: Schwester Hotchkiß, sagt sie...«

»Aber wie in aller Welt haben sie den Mühlstein hineingekriegt, und wer hat das Loch gegraben und...«

»Meine eignen Worte, Bruder Penrod, meine eignen Worte! – Darf ich um die Saucenschüssel bitten? – Dasselbe sagt' ich grad' zu Schwester Dunlap – grad' vor einer Minute. Schwester Dunlap, sag' ich, wie haben die Kerle den Mühlstein hineingebracht, sagt' ich, und ohne Hilfe, sag' ich, ohne Hilfe! Da liegt der Hase im Pfeffer! Ich laß mir so was nicht weismachen, sag' ich, da war, Hilfe, sag' ich, und viel Hilfe.

Dem Kerl haben mehr als ein Dutzend geholfen, da wett' ich meinen Kopf – und ich für mein Teil, ich würde jeden Nigger hier am Platz lebendig rösten, bis er gesteht, wer geholfen hat. Ich wollt's schon herauskriegen. Ich, das sag' ich, und dabei bleib' ich und...«

»Ein Dutzend, meint ihr, habe geholfen? Ei, vierzig konnten kaum mit dem fertig werden, was getan worden ist. Seht nur einmal die Sägen aus Taschenmessern an und all das Zeug, was da für Zeit dazu gehört, um das fertigzukriegen, und damit haben sie den Bettpfosten durchsägt, und dann die Strohpuppe auf dem Bett und...«

»Das ist jetzt leicht sagen, Bruder Hightower, das hab' ich grad' vorhin dem Bruder Phelps selbst gesagt.

Er fragte mich: ›wie denkt ihr denn drüber, Schwester Hotchkiß?‹ Über was, Bruder Phelps, sag' ich, über was? ›Über den Bettpfosten, wie der abgesägt ist‹, sagt er. Drüber denken? sag'

ich, drüber denken? Ei, von selbst hat sich der nicht abgesägt, sag'
ich, da wett' ich meinen Kopf, sag' ich. Den hat jemand abgesägt,
sag' ich und dabei bleib' ich.

Das ist meine Meinung, sag' ich, sie mag nicht viel wert sein, sag'
ich, aber 's ist nun einmal meine Meinung, sag' ich, und wenn's
jemand besser weiß, sag' ich, der soll's nur sagen, sag' ich, und so
ist's und dabei bleib ich. Und, sag' ich zu Schwester Dunlap,
Schwester Dunlap, sag' ich...«

»Meiner Seel', das muß ja eine ganze Schar Nigger gewesen sein,
die in der Hütte Nacht für Nacht ihr Wesen getrieben haben, um
all das fertig zu kriegen, Schwester Phelps. Seht nur einmal das
Hemd an: jeder Zoll davon mit geheimnisvoller afrikanischer
Blutschrift bedeckt. Eine ganze Schar, sag' ich, muß dahinter
hergewesen sein all die Wochen! Ich gäb' wahrhaftig zwei Dollar,
wenn mir einer das Zeug erklären könnte, und die Kerle, die's
geschrieben haben, würd' ich peitschen, bis...«

»Eine ganze Schar zum Helfen, Bruder Marples, sagt ihr? Ja, das
will ich meinen! Ich wollt' nur, ihr wäret in dem Unglückshaus
gewesen und hättet die letzten Wochen miterlebt. Die Kerls haben
gestohlen, was ihnen unter die Finger kam. Und wir immer hinter
allem her, und trotzdem stahlen sie weiter!

Sie haben das Hemd unter meiner Nase von der Wäscheleine
weggenommen und auch das Leintuch, aus dem sie die Leiter
gemacht haben – ich weiß gar nicht, wie oft sie Leintücher von
der Wäscheleine gekrippst haben! Und Mehl und Kerzen und
Leuchter und Löffel und die alte Pfanne und tausend Dinge, auf
die ich mich jetzt nicht besinnen kann, und mein neues
Kattunkleid, und dabei waren ich und Silas und mein Tom und
Sid immer dahinter her, Tag und Nacht, wie ich schon gesagt
habe, und keiner von uns konnte auch nur ein Haar von ihnen
entdecken. Und jetzt, zu guter Letzt, führen die Kerle nicht nur
uns an, sondern noch dazu die Räuberbande vom Indianer-
Territorium, und kriegen wahrhaftig den Neger weg mit heiler
Haut, trotz der sechzehn Mann und zweiundzwanzig Hunde, die
ihnen auf den Fersen sind.

Da mach' sich einer einen Vers drauf! Ei, Geister hätten's nicht
besser besorgen können, nicht flinker und gewichster. Und ich
glaub' wahrhaftig, es müssen Geister gewesen sein, denn nehmt
nur einmal unsere Hunde an; ihr kennt sie alle, beßre gibt's gar

nicht. Und hat auch nur einer von ihnen die leiseste Spur von den Kerlen entdeckt, he? Das erklär mir einer, wenn er kann! He?«
»Ja, das übersteigt denn doch...«
»Hat man je so was gehört, so...«
»Herr du mein Gott, ich...« »Hausdiebe, sowohl als ...«
»Herr, du meine Güte, ich hätt' mich zu Tode gefürchtet, wenn ich in dem Hause ...«
»Zu Tode gefürchtet? Ei, ich bin auch beinah gestorben vor Angst! Ich hab' kaum gewagt, ins Bett zu gehen oder aufzubleiben, zu liegen oder zu stehen, Schwester Ridgeway, ihr könnt mir's glauben. Ei, die waren imstande, mir das Tuch unterm... Na, ihr könnt euch denken, in welcher Aufregung ich war, als gestern Mitternacht herankam. Ich war so weit, daß ich jeden Augenblick dachte, mein bißchen Verstand müsse auch noch mit draufgehen. Ich glaubte wahrhaftig, sie würden zum Schluß noch anfangen, die Kinder zu stehlen. Jetzt bei Tag hört sich's freilich, komisch an, aber, sag' ich zu mir selbst, da sind meine zwei armen, unschuldigen Jungen da oben und schlafen und wissen nichts in dem einsamen, dunklen Zimmer, und wahrhaftig, ich wurde bei dem Gedanken so unruhig, daß ich hinaufkroch und die Tür verschloß. Wahrhaftig, das tat ich! Und das hätte jeder an meiner Stelle auch getan.

Denn, wißt ihr, wenn man erst einmal anfängt sich zu fürchten und es geht weiter und wird schlimmer und schlimmer und man verliert den Kopf und kriegt das Zittern und weiß kaum mehr, was man tut, da befürchtet man jeden Augenblick etwas Schreckliches. Ich dachte, wenn du so ein armer Junge wärst und schliefst da oben allein, und das Zimmer wäre nicht verschlossen und man...« Da hielt sie auf einmal ein, und ihr Auge nahm einen starren, verwunderten Ausdruck an, als wolle sie sich auf etwas besinnen, und sie wandte mir langsam den Kopf zu, und ihr Blick streifte mich, und ich dachte, es sei gesünder für mich, einen kleinen Spaziergang zu unternehmen, ehe sie zu Worte kam.

Sag' ich zu mir selber: Huck du wirst's besser erklären können, wie's kam, daß ihr am Morgen trotz verschlossener Tür nicht im Zimmer wart, wenn du jetzt ein bißchen hinausgehst und darüber nachdenkst. Und das tat ich denn auch. Weit weg aber wagte ich mich nicht, aus Furcht, sie könne nach mir schicken und dann erst recht ein Verhör anstellen.

Gegen Abend gingen allmählich die fremden Leute weg, und ich erzählte ihr, wie Sid und ich in der Nacht vom Lärm und vom Schießen aufgewacht seien, und daß wir hätten sehen wollen, was es gebe, und da wir die Tür verschlossen gefunden, am Blitzableiter hinuntergerutscht seien, wobei wir uns beide ein wenig weh getan und deshalb geschworen haben, es nie wieder zu probieren. Und dann erzählte ich ihr alles, wie ich's Onkel Silas zuvor erzählt hatte, und sie sagte, sie wolle uns verzeihen, es sei wohl natürlich bei solchen wilden Bengeln wie wir zwei, und sie danke Gott, daß uns weiter nichts passiert sei und wolle nun nicht länger nachdenken über das, was daraus hätte werden können, und sie klopfte mir auf den Kopf und versank in Nachsinnen. Mit einemmal springt sie auf und ruft: »Tom«, ruft sie, »wo ist Sid? Beinah' ist's Nacht und noch kein Sid da! Herr, du mein Gott, was ist aus dem Jungen geworden?«

Das scheint mir eine willkommene Gelegenheit, und ich springe auf und rufe: »Ich lauf nach der Stadt, ich will ihn schon finden!« Aber da kam ich gut an.

»Du bleibst«, sagt sie mit Nachdruck und packt mich am Arm, »einer ist gerade genug! Wenn er bis zum Abendessen nicht da ist, geht dein Onkel und sieht zu, daß er ihn findet, und damit basta!«

Beim Abendessen war er dann auch noch nicht da, und so ging also Onkel gleich nachher auf die Suche.

Gegen zehn kam er wieder, etwas ärgerlich, etwas unruhig, er hatte von Sid nirgends eine Spur finden können. Tante Sally war nicht nur etwas, sondern sehr unruhig, Onkel Silas aber meinte, dazu sei kein Grund vorhanden – Jungen seien eben Jungen, und am Morgen werde sich der Ausreißer wohl von selbst wieder einstellen, heil und durstig und hungrig. Sie mußte sich damit zufriedengeben, wohl oder übel, aber sie sagte, aufbleiben wolle sie doch und auf ihn warten und Licht brennen, damit er das Haus finden könne.

Als ich zu Bett ging, kam sie mit mir auf mein Zimmer, nahm ihr Licht mit und deckte mich warm zu und war so gut und so wie eine Mutter mit mir, daß ich mir ganz elend und schlecht vorkam und ihr kaum in die guten, freundlichen Augen sehen konnte.

Und sie setzte sich auf den Bettrand zu mit und schwatzte lange, lange und sagte, was für ein prächtiger Bursche Sid sei, und schien kaum fertig werden zu können, ihn zu loben, und dazwischen fragte sie immer wieder, ob ich dächte, daß er verlorengegangen oder sonstwie zu Schaden gekommen sein könne, oder daß er gar beinahe ertrunken sei und am Ende eben jetzt irgendwo liege, krank und elend, und sie sei nicht bei ihm, um ihm zu helfen und ihn zu trösten. Dabei stürzten ihr die hellen Tränen aus den Augen und rannen leise über die Wangen, und ich versicherte ihr, Sid sei gewiß wohl und munter und werde sich am Morgen unfehlbar einstellen, darauf drückte sie meine Hand und küßte mich und bat mich, es noch einmal zu sagen und noch einmal, denn es täte ihr wohl, sie sei in solcher Angst um ihn. Als sie dann wegging, sah sie mir in die Augen, so fest und doch dabei so gut und freundlich, und sagte: »Ich werde die Türe nicht schließen, Tom, und dort ist das Fenster und der Blitzableiter, aber, nicht wahr, du wirst brav sein? Wirst du? Und wirst nicht durchbrennen, Tom, um meinetwillen!«

Das fiel mir aufs Herz, wo Tom ohnehin schon schwer drauflag, und aus dem Schlafen wurde nicht viel. Ich warf mich ruhelos hin und her. Zweimal rutschte ich am Blitzableiter hinab und schlich mich ums Haus herum auf die Vorderseite und sah die gute Frau dort am Fenster sitzen bei ihrem einsamen Licht, und die Augen, die auf den Weg hinausstarrten, waren dick voll Tränen, und ich wünschte, ich wäre imstande gewesen, etwas für sie zu tun, aber ich wußte nicht, was.

Das einzige war, daß ich mir selbst schwur, nie wieder etwas zu tun, was ihr Kummer machen würde. Dann, als ich zum drittenmal aufwachte, dämmerte schon der Tag, und ich glitt noch einmal hinunter auf meinem gewöhnlichen Weg, und richtig, da saß sie noch, und das Licht war ausgebrannt, während der müde, graue Kopf auf den Tisch gesunken und die alte Frau endlich eingeschlummert war.

Tom Sawyer verwundet – Die Erzählung des Doktors –
Jim profitiert etwas – Tom beichtet – Tante Polly kommt –
»Briefe heraus!«

Doch vor dem Frühstück war Onkel Silas wieder in der Stadt
gewesen, hatte aber natürlich wieder keine Spur von Tom
entdecken können, und nun saßen die beiden am Tisch, ganz
stumm und betrübt, sie schienen tief in Gedanken versunken zu
sein, und keines sagte ein Wort, und der Kaffee wurde kalt, und
essen konnten sie auch nichts.
Sagt da plötzlich der Alte: »Hab' ich dir den Brief gegeben,
Sally?« - »Welchen Brief?«
»Den, den ich gestern auf der Post bekommen habe.«
»Nein, einen Brief hast du mir nicht gegeben!«
»Na, dann muß ich's vergessen haben!«
Er kramte in allen Taschen, stand auf und holte den Brief
irgendwo her, wo er ihn hingelegt hatte, und gab ihn ihr.
Sagt sie: »Ach, der ist ja von Petersburg, Das amerikanische
Petersburg am Mississippi. der ist von der Schwester!«
Ich denk', nun wird dir wieder einmal ein kleiner Spaziergang
guttun, konnte mich aber nicht vom Fleck rühren, so war mir der
Schreck in alle Glieder gefahren. Ehe sie den Brief aber ganz
geöffnet hatte, ließ sie ihn fallen und rannte der Türe zu – sie hatte
durchs Fenster etwas gesehen. Ich aber auch. Dort wurde Tom
Sawyer auf einer Matratze dahergeschleppt, und dahinter kamen
der Doktor und dann Jim in ihrem Kattunkleid, mit den Händen
auf den Rücken gebunden, und sonst noch eine Masse Leute. Ich
stürzte erst auf den Brief los und warf ihn hinter ein Möbelstück.
Tante Sally rannte indessen auf die Matratze los, stürzte sich über
Tom und schrie und jammerte: »Ach Gott, er ist tot, er ist tot;
gewiß ist er tot!«
Tom drehte jetzt den Kopf und murmelte etwas Unzusammen-
hängendes; man sah, er hatte Fieber, und da schlug sie die Hände
überm Kopf zusammen und jubelte: »Er lebt, Gott sei Dank, er
lebt! Weiter brauch' ich nichts zu wissen!«
Und sie küßte Tom ganz flüchtig und rannte dann ins Haus
zurück, um sein Bett zurechtzumachen;

bei jedem Schritt, den sie vorwärts stürzte, flogen ihr die Befehle nur so nach rechts und links von den Lippen, und Nigger und Dienstleute und alles rannte hinter ihr drein wie die wilde Jagd.

Ich schlich hinter den Männern her, um zu sehen, was sie mit Jim anfangen würden, und der Doktor und Onkel Silas folgten Tom ins Haus. Die Männer schienen sehr aufgebracht, und einige sprachen sogar davon, Jim zu töten, ihn baumeln zu lassen, all den anderen Niggern zum warnenden Exempel, damit die sich's nie einfallen ließen durchzubrennen, wie's Jim getan, und dabei alles so durcheinanderzubringen und eine ganz ehrbare Familie wochenlang in Angst und Aufregung zu versetzen. Andere rieten davon ab und sagten: »Tut's ja nicht, es ist ja nicht unser Nigger, und wenn sein Herr einmal auftaucht, der läßt ihn sich teuer bezahlen.« Das kühlte die Hitzköpfe ein wenig ab, denn die, die am schnellsten dabei sind, einen Nigger zu henken, wollen am wenigsten davon wissen, dafür bezahlen zu müssen, wenn einmal die Hitze verflogen ist.

Aber fluchen taten sie auf Jim, und immer ab und zu bekam er einen ordentlichen Puff an den Schädel oder einen Tritt oder sonst irgendeine liebenswürdige Aufmerksamkeit. Der aber sagte kein Wort, tat auch gar nicht, als ob er mich kennte, und sie schleppten ihn in seine alte Hütte, zogen ihm seine eigenen Kleider wieder an, brachten die Ketten und fesselten ihn, diesmal nicht an den Bettpfosten, sondern an einen schweren Block, der in den Boden der Hütte eingetrieben wurde, und banden seine Hände und beide Beine und sagten, er solle von jetzt an nichts bekommen als Brot und Wasser, bis sein Herr käme oder er versteigert werden würde, wenn der sich nicht zu rechter Zeit einstelle, und füllten unser Loch auf und meinten, ein paar Männer müßten nun immer nachts bei der Hütte Wache stehen, und bei Tage müsse eine Bulldogge an der Türe angebunden werden.

Als sie endlich fertig geworden waren, nahmen sie mit ihren Fußspitzen der Reihe nach Abschied von Jim; auf einmal erscheint der alte Doktor und sagt: »Hört, Leute, behandelt den Kerl nicht schlechter als nötig ist, denn es ist kein schlimmer und kein böser Nigger.

Als ich dort aufs Floß kam und den Jungen fand und sah, daß ich ohne Hilfe die Kugel nicht herausbringen würde, und doch keine Hilfe nah und fern zu entdecken war, und ich den Burschen auch nicht allein lassen konnte, um zu sehen, ob ich jemanden auftreiben könnte, denn er wurde schlimmer und schlimmer und fing schließlich an zu toben und wollte mich nicht heranlassen und sagte, wenn ich mit Kreide ein Zeichen ans Floß machte, dann würde er mich töten und dergleichen Unsinn mehr; als ich mir da gar nicht mehr zu helfen wußte und schließlich laut vor mich hinspreche: ›nun muß ich Hilfe haben, koste es, was es wolle‹, da, Leute, da, sag' ich euch – stand plötzlich der Nigger dort vor mir, wie aus dem Boden gezaubert, und er hat mir geholfen, ohne viel zu reden, und zwar wacker geholfen! Natürlich wußte ich gleich, daß er irgendwo durchgebrannt sein müsse. Da saß ich nun! Was blieb mir übrig, als ruhig auszuharren den ganzen Tag über und die Nacht dazu. Das war eine Klemme, sag' ich euch! In der Stadt warteten meine Patienten auf mich, was sollten die denken, und doch mußte ich bleiben, denn ich wagte nicht wegzugehen, aus Furcht, der Nigger könnte ausreißen und ich bekäme hinterher Vorwürfe. Ein Schiff, das ich hätte anrufen können, wollte auch nicht in die Nähe kommen, und so ließ ich es denn bleiben und immer bleiben, bis zum Tagesanbruch, diesem Morgen. Nie aber habe ich einen Nigger gesehen, der treuer und besser gepflegt hätte als der dort, und doch setzte er dabei seine Freiheit aufs Spiel und schien so müde, so todmüde; er muß furchtbar abgearbeitet worden sein in den letzten Wochen. [Fußnote] Er war mehr als tausend Dollar wert und eine gute Behandlung obendrein. Ich hatte dort alles, was ich brauchte, und der Junge auch, besser vielleicht als zu Hause, denn es war so ruhig und still, wie gemacht für einen Kranken. Aber der Boden brannte mir doch unter den Füßen bei meiner Verantwortung für die beiden, und wochenlang konnte ich nicht bleiben; na, da kamen uns dann endlich ein paar Männer in einem Boot nahe genug, um sie anzurufen. Zum Glück saß der Nigger gerade am Steuer, mit dem Kopf auf den Knien, und war fest, fest eingeschlafen.

So winkte ich ihnen denn, leise zu sein, und sie fielen leise über ihn her und banden ihn, ehe er noch recht die Augen offen hatte, und so hatten wir gar keine Last mit ihm.

Und da der Junge gleichfalls schlief, machten wir das Floß leise los, ruderten es dem Ufer zu und legten's dort fest, ohne daß einer von den beiden sich nur rührte, der Nigger hatte sich nicht gemuckst, keinen Laut von sich gegeben von Anfang an. Das ist kein schlimmer Kerl, meine Herren, glauben Sie mir's, ich hab's erprobt!«

»Das lautet alles sehr gut und schön, Doktor, das muß ich sagen!« meinte einer.

Die andern schienen auch ein wenig besänftigt, und ich war dem alten Mann herzlich dankbar für die Wohltat, die er Jim mit der Erzählung erwiesen, und ich freute mich, daß ich den armen Kerl von Anfang an richtig beurteilt hatte; ich wußte, er hatte ein gutes, ein weißes Herz in seiner schwarzen Brust. Und Jim profitierte auch davon, denn alle stimmten überein, er habe sich gut benommen und brav, und verdiene, daß man ihn drum lobe und belohne. Jeder versprach aufrichtig und von Herzen, dem armen Kerl keine Püffe mehr zu geben.

Das war aber vorerst aber auch alles. Ich hatte gehofft, sie würden ihm eine oder zwei von seinen verdammt schweren Ketten abnehmen oder ihm Fleisch und Gemüse zu seinem Brot und Wasser erlauben; daran aber schienen sie nicht zu denken, und ich wollte mich lieber nicht dreinmischen, nahm mir aber fest vor, Tante Sally bei nächster Gelegenheit von des Doktors Erzählung zu sagen. Bei nächster Gelegenheit, das heißt, wenn ich erst die bösen Klippen umschifft hätte, die in meinem Wege lagen. Mit den Klippen meine ich nämlich die Aufklärungen, die ich Tante Sally zu geben haben würde über Toms Wunde.

Zeit zum Besinnen hierüber hatte ich genug, Tante wich nicht vom Krankenbett, nicht bei Tag und nicht bei Nacht, und ich hielt mich in sicherer Entfernung, und sooft ich Onkel Silas irgendwo auftauchen sah, wich ich ihm schleunigst aus.

Am andern Morgen hörte ich, Tom gehe es viel besser und Tante habe sich ein wenig hingelegt. Ich schlüpf' also in das Krankenzimmer und hoffte, ihn wach zu treffen und mit ihm etwas zu ersinnen, das alle kommenden Kreuz- und Querfragen aushielt.

Er aber schlief, und zwar ganz friedlich; sein Gesicht war blaß, nicht mehr so glutrot wie am Tag zuvor, als er ankam. So setzte ich mich also hin und wollte warten, bis er wach würde.

Nach vielleicht einer Viertelstunde glitt Tante Sally plötzlich leise wie ein Geist herein, und da saß ich wieder fest! Sie winkte mir, still zu sein, und setzte sich zu mir und begann zu flüstern und sagte, wie dankbar wir alle sein könnten, Sid gehe es so viel besser und er schlafe nun schon lange so ruhig und so friedlich und sehe dabei immer besser und immer wohler aus und es sei zehn gegen eins zu wetten, daß er bei Besinnung wäre, wenn er nun erwache. Da saßen wir denn und warteten. Auf einmal schlug er die Augen auf und sah ganz klar und frei um sich und sagte: »Herrje, wie ist denn das, ich bin ja zu Hause? Wo ist denn das Floß?«

»Das ist alles in Ordnung«, sag' ich.

»Und Jim?« fragt er.

»Der auch«, sag' ich; aber ganz so keck, wie ich beabsichtigt hatte, kam's doch nicht heraus.

Er merkte das aber gar nicht, sondern rief ganz vergnügt: »Na, dann ist alles gut, herrlich! Da ist uns ja allen geholfen! Hast du's der Tante schon erzählt?«

Eben wollte ich auch dazu ›ja‹ sagen, als die sich selbst ins Mittel legte: »Erzählt, Sid – was?«

»Na, alles, Tantchen, wie wir die ganze Geschichte fertig gekriegt haben.«

»Welche Geschichte?«

»Na, die Geschichte, wie wir den Nigger befreit haben; ich und – Tom!«

»Herr des Himmels! Den Nigger befr... Was schwatzt der Junge da? Großer Gott, er phantasiert wieder!«

»O nein, ich phantasiere gar nicht, ich weiß recht gut, was ich sage Tante. Wir haben ihn befreit – ich und Tom. Das wollten wir tun von Anfang an und wir haben's getan! Und haben's gut gemacht, elegant gemacht, das muß jeder zugeben!« Und damit war er ins richtige Fahrwasser geraten, und sie probierte nicht mehr, ihn zu unterbrechen, sondern ließ ihn schwatzen und schwatzen. Sie saß da und starrte ihn nur an, und Mund und Augen wurden bei ihr immer größer, und ich ließ dem Unglück seinen Lauf, denn hier war nichts mehr zu machen. »Ja, Tantchen, das war eine Arbeit, da gab's zu tun, Nacht für Nacht, Stunde um Stunde, alle die Wochen, während ihr ruhig im Bett lagt und schlieft.

Und wir mußten die Kerzen stehlen, siehst du, und die Leuchter und das Leintuch und das Hemd und dein Kleid und Löffel und Zinnteller und Messer und die Pfanne, den Mühlstein und Mehl und sonst noch eine ganze Menge; du kannst dir gar nicht denken, was wir für Plage hatten mit den Sägen und den Federn und den Inschriften und all dem und noch viel weniger, was wir für einen

Spaß dabei hatten. Und dann waren die onnaniemen Briefe zu schreiben und die Särge und Totenköpfe zu malen und das Loch in der Hütte zu graben und die Strickleiter zu machen und in die Pastete zu backen, und dann die Löffel, die wir in deine Schürzentasche steckten, und noch vieles andere mehr.«

»Allmächtiger!«

»... und die Ratten für die Hütte und die Schlangen und all das Zeug herbeizuschaffen für Jim zur Gesellschaft! Und dann hast du den Tom mit der Butter erwischt und ihn so lang aufgehalten, daß beinahe die ganze Geschichte verunglückt wäre, denn die Männer kamen, noch ehe wir weg waren, und wir mußten rennen, und sie hörten uns und schossen, und ich kriegte mein Teil ab, und wir ließen sie dann an uns vorbei, und die Hunde wollten auch nichts weiter von uns wissen, sondern liefen dem Geschrei nach, und wir schlichen zum Boot und ruderten zum Floß, das wir zwischendurch gemacht hatten, und waren dann in Sicherheit und Jim frei, und das haben wir alles allein fertig gebracht, und es war ein kapitaler Spaß, Tantchen!«

»Na, so was hab' ich in meinem Leben noch nicht gehört! Also ihr wart's, ihr Bengel, ihr habt diese heillose Wirtschaft gemacht, ihr seid es gewesen, ihr habt uns alle beinahe um den Verstand gebracht und fast zu Tod erschreckt! Na, da sollt aber doch! Ich hätte gute Lust, es euch einmal gleich tüchtig zu zeigen, was ich davon denke! Ich, die ich Abend für Abend – na, werd' du nur erst einmal wieder gesund, du Racker, dann will ich euch das Leder so gerben und euch den Teufel austreiben, daß euch Hören und Sehen vergeht und ihr den Himmel für eine Baßgeige anseht, ihr, ihr –«

Aber Tom war so stolz auf seine Heldentaten und so glücklich, daß er nicht schweigen konnte, und er jubilierte und prahlte weiter, während sie dabei Feuer und Flamme spie. Während so eins das andre immer zu überbieten suchte, saß ich da und hörte das Ding mit an.

Plötzlich sagt sie: »Na, freu dich jetzt noch drüber, so lang du kannst, Schlingel, aber das sag' ich dir, erwisch' ich euch nachher wieder drüben bei dem Kerl...«

»Bei welchem Kerl?« fragt Tom und sein Lächeln verschwindet.

»Bei welchem Kerl? – Fragt der Bursche auch noch! Bei dem Nigger natürlich! Bei wem denn sonst?«

Tom sieht mich sehr ernst an und fragt: »Tom, hast du mir nicht eben gesagt, es sei alles in Ordnung? Ist er denn nicht frei?«

»Der?« sagt Tante Sally, »der Nigger? Den haben sie glücklich wieder hinter Schloß und Riegel in seiner Hütte bei Brot und Wasser, und man hat ihn angekettet, bis er reklamiert oder verkauft wird!«

Tom fährt im Bett in die Höhe, kerzengerade, seine Augen sprühen und seine Nasenflügel beben nur so hin und her, und er schreit mich an: »Dazu haben sie kein Recht! Dazu hat niemand das Recht, hörst du, niemand! Eil dich – renn – verlier' keine Sekunde! Laß ihn frei! Er ist kein Sklave, er ist so frei wie irgendeiner von uns! Geschwind – vorwärts!«

»Was in aller Welt meint der Junge?«

»Ich meine jedes Wort grad' so, wie ich's sage, Tante, und wenn nicht gleich eins von euch geht, geh' ich selber. Ich hab' den armen Kerl mein ganzes Leben lang gekannt und ebenso Tom – gelt, Tom! Miss Watson, seine Herrin, ist vor zwei Monaten gestorben; es tat ihr so leid, daß sie ihn früher einmal hatte verkaufen wollen. Um das wieder gutzumachen, setzte sie ihn frei – in ihrem Testament!«

»Na, aber dann – das begreif einer! Warum hast du ihn denn befreien wollen, wenn er doch schon frei war?«

»Das ist wieder einmal eine Frage, so recht wie von einem Frauenzimmer, das muß ich sagen. Warum? Ei, ich wollte ein Abenteuer haben, so ein echtes, gerechtes Abenteuer! Was? Ich wäre fußtief im Blut gewatet, wenn – Herr des Himmels, Tante Polly!!«

Und da stand sie leibhaftig, mitten unter der Türe, und sah so strahlend und glücklich aus wie ein zuckriger Engel.

Tante Sally war mit einem Satz an ihrem Halse und riß ihr beinahe den Kopf ab vor lauter Liebe und Umarmen und lachte und weinte und wußte nicht, was sie tun sollte.

Inzwischen hatte ich mir ein sicheres Plätzchen unter dem Bett ausgesucht, denn die Dinge schienen mir allmählich kritisch für uns beide zu werden.

Ich schielte unter dem Bett vor.

Nach einer kleinen Weile schüttelte Toms Tante ihre Schwester ab, stellte sich vor Tom hin und schaute ihn über ihre Brille hinweg an, als wolle sie ihn durchbohren.

Endlich beginnt sie: »Ja, du hast recht, wenn du den Kopf zur Wand drehst, Tom, ich tät's auch an deiner Stelle!«

»Ach, du lieber Himmel«, fällt Tante Sally kläglich ein, »ist der Junge denn so verändert? Das ist ja Tom gar nicht, das ist Sid! Tom ist, Tom ist – ja, wo ist denn Tom? Der war ja eben noch da!«

»Du meinst wohl, wo ist Huck Finn? Das meinst du! Ich hab' nicht umsonst jahrelang so 'nen Bengel, wie meinen Tom, groß-gezogen, um nicht zu wissen, daß das Tom ist. Das wär' mir noch schöner! Nur hervor unter dem Bett da, Huck Finn!«

Ich kroch vor, aber wohl war mir nicht dabei.

Tante Sally sah so verwirrt und so verständnislos und wie geistesgestört drein, wie ich nie wieder jemand gesehen habe, ausgenommen Onkel Silas, als sie ihm später die Geschichte erzählte. Es machte ihn wie betrunken, denn er wußte den ganzen Tag über kein Ding vom andern zu unterscheiden und lief umher wie im Traum, und am Abend ließ er eine Predigt los, die ihm einen großen Ruf machte in der Gegend, denn der Älteste und Klügste wäre nicht imstande gewesen, sie zu verstehen. Toms Tante Polly aber erzählte nun alles, wer und was ich sei, und ich mußte dann beichten, wie ich in die Klemme geraten sei, daß ich mir nicht anders zu helfen gewußt hätte, als ›ja‹ zu sagen, als mich Mrs. Phelps als Tom Sawyer bewillkommnete. Hier unterbrach mich Mrs. Phelps und meinte: »Sag du nur immer Tante Sally, ich bin's nun schon gewohnt, und es macht mir weiter nichts aus.« – Daß mich also, erzählte ich weiter, Tante Sally als Tom Sawyer begrüßte und ich mich nicht dagegen wehren konnte, denn ich fand keinen Ausweg und wußte auch, daß Tom selbst nichts dagegen haben würde, im Gegenteil, denn ein solches Geheimnis wäre ihm gerade recht, er würde sich nur drüber freuen und ein Abenteuer draus machen, wie's ja auch dann geschehen sei, denn er ging gleich drauf ein und spielte sich als Sid auf und machte mir alles so leicht und bequem, wie er nur konnte.

Seine Tante Polly sagte, mit Miss Watson und ihrem Testament habe Tom ganz recht, die habe den Jim freigelassen. So war's denn wahrhaftig wahr: Tom Sawyer hatte sich und uns allen die Mühe und Not gemacht, nur um einen alten Nigger freizumachen – der schon frei war! Und nun verstand ich auch erst, wie sich einer von Toms Erziehung dazu hergeben konnte, einem durchgebrannten Nigger weiterzuhelfen. Bis dahin war mir das immer unfaßlich geblieben.

Tante Polly erzählte dann weiter, als sie Tante Sallys Brief bekommen habe, worin es hieß, daß Tom und Sid angekommen seien, habe sie sofort Unrat gewittert und zu sich selbst gesagt: »Na, da sieh mal einer«, habe sie gesagt, »ich hätt's mir denken können, als ich den Burschen alleine fortließ. Was bleibt mir nun übrig, als selbst hinter dem Bürschchen herzureisen, den ganzen weiten Weg, um herauszukriegen, was diesmal wieder los ist, denn aus dir, Sally, war ja gar nicht klug zu werden!«

»Was? – Ei, du hast mich ja nie darüber gefragt!«

»Na, so was! Zweimal hab' ich dir geschrieben und gefragt, was du mit dem Sid, der auch zu Besuch gekommen sein soll, eigentlich meinst.«

»Geschrieben? Zweimal? Ich hab' nie auch nur eine Zeile gekriegt!«

Ohne ein Wort zu sagen, wendet sich Tante Polly langsam zu Tom und schaut diesen fest an. – »Na, Tom!«

»W-was?« fragt der, unwillig und verdrießlich.

»Komm du mir nicht mit ›was?‹, du Racker, wart! Heraus die Briefe!« – »Welche Briefe?«

»Die Briefe! Wart, ich will dir ...!«

»Sie sind im Koffer! Dort! Da und ganz unversehrt, grad' wie sie waren, als ich sie von der Post holte.

Ich hab' nicht einmal hineingesehen. Dachte mir, sie hätten am Ende keine Eile und könnten hier nur Unheil stiften, und da hab' ich sie...«

»Na, wenn dir nicht eine tüchtige Tracht Prügel gehört, so weiß ich nicht, wem sonst. Dann hab' ich noch einmal geschrieben, um zu sagen, daß ich kommen wolle, und der Brief wird auch...«

»Mit dem ist alles in Ordnung«, sagt Tante Sally, »der ist gestern gekommen, den hab' ich!«

Gern hätt' ich nun zwei Dollar gewettet, daß dem nicht so sei, denn ich wußte das besser, aber ich dachte, es ist doch klüger, du hältst den Mund, und tat es auch!

Aus der Gefangenschaft befreit –
Der Gefangene wird belohnt – Ganz ergebenst, Huck Finn!

Als ich Tom zum erstenmal wieder allein sprechen konnte, fragte ich ihn, was er sich damals eigentlich bei Jims Flucht gedacht habe, was er getan hätte, wenn alles geglückt wäre und er den Nigger befreit hätte, der schon vorher frei war. Er sagte mir, sein Plan sei von Anfang an gewesen, wenn wir Jim erst glücklich heraus hätten, mit ihm auf dem Floß stromabwärts zu fahren bis zur Mündung und alle Arten von Abenteuern dabei zu bestehen, ihm dann erst zu offenbaren, daß er frei sei, ihn im Triumph auf einem Dampfboot wieder heimzunehmen, die verlorene Zeit zu vergüten, alle Nigger der Stadt brieflich zu bestellen, daß sie ihn mit Musik und Fackeln in Empfang nähmen und ihn und uns als Helden beim Einzug feierten.

Jim wurde augenblicklich von seinen Ketten befreit, und als Tante Polly und Tante Sally und Onkel Silas hörten, wie treu er dem Doktor geholfen hatte, Tom zu pflegen, wurde ihm in jeder Weise geschmeichelt, und er bekam ordentliche Kleider und soviel zu essen wie er nur wollte, und er brauchte nichts zu tun, als sich seines Lebens zu freuen. Und wir nahmen ihn mit an Toms Bett und schwatzten, bis wir genug hatten, und Tom gab ihm vierzig Dollar, weil er so geduldig als Gefangener gewesen und uns das Spiel nicht verdorben und alles so schön getan hatte, und Jim war beinahe zu Tode gerührt und wußte nicht, was er anfangen solle vor Wonne, und platzte endlich heraus: »Na, Huck, du sehen, was Jim dir immer sagen? Was Jim dir schon früher auf Insel sagen? Jim dir sagen, er haben haarige Brust un was das bedeuten. Jim dir sagen, er sein gewesen reich un werden noch mal wieder reich, un hier – hier es sein! Du nix nie mehr sagen, Zeichen sein nix wert. Zeichen sein Zeichen, un Jim haben gewußt, er noch werden reich, so gewiß, wie er jetzt hier stehen!«

Tom schwatzte nun und schwatzte und schlug uns vor, alle drei heimlich in der Nacht durchzubrennen, uns eine Ausrüstung zu kaufen und auf ein paar Wochen in die Indianer-Territorien zu gehen und dort alle möglichen Abenteuer zu bestehen.

Ich sagte gleich: Ich bin dabei, aber woher das Geld für die Ausrüstung nehmen; von zu Hause würde ich keins bekommen, denn das habe mein Alter inzwischen schon dem Kreisrichter abgeschwindelt und die Gurgel hinuntergejagt.

»Das hat er nicht«, versicherte mir Tom, »das ist noch alles da, sechstausend Dollar und mehr. Dein Alter hat sich nicht mehr blicken lassen, wenigstens solange ich dort war.«

Sagt Jim ordentlich feierlich: »Er nie nix mehr werden kommen, Huck!«

Frag' ich: »Wieso, Jim?«

»Du fragen wieso, Huck? Jim sagen: Er nie nix mehr werden kommen!«

Ich aber wollt's genauer wissen, endlich erwiderte er: »Du dir erinnern die Haus, wo schwimmen vorbei an Insel? Un Mann, wo liegen drin tot auf'm Boden? Jim ihn haben zugedeckt, weil du ihn nix sehen sollst; Huck, du dir erinnern? Du können haben dein Geld, wenn du ihr wollen haben – tote Mann sein gewesen deine Vater!«

Tom ist jetzt beinah wieder ganz wohl und trägt seine Kugel wie eine Uhr an einer Kette um den Hals und sieht alle nach der Zeit. Und mir bleibt jetzt nichts mehr zu erzählen übrig, weshalb ich auch recht froh bin, denn wenn ich gewußt hätte, was für eine furchtbare Arbeit es ist, so ein Buch zusammenzuschmieren, so hätten mich keine zehn Gäule dazu gebracht. Aber noch einmal tu' ich's nicht, davor soll mich Gott bewahren! Lieber Steine klopfen! Oder Holz hacken! Soviel aber seh' ich jetzt schon – nämlich, daß ich früher als die andern zu den Indianern muß, ganz allein, denn Tante Sally will mich durchaus adoptieren und sievilisieren, und das halt ich nicht aus, das kenne ich von früher her.

Ganz ergebenst
Huck Finn
Ende

Erwachen, Frank Wedekind - Bd. 87 *Gefährliche Liebschaften*, Pierre-Ambroise-François Choderlos de Laclos - Bd. 88 *Gegen den Strich*, Joris-Karl Huysmany - Bd. 89 *Geschichte des Fräuleins von Sternheim*, Sophie von La Roche - Bd. 90 *Geschichte v. braven Kasperl u. dem Annerl*, Clemens Brentano - Bd. 91 *Geschichten aus dem Wienerwald*, Ödön v. Horváth - Bd. 92 *Glanz und Elend der Kurtisanen*, Honore de Balzac - Bd. 93 *Glück und Unglück der berühmten Moll Flanders*, Daniel Defoe - Bd. 94 *Götz von Berlichingen*, Johann Wolfgang v. Goethe - Bd. 95 *Gullivers Reisen*, Jonathan Swift – Bd. 96 *Heidis Lehr und Wanderjahre*, Johann Spyri - Bd. 97 *Heinrich von Ofterdingen*, Novalis - Bd. 98 *Hiob. Roman eines einfachen Mannes*, Joseph Roth - Bd. 99 *Immensee*, Theodor Storm - Bd. 100 *Iphigenie auf Tauris*, Johann Wolfgang v. Goethe - Bd. 101 *Italienische Märchen*, Clemens Brentano - Bd. 102 *Ivannhoe*, Walter Scott - Bd. 103 *Jane Eyre*, Charlotte Brontë - Bd. 104 *Jugend ohne Gott*, Ödön v. Horvath - Bd. 105 *Jürg Jenatsch*, Conrad Ferdinand Meyer - Bd. 106 *Kabale und Liebe*, Friedrich v. Schiller - Bd. 107 *Kasimir und Karoline*, Ödön v. Horvath - Bd. 108 *Kinder- und Hausmärchen*, Gebrüder Grimm - Bd. 109 *Kleiner Mann, was nun*, Hans Fallada - Bd. 110 *König Alkohol*, Jack London - Bd. 111 *Krambambuli*, Marie Ebner-Eschenbach - Bd. 112 *Lausbubengeschichten*, Ludwig Thoma - Bd. 113 *Lavinia - Pauline - Kora*, George Sand - Bd. 114 *Leben und Ansichten des Tristram Shandy, Gentleman*, Laurence Stern - Bd. 115 *Leben und Lüge*, Detlev von Liliencron - Bd. 116 *Lebensansichten des Katers Murr*, ETA Hoffmann - Bd. 117 *Lenz. Der hessische Landbote*, Georg Büchner - Bd. 118 *Lieutenant Gustl*, Arthur Schnitzler - Bd. 119 *Lord Jim*, Joseph Conrad - Bd. 120 *Luise*, Johann Heinrich Voß - Bd. 121 *Madame Bovary*, Gustave Flaubert - Bd. 122 *Märchen*, Wilhelm Hauff - Bd. 123 *Maria Stuart*, Friedrich v. Schiller - Bd. 124 *Max Havelaar*, Multatuli - Bd. 125 *Meister Floh*, ETA Hoffmann - Bd. 126 *Michael Kohlhaas*, Heinrich v. Kleist - Bd. 127 *Minna von Barnhelm*, Gotthold Ephraim Lessing - Bd. 128 *Moby Dick*, Hermann Melville - Bd. 129 *Nathan, der Weise*, Gotthold Ephraim Lessing - Bd. 130 (1-2) *Nils Holgersson wunderbare Reise I, II* Selma Lagerlöf - Bd. 131 *Niels Lyne*, Jens Peter Jacobsen - Bd. 132 *Nußknacker und Mausekönig*, ETA Hoffmann Bd. 133 *Oliver Twist*, Charles Dickens - Bd. 134 *Onkel Toms Hütte*, Herriett Beecher Stowe - Bd. 135 *Peter Schlemihls wundersame Geschichte*, Adalbert von Chamisso - Bd. 136 *Peterchens Mondfahrt*, Gerdt v. Bassewitz - Bd. 137 *Pinocchio*, Carlo Collodi - Bd. 138 *Reinecke Fuchs*, Johann Wolfgang v. Goethe - Bd. 139 *Rheinmärchen*, Clemens Brentano - Bd. 140 *Rinaldo Rinaldini I, II*; Christian August Vulpius - Bd. 141 *Robinson Crusoe*; Daniel Defoe - Bd. 142 *Romeo und Julia*, William Shakespeare - Bd. 143 *Schach von Wuthenow*, Theodor Fontane - Bd. 144 *Schachnovelle*, Stefan Zweig - Bd. 145 *Schatzkästlein des rheinischen Hausfreundes*, Johann Peter Hebel - Bd. 146 *Schelmuffskys Reisebeschreibung*, Christian Reuter - Bd. 147 *Schloss Gripsholm*, Kurt Tucholsky - Bd. 148 *Siebenkäs*, Jean Paul - Bd. 149 *Sternstunden der Menschheit*, Stefan Zweig - Bd. 150 *Till Eulenspiegel*, Hermann Bote - Bd. 151 *Tolldreiste Geschichten*, Honorè de Balzac - Bd. 152 (1-3) *Tom Jones Geschichte eines Findelkindes I, II, III* Henry Fielding - Bd. 153 *Tom Sawyers Abenteuer und Streiche*, Mark Twain - Bd. 154 *Troquato Tasso*, Johann Wolfgang v. Goethe - Bd. 155 *Traumnovelle*, Arthur Schnitzler Bd. 156 *Trost der Philosophie*, Boethius - Bd. 157 *Über den Umgang mit Menschen*, Adolph Freiherr von Knigge - Bd. 158-1 *Wie Uli der Knecht glücklich wird*, Jeremias Gotthelf - Bd. 158-2 *Uli der Pächter*, Jeremias Gotthelf - Bd. 159 *Ungeduld des Herzens*, Stefan Zweig - Band 160 *Ut oler Welt*, Wilhelm Busch - Bd. 161 *Vater Goriot*, Honorè de Balzac - Bd. 162 *Väter und Söhne*, Ivan Sergeeviç Turgenev - Bd. 163 *Verlorene Illusionen*, Honorè de Balzac - Bd. 164 *Von der Freiheit eines Christenmenschen*, Martin Luther - Bd. 165 *Von der Ursache, dem Prinzip und dem Einen*, Bruno Giordano - Bd. 166 *Vor Sonnenuntergang*, Gerhard Hauptmann - Bd. 167 *Walden oder Leben in den Wäldern*, Henry D. Thoreau - Bd. 168 (1-2) *Wallenstein I, II*, Friedrich v. Schiller - Bd. 169 (1-2) *Wilhelm Meisters Lehr- und Wanderjahre*, Johann Wolfgang v. Goethe - Bd. 170 *Wilhelm Tell*, Friedrich v. Schiller

Von demselben Autor/Herausgeber sind bei BOD bereits erschienen:

Alle Tage Feiertage
ISBN 978-3-7386-0409-2, 280 S.
Allerlei Anlässe zum Aktionieren, Feiern und Gedenken

100 Kinderlieder
ISBN 978-3-7322-3024-2, 112 S.
100 Kinderlieder, altbekannt und immer wieder gern gesungen

Liederbuch (Deutsche Volkslieder)
ISBN 978-3-8423-6702-9, 312 S.
300 Volkslieder aus 8 Jahrhunderten und aller Herren Länder

Sagen und Erzählungen aus Marburg und Oberhessen
ISBN 978-3-7347-8909-0 , 164 S.
Allerlei Schwänke und Geschichten aus dem Marburger Land

Tausenderlei über die Freiheit
ISBN 978-3-7322-9721-4, 140 S.
Mehr als 1000 Zitate, Bonmots und Aphorismen über die Freiheit

Tausenderlei über das Glück
ISBN 978-3-7322-5525-2, 160 S.
Mehr als 1000 Zitate, Bonmots und Aphorismen über das Glück

Tausenderlei über die Liebe
ISBN 978-3-8423-7474-4, 140 S.
Mehr als 1000 Zitate, Bonmots und Aphorismen zum Thema Nr. Eins

Weihnachtsgedichte– Verse, Reime und Gedichte zum Fest
ISBN 978-3-7347-6393-9, 352 S.
290 Werke bekannter und unbekannter Dichter zum Weihnachtsfest

Weihnachtsgeschichten - Erzählungen und Märchen
ISBN 978-3-7347-6404-2, 392 S.
85 kurze und lange Texte zur Weihnachtszeit

Weihnachtsgeschichten 2
ISBN 978-3-7481-7533-9, 360 S.
35 kürzere und längere Geschichten zur Weihnacht

100 Weihnachtslieder
ISBN 978-3-7322-3375-5, 112 S.
100 Weihnachtslieder aus der Heimat und der ganzen Welt

Lob und Tadel an tessitore@web.de